SAG NIEMALS NIE

ZU EINEM

Grafen

DETEKTIVE aus LEIDENSCHAFT

GRACE CALLAWAY

USA Today Bestselling Author

Aus dem Englischen von
Annika Mirwald

„Am spannendsten fand ich die psychologische Komponente dieser Liebesgeschichte. Der Held ist bipolar, zu einer Zeit, in der es weder Verständnis noch Behandlungsmöglichkeiten gibt. Die Heldin kämpft mit Vertrauensproblemen und niedrigem Selbstwertgefühl. Beide sind gute Menschen, die eine richtig heiße Anziehungskraft verbindet." -Namericanwordcat, *Goodreads*

„Ich habe dieses Buch bestimmt drei- bis viermal gelesen! Am meisten hat mich Sinjins Kampf mit seinen psychischen Problemen berührt. Grace Callaway hat einfühlsam und glaubhaft dargestellt, welche Schwierigkeiten er deswegen in seiner Zeit durchmachen musste. Er ist wirklich ein vielschichtiger, interessanter Charakter." -MG, *Goodreads*

„Die Hauptfiguren, Polly und Sinjin, sind wirklich komplex und faszinierend! Es war unglaublich emotional, die vielen Schichten ihrer Persönlichkeiten zu entdecken. Außerdem hat es zwischen den beiden so richtig geknistert, die Sexszenen waren verdammt heiß! Ein Buch, das ich kaum aus der Hand legen konnte." -Lily, *Goodreads*

„Ich lese bestimmt vier bis fünf Liebesromane pro Woche, daher kenne ich mich in dem Genre ziemlich gut aus. Grace Callaway zählt zu meinen Top-5-Autorinnen. Sie versteht sich perfekt darin, zarte, heiße Liebesgeschichten zu schreiben, denen es auch nicht an Witz und Esprit fehlt." -Quinetta, *Goodreads*

„Eine wunderbare Liebesgeschichte. Witzig, einfühlsam und sexy." -Annette, *Goodreads*

Bucheinbanddesign: EDH Graphics

Fotonachweis: Period Images

„Absolut heiß und herzerwärmend ... Ich war bis fünf Uhr morgens wach, um das Buch fertigzulesen!" -Phebe, *Goodreads*

PROLOG

Selig vor Glück beschloss Miss Polly Kent, den Zorn ihrer Anstandsdame zu riskieren, und lief zurück in den dunklen Garten, um nach dem verloren gegangenen Band ihres Pantoffels zu suchen. Während sie ihre Schritte zurückverfolgte, kühlte die nach Gardenien duftende Nachtluft ihre erhitzte Haut, und die Sterne funkelten wie kleine Diamanten am Himmel. Am liebsten würde sie durch die verwinkelten Hecken des Labyrinths hüpfen.

Heute Abend hatte Lord Thomas Brockhurst sie geküsst. Nicht nur das ... Sie hatte ihm außerdem ihr Geheimnis anvertraut, und obwohl er zunächst schockiert war, wies er sie nicht zurück.

Kann er mich wirklich so akzeptieren, wie ich bin? Freudentränen prickelten in ihren Augenwinkeln.

Sie konnte kaum glauben, dass Lord Brockhurst sich tatsächlich für sie interessierte. Im Gegensatz zu ihm, einem gut aussehenden, heißbegehrten Gentleman, war sie ein unscheinbares Mauerblümchen. Als er sie im vergangenen Monat zum ersten Mal angesprochen hatte, während sie sich wie immer ganz hinten im Ballsaal herumdrückte, war sie völlig verblüfft gewesen, hatte sich sogar nach links und rechts gedreht, um sicherzugehen, dass er auch wirklich *sie* zum Tanz auffordern wollte. Erst, nachdem er ein zweites Mal fragte, brachte sie ein gestammeltes „ja" heraus.

Seitdem hatte er ihr mehr und mehr Beachtung geschenkt – stets unschuldiger Natur –, und heute waren sie endlich einen Schritt weiter gegangen. Er schlug vor, sich im Garten zu treffen, wo sie, geschützt von blühenden Hecken, ihren ersten Kuss erhielt.

Ihr Herz machte einen Satz. Es war so traumhaft *schön* gewesen.

Und was sie noch viel mehr erfreute, war die Tatsache, dass auch er die Verbindung zwischen ihnen zu spüren schien. Sie hätte es kaum für möglich gehalten, wenn sie nicht deutlich *gesehen* hätte, wie sehr er sich zu ihr hingezogen fühlte. Denn was die Gefühle anderer anging, besaß sie ein unerklärliches Gespür, beinahe so etwas wie einen sechsten Sinn. Sobald sie in die Nähe einer Person kam, nahm sie ein schwaches Leuchten wahr. Diese Aura – ein Zusammenspiel aus Farbe, Form und Licht – ließ sie den emotionalen Zustand eines Menschen erkennen.

Zum ersten Mal war dieser seltsame Spürsinn nach einem Unfall aufgetreten, als Polly fünf Jahre alt war. Sie hatte sich angeschickt, nach ihrer Schwester Violet, die wesentlich agiler war, auf einen Baum zu klettern, war dabei jedoch abgerutscht und mit dem Kopf auf dem Boden aufgeschlagen. Als sie wieder zu Bewusstsein kam, lag sie plötzlich in einem Bett, umgeben von ihrer besorgten Familie, und bemerkte noch immer benommen, dass diese vor Erleichterung buchstäblich *leuchteten*.

Obwohl ihre Eltern und Geschwister ihre neue Fähigkeit bedingungslos akzeptierten, rieten sie ihr, niemandem sonst davon zu erzählen, da andere es vielleicht nicht verstehen würden. Polly jedoch hatte den Rat prompt ignoriert und sich ihrer damaligen besten Freundin anvertraut. Bereits am nächsten Tag hatte sich die Neuigkeit über ihre Andersartigkeit wie ein Lauffeuer im ganzen Dorf verbreitet. Selbst jetzt noch schnürte es ihr die Kehle zu, wenn sie an die kindischen Sticheleien dachte, die man ihr zugerufen hatte.

Nehmt euch in Acht vor der seltsamen Polly,
sie sieht in eure Köpfe hinein.
Passt bloß auf, da kommt die seltsame Polly,
sie flößt euch dunkle Albträume ein.

So oft sie auch zu erklären versuchte, dass sie weder Gedanken lesen noch zaubern konnte – sie vermochte lediglich die emotionale Aura einer Person zu erkennen –, ließ sich der Schaden nicht rückgängig machen. Sie war und würde für immer die seltsame Polly bleiben.

Eine Zielscheibe des Hohns und Spottes. Eine Außenseiterin.

Seit ihre Familie vor fünf Jahren nach London gezogen war, hielt sie weiterhin an der Gewohnheit fest, ihren Fluch – und somit ihr wahres Ich – vor der Öffentlichkeit zu verbergen. Sie vermied es um jeden Preis, Aufmerksamkeit zu erregen, was ihr auch stets gelungen war ... bis zu dem Ball, auf dem Lord Brockhurst sie bemerkte.

Er ist ein Geschenk des Himmels, dachte sie versonnen.

Nicht nur, weil er so attraktiv und überaus höflich war, sondern auch, weil er ihr aufmerksam und ohne Vorurteile zugehört hatte, während sie ihm stotternd von ihrem bedrückenden Leiden erzählte. Obwohl sie seine Zurückweisung mehr als alles andere fürchtete, wollte sie ihm gegenüber ehrlich sein. Sie war eine waschechte Kent und glaubte fest daran, dass Aufrichtigkeit und Liebe Hand in Hand gingen. Und da Lord Brockhurst sie geküsst hatte (was offensichtlich bedeutete, dass er sie zu umwerben gedachte), verdiente er es, die Wahrheit zu erfahren.

Zwar spiegelten sich in seiner Aura Ungläubigkeit und Schock wider, doch er hatte sie nicht zurückgewiesen, sondern ihr zu ihrer Erleichterung für ihre Ehrlichkeit gedankt und sie geküsst. Anschließend hatte er ihr zugeflüstert: „Gehen Sie besser schnell wieder hinein, bevor uns jemand erwischt. Ich werde Sie gleich morgen besuchen, versprochen."

Sie bog um eine Ecke und entdeckte ihr rotes Schuhband ein paar Meter weiter auf dem Kiesweg liegen. *Heute ist wirklich meine Glücksnacht*, dachte sie lächelnd. Als sie sich bückte, um es aufzuheben, hörte sie plötzlich gedämpfte Stimmen durch die Hecke. Ihr Herz setzte einen Schlag lang aus, als sie Lord Brockhursts vertrauten, geschliffenen Akzent erkannte. Die beiden anderen identifizierte sie als seine Kumpane, Mr Severton und Lord Eghart.

„Schön, du hast die Wette also gewonnen, Brockhurst", ließ sich Severtons nasale Stimme vernehmen. „Zugegeben, ich hätte nicht gedacht, dass du es schaffst, dieses Mauerblümchen aus ihrem Schneckenhaus zu locken, aber da habe ich mich wohl geirrt. Du erhältst dein Geld gleich morgen früh."

Polly umklammerte das rote Band. Eine eisige Hand griff nach ihrem Herzen.

„Ich hätte weitaus mehr als hundert Pfund verlangt, um mich mit dieser Verrückten abzugeben", lachte Lord Eghart höhnisch. „Sag schon, Brockhurst, wie war es? War es seltsam, sie zu küssen ... oder sind stille Wasser am Ende doch tief?"

Die Worte ließen ihr das Blut in den Adern gefrieren.

„Ein Gentleman genießt und schweigt", erwiderte Brockhurst.

„Ach, komm, wir sind hier doch unter Freunden", bohrte Severton nach.

„Meine Lippen sind versiegelt."

Polly stand da wie erstarrt und wusste nicht, ob sie ihm für seine Diskretion dankbar sein sollte oder wütend über seine Hinterhältigkeit. *Er hat mich geküsst, um eine Wette zu gewinnen. Ich bin so eine Närrin ...*

„Na schön, aber waren es ihre auch?", kicherte Eghart.

Ihr wurde übel, und sie wünschte sich nichts sehnlicher, als auf der Stelle vom Erdboden verschluckt zu werden. Als der Kiesweg unter ihren Füßen kaum merklich bebte, glaubte sie für einen aberwitzigen Moment, dass ihr Gebet erhört wurde ... Aber nein, es waren nur Neuankömmlinge auf der anderen Seite der Hecke. Sie wusste, es wäre klüger zu gehen, aber ihre Beine waren wie gelähmt.

Severtons überheblicher Tonfall nahm einen einschmeichelnden Klang an. „Recht schönen Abend auch, Lord Revelstoke."

Bei dem Namen horchte Polly überrascht auf. Was um alles in der Welt hatte der Graf von Revelstoke denn hier zu suchen? Laut ihrer Schwester Rosie, die sich in der Gerüchteküche der *ton* bestens auskannte, war er der begehrteste Junggeselle in ganz London, trotz seiner unverhohlenen Abneigung der feinen Gesellschaft gegenüber. Es war ein merkwürdiges Paradox: Je weniger er sich aus der Meinung anderer machte, desto mehr verehrten sie ihn. Die Frauen begehrten ihn, die Männer wollten so sein wie er.

Alles in allem war er das genaue Gegenteil von ihr. Mit Leichtigkeit erklomm er die Leiter des gesellschaftlichen Erfolgs, während sie am Boden herumkrebste, zusammen mit den anderen Schwachköpfen, die auf die Liebe eines Gentlemans hofften, obwohl sie doch wussten, dass man ihnen stets nur mit Verachtung begegnen würde. Ihr schnürte sich die Kehle zu. *Wie konnte ich nur so dumm sein?*

„Gentlemen." Revelstoke klang ungeduldig. „Sie kennen ja sicher Lady Langley?"

Es folgten hastige Begrüßungen, dann verkündete eine weibliche Stimme: „Man sollte den Kitburns zu ihrer Beständigkeit gratulieren. Es gehört ein gewisses Talent dazu, fortwährend die langweiligsten Veranstaltungen zu organisieren."

„Da bin ich ganz Ihrer Meinung. Deshalb haben wir uns etwas Spaßiges einfallen lassen", erwiderte Severton selbstgefällig. „Eine kleine Wette, wenn man so will."

„Ich bin ganz Ohr", sagte Lady Langley.

Pollys Hände wurden klamm vor Entsetzen.

„Severton", mischte Brockhurst sich warnend ein.

„Ach, sei doch nicht so bescheiden, mein Guter. Immerhin hast du gewonnen! Du hast es geschafft, das unbeholfenste Mauerblümchen der Saison in den Garten zu locken und ihr einen Kuss zu stehlen", lachte Severton hämisch.

„Wie *unanständig* von Ihnen, Lord Brockhurst." Die Schadenfreude in Lady Langleys Stimme untergrub den halbherzigen Tadel. „Sie stehen unserem Gott der Lustbarkeit hier in nichts nach."

„Was meinen Sie, Revelstoke?", fragte Lord Eghart eifrig. „Ein exzellenter Streich, nicht wahr?"

Es folgte erwartungsvolles Schweigen, als warteten alle mit angehaltenem Atem auf das Urteil des Grafen. Auch Polly stand mit geballten Fäusten da und lauschte auf seine Antwort.

„Genauso gut hätten Sie einen halbtoten Straßenköter treten können", erwiderte Revelstoke mit unverhohlener Verachtung. „Ein Mauerblümchen zu verführen ... was soll daran schon schwierig sein?"

Die Worte trafen Polly wie ein Brandeisen. Wut und Schmerz durchfuhren sie gleichermaßen. Mit einem *halbtoten* Straßenköter verglichen zu werden, brachte das Fass nun endgültig zum Überlaufen. Revelstoke erachtete ihre Demütigung als reinen Wettkampf ... einen, bei dem man sich nicht einmal groß anzustrengen brauchte. In diesem Moment war ihr egal, ob er der begehrenswerteste Wüstling unter der Sonne war ... Sie *hasste* ihn von ganzem Herzen. Ihn und sein ganzes verdorbenes Pack.

Wenn ich Lord Brockhurst doch nur ebenso hassen könnte. Plötzlich stieg ein Schluchzen in ihrer Kehle auf. Hastig schlug sie sich die Hände vor den Mund, um den Laut zu ersticken.

„Sie sind also nicht an Jungfrauen interessiert, mein Lieber?", säuselte Lady Langley.

„Würde ich mich heute Abend sonst mit Ihnen abgeben?", erwiderte Revelstoke kühl.

Das darauffolgende Gelächter riss Polly aus ihrem Stupor. Sie wich von der Hecke zurück, umklammerte ihr rotes Schuhband und eilte mit tränenüberströmten Wangen aus dem Garten, in dem sie die Asche ihrer zerstörten Träume zurückließ.

❧ I ❧

EIN JAHR SPÄTER

POLLY SPÄHTE AUS DEM KUTSCHENFENSTER, ALS SIE DIE schmiedeeisernen Tore passierten. Die Rasenflächen und blühenden Büsche des Grundstücks waren perfekt gepflegt, die Einfahrt zum Haupthaus von majestätischen Ulmen gesäumt. Fluffige weiße Wattewolken zogen über den blauen Himmel. Wäre Mrs Barlows Anwesen Gegenstand eines Gemäldes, würde es mit Sicherheit den Titel *Malerische Idylle* tragen ... sofern niemand den wahren Zweck dieser Einrichtung kannte.

„Ist dieser Ort nicht *umwerfend?* Es ist alles genau so, wie ich es mir vorgestellt habe."

Mit einem Lächeln wandte Polly sich Primrose zu, die auf dem Sitzpolster neben ihr saß und von der die begeisterten Worte stammten. Rosie, wie ihre Freunde und Familie sie nannten, war eine atemberaubend schöne Blondine von zweiundzwanzig Jahren, ein Alter, das auch Polly in zwei Wochen erreichen würde. Obwohl die beiden jungen Frauen vom Äußerlichen und Temperament her unterschiedlicher nicht hätten sein können, waren sie ein Herz und eine Seele, Schwestern im Geiste ... und beinahe blutsverwandt, denn Rosies Mutter war die Frau ihres ältesten Bruders, Ambrose.

„Ich war mir nicht sicher, wie ein Irrenhaus überhaupt aussehen würde", gestand Polly ihr.

„Mrs Barlows Landsitz ist doch kein Irrenhaus, du Dummchen ... es ist ein *Rückzugsort*", korrigierte Rosie sie. „Die Crème de la Crème kommt regelmäßig hierher, um sich zu regenerieren. Mit den herrlichen römischen Thermen könnte man es geradezu als Kurbad bezeichnen."

Trotz ihrer fröhlichen Miene konnte Polly einen Anflug von Nervosität hinter Rosies enthusiastischen Worten entdecken. Sie wechselte einen Blick mit ihrer älteren Schwester, Dorothea, die sie und Rosie auf diesem Ausflug als Anstandsdame begleitete. Thea, deren blasse, elegante Haut regelrecht zu strahlen schien, lächelte Rosie beruhigend zu.

„Hast du deine Meinung über diesen Besuch geändert, Liebes?", fragte sie.

„Schon möglich", seufzte Rosie. „Ich wünschte nur, ich wäre ebenso großzügig wie ihr beide. Ihr seid immer so nett zu allen. Und, Polly, du hast ein wahres Händchen für diese Findelkinder, um die du dich kümmerst."

Kurz nach ihrer Ankunft in London hatte Polly begonnen, sich für die Hunt Academy zu engagieren, eine einzigartige Schule speziell für Findelkinder. Sie liebte die Arbeit mit ihren Schützlingen, von denen die meisten am Rande der Gesellschaft aufgewachsen waren. Durch schieren Mut und Durchhaltevermögen hatten sie die rauen Verhältnisse der Elendsviertel überlebt und durften nun an der Schule Fähigkeiten erlernen, die ihnen eine bessere Zukunft ermöglichen würden. Aber auch für Polly war die Akademie eine Oase der Zuflucht, denn es war einer der wenigen Orte, an denen sie sich nützlich und zugehörig fühlte.

„Ich weiß nicht, wer mehr von meinen Besuchen profitiert ... ich oder die Kinder", gab sie zu.

„Vielleicht hätte ich mich auch für die Akademie engagieren

sollen, aber Kinder sind immer so ... klebrig." Angewidert rümpfte Rosie die Nase. „Hoffentlich haben die Verrückten mehr Sinn für Hygiene."

Polly schüttelte den Kopf. Dieser Kommentar war einfach durch und durch ... Rosie. Die meisten Menschen hielten sie für oberflächlich, obwohl sie eigentlich äußerst scharfsinnig, loyal und herzlich war.

„Wir sollten sie weniger als Verrückte denn als Menschen mit psychischen Erkrankungen betrachten", ermahnte Thea sie sanft. „Menschen, die trotz ihres Leidens versuchen, ihr Bestes zu geben."

Ihre ältere Schwester sprach aus persönlicher Erfahrung, da auch sie einst ein Pflegefall gewesen war und sich ihr jetziges Leben hart erkämpfen musste. Die Hartnäckigkeit hatte sich jedoch ausgezahlt, denn ihr Zustand hatte sich stark verbessert, und zudem war sie nun die Frau des Marquis von Tremont, ihrer großen Liebe, sowie glückliche Mutter eines Stiefsohns und leiblicher Zwillinge.

Auf der einen Seite bewunderte sie Thea für ihren eisernen Willen, auf der anderen war sie verzweifelt, weil sie im Gegensatz zu ihrer Schwester nichts unternehmen konnte, um ihr Leiden loszuwerden ... was bedeutete, dass sie niemals die wahre Liebe finden würde.

Die Erinnerung an Lord Brockhurst bohrte sich wie ein Pfeil in ihre Brust. Die einzige Person, der sie sich anvertraut hatte, war Rosie, obwohl sie nicht einmal ihr gegenüber den Teil mit Revelstoke erwähnte. Gegenstand einer grausamen Wette zu sein, war schon schlimm genug, aber auch noch für so wertlos gehalten zu werden ...

Aus unerfindlichen Gründen traf sie Revelstokes Verachtung noch viel tiefer als Brockhursts gemeiner Scherz. *Ein Mauerblümchen zu verführen ... was soll daran schon schwierig sein?* Seine Worte hatten sich tief und unwiderruflich in ihr Gedächtnis eingebrannt.

Dennoch sollte sie sich glücklich schätzen, dass ihr Geheimnis weiterhin sicher war. Brockhurst hatte niemandem etwas von ihrer Fähigkeit, die Aura anderer Menschen zu sehen, verraten ... ob nun aufgrund von Schuldgefühlen oder einem verspäteten Anflug von Ehre, wusste sie nicht, da sie ihn seitdem tunlichst zu meiden versuchte.

Allerdings hatte sie dank dieser Misere auch zwei wichtige Lektionen gelernt. Erstens, dass sie, entgegen der Tradition ihrer Familie, niemals aus Liebe heiraten würde. Kein Mann würde sich je für eine Frau interessieren, die so unscheinbar und seltsam war wie sie. Zweitens, dass Gefühle nicht immer mit Gedanken und Handlungen übereinstimmten. Zwar hatte Brockhurst eindeutig Interesse ausgestrahlt, aber erst sein Benehmen brachte seine wahren Intentionen zum Vorschein: Sie war nichts weiter als eine Gelegenheit für einen hinterhältigen Scherz gewesen.

Ein Mittel, vor seinen Freunden zu prahlen ... und dabei hundert Pfund zu kassieren. Nur weil sie ein bestimmtes Gefühl in ihm zu erkennen geglaubt hatte, hieß das nicht, dass sie die Bedeutung dahinter kannte. In Zukunft würde sie sich hüten, voreilige Schlüsse zu ziehen.

Im Moment jedoch war es vorrangig, sich auf Rosie zu konzentrieren. Der heutige Ausflug war bedeutsam für deren Zukunft. Nach allem, was sie diese Saison hatte durchmachen müssen, war es wichtig, dass Polly sie nach Kräften unterstützte.

Sanft berührte sie den Arm ihrer besten Freundin. „Wir müssen das nicht durchziehen, wenn du nicht willst. Aber wenn doch, dann wirst du dich garantiert großartig schlagen, so wie immer."

„Das ist lieb von dir, danke. Und nein, ich will nicht umkehren. Immerhin war es meine Idee, und ich werde auf keinen Fall kneifen." Rosie straffte entschlossen die Schultern. „Ich werde allen beweisen, dass ich nicht das flatterhafte Flittchen bin, für das man mich hält."

„Niemand denkt so über dich", protestierte Polly.

„O doch, mindestens die halbe *ton*. Die andere Hälfte beachtet mich nicht einmal, weil ich ein uneheliches Kind bin", erwiderte sie tonlos.

Polly sah sie mitfühlend an.

Rosie mochte das Resultat der jugendlichen Leichtsinnigkeit ihrer Mutter sein, jedoch hatten sowohl ihre Großeltern väterlicherseits als auch ihre Tante, die einflussreiche Marquise von Harteford, sie öffentlich anerkannt. Zudem hatte Ambrose sie nach der Hochzeit mit Marianne adoptiert, und sie war von den Kents bedingungslos als Teil der Familie akzeptiert worden.

Der Hautevolee schien all das jedoch völlig egal zu sein. Man ignorierte sie zwar nicht freiheraus, aber Polly für ihren Teil fand die hinterhältige Weise, auf die man die Ärmste glauben ließ, akzeptiert zu werden, noch viel schlimmer. Seit ihrem gesellschaftlichen Debüt hatte sich Rosie dank ihres Charmes und ihrer umwerfenden Schönheit größter Beliebtheit erfreut, insbesondere unter den Gentlemen der *ton*. Aber in den letzten Monaten wurde es immer offensichtlicher, dass Beliebtheit nicht gleichbedeutend war mit Respekt. Trotz zahlreicher kleiner Techtelmechtel hatte sie bislang keinen einzigen Antrag erhalten. Schlimmer noch, obwohl die Herren der Gesellschaft sich so wankelmütig verhielten, war es Rosie, deren Ruf darunter litt: *Sie* wurde als schamlose Kokette abgestempelt.

„Aber das spielt keine Rolle mehr", erklärte Rosie. „Sobald ich meinen Ruf aufpoliert habe, werden die heiratswilligen Männer Schlange stehen. Genau deshalb darf ich jedoch heute keinen Rückzieher machen, sondern muss allen beweisen, wie großzügig, seriös und damenhaft ich wirklich bin."

„Außerdem ist es äußerst erfüllend, Gutes zu tun", fügte Thea hinzu. „Du singst wie ein Engel, meine Liebe. Unser Auftritt wird gewiss viele hoffnungslose Gemüter berühren."

„Ich werde mein Bestes geben, um die Geisteskranken zu unterhalten", versprach Rosie und strich ihre Röcke glatt. „Also, wie sehe ich aus?"

Sie hatte sowohl die anmutigen Züge als auch die blonden Haare und grünen Augen ihrer Mutter geerbt. Zudem besaß sie ein untrügliches Gespür für Mode, wie ihr weißgeblümtes Musselinkleid mit dem hellgelben Unterrock und den dazu passenden, gelben Stiefeln aus Lackleder bewies. Ihre Haube war mit zarten Butterblumen geschmückt.

„Wunderschön, wie immer", erwiderte Polly aufrichtig. „Du hast wirklich ein Händchen dafür, ein schickes Ensemble zu kreieren."

„Warum lässt du mich dann nicht mal an deine Garderobe ran? Dieser Sack, den du wieder trägst, ist einfach *unmöglich*", beschwerte Rosie sich mit einem Schaudern.

Polly nahm ihr diese Worte nicht übel, da sie dieses Gespräch nicht zum ersten Mal führten. Die Freundin wollte ja nur das Beste für sie, allerdings verstand sie nicht, dass nicht jeder mühelos schön sein konnte. Oder auffallen wollte.

Als wäre das peinliche Fiasko mit Lord Brockhurst nicht schon schlimm genug gewesen, hatte Polly sich während des letzten Jahres mit einer weiteren Enttäuschung herumschlagen müssen: Eigentlich war sie immer ein kleines, zierliches Mädchen gewesen, eine Spätzünderin, wie ihre älteste Schwester, Emma, zu sagen pflegte, aber scheinbar über Nacht hatte ihr Körper Kurven entwickelt, die beinahe ihre Kleidung zu sprengen drohten. In Kombination mit ihrer nicht sehr beachtlichen Größe, wirkte ihre Figur nun unbeholfen und plump.

Wie sehr wünschte sie sich, ebenso schlank und zierlich zu sein wie Rosie! Die Freundin glich einem eleganten Schwan, sie dagegen ähnelte eher einem ... Rebhuhn. Ihre Haare waren von einem nichtssagenden Blondbraun und weder gerade noch lockig. Die lange Mähne wehrte sich stur gegen jeden Versuch, ordentlich frisiert zu werden und wurde an Seltsamkeit nur noch von ihrer Fähigkeit übertrumpft, die Aura anderer Menschen zu sehen.

Das einzige äußerliche Merkmal, das sie an sich selbst

mochte, waren ihre klaren, grünblauen Augen. Leider neigte ihr unumwundener Blick dazu, anderen Unbehagen zu bereiten, weshalb sie den Kopf meistens gesenkt hielt.

Aber wie Em stets zu sagen pflegte, brachte es nichts, sich über das Unabänderliche zu grämen. Also machte Polly sich die vollen Röcke der neusten Mode zunutze, um Hüften und Hintern unter mehreren Lagen Stoff zu verbergen. Entgegen der Proteste ihrer Modistin bestand sie auf hochgeschlossene Ausschnitte, lockere Mieder sowie unscheinbare Farben. Immerhin war Tarnung der beste Schutz des Rebhuhns.

„An meinem Kleid gibt es nichts zu beanstanden", erwiderte sie.

„Es hat viel zu viel überschüssigen Stoff", widersprach Rosie. „Daraus könnte man glatt *zwei* Kleider für mich nähen. Du gehst völlig darin unter, Pols ... was eine Schande ist, bei deiner reizenden Figur."

„Reizend für eine Dirne", murmelte sie. Ihr war durchaus nicht entgangen, wie die Männer sie anstarrten. *Als wäre ich ein saftiges Stück Fleisch*, dachte sie mit einem gedemütigten Schaudern.

„Für eine *Frau*. Ich wünschte, ich hätte deinen vollen Busen und eine ebenso schlanke Taille ..."

„Sie sieht nur deshalb so zierlich aus, weil meine Hüften so breit sind", gab Polly trotzig zurück. „Können wir das Thema bitte lasse, Rosie?"

Diese wandte sich nun jedoch an Thea. „Herr im Himmel, kannst du ihr nicht ein wenig Vernunft einbläuen?"

„Am wichtigsten ist doch, dass man sich in seiner Kleidung wohlfühlt", versuchte die ältere Schwester zu vermitteln.

„Siehst du?", sagte Polly. „Und genau das tue ich."

Kein Wunder, so geräumig wie ihr Kleid war.

„Aber was hat Komfort mit Mode zu tun?", fragte Rosie mit unverhohlener Entrüstung. „Ich kann in diesem Korsett kaum atmen, und trotzdem beschwere ich mich nicht!"

„Warum hast du es überhaupt so fest geschnürt? Das hast du doch gar nicht nötig."

„Weil ich dieses Kleid sonst nie zubekommen hätte", grummelte die Freundin. „Aber lenk jetzt nicht vom Thema ab."

„Welches wäre?"

„Dass du dich nicht hinter nichtssagenden, unvorteilhaften Klamotten verstecken solltest. Wie willst du mit mir auf Bräutigamschau gehen, wenn du nicht deine Vorzüge zur Schau stellst?"

„Das will ich doch gar nicht." *Denn ich habe bereits die geeignete Partie gefunden.*

Polly war fest entschlossen, die neu erlernten Lektionen in die Tat umzusetzen. Brockhurst mochte zwar ihre Träume zerstört haben, aber trotzdem konnte sie noch immer selbst über ihre Zukunft entscheiden. Und sie wollte keinesfalls die alte, alleinstehende Jungfer sein, die gemeinsam mit ihrer Schar Katzen abwechselnd ihren Geschwistern zur Last fiel. Wenn ihr schon nicht die große Liebe vergönnt war, würde sie sich eben mit dem Nächstbesten zufriedengeben.

Rosie verdrehte genervt die Augen. „Du hast doch nicht *ernsthaft* vor, Nigel Pickering-Parks in Erwägung zu ziehen?"

Doch, genau das war ihr Plan. „Warum nicht?"

„Weil er ein aufgeblasener Langweiler ist! Und überhaupt keinen Sinn für Mode besitzt! Außerdem hast du bei ihm keine Chance ... weil er nämlich nur Augen für seine *Fossiliensammlung* hat!"

Zugegeben, Nigel zeigte wirklich ein überdurchschnittlich großes Interesse daran, alte Knochen zu sammeln, egal ob von Säugetier, Fisch oder Amphibie. Solange man es ausgraben und zur Schau stellen konnte, war seine Begeisterung geweckt.

Aber genau deshalb war er in Pollys Augen die perfekte Lösung für ihr Problem. In den zwei Monaten, seit sie sich kennengelernt hatten, war er so vertieft in seine Ausgrabungen gewesen, dass er ihr kaum Beachtung geschenkt hatte. Seine jüngsten Entdeckungen hielten ihn völlig davon ab, ihre füllige

Figur oder ihre seltsame Eigenheit zu bemerken. Zudem war er ihr vom Äußerlichen her sehr ähnlich, mit seiner gemächlichen, rundlichen Statur.

Eine Ehe mit ihm erschien ihr unkompliziert und vernünftig. Er würde sich seinen Fossilien widmen können, sie sich ihren Findelkindern. Sie würde sich große Mühe geben, ihr gemeinsames Leben so angenehm wie möglich zu gestalten, und vielleicht bekämen sie ja sogar ein eigenes Kind, das sie lieben und aufziehen könnte. Sollte Nigel je den Hintern hochbekommen und offiziell um ihre Hand anhalten, wüsste sie genau, wie ihre Antwort lauten würde.

„Du solltest nicht so voreilig über ihn urteilen", sagte sie daher.

„Der Kerl hat die Einladung zu deiner Geburtstagsfeier abgelehnt, weil er lieber alte, versteinerte Knochen ausgraben will, die seit *Jahrhunderten* unter Dreck vergraben liegen. Warum hätte er damit nicht bis nach dem Ball warten können?"

„Nigel sagt, zwischen Fossiliensammlern herrsche erbitterte Rivalität", verteidigte Polly ihn. „Wenn man einen Tipp erhält, muss man sofort handeln."

Verächtlich schnaubend wandte Rosie sich an Thea. „Du stimmst mir in Bezug auf diesen Kerl doch gewiss zu, nicht wahr?"

Die ältere Schwester zögerte kurz. „Ich kenne ihn ja kaum."

„Aber du *magst* ihn nicht besonders, oder?", hakte Rosie nach.

„Es ist nicht so, dass ich ihn gar nicht leiden kann", versuchte Thea einzulenken. „Er ist ziemlich ... untadelig."

„Siehst du?", erwiderte Polly triumphierend.

„Ja, ich sehe förmlich seinen Grabstein vor mir: *Hier liegt Nigel Pickering-Parks, untadeliger Gemahl und erträglicher Bursche in den Augen derer, die ihn kannten*", prustete Rosie. „Na schön, wenn du dich so anstellst, muss ich eben reiche, gut aussehende Lords für uns beide finden."

Jetzt war es an Polly, die Augen zu verdrehen. „Und wie willst du das bewerkstelligen?"

Die Freundin zuckte nur mit den Achseln. „Ich finde ja auch immer hübsche Hauben für uns beide, wenn ich einkaufen gehe, oder nicht?"

„Ein Ehemann lässt sich doch nicht mit einer Haube vergleichen!"

„Stimmt auch wieder", lenkte Rosie ein. „Ersterer lässt sich bei Weitem nicht so einfach ersetzen, wenn er aus der Mode gekommen ist."

Obwohl Pollys Lippen amüsiert zuckten, erwiderte sie streng: „Deshalb sollte man gleich von vornherein die richtige Wahl treffen. Titel und Status sind nicht alles, weißt du?"

„Und ob sie das sind!" Nachdenklich tippte Rosie sich ans Kinn. „Aber wer weiß? Vielleicht laufen da draußen ja herzogliche Zwillinge herum! Der ältere wäre natürlich Seine Gnaden, aber auch der jüngere hätte mit Sicherheit einen ansehnlichen Titel. Und weil ich dich über die Maßen liebe, würde ich *dir* den älteren Bruder überlassen."

„Nein, dieses Opfer würdest du meinetwegen bringen?", konterte Polly trocken.

„Was soll ich sagen? Ich bin eben eine Märtyrerin", säuselte Rosie mit Unschuldsmiene.

Eine Sekunde lang starrten sie einander an ... dann brachen sie in schallendes Gelächter aus.

Später an diesem Nachmittag stand Polly an der Rückseite des Salons und wartete auf Rosies und Theas Auftritt. Es war äußerst stickig im Raum, die überwältigende Wolke aus Parfüm vermochte den untergründigen Gestank von Mottenkugeln und Schweiß nicht vollständig zu überdecken. Auf den ersten Blick wirkten die Patienten, die das Zimmer betraten, gepflegt und modisch gekleidet, doch sie sah deutlich die Aura aus Verzweiflung, die jeden von ihnen umgab. Unter dem erdrückenden Dunst flatterten grelle Farben wie gefangene Schmetterlinge umher. Die erstickende Atmosphäre ließ Polly nach Luft ringen.

„Ah, da sind Sie ja, Miss Kent."

Wie aus dem Nichts war Mrs Barlow in einer Wolke aus hellgrüner Seide vor ihr erschienen. Sie trug das dunkle Haar zu einem einfachen Knoten zusammengefasst sowie schlichten, aber eleganten Schmuck. Die Witwe eines erfolgreichen Fabrikanten hatte vor einiger Zeit dieses baufällige Anwesen gekauft, unter dem sich mehrere Mineralquellen befanden, und es zu dem Zufluchtsort gemacht, den sie in ihren Broschüren nun als „Oase der Heilung" anpries.

Anhand des Rundgangs, auf den sie ihre Gäste anfangs geführt hatte, konnte Polly dieser Beschreibung nichts entgegensetzen. Das Haupthaus war in palladianischem Stil renoviert worden und beherbergte weitläufige Flügel für sowohl die männlichen als auch weiblichen Patienten. Einschließlich des großen Salons, in dem sie sich nun befanden, gab es noch zahlreiche weitere Zimmer für gemeinsame, unterhaltsame Aktivitäten.

Obwohl sie noch keine Gelegenheit gehabt hatten, die Gärten und die berühmten Thermen zu besichtigen, erhaschte Polly aus den deckenhohen Fenstern bereits einen Blick auf die eindrucksvollen Ländereien hinter dem Haus. Gepflegte Kieswege wanden sich zwischen blühenden Blumenbeeten und grünen Hecken hindurch. Mrs Barlow hatte ihnen erklärt, dass die Quellen sich hinter den Gärten befanden, ebenso wie die privaten Gästevillen für ihre vornehmere Kundschaft.

Doch obschon alles einen tadellosen Eindruck machte, konnte Polly sich eines unbehaglichen Gefühls nicht erwehren. Dies schob sie zum größten Teil auf die Inhaberin des Etablissements, deren Aura von einem ebenso kränklichen Grün war wie ihr Kleid.

„Wie Sie sehen können, zeigen sich meine Schützlinge von

ihrer besten Seite", verkündete Mrs Barlow mit aufgesetzt freundlicher Miene. „Diese Darbietung ist als Belohnung für sie gedacht."

Polly beobachtete, wie die Patienten sich wie brave Schulkinder auf die aneinandergereihten Stühle setzten. Dabei warfen sie immer wieder nervöse Blicke zu den Aufsehern hinüber, Frauen und Männer in grauen Uniformen, die wie Wachposten rings um den Raum verteilt standen. Hinter ihnen glänzten Eisenstangen vor den Fenstern im Sonnenlicht.

Sie unterdrückte ein Schaudern. „Hoffentlich wird den Bewohnern die Auswahl der Musik gefallen."

„Oh, da bin ich mir sicher." Mrs Barlows Lächeln hatte etwas Scharfes, Bedrohliches an sich.

Plötzlich brach im vorderen Teil des Salons ein Tumult aus. Einer der Patienten, ein rothaariger Gentleman, fuhr einen der männlichen Aufpasser an: „Ich will mich aber nicht setzen!"

„Wenn Sie mich entschuldigen würden, Miss Kent", sagte Mrs Barlow knapp.

Seelenruhig begab sie sich hinüber zu ihrem Schützling und redete sanft auf ihn ein. Obwohl sie nie die Beherrschung verlor, wurde der Mann leichenblass, als hätte man ihm das Lebenslicht ausgelöscht. Sichtlich zitternd ließ er sich auf seinen Stuhl fallen. Triumph wand sich wie eine schwarze Schlange durch Mrs Barlows Aura, während sie sich mit einem zufriedenen Lächeln entfernte.

Pollys Schläfen pulsierten schmerzhaft. Die Hoffnungslosigkeit, die sich wie finstere Gewitterwolken über den Patienten zusammenbraute, raubte ihr schier den Atem. Hastig steuerte sie auf eine Tür zu, die allem Anschein nach in den Garten führte.

Draußen zwischen den Hecken hob sie das Gesicht gen Himmel und sog die warmen Strahlen der Sonne in sich auf. Die Aura der armen Patienten war voller Leid und Kummer gewesen ... und doch war sie machtlos, etwas dagegen zu unternehmen. Sie hatte keine handfesten Beweise, außer natürlich ihrer sonderbaren Eingebung.

Frustriert kickte sie einen Kieselstein durch die Gegend. Sie wusste, dass sie bald wieder hineingehen sollte, aber ihre Nerven lagen nach wie vor blank. Als sie eine hölzerne Konstruktion hinter den Hecken erblickte, vergaß sie vor Neugier für einen Moment ihr Unbehagen. War das etwa eine der römischen Thermen?

Sie holte noch einmal tief Luft und ging dann entschlossen auf die willkommene Ablenkung zu.

❧ 2 ❧

Herbert Gerard St. John Pelham – oder Sinjin für alle, die sich keine Tracht Prügel einfangen wollten – streifte sich den Morgenmantel ab und warf ihn achtlos auf den Steinboden. Der schwefelgelbe Dampf der heißen Quelle waberte durch die Luft und benetzte seine entblößte Haut. Das Badehaus war den antiken Thermen in Bath nachempfunden. An jeder Ecke des großen, rechteckigen Wasserbeckens standen Nachbildungen römischer Säulen, an denen schmiedeeiserne Fackelhalter hingen. Boden und Wände waren aus glattem, goldgelbem Stein, was dem Raum eine höhlenartige Atmosphäre verlieh.

Sinjin stieg die flachen Stufen hinab in das glitzernde, blaugrüne Wasser. *Himmel, tut das gut.* Mit jedem Schritt tiefer in die samtige Wärme musste er ein wohliges Stöhnen unterdrücken. Er war ein Mann sinnlicher Gelüste, von denen es leider Gottes in der Woche seit seiner Ankunft hier keine gegeben hatte.

Wenigstens war ihm heute ein wenig Ruhe und Frieden gegönnt, da sich die übrigen Patienten für ein Konzert versammelt hatten. Er für seinen Teil war natürlich keiner von ihnen, sondern vielmehr ein besonderer Gast, der in einer der Privatvillen verweilte. Als sein Vater, der Herzog von Acton, ihn hergebracht hatte, war er viel zu desorientiert und aufgewühlt gewesen, um von seiner Umgebung Notiz zu nehmen oder Fragen zu stellen.

Ungebeten wurde er von Schamgefühlen übermannt, doch er redete sich ein, dass es zwecklos war, sich über die Geschehnisse jener Nacht, wegen denen er hier gelandet war, den Kopf zu zerbrechen. Nicht zuletzt deswegen, weil er sich nicht einmal daran erinnern konnte.

Seine Gedanken waren völlig in Dunkelheit gehüllt, sobald er versuchte, sich die Einzelheiten ins Gedächtnis zu rufen. Lediglich das Endresultat vermochte er nicht zu vergessen.

Die hässlichen Blutergüsse in Nicolettas geschwollenem Gesicht. Die eindeutigen Fingerabdrücke um ihren Hals. Ihr anklagender Finger und die tränenreichen Beschuldigungen: *Er hat den Verstand verloren und wollte mich umbringen!*

Bei der Erinnerung drehte sich ihm der Magen um. Überwältigt von Selbstverachtung raufte er sich die Haare, in der Hoffnung, der Schmerz könne die Panik vertreiben.

Warum kann ich mich an nichts erinnern? Verliere ich tatsächlich langsam den Verstand?

Es war die einzig logische Erklärung dafür, dass er eine Frau verletzt hatte. Obwohl er nicht gerade für tugendhaftes Benehmen und hohe Moralvorstellungen bekannt war, würde er niemals absichtlich die Hand gegen eine Frau erheben. Die Vorstellung allein verursachte ihm Übelkeit.

Mit seinen sechsundzwanzig Jahren hatte er bereits ein wildes Leben geführt und scherte sich nicht darum, was andere über ihn dachten. Beziehungen zu anderen Menschen waren unbeständig, wenn es darauf ankam, war er selbst der Einzige, auf den er sich verlassen konnte ... und deshalb auch der Einzige, auf dessen Meinung er etwas gab. Nach seinem Rauswurf aus Eton und während der grauenhaften Jahre in Creavey Hall hatte er sich stets an diese Überzeugung gehalten und dank ihr überlebt, wie seine zahlreichen Narben bewiesen.

Der Gedanke, einem unschuldigen Opfer ähnliche Qualen zuzufügen, war abwegig. *Völlig unmöglich.* Trotz seiner Verwirrung wollte er nicht daran glauben. Jemanden zu verletzen, der schwächer war als er, ging gegen die wenigen Prinzipien, die er besaß. Aber warum nur konnte er sich nicht an jene Nacht erinnern?

Ich verrate dir einen kleinen Trick, Sinjin, den ich anwende, um mich zu beruhigen. Ich nehme mir einen Gegenstand, Briefbeschwerer, Münze, egal, was es ist, und konzentriere mich nur auf das Gewicht dieses Objekts in meiner Hand, bis meine Gedanken aufhören, wie wild durcheinanderzurasen.

Der Rat seines älteren Bruders, Stephan, kam ihm in den Sinn. Stephan war sein Anker gewesen, das genaue Gegenteil von ihm, mit seiner ruhigen, ausgeglichenen Weisheit. Der Einzige, dem Sinjin nicht egal gewesen war. Doch sein Bruder war nicht mehr hier. Er versuchte, dem vertrauten Gefühl der Trauer zu entkommen, indem er sich kopfüber in das warme Wasser stürzte, um ein paar Runden zu schwimmen.

Die körperliche Ertüchtigung beruhigte ihn, half ihm, sich zu sammeln. Die Woche Abstinenz war qualvoll gewesen, aber immerhin war es ihm dadurch gelungen, den Kopf freizubekommen. Mit der neu gewonnenen Klarheit konnte er sich nicht länger der Erkenntnis entziehen, dass er sich in den zwei Jahren seit Stephans Tod von seinen inneren Dämonen hatte beherrschen lassen.

Genauer gesagt, dem schwarzen und dem blauen Teufel, wie er seine gegensätzlichen Wesenszüge nannte. Seit seiner frühen Jugend lieferten sich die beiden blutrünstigen Wesen einen unerbittlichen Kampf in seinem Kopf, und selbst jetzt spürte er ihre Gegenwart, allzeit bereit, erneut zuzuschlagen.

Der schwarze Teufel verlieh ihm ein Gefühl der Euphorie, ließ ihn glauben, alles tun zu können, lockte ihn mit dem Nervenkitzel der Gefahr, dem betäubenden Rausch der Waghalsigkeit. Die leichtlebige Meute, mit der er sich herumtrieb, verehrte diese Seite an ihm. Wie die Satyrn und Mänaden der griechischen Sage verfielen sie angesichts seiner leichtsinnigen Heldentaten regelmäßig in rasende Bewunderung.

Du bist ja gefahren wie vom Teufel besessen, alter Knabe!, pflegten sie zu jubeln, nachdem er als Erster die Ziellinie passiert und dabei beinahe sein Vierergespann zu Sturz gebracht hatte.

Du zechst wie ein König, riefen sie anerkennend, nachdem er wieder einmal ein Wettsaufen gewonnen hatte.

Du vögelst wie ein Gott, stöhnten seine immer wechselnden Bettgespielinnen.

Sinjin erreichte das andere Ende des Wasserbeckens, stieß sich von der Steinwand ab und schwamm in kräftigen Zügen zurück. Obwohl er wusste, dass diese Bewunderung nicht echt war, sog er sie in sich auf. Niemand unter seinen sogenannten Freunden oder den Frauen, die um seine Aufmerksamkeit buhlten, kannte ihn wirklich, wusste, wer hinter den furchtlosen Kunststücken und dem unverfrorenen Selbstbewusstsein steckte. Wie sehr die schwarze Bestie ihn plagte ... und auch deren blauer Gegenspieler.

Was ist los mit dir, Junge? Reiß dich zusammen und lieg nicht den ganzen Tag im Bett herum. Du bist erbärmlich. Wertlos.

Angetrieben von Scham und Wut über die verächtlichen Worte seines Vaters durchquerte er die warmen Wogen. So schwierig es auch war, seine schwarzen Launen zu kontrollieren – innerhalb von Sekunden konnte die Euphorie in Gereiztheit, der Leichtsinn in Handgreiflichkeiten umschlagen –, waren die blauen Phasen noch weitaus schlimmer. Diesen Teil von sich hasste er mit Abstand am meisten. Der blaue Teufel machte aus ihm einen feigen Narren, der sich, ohne zu kämpfen, in einen tiefen Strudel der Verzweiflung ziehen ließ.

Seit er Stephans ehemaligen Titel als Graf von Revelstoke angenommen hatte – nicht, dass er diesen je haben wollte –, peinigten die beiden Teufel ihn noch heftiger als früher. Er versuchte, sie gegeneinander auszuspielen, in der Hoffnung, dass der schwarze den blauen Teil seines Ichs zu verdrängen vermochte. Dazu brauchte es nur mehr Alkohol, mehr waghalsige Unternehmungen ... mehr Sex. Aus diesem Grund hatte er vor einer Woche auch Corbett's, ein exklusives und berüchtigtes Bordell, aufgesucht, wo er ein paar Runden getrunken und Hazard gespielt hatte, bevor er sich mit einer Dirne namens Nicoletta zurückzog. Er hatte sie in einer der Kammern im Obergeschoss gevögelt ... und dann?

Was war dann passiert, verdammt?

Frustration und Panik übermannten ihn gleichermaßen. Ob der schwarze Teufel sich ein Stück seines Gedächtnisses einverleibt hatte? Früher war es ihm immer gelungen, sich an seine Eskapaden zu erinnern, so wild und feuchtfröhlich sie auch gewesen sein mochten. War es also möglich, dass er Nicoletta geschlagen und es dann einfach vergessen hatte? Seine Knöchel wiesen Schrammen und Schnitte auf, aber da er vor seinem Besuch bei Corbett's eine Kneipenschlägerei angezettelt hatte, wusste er nicht, ob die Wunden daher stammten oder ... von dem, was er ihr angetan hatte. Einer wehrlosen Frau.

Hartnäckig teilten seine muskulösen Arme das Wasser, als wollte er sich so weit wie möglich von dieser abscheulichen Vorstellung distanzieren. Als könnte er vor sich *selbst* davonschwimmen ... vor dem verfluchten Desaster, das er war. Vor der immer näher rückenden Wahrscheinlichkeit, dass er langsam, aber unaufhaltsam verrückt wurde.

Mit brennender Lunge versuchte er sich einzureden, dass er keineswegs so war wie die anderen Patienten an diesem „Kurort". Weder hielt er einen Kleiderständer für eine verschollene Tante, noch glaubte er, Visionen von Engeln zu haben, die ihm mitteilten, er sei die Wiedergeburt Christi. Seine Teufel begleiteten ihn schon über die Hälfte seines Lebens, und er hatte gelernt, mit ihnen umzugehen und sie so gut es ging zu verbergen.

Immerhin war er in den Augen der gesamten *ton* ein hervorragender Fang. Was für ein Witz! Noch mehr amüsierte ihn allerdings die Tatsache, dass sie ihn umso mehr anhimmelten, je weniger Beachtung er ihnen schenkte. Na schön, weniger ihn selbst als seinen Titel und sein Vermögen.

Aber sollten sie sich ruhig von Geld und Status blenden lassen, ebenso wie von seinem arroganten, attraktiven Auftreten. Eher würde er sterben, als sich von irgendwem bemitleiden zu lassen.

Er wusste nur zu gut, wie die unglückseligen Geisteskranken hier behandelt wurden, hatte gesehen, was sich wirklich hinter der Fassade von Mrs Barlows luxuriösem Etablissement verbarg. Es war dieselbe Art von Hölle wie Creavey Hall. Schon bei dem Gedanken breitete sich eine Kälte in ihm aus, die nicht einmal das heiße Quellwasser zu verdrängen vermochte.

Verdammt, er gehörte wahrlich nicht hierher.

Es ist ja nur vorübergehend, echoten ihm die tonlosen Worte seines Vaters durch den Kopf. *Du wirst dich hier so lange aufhalten, bis der Skandal abgeebbt ist. Niemand in dieser Einrichtung wird dich erkennen ... und die Therme wird dir sicher guttun. Gott weiß, du musst wieder ins Gleichgewicht kommen.*

Zu jenem Zeitpunkt war er zu verwirrt gewesen, um dem Herzog zu widersprechen. Erst während der letzten paar Tage hatte er seine Fassung und volle Geistesgegenwärtigkeit wiedererlangt und realisiert, dass er sich wie ein verdammter Feigling versteckte. Und obwohl er mit aller Anstrengung seine Runden schwamm, gelang es ihm einfach nicht, sich von seinen Dämonen, den Schuldgefühlen und dem Selbsthass zu befreien.

Warum kann ich mich nicht erinnern? Was stimmt nur nicht mit mir?

Er zwang sich, noch schneller durch das Wasser zu kraulen, bis er so erschöpft war, dass er sich kaum noch aus dem Becken hieven konnte. Schwer atmend blieb er eine Weile auf dem glatten Sandstein liegen und starrte hinauf an die Holzdecke, bemüht, auf andere Gedanken zu kommen.

Doch die Selbstzweifel ließen sich nicht verdrängen, sondern schwangen sich zu einem anklagenden Chor in seinem Kopf auf. Er war in seiner eigenen Haut gefangen, ohne Ablenkungen wie die Gesellschaft seiner vergnügungssüchtigen Kameraden oder williger Flittchen. Verdammt, was konnte er gegen diese quälende Rastlosigkeit tun?

Er brauchte ein Ventil, bevor sein Gehirn vor lauter Druck noch explodierte.

Plötzlich kam ihm eine Erinnerung in den Sinn ... an den Nachmittag mit Lady Evelyn De Ville und ihrer Zofe, deren Namen ihm zwar entfallen war, nicht aber der Anblick ihrer vollen Brüste mit den großen, dunklen Brustwarzen. Die kurvige Brünette war das sinnliche Gegenstück zu Lady Evelyns zarter, blonder Schönheit gewesen.

Sofort spürte er, wie die Hitze sich in seinem Körper ausbreitete und sein Schwanz vor Erregung anschwoll. Er warf einen flüchtigen Blick zur Tür. Das Konzert würde die übrigen Bewohner gewiss noch eine Weile beschäftigt halten, und seiner pulsierenden Erektion nach zu urteilen, dürfte die Sache hier kaum länger als fünf Minuten in Anspruch nehmen. Er war nun mal kein Mann von enthaltsamer Natur. Seit seiner Ankunft hier hatte er keinen Sex mehr gehabt, was für ihn äußerst ungewöhnlich war. Vielleicht würde es seinen angespannten Nerven helfen, wenn er sich erleichterte.

Er ließ den Kopf zurück auf den Boden sinken und begann, seinen harten Schaft mit der Faust zu pumpen. Wann hatte er sich überhaupt das letzte Mal selbst befriedigt? Normalerweise musste er sich die Mühe nicht machen, da es genug Freiwillige für diese Aufgabe gab ... aber wenn er die Augen schloss, konnte er sich beinahe vorstellen, dass jemand anderer ihn berührte.

Zum Beispiel Lady Evelyn mit ihren eleganten, blassen Fingern.

In Gedanken konnte er ihre aufgesetzte, rauchige Stimme hören. *O Gott, Sinjin, dein Schwanz ist riesig. Größer als alle anderen, die ich je gesehen habe.*

Kein zu verachtendes Kompliment, wenn man bedachte, von wem es stammte. Trotz ihres engelhaften Aussehens war die

Gräfin De Ville eine hingebungsvolle Anhängerin der Fleischeslust. Was Erfahrung und sexuellen Appetit anging, stand sie Sinjin in nichts nach. Doch selbst ihre Abenteuerlust im Schlafgemach hatte ihn in letzter Zeit immer mehr gelangweilt. Seltsamerweise sehnte er sich nach etwas anderem, etwas, das er nicht zu benennen vermochte. Er wusste nur, dass er mehr wollte als belanglose Gelegenheitsficks, denen doch nur wieder diese dunkle, nicht enden wollende Leere folgte ...

Konzentrier dich gefälligst, ermahnte er sich. *Du hast hier was zu erledigen.*

Die Muskeln in seinem Arm spannten sich an, während er seine Faust immer schneller über sein steinhartes Glied gleiten ließ. Soweit er sich erinnerte, war Lady Evelyn äußerst geschickt mit ihrem Mund gewesen. Er stellte sich vor, wie ihre Zunge an seinem Schwanz entlangfuhr und seine geschwollene Eichel umkreiste, bevor sie die Lippen um ihn schloss und ihn so tief in sich aufnahm, wie sie konnte. Dabei versuchte er, die Erinnerung an ihr übermäßig lautes Schmatzen und Schlürfen zu verdrängen. Zweifellos hatte sie stets versucht, ihn mit diesen Geräuschen nur noch mehr zu erregen, erreichte jedoch das genaue Gegenteil, da sie eher klang, als würde sie ersticken.

Konzentrier dich auf das Wesentliche, du Narr.

Er schloss die Augen und dachte an die Zofe, die er um ein Haar vergessen hätte. Sie hatte sich zwischen seine Beine gekniet und an seinen Hoden geleckt, während Lady Evelyn sich hingebungsvoll seinem Schwanz widmete. Ja, das war schon besser. Zwei willige Frauen – eine Blonde und eine Brünette –, die das Ziel verfolgten, ihn zu befriedigten ... und auch einander. Die Zofe hatte irgendwann von ihm abgelassen und sich ihrer Herrin zugewandt. Stöhnend hatte Lady Evelin sich oral von ihrer Bediensteten verwöhnen lassen, während sie Sinjin weiterhin den harten, heißen Schwanz lutschte.

Ihm war das nur recht. Leben und leben lassen, wie er stets zu sagen pflegte.

Endlich spürte er, wie er seinem Höhepunkt immer näher kam. Es fehlte nur noch ein klein wenig mehr, um ihn zu erreichen. In Gedanken schob er Lady Evelyn von sich und manövrierte sie auf Hände und Knie, um seinen Schwanz von hinten in ihre enge, feuchte Pussy zu rammen. Die Zofe robbte unter ihre Herrin, um ihre oralen Liebkosungen fortzusetzen. Offenbar war Lady Evelyn in Geberlaune, denn sie ließ den Kopf zwischen die Schenkel ihrer treuen Bediensteten sinken, um deren Gefallen zu erwidern.

Seine Faust arbeitete immer schneller, seine Hoden zogen sich erwartungsvoll zusammen, gleich war es so weit ...

Plötzlich riss ein lautes Rascheln ihn aus seiner lustvollen Fantasie. Er öffnete die Augen und sah ruckartig zur Tür hinüber. Durch den Nebel der Erregung konnte er etwas ausmachen ... eine junge Frau? Sie war klein und prüde gekleidet und starrte ihn schockiert an.

In diesem Moment schossen ihm nur zwei Gedanken durch den Kopf: Erstens, er war gewissermaßen in flagranti erwischt worden ... ausgerechnet von einer keuschen Dame. Zweitens, die Augen der besagten Dame waren von demselben tiefen, klaren Aquamarin wie das Wasser ... unglaublich fesselnd und makellos. Als sie sich nervös mit der Zunge über die vollen, pfirsichfarbenen Lippen fuhr, spürte er, wie sein Schwanz in seiner Hand heftig pulsierte.

Verdammt, wie lange steht sie schon da?

Unwillkürlich durchfuhr ihn ein erotischer Schauer. Ein Lusttropfen quoll aus seiner Eichel und rollte über seine Finger. Das heiße Rinnsal brachte ihn endgültig zurück auf den Boden der Tatsachen. Fluchend ließ er seinen Schaft los und suchte hastig nach seinem Morgenmantel, aber noch bevor er sich diesen überwerfen konnte, hörte er, wie sich ihre Schritte entfernten.

Er wirbelte zu ihr herum ... doch sie war verschwunden.

Mit wild pochendem Herzen starrte er auf die Türschwelle, wo sie eben noch gestanden hatte. Wer zum Henker war sie? Er war so abgelenkt von ihren Augen gewesen, dass er den Rest von ihr kaum wahrgenommen hatte, außer ihrem altbackenen Kleid und den feinen Gesichtszügen. Ob sie die Verwandte eines der Patienten war?

Frustriert fuhr er sich mit der Hand durchs nasse Haar. Falls sie so spießig war, wie ihre Aufmachung vermuten ließ, musste sein Anblick sie halb zu Tode erschreckt haben. Obwohl sie ihm nicht bekannt vorkam – Unschuldslämmchen wie sie mied er normalerweise wie die Pest –, fragte er sich, ob sie *ihn* erkannt hatte ...

Verdammt, was, wenn ja ... und wenn sie jemandem davon erzählte?

Das Blut gefror ihm in den Adern. Sein Vater gab sich solche Mühe, den Skandal zu vertuschen, den er verursacht hatte, und im Gegenzug hatte er nur eines von Sinjin verlangt: *Tauche bei Mrs Barlow unter und verhalte dich unauffällig.* Laut Seiner Gnaden war sein Sohn zu einer spontanen Europareise aufgebrochen. Sollte nun herauskommen, dass Sinjin keineswegs das Land verlassen hatte, sondern stattdessen in einer Nervenheilanstalt gelandet war, wo er sich *in flagranti* mit *sich selbst* hatte erwischen lassen ...

Sein Gesicht brannte vor Scham. So weit durfte es auf keinen Fall kommen. Er musste das verdammte Weib finden – wahrscheinlich war sie wegen des Konzerts hier – und in Erfahrung bringen, ob sie ihn kannte. Wenn ja ... nun, dann musste er sich wohl oder übel eine plausible Erklärung für sein Verhalten einfallen lassen. Wie auch immer diese lauten mochte.

Laut fluchend machte er sich auf den Weg, um sich anzukleiden ... und um einen weiteren Skandal abzuwenden.

❧ 3 ❧

POLLY EILTE SCHNELLEN SCHRITTES UND VÖLLIG AUFGELÖST zurück zum Haupthaus. Gerade hatte die Pause begonnen, und die Patienten reihten sich unter den wachsamen Augen der Aufseher vor dem Buffet auf. Noch bevor sie Gelegenheit hatte, sich zu sammeln, entdeckte Rosie sie und gesellte sich zu ihr.

„Da bist du ja. Du hast die erste Hälfte meines Auftritts verpasst", schmollte die Freundin. „Wohin bist du überhaupt verschwunden?"

„Tut mir leid. Ich musste nur ein wenig an die frische Luft", murmelte Polly.

„Du bist ja ganz rot", stelle Rosie besorgt fest. „Geht es dir nicht gut?"

Sie wusste nicht, *wie* sie sich fühlte. Schockiert, panisch ... und ihr ganzer Körper kribbelte. Etwas so Verruchtes wie die Szene im Badehaus hatte sie in ihrem Leben noch nicht gesehen. Dieser Mann ... was hatte er sich nur dabei *gedacht*? Wie der junge Gott Bacchus war er neben der heißen Quelle gelegen und hatte sich schamlos seiner sündhaften Dekadenz hingegeben.

Das Licht der Fackeln hatte sein mahagonibraunes Haar und seine eleganten Züge in goldenen Glanz getaucht. Außerdem besaß er tatsächlich den Körper einer Gottheit: Unter der straffen Haut hatten sich kräftige, perfekt geformte Muskeln abgezeichnet. Seine Brust wirkte wie harter Marmor, von der sich ein leichter Flaum bronzefarbenen Haars hinunterzog über seinen definierten Bauch bis zu seinem ...

Sie schluckte schwer. Mit einem Mal fühlte ihre Kehle sich wie ausgetrocknet an. Natürlich hatte sie zuvor schon Statuen männlicher Akte gesehen, aber diese schienen kein naturgetreues Abbild der männlichen Anatomie unterhalb der Lendengegend darzustellen ... zumindest nicht in *diesem* Fall. Himmel, sein Gemächt hatte vielmehr dem eines Satyrs geähnelt: so unglaublich groß und überwältigend! Als sie sich daran erinnerte, wie lustvoll er sich selbst befriedigte, wie wild und animalisch seine Aura pulsierte, wurde sie von einer Welle des Schwindels erfasst.

„Gute Güte, du glühst, als hättest du Fieber! Soll ich dir eine Limonade holen?", fragte Rosie.

„Nein, es geht mir gut", erwiderte sie mit zitternder Stimme, was ihren Worten wenig Glaubhaftigkeit verlieh.

„Hey, ich bin es, deine beste Freundin und Schwester", sagte Rosie und stemmte die Hände in die Hüften. „Raus mit der Sprache, Pols."

Diese biss sich nervös auf die Unterlippe. Wie sollte sie nur erklären, was sie selbst kaum verstand? Wie konnte sie die verruchte Szene, deren Zeugin sie geworden war, in Worte fassen?

Plötzlich fiel es ihr wie Schuppen von den Augen: Der Kerl musste *geistesgestört* sein. Natürlich! Immerhin war er bestimmt nicht grundlos bei Mrs Barlow. Vielleicht hatte er die Kontrolle verloren ... über sich und seine animalischen Triebe. Sie hatte schon Geschichten über Verrückte gehört, die sich für Hunde hielten und den Mond anheulten. Womöglich plagten diese arme Seele ja ähnliche Wahnvorstellungen? Hunde neigten dazu, sich an gewissen Körperstellen zu lecken, und im Grunde genommen war das, was er getan hatte, diesem Verhalten ja gar nicht so unähnlich, nicht wahr?

Er muss ein Geisteskranker sein, schlussfolgerte sie erleichtert. Das war die einzig logische Erklärung für sein unnatürliches Benehmen. Und dann war es auch nicht verwunderlich, dass er solch seltsame Gefühle in ihr ausgelöst hatte ... diese pulsierende Hitze tief in ihrem Inneren. Jede *halbwegs zurechnungsfähige* Person wäre aus der Fassung geraten.

Sie atmete tief aus. „Ich habe beobachtet, wie jemand sich, äh, merkwürdig verhalten hat.“

Rosie schnaubte belustigt. „Das ist an einem Ort wie diesem ja wohl kaum verwunderlich ...“

Sie wurde von einem lauten Poltern unterbrochen. Erschrocken wandte Polly sich dem Buffettisch zu ihrer Linken zu. Auf dem Boden lag ein Holztablett, um das Käsekugeln und Weintrauben herumrollten. Einer der Patienten schien das Durcheinander verursacht zu haben. Es war der junge, rothaarige Mann, der ihr eingangs aufgefallen war.

„Ich will keinen Käse!“, brüllte er nun. „Der ist vergiftet! Ihr versucht, mich umzubringen!“

Unter den übrigen Patienten wurde getuschelt. Einige spuckten ihr Essen aus.

„Beruhigen Sie sich, Kirkham“, sagte einer der Aufseher und näherte sich ihm mit erhobenen Händen. „Sie wollen doch die Veranstaltung nicht stören? Warum unterhalten wir uns nicht draußen weiter?“

„Mit Ihnen gehe ich nirgendwo hin!“ Kirkham riss die Augen auf, wie ein wildes Tier, das in die Enge getrieben wurde. Er schnappte sich einen Krug und warf diesen ebenfalls zu Boden, wo er in tausend Scherben zersplitterte. „Sie wollen sich doch überhaupt nicht unterhalten, sondern mich in den Sarg stecken und ihn mit Wasser füllen! In Wahrheit wollen Sie mich töten! Jeden von uns!“

Die Patienten sahen einander an, nickten und flüsterten zustimmend.

Jemand rief laut: „Zeig's ihnen, Kirkham!“

Schließlich bahnte Mrs Barlow sich einen Weg durch die Menge und stellte sich neben den Aufseher.

„Um Himmels willen, Lubbock", zischte sie den Mann an. „Jetzt führen Sie ihn schon ab."

Verzweiflung waberte wie eine gelbbraune Wolke um Kirkham. Panisch bückte er sich und hob einen der größeren Glassplitter auf. Die spitze Scherbe durchbohrte seine Haut, und das rote Blut vermischte sich mit der aggressiven Farbe seiner Aura.

„Lassen Sie das sofort fallen", befahl Lubbock ihm. „Machen Sie die Sache nicht noch komplizierter, als sie ohnehin schon ist."

„Wenn Sie mich umbringen wollen, werde ich es Ihnen bestimmt nicht einfach machen!" Wild fuchtelte Kirkham mit seiner provisorischen Waffe herum.

Als Lubbock sich auf ihn stürzte, schaffte er es, ihm auszuweichen, sodass der Aufseher geradewegs gegen den Buffettisch prallte. Teller und Besteck flogen durch die Luft, das Klirren wurde nur noch von den Schreien und Jubelrufen der anderen Patienten übertönt. Die übrigen Wachen versuchten nun ebenfalls, Kirkham zu fassen, doch dieser schaffte es wie ein schlüpfriger Aal, sich ihren Griffen zu entziehen und rannte geradewegs auf die offene Tür zu, neben der Polly und Rosie wie angewurzelt standen, sich fest an den Händen haltend. In der nächsten Sekunde spürte Polly jedoch, wie ihr die Finger der Freundin entglitten. Ein lauter Schrei gellte durch den Raum.

Kirkham hatte sich Rosie geschnappt! Er hielt sie vor sich wie ein Schild, die zackige Scherbe gegen ihren Hals gepresst. Mit pochendem Herzen trat Polly einen Schritt auf sie zu.

„Bitte, tun Sie meiner Schwester nichts", flehte sie.

„Zurückbleiben!" Langsam wich Kirkham rückwärts in Richtung Ausgang, wobei er Rosie zwischen sich und dem näherkommenden Wachpersonal hielt. „Wenn jemand versucht, mich aufzuhalten, stirbt sie!"

„Lassen Sie sie sofort los, sonst hat das schlimme Folgen für Sie!", warnte Lubbock ihn.

„Nichts kann schlimmer sein als dieser Ort. Genau deswegen haue ich auch hier ab ... egal wie. Und jetzt zurückbleiben, sonst steche ich sie ab, kapiert?"

Panisch sah Polly zu, wie die Aufseher seine Drohung ignorierten und langsam nachrückten, je weiter der aufgebrachte Mann sich dem Ausgang näherte. Sie konnte nichts tun, außer hilflos dazustehen und zu beobachten, wie die aggressive, schwarze Energie, die von ihm ausging, sich in erdrückenden Wellen durch den Raum verbreitete. Eine falsche Bewegung und ...

Als Kirkham die Tür erreicht hatte, stieß er plötzlich einen Schrei aus und ließ mit schmerzverzerrtem Gesicht den Glassplitter fallen. Dann wurde er ruckartig aus der Zimmer um die Ecke gezerrt, während Rosie, aus seinem Griff befreit, nach vorne stolperte. Polly eilte auf sie zu und warf die Arme um ihre zitternde Freundin. Im selben Moment registrierte sie, wie die Wachen an ihnen vorbei nach draußen stürzten.

„Geht es dir gut?", fragte sie Rosie mit erstickter Stimme.

„Natürlich *nicht*", erwiderte diese mit weit aufgerissenen Augen und blassen Wangen. „Das ist also der Dank für meine gute Tat. Nie wieder werde ich mich für wohltätige Zwecke einsetzen!"

Polly entfuhr ein erleichtertes Kichern, als Thea auf sie zugelaufen kam.

„Meine Güte, was ist denn hier geschehen?", fragte die ältere Schwester bestürzt. „Ich bin gerade von der Toilette zurückgekommen und sah nur noch, wie Rosie von einem Verrückten fortgezerrt wurde."

„Er wollte mich als Geisel nehmen", erklärte Rosie und erschauderte. „Ich weiß gar nicht, wie ich überhaupt freigekommen bin."

„Es sah aus, als hätte jemand ihn von hinten gepackt", sagte Polly.

„Wer auch immer es war, hat mir das Leben gerettet. Er ist ein *Held*. Ich muss mich unbedingt bei ihm bedanken."

Ohne zu warten eilte sie zur Tür hinaus, dicht gefolgt von Polly und Thea. Draußen bot sich ihnen ein chaotisches Bild: Kirkham lag auf dem Boden, festgehalten von einem Gentleman, der mit dem Rücken zu ihnen gekehrt neben Rosies Angreifer kniete. Er erhob sich, sobald die Wachen ihm den durchgedrehten Mann abnahmen und fortschleiften. Selbst von hinten war unschwer zu erkennen, dass es sich um einen attraktiven Adligen handelte. Der blaue Anzug, den er trug, akzentuierte perfekt seine breiten Schultern und die schmalen Hüften. Die passende Hose schmiegte sich wie eine zweite Haut an seine langen, muskulösen Beine. Dazu trug er glänzende, schwarze Stiefel.

In der Sonne schimmerte sein dichtes Haar wie auf Hochglanz poliertes Mahagoniholz ... und plötzlich wusste Polly, wer da vor ihr stand. *Gott, bitte nicht* ... Doch als er sich umdrehte und sie sein makelloses Gesicht und die eindringlichen dunkelblauen Augen erblickte, bestand kein Zweifel mehr. Vor Panik begann sie, wie Espenlaub zu zittern.

„Er ist es", flüsterte sie, bevor sie sich bremsen konnte.

„Kennst du diesen Gentleman etwa?", fragte Rosie interessiert.

Da sie ihre Freundin nicht anlügen wollte, stammelte sie: „N-nicht wirklich, ich bin ihm nur einmal begegnet ..."

„Und den Grafen von Revelstoke vergisst man nie, schon klar."

Rosies Worte versetzten ihr einen heftigen Schock. Dieser Mann ... war *Revelstoke*? Der aufgeblasene Schuft, der sich damals über sie lustig gemacht und sie mit einem *unwürdigen* Straßenköter verglichen hatte?

Ihr stockte der Atem, und sie ballte die Hände zu Fäusten.

„Ich habe ihn auch nur einmal kurz auf einem Ball gesehen, aber sein Gesicht bleibt einem im Gedächtnis", fuhr Rosie wissend fort. „Kein Wunder, dass man ihn den Gott der Lustbarkeit nennt, er sieht ja auch zum Anbeißen aus. Sämtliche Debütantinnen sind hinter ihm her, aber er ist ein eingefleischter Wüstling, der sich nicht mit unschuldigen Damen abgibt."

„Dann sollten wir uns besser von ihm fernhalten", erwiderte Polly spitz.

Sonst schlage ich ihm womöglich noch mitten in sein attraktives Gesicht.

„Ganz im Gegenteil." Rosie grinste entschlossen. „Ich *brenne* darauf, seine Bekanntschaft zu machen."

Wenige Minuten später beobachtete Polly mit grimmiger Faszination, wie Rosie und Revelstoke sich miteinander unterhielten. Sie saßen alle zusammen in einem privaten Salon, den Mrs Barlow ihnen zur Verfügung gestellt hatte, damit sie sich von den Strapazen des Tages erholen konnten. Revelstoke hatte auf einer Couch zwischen Thea und Rosie Platz genommen, Polly ihnen gegenüber auf einem Sessel.

Objektiv gesehen gaben der Graf und ihre Freundin ein bildhübsches Paar ab: Seine dunkle, männliche Erscheinung war das ideale Gegenstück zu Rosies heller, zarter Schönheit. Polly kannte sie gut genug, um zu erkennen, dass sie Revelstoke unverfroren schöne Augen machte. Sie warf sich die blonden Locken über die Schulter, lachte trällernd über jede seiner Bemerkungen und schenkte ihm die Art von eindringlicher Aufmerksamkeit, die auszudrücken schien: *Sie sind die interessanteste Person auf der ganzen Welt!*

Polly hingegen saß stocksteif da und hatte die Hände im Schoß gefaltet. Dem Grafen von Angesicht zu Angesicht gegenüberzustehen, brachte erniedrigende Erinnerungen zurück an die Oberfläche. Plötzlich fühlte sie sich in jene Nacht hinter der Hecke zurückversetzt, als seine abfälligen Worte sie wie ein Schwert durchbohrt hatten.

Genauso gut hätten Sie einen halbtoten Straßenköter treten können. Ein Mauerblümchen zu verführen ... was soll daran schon schwierig sein?

Sie hatte gehofft, mit der Zeit würde der Schmerz über diese Demütigung nachlassen, aber da hatte sie sich wohl getäuscht.

Zuvor war er wenigstens nur eine körperlose Stimme gewesen, aber nun, da sie wusste, wie perfekt er aussah, fand sie seine Verachtung ihr gegenüber nur noch abscheulicher. Genügte es ihm nicht, der Inbegriff männlicher Schönheit zu sein? In jeder Hinsicht das große Los gezogen zu haben? Warum musste er dann noch so überheblich und hasserfüllt über Normalsterbliche herziehen?

„Sie sind wirklich ein Held, Mylord", sagte Rosie gerade. „Ich verdanke Ihnen mein *Leben*. Wie kann ich mich je bei Ihnen revanchieren?"

„Ich habe nur getan, was jeder Gentleman tun würde", erwiderte Revelstoke. „Es reicht mir völlig zu wissen, dass Sie in Sicherheit sind, Miss Kent."

Ach, offenbar konnte der Widerling durchaus zuvorkommend sein, wenn er wollte.

Lächelnd meldete sich nun Thea zu Wort. „Meine Familie ist Ihnen auf ewig dankbar, Mylord."

Rosie klimperte kokett mit den Wimpern. „Es muss doch eine Möglichkeit geben, mich erkenntlich zu zeigen, Mylord?"

Polly konnte die aufsteigende Besorgnis nicht unterdrücken. Rosie zog wirklich sämtliche Register. Ihre Aura pulsierte vor Entschlossenheit ... Gute Güte, sie hatte es doch nicht etwa ernsthaft auf den Grafen abgesehen? Mit wachsender Panik realisierte sie, dass Revelstoke dem Anschein nach alle Voraussetzungen eines – in Rosies Augen – perfekten Ehemanns erfüllte: Er besaß Titel und Vermögen und war der begehrteste Junggeselle der Saison. Ihn für sich zu gewinnen, wäre ein gelungener gesellschaftlicher Streich.

Sie musste schnellstens etwas unternehmen, bevor ihre Schwester sich auf diesen Schuft einließ. Aber wie sollte sie ihr unauffällig zu verstehen geben, dass sie einen furchtbaren Fehler beging? Natürlich konnte sie nicht einfach mit dem herausplatzen, was er über sie gesagt oder, Gott behüte, wobei sie ihn im Badehaus erwischt hatte.

Plötzlich kam ihr ein ganz anderer Gedanke: *Warum* war er überhaupt hier?

Sie kehrte zu ihrer ursprünglichen Theorie zurück: War Revelstoke womöglich ... verrückt? Mit glühenden Wangen dachte sie wieder an sein sittenloses Verhalten. Nicht einmal Wüstlinge würden es wagen, sich öffentlich so ungebührlich zu verhalten, nicht wahr? Hatte der umjubelte Graf also möglicherweise einen Sprung in der Schüssel?

Verstohlen studierte sie seine Aura. Etwas Ähnliches hatte sie noch nie zuvor gesehen. Das dunkle, stürmische Blau war identisch mit dem seiner Augen, aber auch so undurchsichtig, dass sie die Gefühle dahinter nicht ausmachen konnte, sondern lediglich als verschwommene Formen und Farben wahrnahm.

Aber allein die Tatsache, dass er sich hier in dieser Einrichtung aufhielt, sprach Bände. Nicht einmal Rosie würde sich einem Verrückten an den Hals werfen, Titel hin oder her. Energisch schob Polly die nagende innere Stimme beiseite, die behauptete, sie würde Rachegelüste hegen. Nein, es ging allein darum, Rosie vor Revelstokes verdorbenem Wesen zu beschützen. Ihr Ruf vertrug weiß Gott keinen weiteren Skandal.

Bevor sie die Nerven verlieren konnte, platzte sie heraus: „Genießen Sie Ihren Aufenthalt hier, Mylord?"

Ihre Frage wurde von jäher Stille quittiert, die nur vom Ticken der Standuhr unterbrochen wurde, bis Rosie dem peinlichen Moment mit ihrem hellen Lachen ein Ende setzte.

„Ach, meine liebe Polly, du bist einfach zu ulkig! Bestimmt meintest du *Besuch* statt Aufenthalt ... Gewiss wolltest du nicht andeuten, dass Lord Revelstoke ein langfristiger Bewohner dieses Etablissements ist."

„Tatsächlich bin ich hier für eine Weile zu Gast", sagte Revelstoke, den Blick fest auf Polly gerichtet. In seinen Augen lag etwas Dunkles, wie ein Tropfen schwarzer Tinte in tiefblauer Farbe. „Allerdings nicht im selben Sinn wie die übrigen Patienten. Mrs Barlow lässt mich freundlicherweise die Therme benutzen. Die heißen Quellen sind meinem Wohlbefinden zuträglich und weitaus privater als die Badehäuser in Bath."

„In Bath ist es immer schrecklich überfüllt", stimmte Rosie ihm zu. „Man trifft praktisch alle paar Meter bekannte Gesichter."

Komm schon, Rosie. Warum merkst du nicht, wie gestört er ist?

Polly war noch nicht bereit aufzugeben. „An was für gesundheitlichen Beschwerden leiden Sie denn, Mylord?"

„Das ist wohl kaum eine angemessene Frage, meine Liebe", murmelte Thea, doch der Graf unterbrach sie.

„Ist schon in Ordnung, Lady Tremont. Ich weiß Miss Kents Anteilnahme zu schätzen." Seine Stimme war samtiger als der erlesenste Wein. „Mir geht es gut, abgesehen von den Strapazen des Stadtlebens. Ich dachte mir, eine Woche an der frischen Luft inklusive heißer Bäder könnte erquickend sein."

Für einen Verrückten ist er ziemlich schlagfertig, dachte Polly mürrisch. Als ihre Blicke sich trafen, zuckten seine Mundwinkel amüsiert. Machte er sich etwa über sie lustig? Erneut kochte die Wut in ihr hoch.

„Es muss anstrengend sein, als gefragter Junggeselle ständig in der Öffentlichkeit zu stehen, Mylord", mischte Rosie sich wieder ein. „Ich möchte gar behaupten, es ist ebenso schwierig, eine Audienz bei Ihnen zu erhalten wie bei Seiner Majestät", scherzte sie mit einem süßen Lächeln. „In der Tat habe ich Sie vor dem heutigen Tag immer nur aus der Ferne gesehen."

„Ein höchst bedauerlicher Fehler meinerseits. Ich bitte um Verzeihung."

Rosie errötete und nickte eifrig. Revelstokes Manieren waren so geschliffen, seine Aura so selbstbewusst und kontrolliert, dass Polly langsam Zweifel überkamen. War er vielleicht doch nicht verrückt? Aber er hatte sich so *unnatürlich* und animalisch verhalten ...

Die Tür öffnete sich und Mrs Barlow betrat den Salon, umgeben von einer statischen, funkensprühenden Energie. „Meine verehrten Gäste, bitte entschuldigen Sie diese fürchterliche Angelegenheit", begann sie. „Ich möchte Ihnen versichern, dass wir uns um den Patienten gekümmert haben."

Ein eisiger Schauer durchfuhr Polly. „Inwiefern?", fragte sie leise.

„Sagen wir ... er stellt nicht länger eine Gefahr für sich und andere dar."

Der Anflug von Selbstgefälligkeit, der Mrs Barlows Aura durchschlängelte, verursachte ihr Gänsehaut.

Die Inhaberin wandte sich nun an Revelstoke, der sich auf ihr Eintreten hin erhoben hatte. „Ich kann Ihnen nicht sagen, wie dankbar ich Ihnen für Ihr schnelles Eingreifen bin, Mylord. Bitte verzeihen Sie, dass dieser bedauerliche Vorfall Sie in Ihrer privaten Entspannung gestört hat."

Also war er tatsächlich ein Gast ... und somit nicht geistesgestört. *Verflixt.*

„Die Bekanntschaft dieser Damen machen zu dürfen, war jede Mühe wert", erwiderte er, wobei er jedoch nicht Rosie, sondern Polly ansah. Wieder wirkte er belustigt, als hätte er ihre Gedanken erraten und für äußerst *amüsant* befunden.

Sein ständiger Spott förderte Erinnerungen an sämtliche Erniedrigungen zutage, die sie Zeit ihres Lebens hatte erleiden müssen. Der gehässige Gesang der Dorfkinder, das höhnische Grinsen in den Gesichtern der Hautevolee, das Gelächter der Gentlemen, die auf ihre Kosten Wetten abschlossen. Der Schmerz, immer wieder als Außenseiterin dazustehen, loderte erneut in ihr auf.

„Verehrte Damen", wandte Mrs Barlow sich nun an sie und ihre Schwestern. „Darf ich Sie bitten, über diese Angelegenheit Diskretion zu bewahren? Ich habe Lord Revelstoke einen friedlichen Rückzugsort von dem Trubel des Stadtlebens versprochen und würde es zutiefst bedauern, wenn seine Privatsphäre aufgrund dieses unglücklichen Zwischenfalls verletzt werden sollte."

„Sie wollen also Ihren Bewunderern entkommen, Mylord?", fragte Rosie neckend.

Revelstoke zuckte lässig mit den Achseln. „Meine vergnügungssüchtigen Gefährten können mitunter ein wenig ermüdend werden."

O ja, es muss schrecklich sein, sich solcher Beliebtheit zu erfreuen, dachte Polly grimmig.

Thea erhob sich. „Dann wollen wir Ihre wohlverdiente Zeit hier nicht länger in Anspruch nehmen, Mylord. Es war mir eine Freude, Ihre Bekanntschaft zu machen."

„Die Freude war ganz meinerseits, Lady Tremont", erwiderte der Graf mit einer eleganten Verbeugung.

„Ich hoffe, wir sehen uns bald wieder, Mylord?", fragte Rosie.

„Bis dahin zähle ich die Stunden."

Augenzwinkernd fügte sie noch hinzu: „Sie sollten wissen, dass mein Vater der *beste* Detektiv in ganz London ist. Wenn Sie Ihr Versprechen also nicht einhalten, setze ich ihn darauf an, Sie aufzuspüren!"

„Rosie", mahnte Thea sanft. „Wir sollten uns jetzt wirklich auf den Weg machen."

Während ihre Schwestern sich noch von Mrs Barlow verabschiedeten, wandte Revelstoke sich Polly zu. Sie verspannte sich nervös, als er ihr ein charmantes Lächeln schenkte.

„Ich hoffe, wir können den heutigen Tag hinter uns lassen, Miss Kent", sagte er leichthin.

Zweifellos bezog er sich nicht auf den Zwischenfall mit dem Verrückten, sondern auf das, wobei sie ihn im Badehaus erwischt hatte. Seine Aura spiegelte eins zu eins die Farbe seiner Augen wider: das kräftige, selbstsichere Blau eines Mannes, der wusste, dass er an der Spitze der Gesellschaft stand. *Befreit ihn sein Ansehen denn wirklich von den Konsequenzen seiner Missetaten?,* dachte sie verärgert. Sie mochte zwar naiv sein, aber immerhin war *er* es, der in einer entwürdigenden Situation ertappt worden war. *Er* sollte derjenige sein, der sich in Grund und Boden schämte, nicht sie!

„Ich werde gewiss keinen Gedanken daran verschwenden", erwiderte sie knapp.

Ihre Antwort schien ihn nur noch mehr zu amüsieren. Sein Mund verzog sich zu einem spöttischen und, wie sie widerwillig zugeben musste, verflixt sinnlichen Lächeln, was sie gleich doppelt irritierte, weil er sich dessen zweifellos bewusst war.

„Und ich wollte mich auch dafür entschuldigen, Ihnen einen solchen Schock zugefügt zu haben", murmelte er. „In Ihnen steckt wesentlich mehr, als man auf den ersten Blick vermuten würde, Miss Kent."

Glaubte er, nur weil sie unscheinbar und fett war, könnte sie nicht mit seiner schändlichen Verdorbenheit umgehen? Dass der bloße Anblick seiner gottgleichen Statur sie in eine dahinschmelzende Jungfrau verwandelte?

Wie. Konnte. Er. Es. Wagen?

„Wenn Sie damit meinen, dass ich durchaus in der Lage bin, Selbstbeherrschung walten zu lassen, dann liegen Sie damit wohl richtig, Mylord", konterte sie schnippisch. „Ich bin davon überzeugt, dass jeder Mensch für seine eigenen Taten verantwortlich ist."

Obwohl er keine Miene verzog, stockte ihr angesichts des bedrohlichen Aufflackerns seiner Aura der Atem. Mit wild pochendem Herzen drängte sie sich an ihm vorbei, um zu ihren Schwestern aufzuschließen. Selbst mit dem Rücken zu ihm wurde sie das Bild nicht los, das sich in ihr Gehirn eingebrannt hatte: der Moment, in dem seine makellose, blaue Fassade zu bröckeln begann ... und ein glühendes, tiefrotes Flackern der Scham zum Vorschein kam.

$$\text{❃} \quad 4 \quad \text{❃}$$

IN DIESER NACHT WÄLZTE SINJIN SICH SCHLAFLOS IM BETT herum.

Er hatte die Fensterläden nicht geschlossen, sodass das Mondlicht nun sanft auf die Laken fiel. Die Luft war schwül und stickig, und so oft er sich auch umdrehte, konnte er einfach keine bequeme Position finden. Vielleicht lag es an dem überschüssigen Adrenalin des Nachmittags, als er den Verrückten überwältigt hatte. Dank zahlreicher Kneipenschlägereien war er durchaus vertraut damit, bewaffnete Gegner unschädlich zu machen, aber es hatte sich gut angefühlt, sein Geschick zur Abwechslung mal für einen guten Zweck einzusetzen. Zudem war ihm die hübsche Blonde äußerst dankbar gewesen.

Aber es war nicht diese Miss Kent, die ihm eine schlaflose Nacht bereitete. Selbst als er langsam in die Welt der Träume abdriftete, verfolgte ihn ein Paar eindringlicher, aquamarinblauer Augen. Sie zwangen ihn, tief in sie hineinzublicken, wo er ein Spiegelbild seiner selbst sah.

Jeder Mensch ist für seine eigenen Taten verantwortlich.

Ein Satz, den er schon tausendmal zuvor gehört hatte, und doch schlängelte sich ihre Stimme durch seine Träume, weckte und verflocht Erinnerungen mit längst vergessenen Gefühlen. Eine wunderschöne, dunkelhaarige Madonna, deren sanftes Lachen sich in eine vertraute Melodie verwandelte.

> Schlaf, mein Kindchen, sieben Stund'
> Bis der Vater wiederkommt!
> Vater ist in Wald gegangen,
> Will mei'm Kindchen ein Vögelchen
>   fangen...

Samtige Wärme an seiner Wange, während er das glänzende Pendel beobachtete, das ihm anzeigte, wie die Zeit verging, nicht in Minuten, sondern in Jahren ... die Hand ausgestreckt nach wallendem, schwarzem Haar. Plötzlich, das Gefühl donnernder Hufe unter ihm, im Takt mit dem wilden Pochen seines jugendlichen Herzens. *Ich bin unsterblich!*

Dann wieder zurück in der Kindheit, ein kleiner Junge, neugierig durch die Stallungen laufend, angezogen von den merkwürdigen, animalischen Geräuschen. Da, im hintersten Verschlag ... kein Pferd, sondern die schöne Madonna auf Händen und Knien, über ihr der Stallbursche, die schmutzigen Finger in ihrer wilden, dunklen Mähne vergraben. Angetrieben von Angst und Wut, vorwärts stürzend, die Fäuste geballt ...

Nein, Sinjin, nicht! Es ist alles in Ordnung ... Verrate mich nicht, verrate mich nicht ...

Tränen, die wie Perlen über ihre blassen Wangen liefen.

Mutter ist fort. Stephans ernstes, junges Gesicht. *Aber wir haben immer noch uns.*

Zwei Reisekoffer, einer für Eton ... der andere für Creavey Hall. Sein Bruder, der ihm zum Abschied auf den Rücken klopfte. Worte, die ihm im Hals steckenblieben. *Verlass mich nicht. Ich schaffe das nicht ohne dich ...*

Stephan ist tot. Die kalte Stimme seines Vaters. *Ich wünschte, es hätte stattdessen dich getroffen.*

Pulsierende Dunkelheit, die ihn noch tiefer in die Schatten zog. Blasse Haut auf blutrotem Satin. *Du darfst mich Nicoletta nennen, Schätzchen. Ich lasse all deine Träume wahr werden ...* Heiße Körper, die sich aneinander rieben, kurzweilige Erlösung, herrliche Trägheit, alles wurde schwer, er war so müde, so müde ... Stimmen, die wie durch tiefes Gewässer an sein Ohr drangen. *Schnell, wir müssen uns beeilen, bevor er aufwacht ...*

Mit dem Echo eines schrillen Schreies im Gedächtnis fuhr Sinjin im Bett hoch.

Einen Moment lang saß er völlig desorientiert da. Das Herz klopfte ihm bis zum Hals, seine schweißnassen Hände umklammerten das Laken. Während er versuchte, Traum von Realität zu trennen, hörte er wieder dieses schrille Klagen ... doch es schien kein Nachhall seiner Erinnerungen zu sein, sondern aus der Ferne zu kommen. War es Mensch oder Tier? Angestrengt lauschte er in die Dunkelheit, konnte jedoch außer dem Zirpen der Grillen nichts vernehmen.

Er lehnte sich hinüber zum Nachttisch und griff nach seinem Amulett. Fest hielt er das filigrane Schmuckstück mit der Hand umschlossen, bis sein Atem sich normalisiert hatte und er ganz sicher war, nicht mehr zu träumen. Erst dann öffnete er die Faust und verzog beim Anblick des silbernen Anhängers die Lippen. Zweifellos hätte Stephan sich gefreut zu sehen, dass Sinjin seinen Ratschlag beherzigte, aber was würde sein vernünftiger Bruder wohl von der Wahl des Gegenstands halten, den er sich zur Beruhigung ausgesucht hatte?

Das elegante Amulett hatte er vor wenigen Wochen mit der Post erhalten. An sich war das nichts Ungewöhnliches, da seine Liebhaberinnen (oder diejenigen, die es werden wollten) ihm zu seinem Unmut häufig Andenken an ihre gemeinsame Zeit schickten. Was, glaubten sie, sollte er mit Strumpfbändern, Haarnadeln oder parfümierten Taschentüchern anfangen?

Normalerweise durften die Bediensteten sich etwas aussuchen, der Rest wanderte geradewegs in den Müll. Mit dem

Medaillon hatte es sich jedoch anders verhalten. Es war schlicht und unauffällig, und ihm war kein Brief, kein unerträglich romantisches Liebesgedicht beigefügt gewesen. Die Absenderin hatte es vorgezogen, anonym zu bleiben. Wahrscheinlich, weil sie vermutete, er wisse ohnehin, um wen es sich handelte.

Falsch gedacht. Obwohl das Schmuckstück ein seltsames Déjà-vu-Gefühl in ihm wachgerufen hatte, konnte er sich beim besten Willen nicht entsinnen, wem es gehörte. Verdammt, er konnte sich ja kaum an die Namen seiner Eroberungen erinnern, wie sollte er da noch wissen, wer wann welche Accessoires getragen hatte? Trotzdem hatte er sich entschieden, das Amulett überall mit hinzunehmen ... wie eine Art Talisman.

Und offenbar funktionierte es ja auch. Jetzt, da er sich beruhigt hatte, legte er es zurück auf den Nachttisch und schwang die Beine über die Bettkante. Nackt stellte er sich vor das Fenster und sah hinaus in die dunkle Landschaft, die silbrig im Mondlicht schimmerte.

War die Stimme, die ich gehört habe, real?

Nicht der Schrei – er war lange genug hier, um zu wissen, dass die Patienten oftmals die nächtliche Ruhe störten –, sondern die andere Stimme aus seinem Traum. *Schnell, wir müssen uns beeilen, bevor er aufwacht.* Der tiefe, charakteristische Tonfall hatte zweifellos zu einem Mann gehört.

Sinjin stellten sich die Nackenhaare auf.

Die Stimme war Teil einer *Erinnerung* ... an jene Nacht mit Nicoletta. Über die Jahre hatte er gelernt, mehr auf sein Bauchgefühl als auf seinen Verstand zu vertrauen, da letzterer viel zu anfällig für die Tücken seiner Dämonen war. Sein Instinkt hingegen schien sich ihren teuflischen Klauen zu entziehen. Daher klammerte er sich an ihm fest, in der Hoffnung, er könne ihn aus der Dunkelheit führen, ihm die Realität zeigen, wie sie wirklich war.

Dank seines Bauchgefühls hatte er sich an die weinrote Satinbettwäsche und Nicolettas verruchtes Angebot erinnert ... und an die Stimme des Fremden. Sein Herz pochte wie wild. War in jener Nacht etwa noch jemand mit in der Kammer gewesen? Ein Mann ... der miterlebt hatte, was geschehen war? Aber warum hatte Nicoletta ihn in ihrer Aussage nicht erwähnt?

Verdammt, warum will es mir einfach nicht einfallen?

Frustriert umklammerte er das Fensterbrett. Der Traum – oder besser gesagt, die Erinnerung – begann bereits zu verblassen.

Fluchend wandte er sich vom Fenster ab und tigerte rastlos durch sein Schlafgemach. Er konnte nicht länger hierbleiben. Jeder zurechnungsfähige Mann würde in dieser Einrichtung verrückt werden. Es gab nichts zu tun außer ...

Sich zu verstecken.

Der Gedanke plagte ihn wie eine eiternde Wunde. Stephan hatte ihn schon immer für zu leichtsinnig gehalten, und widerwillig musste er ihm nun zustimmen. Trotz allem würde er niemals jemanden verletzten, der schwächer war als er ... und sich dann auch noch wie ein winselnder Köter aus dem Staub machen.

Nein, er war kein Feigling. Das durfte er nicht auf sich sitzen lassen, auch wenn sein Vater ihm befohlen hatte, unterzutauchen bis der Skandal abgewendet war. Etwas Ungeheuerliches war in jener Nacht geschehen ... und Sinjin musste wissen, welche Rolle er dabei gespielt hatte. Um seiner Ehre willen und auch, um sein Gewissen zu beruhigen.

Schnell, wir müssen uns beeilen, bevor er aufwacht.

Gewiss war das ein erster Hinweis, der ihn auf die Spur der Wahrheit führen konnte.

Undeutliche Stimmen rissen ihn aus seinen Gedanken. Als er wieder an das Fenster trat, sah er in einiger Entfernung, wie ein Patient von zwei Aufsehern aus einer Villa geführt wurde, die Mrs Barlow zufolge unter keinen Umständen betreten werden durfte. Der Mann trug eine Zwangsjacke, die seine Arme fest gegen seinen Körper gebunden hielt.

Sein Haar glänzte im Mondlicht nass und rötlich. Er weinte leise vor sich hin.

Der Anblick schnürte Sinjin die Kehle zu. Die Narben auf seinem eigenen Rücken zogen sich mitfühlend zusammen. Gleichzeitig wurde er von einer Welle der Panik übermannt. Entschlossen marschierte er hinüber zu seinem Schreibtisch, entzündete mit zitternden Händen eine Kerze, und begann, einen Brief zu verfassen.

❧ 5 ❧

SINJIN HATTE DEN BRIEF VOR FÜNF TAGEN ABGESCHICKT, ABER noch immer keine Antwort von seinem Vater erhalten.

Mit jedem weiteren Tag, der verging, wuchs seine Verzweiflung. Eine kalte Angst, die er zu unterdrücken versuchte, griff nach seinem Herzen und förderte seine düstersten Gedanken zutage. *Papa ist froh, dich endlich los zu sein. Er liebt Stephan und Theodore, aber nicht dich. Er wird dich hier verrotten lassen.*

Obwohl er sich immer wieder einredete, dass der Herzog ihn hier herausholen würde, gelang es ihm nicht, sich davon zu überzeugen. Stattdessen gerieten seine Gedanken in einen immer tieferen Strudel aus Argwohn und Paranoia, wodurch es ihm unmöglich war, zu essen, zu schlafen oder sich zu entspannen. Wenn er in den Spiegel sah, blickte ihm ein Fremder mit dunklen Augenringen und Bartstoppeln entgegen. Er wusste, dass er dringend Schlaf brauchte, aber es wollte ihm nicht gelingen, den Kopf freizubekommen und die überschüssige Energie loszuwerden.

Verdammt, er brauchte einen Drink. Oder einen schnellen Fick. *Irgendetwas.*

Vielleicht verspätete der Herzog sich ja nur deshalb, weil er nach dem Mann mit der tiefen Stimme suchte, von dem Sinjin ihm in seinem Brief erzählt hatte. Er holte tief Luft und versuchte, sich zu beruhigen. Doch dieses Mal half ihm nicht einmal sein Amulett. Frustriert schleuderte er das vermaledeite Ding quer durch den Raum.

Durch die Warterei schien die Zeit noch langsamer zu vergehen.

In der folgenden Nacht riss ihm schließlich der Geduldsfaden. Wenn der Herzog ihn nicht aus dieser Einrichtung herausholte, würde er eben einfach gehen. Die beiden Wachen am Eingangstor besaßen doch tatsächlich die Dreistigkeit, ihn aufzuhalten. Trotz seines Protests, er sei Gast und aus freien Stücken hier, ließen sie ihn nicht vorbei. Als sie versuchten, ihm seine Reisetasche abzunehmen, wehrte er sich. Als sie auch noch handgreiflich wurden, ließ er seine Fäuste für sich sprechen. Wenigstens waren die vielen Stunden, die er im Boxring verbracht hatte, nicht umsonst gewesen. Nachdem er sie bewusstlos geschlagen hatte, rannte er los, so schnell ihn seine Beine trugen ... nur um von einer weiteren Schar Wachen eingeholt zu werden.

Er schrie und wehrte sich wie wild, doch sie zerrten ihn zurück in seine Villa und schlossen ihn darin ein.

Die ganze Nacht über tigerte er herum wie ein eingesperrtes Raubtier. Bei Tagesanbruch hatte er sich zwar einigermaßen beruhigt, konnte aber noch immer die dunkle, brodelnde Energie in sich spüren. Als sich ein paar Stunden später die Tür öffnete, war er wild entschlossen, sich erneut den Weg in die Freiheit zu erkämpfen.

Zu seiner Überraschung betrat sein Vater das Zimmer. In seinem perfekt geschnittenen, eisengrauen Ensemble strahlte Jeremy George St. John Pelham, der sechste Herzog von Acton, eine Autorität aus, die von Jahr zu Jahr stärker wurde. Sein dunkles Haar ergraute langsam an den Schläfen, und die Zeit hatte seine scharfen Züge nur noch markanter werden lassen.

„Du siehst furchtbar aus", stellte Seine Gnaden ohne ein Wort der Begrüßung fest.

Sinjin wurde von einer Welle gegensätzlicher Gefühle übermannt. Wut und Erleichterung ergaben ja noch irgendwie Sinn, aber warum auch Sehnsucht? So etwas Albernes. Wenn es ihm in den letzten sechsundzwanzig Jahren nicht gelungen war, das Wohlwollen seines Vaters zu gewinnen, dann garantiert jetzt erst recht nicht, wo er unter Anklage auf Körperverletzung stand und sich deswegen in einem Irrenhaus versteckte.

„Wo zum Henker warst du?", stieß er hervor.

„Ich war damit beschäftigt, das Chaos zu beseitigen, das du angerichtet hast." Der Herzog strich mit dem behandschuhten Finger über die Tischoberfläche und betrachtete angewidert die dünne Staubschicht, die daran hängenblieb. „Ich hatte Besseres von Mrs Barlow erwartet."

„Zum Teufel mit Mrs Barlow. Und zum Teufel mit dir! Ist dir bewusst, dass man mich gestern nicht gehen lassen wollte?", erwiderte Sinjin mit so viel Verachtung in seinem Tonfall, wie er zuwege brachte, obwohl seine Stimme zu seinem Unmut leicht zitterte. „Ich bin hier doch kein Gefangener. Und verrückt bin ich auch nicht. Ich habe nie zugestimmt ..."

Er wurde jäh unterbrochen, als Lady Regina, Herzogin von Acton, den Raum betrat, dicht gefolgt von ihrem Sohn, Lord Theodore Pelham. Beide waren blond, schlank und äußerst hochnäsig. Sinjin hatte nicht viel für seine Stiefmutter und den Halbbruder übrig, ein Gefühl, das auf Gegenseitigkeit beruhte.

Die Herzogin ließ sich mit bauschenden, blauen Röcken auf dem Stuhl nieder, den ihr Gemahl für sie herangezogen hatte.

„Hallo, Revelstoke", begrüßte sie Sinjin mit einem kühlen Nicken.

„Eure Gnaden", erwiderte er kurz angebunden.

Theodore, der sieben Jahre jünger war als er selbst, stellte sich neben seine Mutter. Die gekünstelte Langeweile, die er ausstrahlte, schien das Einzige zu sein, was er sich in Oxford angeeignet hatte.

„*Aspice quod felix attracsit*", sagte er gedehnt.

Na schön, dann hatte der Schwachkopf sich eben *zwei* Dinge angeeignet: überhebliche Gleichgültigkeit und die Angewohnheit, mit grammatikalisch inkorrektem Latein um sich zu werfen.

„Spar dir die Klugscheißerei", knurrte Sinjin. „Ihr seid diejenigen, die ohne Vorwarnung hier aufgetaucht sind. Was wollt ihr von mir?"

„Vielleicht möchte ich einfach meinen *fratis ventrus* besuchen?"

„Das geht leider nicht. Stephan ist tot", konterte er barsch.

Kurz überdeckte ein Anflug von Trauer Theodores aufgesetztes Getue, und er schluckte schwer. Widerwillig fühlte Sinjin sich ihm in diesem Moment verbunden. Stephan war ein edler, fürsorglicher Mann gewesen, der die Familie zusammengehalten hatte. Ohne ihn, den geliebten Sohn und Bruder, waren die Pelhams nichts weiter als ein Scherbenhaufen.

„Das reicht jetzt, ihr beiden", mischte der Herzog sich unwirsch ein. „Sinjin, was hat es mit deinem Fluchtversuch letzte Nacht auf sich?"

„Das war kein Fluchtversuch. Ich bin hier immer noch Gast, oder hast du das etwa vergessen?", erwiderte dieser. „Ich kann gehen, wann immer ich will."

„So war es aber nicht abgemacht. Du solltest doch hierbleiben, bis ich deine Fehler aus der Welt geräumt habe."

„Und hast du das?", wollte Sinjin ruhig wissen.

In den blauen Augen seines Vaters – die seinen so ähnlich waren – lag eiserne Disziplin. „So etwas braucht Zeit. Du hast so viele Brände verursacht, die es zu löschen gilt, und wenn man dich jetzt wieder sorglos in der Öffentlichkeit herumflanieren sähe, würde das nur weiteres Öl aufs Feuer gießen ..." Seine kühlen Worte wurden von einem Hustenanfall unterbrochen.

Der heftige Ausbruch überraschte Sinjin. Der Herzog war doch immer immun gegen menschliche Schwächen wie gesundheitliche Beschwerden gewesen. Verunsichert trat er einen Schritt auf seinen Vater zu, doch seine Stiefmutter deutete ihm mit einer

Handbewegung an, innezuhalten, erhob sich und näherte sich ihrem Mann.

„Ist alles in Ordnung, Acton?"

„Es geht mir gut." Seine Gnaden wischte sich den Mund mit einem Taschentuch ab.

„Vielleicht solltest du dich setzen und ein wenig ausruhen ..."

„Verdammt, Regina, mach nicht so viel Aufhebens um die Sache", unterbrach er sie.

Die Herzogin schürzte die Lippen und wandte sich Sinjin zu. Sie war in sein Leben getreten, als er sechs Jahre alt war, ein Jahr, nachdem er seine Mutter verloren hatte. Schon damals hatte er gespürt, dass sie ihn nie als ihren Sohn anerkennen würde. Für Stephan hatte sie zumindest das ein oder andere Lächeln übrig, Sinjin hingegen musste sich mit abschätzigem Stirnrunzeln begnügen, durch das sich mittlerweile tiefe Furchen zwischen ihren Brauen abzeichneten.

Geschieht ihr recht ... voreingenommenes, kaltes Miststück.

„Dein Vater hat unermüdlich daran gearbeitet, dein Chaos zu beseitigen. Er hat die letzten Tage kaum geschlafen", sagte sie anklagend. „Da ist es doch wohl nicht zu viel verlangt, dass du dich an deinen Teil der Abmachung hältst, oder? Ein paar Wochen fernab des gesellschaftlichen Vergnügens zu verweilen?"

„Das dürfte für Sinjin geradezu unmöglich sein, *mater*", mischte Theodore sich ein, der sich gebückt hatte, um etwas vom Boden aufzuheben. Mit einem spöttischen Grinsen hielt er das silberne Amulett in die Höhe. „Seit er Revelstokes Titel angenommen hat, hält er sich für eine Gottheit. Man nennt ihn doch tatsächlich den Gott der Lustbarkeit! Er kann sich vor Scharen von feinen Damen und Dirnen kaum retten."

Mit zusammengepressten Lippen studierte der Herzog das Schmuckstück. „Verdammt, Sinjin, warum musst du dich immerzu so vulgär und verdorben aufführen?"

Weil es dich zur Weißglut bringt?

Als seine Eltern das Medaillon zum ersten Mal sahen, hatten

sie sich hoffnungsvoll erkundigt, ob es das Geschenk einer jungfräulichen Dame sei und man in naher Zukunft eine Vermählung erwarten dürfe. Umso größer war ihre Enttäuschung, als Sinjin sie selbstgefällig über die Wahrheit informierte: Es diente ihm vielmehr als Erinnerung, dass Freiheit weitaus reizvoller war als die Fesseln der Ehe.

Blitzschnell riss er Theodore die Kette aus der Hand und knallte sie auf den Tisch, wo sie für alle sichtbar dalag und weiterhin Anstoß erregen konnte. Das mochte kleinlich von ihm sein ... aber es erfüllte ihn mit Genugtuung.

„Also wirklich, Sinjin." Seine Stiefmutter beäugte das Amulett, als sei es Ungeziefer. „Musst du das geschmacklose Geschenk einer deiner Eroberungen so zur Schau stellen? Hast du keinen Respekt gegenüber höflicher Gesellschaft?"

Ihre Gnaden höchstpersönlich hatte dafür gesorgt, dass er in eine Einrichtung für schwer erziehbare Jungen abgeschoben wurde, fernab seiner Familie, und nun erwartete sie, dass er Respekt gegenüber höflicher Gesellschaft zeigte ... geschweige denn wusste, was das überhaupt bedeutete?

Wegen *ihr* war er überhaupt erst der Gott der Lustbarkeit geworden. Wegen ihr hatte er in Creavey Hall mit aller Macht ums Überleben kämpfen, sich einen Platz unter den Stärksten sichern müssen. Wegen ihr fühlte er sich in Gesellschaft von Unruhestiftern und billigen Flittchen wohler als unter den sittenstrengen Heuchlern der *ton*.

„Absolut nicht", erwiderte er knapp.

„Theodore, bring deine Mutter zurück zur Kutsche", ging der Herzog dazwischen. „Ich möchte mit Sinjin unter vier Augen reden."

Seine Frau sah aus, als wollte sie widersprechen, doch sein Blick machte ihr deutlich, dass er keine Widerrede duldete, und so ergriff sie seufzend Theodores Arm.

Kaum hatte sich die Tür hinter ihnen geschlossen, knurrte

Sinjin: „Sag diesem Miststück, dass sie sich gefälligst aus meinen Angelegenheiten heraushalten soll."

„Hüte deine Zunge! Sie ist immerhin deine Stiefmutter", konterte der Herzog, bevor er sich erschöpft auf einen Stuhl sinken ließ. „Aber genug dieses belanglosen Geschwätzes. Ich bin hergekommen, um dich über meinen Fortschritt zu informieren. Es ist kein leichtes Unterfangen, den Skandal einzudämmen. Das Flittchen hat sich zwar bereiterklärt, Stillschweigen zu bewahren, Corbett hingegen weigert sich, mit uns zu kooperieren."

Andrew Corbett war der Inhaber des gleichnamigen Bordells, in dem die unglücklichen Ereignisse sich zugetragen hatten. Corbett's bot seiner Kundschaft diskrete Vergnügungen zu angemessenen Preisen, doch der Besitzer konnte skrupellos sein, wenn man ihn aus irgendeinem Grund verärgerte. Jeder, dem Zutritt zu dem exklusiven Etablissement gewährt wurde, kannte die Spielregeln ... und wusste, was geschah, wenn man dagegen verstieß. Daher überraschte es Sinjin nicht, dass Andrew alles andere als begeistert über die Gewalttat gegen eine seiner Dirnen war.

„Was hat Corbett vor?", fragte er mit einem flauen Gefühl im Magen.

„Er will den Vorfall der Gerichtsbarkeit melden. Aber ohne die offizielle Beschwerde der Nutte gibt es keinen stichfesten Fall. Zum Glück konnte ich sie überreden, den Mund zu halten ... zumindest fürs Erste."

Anders gesagt, hatte er Nicoletta bestochen. Die Ungerechtigkeit der Situation verursachte ihm Übelkeit. Die Frage war nur ... war Nicoletta wirklich das unschuldige Opfer oder steckte doch etwas viel Unheilvolleres hinter der ganzen Sache?

„Hast du meinen Brief erhalten?", fragte er abrupt.

Der Herzog nickte knapp.

„Und hast du ihn auch gelesen? Vor allem den Teil über meine Erinnerung, dass noch jemand mit im Zimmer war ... ein Mann? *Wir müssen schnell handeln, bevor er aufwacht.* Das muss doch etwas bedeuten", erklärte er eifrig. „Warum hat Nicoletta ihn nicht erwähnt?"

„Was genau ist deiner Meinung nach denn geschehen?"

„Ich weiß es nicht." Frustriert fuhr er sich mit der Hand durchs Haar. „Aber ich weiß, dass etwas an der Sache faul ist. Warum kann ich mich an nichts erinnern? Glaub mir, wenn ich eines gut kann, dann ist es trinken bis zum Abwinken. Ich war schon viel betrunkener als in jener Nacht, ohne am nächsten Tag alles vergessen zu haben. Vielleicht ..." Er hielt kurz inne, um tief durchzuatmen. „Vielleicht wurde mir ja ein Betäubungsmittel verabreicht?"

„Hältst du das für wahrscheinlich?", fragte der Herzog mit hochgezogenen Brauen.

Sinjin hasste diesen skeptischen Gesichtsausdruck seines Vaters. Er verdeutlichte ihm mehr als Worte, was der Herzog von ihm hielt. Man sollte denken, er hätte sich inzwischen an diese Blicke gewöhnt, aber nein, sie gingen ihm immer noch unter die Haut.

Verbissen kämpfte er gegen die aufkeimenden Selbstzweifel an. „Es wäre durchaus möglich", beharrte er. „Ich hatte drei Gläser Whisky, bevor ich mit Nicoletta nach oben ging. Vielleicht hat mir jemand etwas ins Getränk gemischt."

„Selbst wenn dem so wäre, zu welchem Zweck hätte jemand eine so schändliche Tat begehen sollen?"

„Ich habe durchaus meine Feinde", erwiderte er stur.

„Wen?"

Die Liste der Verdächtigen war nicht gerade kurz. Sein ausschweifender Lebensstil und seine unnachgiebige Einstellung brachten so manche Gegner mit sich. Männer, mit denen er im Zwiespalt lag ... Frauen, die mehr von ihm wollten als die eine Nacht, auf die man sich zunächst geeinigt hatte. Aber wer könnte ihn so sehr hassen, dass er ihm das Leben zur Hölle machen wollte?

„Langley", murmelte Sinjin. „Er hat es schon länger auf mich abgesehen."

„*Vicomte* Langley?", wiederholte sein Vater ungläubig. „Warum in aller Welt sollte er dich der Körperverletzung angeklagt sehen wollen?"

Verlegen rieb er sich den Nacken. „Vor einer Weile erwischte er mich dabei, wie ich seiner Lady einen … Besuch abstattete."

„Verdammt noch mal, Sohn!", explodierte der Herzog. „Du hast mit der Frau eines anderen das Lager geteilt?"

Damals hatte er sich nicht viel dabei gedacht. Immerhin war Audrey Langley diejenige gewesen, die auf ihn zugekommen war. Sie hatte ihm auf einem Ball kokett zu verstehen gegeben, dass ihr Gemahl und sie eine „Abmachung" hätten. Da der Vicomte selbst zahlreiche Mätressen unterhielt, sah Sinjin keinen Anlass, die Behauptung zu hinterfragen. Als Langley ihn jedoch mit seiner Frau im Bett erwischt hatte, wurde nur zu deutlich, dass die beiden diese vermeintliche „Abmachung" völlig unterschiedlich auslegten.

Was dem einen recht war, war dem anderen offensichtlich ganz und gar nicht billig.

Sinjin wäre durchaus bereit gewesen, die Angelegenheit durch ein Duell zu klären, aber Langley, der verdammte Narr, hütete sich natürlich, ihn herauszufordern. Stattdessen hatte sich etwa eine Woche später eines der Räder an seiner Kutsche gelöst. Nur dank seiner exzellenten Fahrkünste konnte er einen verheerenden Unfall verhindern. Nach eingehender Inspektion stellte er fest, dass jemand sich an der Radachse zu schaffen gemacht hatte, und obwohl es keinen Beweis gab, wusste er nur zu gut, wer dafür verantwortlich war.

„Ich habe die Vereinbarung der Langleys einfach missverstanden", erklärte er schließlich wenig überzeugend.

„Was sich zwischen dem Vicomte und seiner Frau abspielt, geht dich einen feuchten Dreck an! Verflucht, Sinjin, seit du den Titel trägst, versuche ich pausenlos, dich zur Vernunft zu bringen, aber du lässt dir deine Unmoral partout nicht austreiben. Die

Hurerei, das Gesaufe, dieses leichtsinnige Verhalten ... im Gegenteil, es wird immer schlimmer. Aber am bedenklichsten ist die Tatsache, dass du keinerlei Verantwortung für deine Taten übernehmen willst."

Die Predigt war ihm ebenso vertraut wie das Schamgefühl und die Verbitterung, die damit einhergingen. „Ich *versuche* doch, Verantwortung zu zeigen. Deshalb habe ich dir ja von dem Mann erzählt ..."

„Stephan wusste, welche Verpflichtungen er als Revelstoke zu erfüllen hatte", unterbrach sein Vater ihn. „Aber was hast du bisher getan? Hast du deine Ländereien überhaupt schon einmal besucht?"

Das hatte er nicht ... denn allein der Gedanke, den Platz seines Bruders einzunehmen, erfüllte ihn mit niederschmetterndem Kummer. Er hatte diesen Titel nie gewollt, den Titel des *guten* Bruders, der es viel mehr verdient hätte als er selbst, am Leben zu sein.

„Ich bin nicht Stephan", erwiderte er kurz angebunden.

„Nein, das bist du nicht." Unverhohlene Enttäuschung schwang in den Worten des Herzogs mit. Doch damit nicht genug, fügte er noch hinzu: „Wir wissen beide, nach wem du kommst."

Nach ihr, deren Name niemals genannt wurde: Catherine Pelham, seine Mutter und Schandfleck der Familie Acton. Die Frau, die ihren Gemahl nach Strich und Faden betrogen und ihre Söhne im Stich gelassen hatte, bevor sie in den eisigen Tiefen des Ärmelkanals ein tragisches Ende fand. Wie immer krampfte sich seine Brust bei der Erinnerung an sie schmerzhaft zusammen.

„Ich treffe meine eigenen Entscheidungen", presste er hervor. „Und es ist mir egal, ob du damit einverstanden bist oder nicht."

„Also entscheidest du dich bewusst für dieses leichtsinnige Verhalten? Warum glaubst du dann, jemand anderes sei für deine Taten verantwortlich? Du hast dich kein bisschen verändert. Schon seit jeher mangelt es dir an Selbstdisziplin und Moral. Dir wurde alles in die Wiege gelegt, was man sich nur wünschen kann, und doch machst du rein gar nichts aus deinem Leben ..."

„Was genau hat man mir bitte geschenkt?" Der schwarze Teufel in ihm war erwacht und hämmerte wie wild gegen seine Rippen. „Die höllischen Jahre, die ich in Creavey Hall verbringen musste?"

„Das hattest du dir selbst zuzuschreiben. Verdammt, du hast das Büro des Schulleiters von Eton in *Brand* gesteckt, Sinjin. Keine andere Schule hätte dich danach noch aufgenommen. Creavey war nun mal dafür bekannt, mit schwierigen Jugendlichen fertigzuwerden ..."

„Weil man uns den Gehorsam brutal eingeprügelt hat", fiel Sinjin ihm ins Wort und ballte die Hände zu Fäusten. „Du wusstest genau, was dort vor sich ging, und doch hast du mich nicht rausgeholt. Ich durfte nicht mal während der Ferien nach Hause kommen."

„Es war die Empfehlung der Akademie, die Schüler nicht aus dem disziplinierten Umfeld zu reißen", erwiderte der Herzog steif und strich sich das Revers glatt. „Wie dem auch sei, was geschehen ist, ist geschehen. Ich will mir nicht länger anhören müssen, dass ich und der Rest der Welt für deine Probleme verantwortlich sind. Ganz offensichtlich ist die Wahrheit deine einzige Hoffnung auf Erlösung."

„Was zum Henker soll das nun wieder bedeuten?"

„Ich habe Rücksprache mit Mrs Barlow gehalten. Sie ist der Ansicht, dass dir eine umfassende Behandlung hier guttun würde."

Sinjin spürte, wie ihm das Blut in den Ohren rauschte. „Mir doch egal, was Mrs Barlow denkt. Ich bleibe keine Sekunde länger hier!"

„Wenn du diese Nutte aufgrund eines psychischen Leidens verletzt hast und dich deswegen generell so leichtsinnig verhältst, wirst du von der Behandlung nur profitieren." Der Tonfall seines Vaters duldete keine Widerrede. „Sobald ich die Angelegenheit mit Corbett geregelt habe, können wir uns noch einmal in Ruhe unterhalten. Bis dahin bist du hoffentlich zur Vernunft gekommen."

„Du bist derjenige, der vernünftig werden muss! Auf *gar* keinen Fall bleibe ich in diesem Irrenhaus. Und ich sagte dir doch bereits: *Ich habe Nicoletta nicht geschlagen.*"

„Woher willst du das wissen?"

„Weil ich einer Frau noch nie wehgetan habe und es auch niemals tun würde!"

„Du bist völlig außer Kontrolle, wer weiß, wozu du in diesem Zustand fähig bist? Allein die Tatsache, dass du die Schuld auf irgendeinen namen- und gesichtslosen Fremden schieben willst ..." Sein Vater hielt inne, bevor er leise fortfuhr: „Nein, das ist der einzige Weg. Du brauchst dringend Hilfe, Sinjin, und vielleicht war dieser ganze Vorfall ja Glück im Unglück. Eines Tages wirst du mir dafür danken."

Mit diesen Worten wandte er sich zum Gehen.

Von Panik angetrieben, packte er den Herzog an der Schulter. „Papa, nein ... lass mich hier nicht zurück!" Er hasste das Flehen in seiner Stimme, das nicht zu unterdrückende Zittern. „Ich weiß, ich bin nicht so perfekt oder anständig wie Stephan, aber ich kann mich bessern. Ich *werde* mich bessern. Bitte ... glaube mir. Ich habe es nicht getan. Dessen bin ich mir sicher."

Einen Moment lang starrten sie einander schweigend an, ein stummes Gefecht zwischen Entschlossenheit und Verzweiflung. Dann hob der Herzog die Hand und klopfte an die Tür.

Diese öffnete sich, und zwei Aufseher traten ein. Einer von ihnen hielt eine Zwangsjacke bereit.

„Kommt mir bloß nicht zu nahe!", brüllte Sinjin und wich zurück. „Ich lasse mich nicht in dieses Ding stecken!"

„Es ist nur vorübergehend. Das alles ist nur zu deinem Besten."

Mit einem letzten resignierten Blick verließ sein Vater das Zimmer.

$\maltese$ 6 $\maltese$

ZWEI WOCHEN SPÄTER SAẞ POLLY IN DEM STATTLICHEN SALON ihres Bruders Ambrose in Mayfair. Normalerweise wechselte sie regelmäßig zwischen den Haushalten ihrer älteren Geschwister hin und her, aber seit gut einem Jahr wohnte sie auf Rosies Wunsch hin bei Ambrose und seiner Familie. An diesem Abend waren Emma und Thea mit Kind und Kegel zu Gast, um Pollys Geburtstag zu feiern. Sie saßen gemütlich beisammen, während sie auf das Abendessen warteten.

Polly hatte Theas Töchterchen Francesca auf dem Schoß. Die Zweijährige war ihrem Zwillingsbruder Samuel sowie ihrem Cousin Christopher für eine gute halbe Stunde hinterhergejagt, bevor sie sich entschloss, eine kleine Pause einzulegen. Prompt war sie auf dem Aubusson-Teppich eingeschlafen, woraufhin Polly sie zu sich auf das Sofa geholt hatte.

Olivia, Emmas Erstgeborene, ließ sich nun auf ihrer anderen Seite nieder.

„Tante Polly", begann das hübsche, braunhaarige Mädchen, „was hältst du von Christopher?"

„Ich mag deinen kleinen Bruder genauso sehr wie dich."

„Du kannst ihn als Geburtstagsgeschenk haben, wenn du willst", bot Livy ihr an.

Emma, die den schlafenden Christopher im Arm hielt, prustete amüsiert los.

Polly selbst musste mit Mühe ein Lachen unterdrücken. „Ich glaube, deine Eltern würden ihn ganz gerne behalten."

„Mama und Papa brauchen ihn nicht. Sie haben doch *mich*", erklärte Livy mit funkelnden Augen.

„Sie lieben euch beide gleichermaßen", versicherte Polly ihr geduldig. „Und ich denke, du wirst dich früher oder später noch sehr über die Gesellschaft deines Bruders freuen."

Livy verschränkte die Arme vor der Brust. „Aber er kann überhaupt nichts. Er ist so langweilig."

„Das wird sich schon bald ändern", versprach sie der Kleinen.

„Engelchen, wie oft muss ich dir noch sagen, dass Christopher nicht verkäuflich ist?", mischte deren Vater, der große, attraktive Herzog von Strathaven, sich ein, während er ihr über die dunkelbraunen Löckchen strich.

„Ich will ihn ja nicht verkaufen, sondern *verschenken*, Papa. Tante Polly hat noch keine Kinder, deshalb dachte ich mir, sie hätte vielleicht gerne eins zum Geburtstag", verteidigte seine Tochter sich.

Obwohl Polly in das Gelächter der übrigen Erwachsenen einstimmte, verspürte sie einen Stich in ihrem Herzen. *Kindermund tut Wahrheit kund ...*

Sie wurde heute zweiundzwanzig, ein Alter, das ihr schmerzlich vor Augen führte, dass sie selbst nach der vierten Saison seit ihrer offiziellen Einführung in die Gesellschaft weder verlobt, geschweige denn verheiratet oder schwanger war. So sehr sie ihren Geschwistern deren Glück auch gönnte, fühlte sie sich zunehmend einsamer. Ein Blick durch den Raum bewies ihr, wie einzigartig die Bande zwischen Eheleuten waren. Über die Jahre hatte sie gelernt, dass Gefühle wie Angst und Hass immer irgendwie gleichförmig waren, die Liebe hingegen präsentierte sich auf wunderbar vielfältige Weise.

Thea stand neben dem Klavier und überwachte ihren Stiefsohn Freddy sowie dessen besten Freund Edward, den Jungen von Ambrose und Marianne, bei einem enthusiastischen Duett. Ihr Gemahl, der Marquis von Tremont, wich ihr dabei nicht von der Seite, sondern hatte ihr besitzergreifend einen Arm um die Taille gelegt. Die beiden umgab eine silberglänzende Aura der gegenseitigen Hingabe und Bewunderung. Strathaven hatte sich inzwischen neben Emma niedergelassen, und die beiden diskutierten neckisch über irgendeine Belanglosigkeit, während die Anziehungskraft zwischen ihnen wie magentafarbenes Konfetti glitzerte.

Rosie und Marianne hatten es sich auf der Couch ihnen gegenüber gemütlich gemacht und studierten gemeinsam die neusten Modeteller des Ateliers Ackerman. Gerade gingen sie die Vor- und Nachteile verschiedener Passformen durch, als Ambrose sich zu ihnen gesellte und seiner Frau lässig einen Arm um die Schulter legte.

„Bist du erschöpft, Liebling?", fragte er sie.

Marianne lächelte matt. „Ja, ein wenig. Die Schwangerschaft mit Edward hat mir bei Weitem nicht so zugesetzt. Ein Kind auszutragen, ist kein leichtes Unterfangen, wenn man nicht mehr die Jüngste ist."

Für den gesamten Familienclan war es eine Überraschung gewesen, als Marianne und Ambrose die Schwangerschaft vor zwei Monaten bekannt gegeben hatten. Die schöne Blondine hatte sich wochenlang abgeschlagen, unwohl und fiebrig gefühlt. Wenig später teilte der Arzt ihr mit, dass sie wieder in anderen Umständen war ... vierzehn Jahre nach der Geburt ihres Sohnes.

„Du bist seit unserer Hochzeit keinen Tag gealtert", behauptete Ambrose und küsste sie sanft auf die Schläfe. Seine bernsteinfarbenen Augen und die ebenso goldene Aura spiegelten seine tiefe Liebe wider. „Zweifellos die schönste Frau, der ich je begegnet bin."

Marianne lachte vergnügt. „Und du, mein Lieber, wirst von Jahr zu Jahr redegewandter. In Wahrheit gehe ich auf wie ein Ballon. Schon bald wird es jeder sehen können."

„Papa hat ganz recht", mischte Rosie sich ein. „Du strahlst förmlich, Mama."

„Ihr seid mir vielleicht ein paar Schmeichler." Marianne umgab ein smaragdgrüner Schimmer, durchzogen von goldenem Glanz. „Was für ein Glück, dass ich euch habe."

So sehr Polly ihre stetig wachsende Familie auch vergötterte, fühlte sie sich in deren Anwesenheit manchmal schrecklich einsam. Sie wusste, dass sie bei ihren Geschwistern immer willkommen war, aber sie wollte nicht auf ewig das fünfte Rad am Wagen sein. Sie wünschte sich ein eigenes Heim. Und die Zeit, die sie mit ihren Nichten und Neffen verbrachte, verstärkte ihren eigenen Kinderwunsch um ein Vielfaches. Aus diesem Grund sollte sie sich vermehrt darauf konzentrieren, Nigel Pickering-Parks' Zuneigung zu gewinnen ... doch stattdessen wanderten ihre Gedanken ständig zu Revelstoke.

Nachts suchten die Erinnerungen an sein schamloses Verhalten sie heim, und mehr als einmal erwachte sie schweißgebadet aus ihren Träumen, mit steifen Brustwarzen und einer beunruhigenden Feuchtigkeit zwischen den Schenkeln.

Gütiger Himmel, was geschah nur mit ihr?

Kurz überlegte sie, ihre Schwestern um Rat zu fragen, aber die intime Natur dieser Angelegenheit – und was die Antworten über sie selbst zu Tage fördern könnten – ließ sie zögern. Ebenso verhielt es sich, wenn sie darüber nachdachte, ob sie Rosie von der schrecklichen Unterhaltung berichten sollte, die sie vor ein paar Monaten mit angehört hatte, und von dem Erlebnis im Badehaus. Allein der *Gedanke* an diese Vorfälle ließ sie vor Scham bis zu den Haarwurzeln erröten.

Aus diesem Grund behielt sie diese Begegnungen mit Revelstoke für sich und legte sie mental unter „schmutzige Geheimnisse" ab. Es spielte ja auch keine Rolle, denn sie würden ihn sowieso nicht wiedersehen. Rosie mochte völlig hingerissen von ihm sein, was aber nicht bedeutete, dass es sich bei ihm ebenso verhielt. Er war ein flegelhafter Wüstling, der, wie Lady Langley damals auf dem Ball so treffend angemerkt hatte (woraufhin von ihm kein Widerspruch kam), nicht an jungfräulichen Damen interessiert war – *dem Herrn sei Dank!*

„Wann möchtest du denn deine Geschenke öffnen, Polly?"

Emmas Frage riss sie aus ihren Gedanken. „Oh, äh, wann immer es zeitlich passt", murmelte sie. „Vielleicht nach dem Dessert?"

„Das ist mal wieder ganz unsere Polly", merkte Ambrose an. „So gelassen und geduldig. Du hast dir schon immer das Beste bis zuletzt aufgehoben ... selbst früher, als wir kaum etwas besaßen."

Die Kents hatten nicht immer ein Leben im Luxus geführt. Ihre Mutter war gestorben, als Polly gerade sechs Jahre alt war, und kurze Zeit später erlag der Vater einer schweren Krankheit, woraufhin ihr ältester Bruder für sie sorgen und Emma den Haushalt führen musste. Doch trotz der harten Zeiten hatte es ihnen nie an Liebe gemangelt.

„Dank euch waren meine Geburtstage immer etwas ganz Besonderes", sagte sie aufrichtig.

„Ich habe dir deinen Lieblingskuchen gebacken", verriet Emma ihr mit einem Lächeln. Sie war eine hervorragende Köchin, die sich auch jetzt als Herzogin nicht aus der Küche vertreiben ließ. „Allerdings musste ich die Glasur verdoppeln, da Strathaven beinahe die Hälfte weggefuttert hat."

„Du hast eben meine Leidenschaft für Süßes geweckt", erwiderte dieser verschmitzt, und seine Frau errötete.

„Außerdem hat unser Koch sich etwas ganz Außergewöhnliches für den Nachtisch einfallen lassen ...", begann Marianne, wurde jedoch von Pitt, dem Butler, unterbrochen, der sichtlich aufgeregt das Zimmer betrat. „Was ist denn los, Pitt?"

„Verzeihung, Mylady", entschuldigte dieser sich. „Da ist ein Gentleman, der Mr Kent zu sprechen wünscht."

„Ich erwarte aber keinen Besuch", sagte Ambrose stirnrunzelnd. „Wer ist es denn?"

„Er nannte keinen Namen, Sir. Allerdings soll ich Ihnen ausrichten, dass es sich um eine dringliche Angelegenheit handelt."

Emma spitzte neugierig die Ohren. „Das klingt ja interessant."

Vor ihrer Ehe hatte die älteste Schwester eine Karriere in Ambroses Privatdetektei, Kent und Partner, angestrebt, und auch jetzt half sie gelegentlich noch bei Fällen aus ... mit der Zustimmung ihres Herzogs (und manchmal ohne sein Wissen).

„Irgendeine Idee, wer es sein könnte, Liebling?", fragte Marianne.

„Nein, aber ich werde ihn abwimmeln, egal, wer es ist." Ambrose erhob sich. „Heute Abend wollen wir als Familie in Ruhe feiern ..." Er brach ab, den Blick auf die Tür gerichtet.

Dort stand kein Geringerer als der Graf von Revelstoke.

Polly durchfuhr ein elektrisierender Schock, als sie den Mann erblickte, der sie seit ihrer jüngsten Begegnung unablässig in ihren Träumen heimsuchte. Er war noch männlicher, als sie ihn in Erinnerung hatte. Sein leicht zerzaustes Aussehen tat seiner Attraktivität keinen Abbruch, im Gegenteil, es verlieh ihm nur noch mehr Ausstrahlung. Man könnte meinen, er sei einem wilden, exotischen Ort entsprungen, der ungeahnte Sinnesfreuden versprach, und in diesem Moment verstand Polly nur zu gut, warum manche Frauen gewillt waren, sich ihm mit Haut und Haaren hinzugeben.

Er ließ den Blick durch den Raum schweifen, bis er an ihr hängen blieb. Wie ein gefangener Vogel flatterte ihr das Herz wie wild in der Brust. Seine Präsenz war seltsam überwältigend. Trotz der gefassten Fassade, hinter der er seine Gefühle zu verbergen versuchte, sah sie deutlich die kobaltblaue Aura aus Verzweiflung, Angst und Wut, die ihn umgab.

Erschrocken starrte sie ihn an. *Was um alles in der Welt ist ihm nur zugestoßen?*

„Lord Revelstoke!", durchbrach Rosies muntere Stimme schließlich die Stille. Sie erhob sich mit einem strahlenden Lächeln und faltete erfreut die Hände vor der Brust. „Sie kommen mich also doch besuchen! Ich dachte schon, Sie hätten Ihr Versprechen vergessen."

❧   7   ❧

Sinjins Besuch war keineswegs privater Natur.

Andererseits wollte er Miss Primroses freundliche Einladung zum Abendessen auch nicht ausschlagen, weshalb er sich wenig später auf dem Platz neben ihr in dem prunkvollen Esszimmer wiederfand. Der Tisch war mit türkis-goldenem Sèvres-Porzellan gedeckt und von bunten Blumengestecken überladen, die, wie ihm erklärt wurde, als Geburtstagsschmuck dienten. Offenbar wurde Miss Polly Kent heute zweiundzwanzig Jahre alt.

Und er war mitten in die Familienfeier geplatzt. Wie peinlich.

Zu seiner anderen Seite, am Kopfende der Gastgeberin, saß Mrs Kent, die ihn während des Essens nicht aus den Augen ließ. Miss Polly, die sich ihm gegenüber niedergelassen hatte, vermied es hingegen, ihn anzusehen, als sei er ein Gorgone, der sie jeden Moment in Stein verwandeln könnte.

Glaubt sie etwa, ich lasse spontan die Hose runter und gebe ihr eine ähnliche Vorstellung wie neulich im Badehaus?

Obwohl er ihre Antipathie ja sogar teilweise nachvollziehen konnte, verstand er nicht, warum er sich so sehr daran störte. Normalerweise war es ihm völlig egal, was andere über ihn dachten, aber dieses voreingenommene, prüde Ding war ihm seit ihrer ersten Begegnung nicht mehr aus dem Kopf gegangen. Zugegeben, sie besaß einen gewissen Charme – auf eine schüchterne, zurückhaltende Weise –, doch er war oft genug mit wesentlich attraktiveren Frauen zusammen gewesen, und nicht einmal die hatten es geschafft, sich nach einer gemeinsamen Nacht (und manchmal sogar währenddessen) einen Platz in seinen Gedanken und seinem Herzen zu sichern.

Wahrscheinlich lag es daran, dass sie die erste Frau war, die scheinbar nichts mit ihm zu tun haben wollte, die sich weder von seinem Aussehen noch seinem Titel oder Vermögen blenden ließ. Auch wenn es ihm nicht gefiel, dass sie sich so vorschnell eine Meinung über ihn gebildet hatte, konnte er es ihr nicht verübeln. Verdammt, womöglich vermochte sie ihn trotz ihrer flüchtigen Begegnung besser einzuschätzen als die meisten anderen.

Wie dem auch sei, ihn plagten dringlichere Probleme als das verletzte Zartgefühl einer jungfräulichen Dame. Und so nahm er einen großen Schluck von seinem Wein und wandte sich lächelnd Miss Primrose zu, die gerade irgendeine Anekdote zum Besten gab. Allerdings konnte er sich kaum auf ihre Worte konzentrieren.

Ob sie wissen, wo ich bin? Werden sie mich hier aufspüren?

Seit seiner Flucht aus Mrs Barlows Einrichtung waren zwei Tage vergangen. Obwohl man ihn in diesem höllischen Gefängnis nicht gefoltert hatte, wurden durch die Freiheitsberaubung längst unterdrückte Erinnerungen an seine Zeit in Creavey geweckt, woraufhin auch der schwarze Teufel in ihm erwachte.

Gib dich niemals geschlagen.

Er hatte sich davongemacht, nur mit der Kleidung, die er am Leib trug und ein paar Münzen, die er in den Taschen der Wachen fand, die er niedergeschlagen hatte. Den Weg nach London hatte er halb zu Fuß, halb als blinder Passagier auf einem Bauernkarren zurückgelegt, immer auf der Hut vor jedem Schatten, jeder Bewegung, die das Ende seiner Freiheit bedeuten könnten.

Sein Vater mochte ihn für wahnhaft halten, aber letztendlich hatte seine Paranoia ihn gerettet. Er glaubte, Mrs Barlows Aufseher hinter jeder Ecke lauern zu sehen, nur darauf wartend, ihn wieder an diesen trostlosen Ort zurückzuschleifen. In London angekommen, suchte er zunächst sein Stadthaus auf, ging jedoch nicht direkt hinein, sondern versteckte sich draußen, bis er tatsächlich dunkle Silhouetten hinter den zugezogenen Vorhängen ausmachte. Also hatte er doch recht gehabt: Sie warteten in seinem eigenen Heim auf ihn, um ihn in die Falle zu locken.

Eilig hatte er sich den Hut tiefer ins Gesicht gezogen und war in den geschäftigen Straßen untergetaucht.

Erst wusste er nicht, wohin er gehen sollte. Man verfolgte ihn, jagte ihn, und seine Familie hielt ihn für geisteskrank. Auch seine Freunde kamen nicht in Frage. Man konnte sich zwar gut mit ihnen betrinken, aber er traute keinem von ihnen über den Weg. An seine Liebschaften würde er sich ebenfalls nicht wenden können. Jede Hilfe, die er von ihnen erhielte, wäre unweigerlich an Erwartungen und Bedingungen geknüpft. Und er besaß nicht genug Geld, um die Nacht bei einer Dirne zu verbringen ... außerdem wäre es alles andere als klug, sich nach dem Vorfall bei Corbett's in einem Bordell blicken zu lassen.

Plötzlich kam ihm der rettende Einfall: *Merrick!* Natürlich, sein Verwalter war ein grundanständiger Mann, der mit Sicherheit wusste, was zu tun wäre. Also hatte er sich direkt zu Merricks Büro begeben, wo man ihm jedoch mitteilte, dass dieser übers Wochenende verreist sei. Verzweifelt war er von dort aus zu seiner Bank weitergezogen, aber auch vor dieser lungerten dunkel gekleidete Gestalten herum, die durchaus zu seinen Feinden hätten gehören können.

Alle seine sicheren Rückzugsorte – sein Haus, der Herrenklub, seine Bank – waren zur Gefahrenzone geworden, und so sah er sich gezwungen, Zuflucht in einem heruntergekommenen Gasthaus im Elendsviertel zu suchen, das stundenweise Zimmer vermietete.

Er wusste nicht mehr, wie lange er schlief – seit seiner Flucht aus der Irrenanstalt hatte er kein Auge zugetan –, aber er musste irgendwann in einen tiefen, traumlosen Schlaf gefallen sein, denn als er erwachte, war es früher Morgen, und er fühlte sich wesentlich ausgeglichener und in der Lage, endlich wieder klare Gedanken zu fassen. Die Lösung präsentierte sich ihm wie ein heller Stern, dessen Licht die düstere Wolkendecke durchbrach.

Sie sollten wissen, dass mein Vater der beste Detektiv in ganz London ist.

Miss Primroses Vater war kein Geringerer als *Ambrose Kent*. Natürlich! Der Mann war berühmt für seine Erfolgsrate beim Lösen von kniffligen Fällen. Durch die Ehen seiner Schwestern war er mit einflussreichen Mitgliedern der Gesellschaft verwandt, denen er ebenfalls aus brenzligen Situationen geholfen hatte. Beflügelt von diesem neuen Hoffnungsschimmer, machte Sinjin sich so gut es ging zurecht und begab sich schnurstracks zu Kents Detektei. Leider war diese geschlossen, doch er ließ sich nicht entmutigen und suchte stattdessen den Ermittler zu Hause auf.

Und nun befand er sich also hier, unter den wachsamen Argusaugen Ambrose Kents. Diesem war im Gegensatz zu seiner Tochter klar, dass Sinjin nicht zum Vergnügen erschienen war. Auch Strathaven und Tremont, die neben ihren Gemahlinnen saßen, musterten den ungebetenen Neuankömmling eindringlich.

Mit jeder Minute, die verstrich, wuchs seine Verzweiflung. Er musste Kent dringend unter vier Augen sprechen, aber das mehrgängige Dinner zog sich endlos in die Länge. Ihm war vor Nervosität zu flau, um etwas essen zu können, daher griff er lieber öfter zum Weinglas. Obwohl es ihn unsägliche Anstrengung kostete, hielt er tapfer seine fröhliche Fassade aufrecht und schäkerte munter mit Miss Primrose, deren glockenhelles Lachen ihm in den Ohren wehtat wie das Geräusch von Kreide, die über eine

Schiefertafel kratzte. Seine Sinne waren überreizt, und er fürchtete, jeden Moment die Beherrschung zu verlieren. Unauffällig trat einer der Lakaien neben ihn, um ihm mehr Wein nachzuschenken.

„Mylord."

Miss Pollys Stimme riss ihn aus seinen pausenlos kreisenden Gedanken. Zum ersten Mal an diesem Abend sah sie ihn direkt an, doch statt verklärter Bewunderung oder anzüglicher Koketterie, wie er es sonst von den Frauen gewohnt war, lag in ihrem Blick nichts als kühle Entschlossenheit. Es war, als starrte er auf die Oberfläche eines klaren Sees, in dem er sich selbst widerspiegelte. Was er sah, gefiel ihm allerdings überhaupt nicht.

Jetzt richtete sie ihre Aufmerksamkeit auf den Lakaien und schüttelte kaum merklich den Kopf, woraufhin der Angestellte sich zurückzog, ohne Sinjins halbleeres Glas aufzufüllen.

„Vielleicht möchten Sie lieber etwas essen, Mylord?", fragte sie leise.

Die eigentliche Bedeutung hinter ihren Worten könnte deutlicher nicht sein: *Finger weg vom Alkohol, Sie Trunkenbold!* Er spürte, wie ihm die Hitze ins Gesicht schoss. Für wen hielt sie sich eigentlich? Er ließ sich von niemandem sagen, was er tun durfte und was nicht ... schon gar nicht von einer dahergelaufenen prüden Jungfer wie ihr. Andererseits war er sich der übrigen Anwesenden im Raum nur zu bewusst und musste alles daransetzen, einen guten Eindruck auf Kent zu machen, was ihm wohl kaum gelänge, wenn er dessen jüngster Schwester eine bissige Bemerkung entgegenschleuderte.

Also hob er sein Glas und leerte es demonstrativ in einem Zug, bevor er der nervtötenden Besserwisserin ihm gegenüber ein gewinnendes Lächeln schenkte.

„Na schön, Sie haben meinen Appetit geweckt, Miss Kent", erwiderte er aalglatt. „Wovon soll ich Ihrer Meinung nach zuerst kosten?"

Eine zarte Röte überzog ihre blassen Wangen. „Äh, der Fasanenbraten ist die Spezialität des Kochs."

„Dann werde ich gerne einen Happen probieren", sagte er höflich.

Als man ihm das besagte Gericht reichte, gelang es ihm, trotz zitternder Hände ein ordentliches Stück auf seinen Teller zu manövrieren. Er nahm einen Bissen. Das zarte Fleisch, begleitet von Preiselbeersauce, zerging ihm förmlich auf der Zunge.

„Wie finden Sie es?", fragte Miss Polly.

„Jung und zart, ganz nach meinem Geschmack", erwiderte er gedehnt.

Verlegen senkte sie den Blick.

„Wenn das so ist, müssen Sie unbedingt auch die anderen Gerichte probieren", mischte Miss Primrose sich ein.

Während er sich verschiedene Kostproben auf den Teller lud, konnte er nicht umhin, die knisternde Anspannung zwischen sich und Polly Kent zu bemerken. Gegen seinen Willen wanderte sein Blick immer wieder zu ihr hinüber. Unter dem Licht des Kronleuchters glänzte ihr blondes Haar in verschiedenen Gold- und Bronzetönen. Einige Strähnen hatten sich aus ihrer Hochsteckfrisur gelöst und umrahmten auf eine mühelos verspielte Weise ihr Gesicht. Es war die Art von Frisur, die andere Frauen in stundenlanger Arbeit vor dem Spiegel zu kreieren versuchten.

Miss Polly hingegen schien von ihren widerspenstigen Locken genervt zu sein. Immer wieder strich sie sich die losen Strähnen hinters Ohr, und als das nichts half, versuchte sie, die lästigen Ausreißer mit Haarnadeln zu bändigen. Ebenso gut hätte sie versuchen können, Wasser mithilfe eines Netzes abzuschöpfen. Interessanterweise schien ihr nicht bewusst zu sein, dass ihre Haare ihr einen natürlichen Charme verliehen: Sie wirkte, als hätte sie sich gerade mit einem Liebhaber vergnügt.

Was ihre Kleidung anging, konnte er jedoch nur den Kopf schütteln. Warum in aller Welt hatte sie sich für dieses altbackene Ensemble entschieden, das ihren Körper wie ein Leinensack verhüllte? Davon ließ er sich allerdings nicht in die Irre führen. Als Connaisseur der weiblichen Form war er sich ganz sicher, dass sich unter dem hässlichen Fetzen aufreizende Kurven verbargen, bei der jede Dirne vor Neid erblassen würde.

Auch ihre Lippen waren herrlich füllig und von einem zarten Korallenrot. Zu gerne würde er mit der Zunge darüberfahren ... oder mit einem anderen Teil seines Körpers.

Verflucht, wieso mussten seine Gedanken ausgerechnet in diese Richtung abdriften? Jetzt bekam er das Bild nicht mehr aus dem Kopf. Die Vorstellung, wie ihr sinnlicher Mund sich um seinen harten Schaft schloss, während er seine Finger in ihren ungezähmten Locken vergrub, brachte sein Blut in Wallung.

„Ah, der Nachtisch wird serviert", riss Mrs Kents Stimme ihn aus seinen lüsternen Fantasien. „Neben Emmas vorzüglichem Kuchen hat Chef Lenôtre uns auch noch ein paar köstliche *petites duchesses* gezaubert."

Die Lakaien kredenzten eine eindrucksvolle Torte mit cremigem, weißem Zuckerguss sowie eine große, silberne Etagere voller Gebäckstücke, die Kent misstrauisch beäugte. „*Düschesse?* Was soll das sein?"

„Mit Sahne gefüllte Teigröllchen. Sie schmecken wirklich vorzüglich. Probier doch mal eines", sagte seine Frau.

„Kein Dessert für mich, danke", verkündete Miss Primrose und warf Sinjin einen koketten Blick zu. „Eine Dame sollte stets auf ihre Figur achten."

„Ich nehme etwas von allem", sagte Miss Polly. „Wo ist die Servierzange?"

„Üblicherweise isst man *duchesses* mit den Fingern. Deshalb hat Chef Lenôtre sie auch extra mit Papier umwickelt", erklärte Mrs Kent.

Achselzuckend wählte Miss Polly eines der Konfekte aus, die allesamt etwa zehn Zentimeter lang waren und − es ließ sich nicht anders beschreiben− äußerst *phallisch* aussahen. Mit morbider Faszination beobachtete er, wie sie das glasierte Gebäck an ihre Lippen führte und kurz zögerte, bevor sie vorsichtig hineinbiss.

Verdammt. Unter seinem Kragen bildeten sich Schweißperlen.

Zu seinem Schock spritzte auch noch Sahne aus dem anderen Ende und landete in dicken, klebrigen Tropfen auf der Tischdecke. Als sie sich mit der Zunge über die Oberlippe fuhr, um einen Klecks der Füllung abzulecken, hätte er am liebsten laut aufgestöhnt.

Mit einem Mal spannte seine Hose in der Lendengegend unangenehm.

„Und, schmeckt es?", erkundigte sich die Herzogin von Strathaven.

Miss Polly nickte enthusiastisch, woraufhin ihre Schwestern ebenfalls zulangten und sich jeweils eines der süßen Gebäckstücke gönnten. Strathaven beobachtete seine Frau mit hochroten Wangen und zerrte wiederholt an seinem Kragen, während Tremont seine Marquise mit verklärtem Blick anstarrte.

Glücklicherweise endete diese Folter bald darauf ohne peinliche Zwischenfälle für die männlichen Anwesenden. „Und jetzt die Bescherung!", rief Miss Primrose und klatschte fröhlich in die Hände.

Ein Stapel bunt verpackter Geschenke wurde vor dem Geburtstagskind aufgebaut. Während Miss Polly diese unter dem Gelächter und den Anfeuerungsrufen ihrer Familie auspackte, überkam ihn erneut ein unbehagliches Gefühl. Nicht nur war er in eine private Feier hineingeplatzt, er selbst hatte so etwas noch nie erlebt. Sein Vater und seine Stiefmutter hatten den Tag seiner Geburt nie sonderlich zur Kenntnis genommen. Tatsächlich war es weniger als einen Monat hin bis zum nächsten, doch er bezweifelte stark, dass sie sich überhaupt daran erinnerten.

Er selbst hatte ihn ebenfalls schon des Öfteren vergessen!

Aber nun, da er die aufrichtige Freude in Miss Pollys Gesicht sah, als sie den Tremonts für eine entzückende Spieluhr dankte, verspürte er das seltsame Bedürfnis, an diesem Moment teilhaben zu dürfen. Nicht mehr länger nur ein Außenseiter zu sein, der neidisch das Glück anderer beobachtete.

„Dreimal dürfen wir raten, von wem das wohl ist."

Miss Primroses lakonischer Kommentar lenkte seine Aufmerksamkeit auf das letzte Geschenk, das soeben ausgepackt worden war. Ein mächtiger Schinken über ... Fossilien? Du liebe Zeit! Selbst er hätte sich etwas Besseres einfallen lassen können. Moment mal ...

„Miss Kent", platzte er heraus. „Ich habe auch eine Kleinigkeit für Sie."

Überrascht blinzelte sie ihn an. „Ach, tatsächlich?"

Er griff in seine Tasche und zog das Amulett hervor. Eifrig schob er es ihr über den Tisch zu.

„Das ist für mich?" Sie hob das filigrane Schmuckstück hoch und betrachtete es im Schein des Armleuchters, bevor sie die Stirn runzelte. „Aber woher wussten Sie, dass ich Geburtstag habe?"

Er spürte, wie ihm die Hitze ins Gesicht schoss. *Das war ja mal wieder ganz schlau, du Blödmann.*

Bisher hatten Frauen seine Geschenke nie in Frage gestellt, aber Miss Kent war im Gegensatz zu seinen früheren Eroberungen nun mal weder eine Dirne noch eine Geliebte. Sie gehörte vielmehr zu der Sorte Frau, von der er sich stets ferngehalten hatte ... und das aus gutem Grund. Prüde Jungfern wie sie brachten einem nichts als Ärger ein. Natürlich konnte er ihr unmöglich die Wahrheit sagen: dass er das Amulett zufällig dabeihatte, und dass es ein Andenken einer bedeutungslosen Bettgespielin war, an die er sich nicht einmal mehr erinnerte.

„Es gehörte meiner Mutter", flunkerte er deshalb.

„So etwas kann ich unmöglich ..."

„Aber sicher doch, es ist nicht der Rede wert."

„Wenn es doch aber Ihrer Mutter ..."

„Nehmen Sie es einfach an", unterbrach er sie schroff.

Sie musterte ihn aus zusammengekniffenen Augen ... als sähe sie direkt durch ihn hindurch. Er errötete wie ein Schuljunge, den man beim Abschreiben erwischt hatte. Nach einem Augenblick angespannter Stille, in dem er sich wünschte, ihr das vermaledeite

Ding erst gar nicht gegeben zu haben, schob sie es schließlich unter den Haufen der anderen Geschenke, als könnte sie den Anblick nicht länger ertragen.

Glücklicherweise zog Miss Primrose die Aufmerksamkeit aller im nächsten Moment auf sich. Sie schlug mit der Gabel gegen ihr Glas und verkündete: „Ich möchte einen Toast aussprechen. Auf Lord Revelstoke, meinen Helden, der mich vor dem sicheren Tod bewahrt hat!"

Peinlich berührt senkte er den Kopf. Er war nun wirklich alles andere als ein Held.

„Danke, aber das ist wirklich nicht nötig, Miss Kent", murmelte er. „Ich bin nur froh, dass ich helfen konnte."

„Sie sind viel zu bescheiden, Mylord. Ich verdanke Ihnen mein *Leben*", widersprach sie. „Wenn Sie nicht gewesen wären, würde ich jetzt vielleicht nicht hier sitzen."

Kent runzelte nachdenklich die Stirn. Das Geschenk des Medaillons hatte er offensichtlich missbilligt, aber nun, da es um das Leben seiner Tochter ging, lag in seinem Blick nichts als väterliche Liebe und Sorge. Diese Art von Gefühlen hatte Sinjin von seinem eigenen Vater nie erfahren.

„Ich stehe in Ihrer Schuld, Revelstoke", sagte der Ermittler ernst.

„Jeder andere Gentleman hätte mit Sicherheit dasselbe getan."

„Bitte lassen Sie mich wissen, wie ich mich revanchieren kann", beharrte Kent.

Das war genau die Überleitung, auf die Sinjin gewartet hatte.

„Sie müssen sich keineswegs revanchieren", wiegelte er bescheiden ab. „Allerdings gäbe es da etwas Geschäftliches, das ich gerne mit Ihnen besprechen würde, Sir."

Mrs Kent erhob sich, und alle Herren am Tisch taten es ihr gleich.

„Meine Damen, wollen wir uns nicht in den Salon zurückziehen?", schlug sie vor.

„Warum?", fragte die Herzogin stirnrunzelnd.

Offenbar war es bei den Kents nicht üblich, dass die Männer und Frauen sich nach dem Essen in getrennter Gesellschaft aufhielten. Das überraschte Sinjin nicht weiter, da sie in vielerlei Hinsicht nicht wie eine herkömmliche Familie wirkten. Aber obwohl er selbst auch nicht viel auf Konventionen gab, wünschte er sich dennoch, die Damen würden das Zimmer verlassen ... insbesondere Miss Polly. Sie lenkte ihn einfach zu sehr ab.

„Vielleicht hätten die Herren gerne ein wenig Privatsphäre, wenn sie Portwein und Zigarren genießen", erklärte Mrs Kent mit einem vielsagenden Blick.

„Aber genau deshalb sollten wir hierbleiben", protestierte Ihre Gnaden. „Meistens passieren die interessantesten Dinge hinter geschlossenen Türen."

Trotz der Widersprüche folgten die übrigen Damen Mrs Kent aus dem Raum. Miss Polly bildete das Schlusslicht und warf ihm noch einen letzten misstrauischen Blick zu, bevor die Tür hinter ihr zufiel.

„Also, Mylord", begann Kent, sobald die Männer wieder Platz genommen hatten. „Gehe ich richtig in der Annahme, dass Ihr Besuch hier nicht rein privater Natur ist?"

Sinjin sah zögernd zu den beiden anderen Gentlemen hinüber.

„Sie können meiner Familie voll und ganz vertrauen", versicherte der Ermittler ihm.

Jetzt gibt es kein Zurück mehr. Er holte tief Luft. „Ich bin hier, um Ihre Dienste in Anspruch zu nehmen, Sir."

„Worum genau geht es?" Kent wirkte eher neugierig als überrascht.

Vermutlich brauchte es Einiges, um den erfahrenen Ermittler aus der Bahn zu werfen, und genau diese Standhaftigkeit hatte etwas Beruhigendes an sich. Außerdem ... was hatte er schon zu verlieren?

Er nahm all seinen Mut zusammen. „Den Beweis zu erbringen, dass ich nicht verrückt bin."

❧ 8 ❧

„Den Rest schaffe ich allein, danke, Nan", sagte Polly.

Ihre Zofe knickste und überließ sie dann ihrer abendlichen Körperpflege. Während sie sich die Haare bürstete, wanderten ihre Gedanken immer wieder zu Revelstoke. Wut und Demütigung kochten gleichermaßen in ihr hoch, als ihr Blick auf das Amulett vor ihr auf dem Frisiertisch fiel.

Glaubt dieser Schürzenjäger wirklich, dass ich auf einen solch billigen Trick hereinfalle?

Ein Erbstück seiner Mutter ... von wegen!

Seine schuldbewusste Aura, als er ihr das Geschenk übergab, hatte ihn sofort verraten. Wahrscheinlich dachte er, ein Mauerblümchen wie sie würde eine galante Geste des Gottes der Lustbarkeit nicht hinterfragen, sondern sich von Herzen über die Aufmerksamkeit freuen. Warum bemühte er sich überhaupt darum, ihre Gunst zu gewinnen? Vielleicht war es ein zwanghafter Impuls, jedes weibliche Wesen, das ihm begegnete, zu bezirzen. Oder vielleicht hatte er auch einfach nur ihre Familie durch eine scheinbar umsichtige Geste beeindrucken wollen.

Umsichtig, pah! Zweifellos hatte er unzählige Accessoires

dieser Art zur Hand, um arglose Damen um den Finger zu wickeln.

Irgendetwas stimmte nicht mit diesem Mann. Schaudernd erinnerte sie sich an seine wirre, aufgewühlte Aura, als er unerwartet hier aufgetaucht war. Angst, Wut ... selbst ein Anflug von Verzweiflung hatten ihn umgeben. Mit jedem Glas Wein, das er getrunken hatte, verschlimmerte sich sein zerrütteter Zustand, und seine Emotionen, ob er sich derer bewusst war oder nicht, pulsierten wie dunkle Adern unter seiner gefassten Fassade.

Trotz ihrer Abneigung gegen ihn hatte sie versucht, seinem selbstzerstörerischen Benehmen Einhalt zu gebieten, worüber er ganz offensichtlich wenig begeistert war. Mit glühenden Wangen dachte sie zurück an seine doppeldeutigen Bemerkungen, die sie ohne Zweifel in ihre Schranken weisen sollten ... aber zumindest hatte er mit dem übermäßigen Weinkonsum aufgehört und etwas gegessen, wodurch sich seine Aura glücklicherweise stabilisierte.

Warum war er überhaupt gekommen? Und was um alles in der Welt wollte er von Ambrose?

Plötzlich öffnete sich ihre Tür, und Rosie schlüpfte leise ins Zimmer. Sie trug bereits ihr Nachtgewand sowie einen leichten Morgenrock aus Baumwolle, über den ihre langen Locken lose herunterfielen. Mit einem verträumten Lächeln ließ sie sich rückwärts auf Pollys Bett plumpsen.

„Revelstoke bleibt heute Nacht hier", verkündete sie in dramatischem Tonfall. „Ich habe gehört, wie Papa Pitt befohlen hat, das Gästezimmer in den Stallungen herzurichten."

Der Gedanke, dass der Graf bei ihnen nächtigte, jagte Polly einen Schauer über den Rücken. Gleichzeitig runzelte sie verwirrt die Stirn. „Warum lässt Ambrose einen Gast in den Stallungen unterbringen?"

„Merkwürdig, nicht wahr? Und auch schrecklich unhöflich, wenn du mich fragst. Ehrlich gesagt weiß ich nicht, warum Papa sich dazu entschieden hat, und es ist mir auch egal." Rosie rollte sich auf den Bauch und stützte das Kinn in die Hände. „Wichtig ist nur, dass Revelstoke sein Versprechen gehalten hat, mich zu besuchen ... und dass er sich entschieden hat zu bleiben, selbst wenn er mit einer Kammer über dem Stall Vorlieb nehmen muss." Sie stieß einen tiefen Seufzer aus. „Ist das nicht romantisch? Er muss wirklich vernarrt in mich sein."

Polly biss sich auf die Unterlippe, als sie den hoffnungsvollen Blick ihrer Schwester sah. Nach den Enttäuschungen der letzten Saison wollte sie ihr auf keinen Fall die Zuversicht rauben. Rosie hatte so viel durchmachen müssen, die bösen Gerüchte über ihr kokettes Verhalten waren verheerend für ihren Ruf gewesen. Zum Glück war das Getuschel ebenso schnell wieder verstummt, wie es aufflackerte, aber die Ärmste war seitdem furchtbar verunsichert. Obwohl sie versuchte, ihre Selbstzweifel zu verbergen, konnte Polly deutlich die Hoffnungslosigkeit sehen, die sie wie ein dunkler Schatten einhüllte.

Sie wollte nicht, dass Rosie erneut verletzt wurde. Aber Revelstoke würde ihr garantiert nichts als Ärger bereiten.

Behutsam setzte sie sich neben ihre beste Freundin. „Bitte, nimm dich vor ihm in Acht. Hinter seiner Fassade steckt mehr, als man auf den ersten Blick vermuten würde. Außerdem bin ich mir sicher, dass es bei seinem Gespräch mit Ambrose um nichts Gutes ging."

„Hast du etwas ... gespürt?", fragte Rosie mit großen Augen.

Polly nickte zögernd. „Seine Gefühle sind dunkler und verworrener als alles, was ich je gesehen habe ... aber frag mich jetzt nicht, warum", fügte sie hastig hinzu. „Du weißt, ich kann keine Gedanken lesen."

Das war einer der größten Nachteile ihrer Fähigkeit. Nur weil sie imstande war, die Gefühle anderer Menschen als Aura wahrzunehmen, bedeutete das nicht, dass sie wusste, wodurch diese hervorgerufen wurden. Es war, als läse man ein Buch, in dem wichtige Paragraphen fehlten. Manchmal lag sie richtig, manchmal aber auch völlig falsch ... wie jüngst bei Lord Thomas Brockhurst.

Sie hatte angenommen, dass das romantische Interesse, welches er ausstrahlte, ihr galt, aber das stimmte ganz offensichtlich nicht. Vielleicht hatte er an eine andere gedacht, während sie zusammen waren. Oder vielleicht fühlte er sich ja doch ein wenig zu ihr hingezogen, aber eben nicht genug, um ihre widernatürliche Fähigkeit zu akzeptieren.

Warum nur habe ich ihm von meiner Andersartigkeit erzählt?

Es war jedoch ebenso sinnlos, sich über Geschehenes zu grämen, wie die wahren Absichten Brockhursts zu hinterfragen. Letztendlich hatte sie eines aus der Sache gelernt: Sie würde *nie wieder* jemandem ihr Geheimnis auf die Nase binden.

„Revelstoke hat also seine Dämonen, was soll's? Seine Verruchtheit macht Teil seines Charmes aus, da kannst du jede fragen, die ihm hinterherschmachtet." Rosie setzte sich auf und schlang die Arme um ihre Knie. „Und wäre es nicht grandios, wenn *ich* diejenige sein könnte, die ihm hilft, seine inneren Dämonen zu bezwingen?"

„Aber was, wenn er dich stattdessen ruiniert? Er ist ein gefährlicher, verkommener *Wüstling*", gab Polly zu bedenken. „Sogar einer der wildesten, wie du selbst gesagt hast."

„Wie es heißt, geben reformierte Wüstlinge die besten Ehemänner ab. Sieh dir doch nur mal Strathaven an. Der ist Emma treu ergeben!"

„Ja, aber das ist etwas anderes. Seine Gnaden war von Anfang an interessiert an ihr ..."

„Ist Revelstoke etwa nicht an mir interessiert?", fragte Rosie mit zitternder Stimme. „Was hast du in seiner Aura wahrgenommen, Polly? Bitte, sag es mir!"

Ihr Magen verkrampfte sich. Zugegeben, während des Abendessens hatte sie durchaus einen Anflug von Begehren in Revelstokes Gefühlschaos entdecken können, was nicht weiter verwunderlich war. Welcher normale Mann würde sich nicht zu

Rosie hingezogen fühlen? Aber dieses Aufflackern der Lust war von weitaus dunkleren Emotionen überschattet worden, einschließlich der Scham, die sie auch schon in Mrs Barlows Einrichtung an ihm gesehen hatte.

Wofür schämt er sich ... Was genau verbirgt er?, wunderte sie sich mit einem unbehaglichen Schaudern. Und nur, weil er Rosie gegenüber Interesse zeigte, bedeutete das nicht, dass seine Absichten ehrbarer Natur waren. Aus eigener Erfahrung wusste sie, dass die Gefühle und Handlungen des männlichen Geschlechts oft zwei verschiedene Paar Schuhe waren. In der Hierarchie der Wüstlinge lag Brockhurst etwa in der Mitte, man mochte sich also kaum ausmalen, was der *Gott* der Schürzenjäger einem unschuldigen Mädchen wie Rosie antun könnte.

„Seine Aura war ein Wirbel aus Wut und Angst", sagte sie daher in einem Anflug von Verzweiflung. „Ich vermute, dass er in Schwierigkeiten steckt, weshalb er wahrscheinlich auch Ambrose sprechen wollte ..."

„Aber war auch eine gewisse Anziehungskraft dabei?"

Polly nickte widerwillig.

Mit einem Schlag waren Rosies Selbstzweifel wie weggeblasen, und sie seufzte erleichtert auf. „Ich wusste doch, dass er mich mag! Ach, Polly, ich bin ja so glücklich! Er ist genau die Art von Ehemann, auf den ich gewartet habe. Diesmal werde ich mir die Gelegenheit nicht entgehen lassen. Stell dir nur mal vor, ich als *Gräfin*", schwärmte sie aufgeregt. „Die spitzen Zungen der Hautevolee werden ihre gehässigen Gerüchte zurücknehmen müssen, und ich kann es kaum erwarten, die Gesichter der anderen Debütantinnen zu sehen. Sie werden vor Neid platzen!"

„Hast du mir überhaupt zugehört?"

„Wenn Revelstoke wirklich in Schwierigkeiten steckt, wird Papa ihm schon helfen", wiegelte ihre Schwester unbekümmert ab.

Es war schier unmöglich, zu ihr durchzudringen, so vernarrt war sie in den Grafen. Polly sah nur noch einen letzten Ausweg, auch wenn sie alles getan hätte, um sich diese Erniedrigung zu ersparen. Aber ihr blieb nichts anderes übrig. „Da gibt es noch etwas ... das ich dir bisher nicht erzählt habe."

Rosie legte neugierig den Kopf schief.

Polly holte noch einmal tief Luft. „In jener Nacht, als ich hörte, wie Brockhurst über die Wette sprach ... war Revelstoke auch anwesend."

„Wirklich?" Ihre Schwester blinzelte überrascht. „Warum hast du nie erwähnt, dass du ihm bereits begegnet bist?"

„Weil wir einander nicht wirklich begegnet sind. Er war auf der anderen Seite der Hecke, bei Brockhurst und seinen Kumpanen. Und er ... er sagte ziemlich unschöne Dinge." Sie hielt inne und schluckte schwer. „Über mich."

„Das verstehe ich nicht. Wie konnte er etwas über dich sagen, wenn er dich doch gar nicht kannte?"

„Es war nicht *direkt* über mich", gab sie widerwillig zu. Dann berichtete sie Rosie jede demütigende Einzelheit des Gesprächs. Als sie fertig war, zitterte sie am ganzen Körper.

„Oh, Pols", seufzte die Schwester und zog sie in ihre Arme. Während Polly sich trostsuchend an sie schmiegte, fügte Rosie allerdings hinzu: „Es tut mir schrecklich leid, dass dir etwas so Grässliches widerfahren ist. Wirklich. Aber du solltest dir Revelstokes Worte nicht allzu sehr zu Herzen nehmen oder ihn dafür verantwortlich machen."

Polly erstarrte. Mit *dieser* Antwort hatte sie nun wirklich nicht gerechnet.

Sie löste sich aus Rosies Umarmung und flüsterte: „Wie bitte?"

„Gentlemen sagen oft unmögliche Dinge, wenn sie unter sich sind", erklärte diese. „Und benehmen sich wie Schwachköpfe, um sich gegenseitig ihre Männlichkeit zu beweisen."

„Indem sie sich wie Idioten aufführen?"

„Genau! Natürlich will ich damit nicht rechtfertigen, was dieser elende Brockhurst und seine Freunde dir angetan haben, aber Revelstoke war doch überhaupt nicht an der Wette beteiligt, oder?

„Nein, aber was er *sagte* ...“

„War gewiss nur ein Versuch, Brockhurst zum Schweigen zu bringen. Es muss furchtbar ermüdend für ihn sein, wenn ständig diese aufgeblasenen Schnösel um ihn herumscharwenzeln, die zu seiner Posse gehören wollen“, mutmaßte Rosie. „Wie dem auch sei, ich bin mir sicher, sein Kommentar war gegen ein unbekanntes Mauerblümchen gerichtet. Hätte er gewusst, dass es um *dich* geht, hätte er bestimmt nicht so etwas Gemeines geäußert.“

„Aber darum geht es doch gar nicht! Ein wahrer Gentleman würde sich *nie* dazu herablassen, so über eine Frau zu sprechen. Vielmehr würde er ihre Ehre verteidigen und ...“

„Pols, ich sage das zwar nicht gerne, aber du bist wirklich viel zu sensibel.“

Rosies Worte trafen sie wie ein Schlag in die Magengrube.

„Die Welt ist alles andere als perfekt“, fuhr die Schwester in sachlichem Tonfall fort. „Und wir sind beide nicht mehr so gutgläubig wie früher. Deshalb müssen wir das Beste aus unserer jeweiligen Situation machen. Für dich bedeutet das, über die Sache mit Brockhurst hinwegzukommen ... und damit meine ich nicht, dich mit jemandem wie Nigel Pickering-Parks zufriedenzugeben. Du musst den Kopf aus dem Sand ziehen und dich so akzeptieren, wie du bist, Pols. Sonst wirst du niemals glücklich werden. Was mich angeht ... Ich brauche Seriosität und Status, und genau das wird mir das Leben als Gräfin und irgendwann einmal Herzogin verschaffen. Aus diesem Grund ist Revelstoke der Schlüssel zu *meinem* Glück.“

Polly fühlte sich wie von einer Kutsche überfahren, doch dann setzte Rosie noch einen drauf.

„Könntest du also zukünftig etwas netter zu meinem Auserwählten sein? Du warst ziemlich undankbar, obwohl er so umsichtig war, dir etwas zu schenken.“

Der Tadel in ihrem Tonfall brachte Pollys letzten Geduldsfaden zum Reißen.

„Das Geschenk war überhaupt nicht für mich gedacht!", platzte sie heraus. „Und es gehörte auch garantiert nicht seiner Mutter! Seine Aura zeigte mir deutlich, dass er log."

„Ja, das dachte ich mir schon", flüsterte Rosie. Sie wirkte regelrecht ... entzückt? „Wahrscheinlich hatte er das Amulett für *mich* gekauft, gab es dann aber dir, weil es ihm peinlich war, ohne eine Aufmerksamkeit in deine Geburtstagsfeier zu platzen. Oh, ist er nicht ein wahrer Kavalier?"

Nach dem Vorfall mit Brockhurst hatte Polly nicht geglaubt, jemals wieder eine solche Demütigung zu erfahren ... aber da hatte sie sich wohl gewaltig getäuscht. Die Erklärung ihrer Schwester ergab natürlich Sinn. Gleichzeitig fühlte sie sich, als hätte sie gegen ihren Willen an einem Wettstreit teilgenommen und den Trostpreis erhalten.

Und das Amulett geht an ... das fette, seltsame Mauerblümchen ...

„Ich will das blöde Ding gar nicht", presste sie hervor. „Nimm du es. Es war ja sowieso für dich gedacht."

„Nein, behalte es ruhig. Revelstoke wird mich gewiss noch mit anderen Geschenken überhäufen." Umgeben von einer hoffnungsvollen Aura, sprang Rosie vom Bett. „Also, du wirst über meine Worte nachdenken, nicht wahr?"

Polly konnte nur resigniert nicken.

„Sehr gut, denn mein Quell an ernsthaften Gesprächen ist für den Rest des Jahres erschöpft", grinste ihre Schwester. „Jetzt muss ich aber dringend ins Bett. Ich brauche meinen Schönheitsschlaf, damit ich meinem Grafen frisch und ausgeruht gegenübertreten kann." An der Tür hielt sie noch einmal inne und drehte sich um. „Ach, und Pols?"

„Ja?"

„Sobald mit Revelstoke alles unter Dach und Fach ist, suchen wir dir auch einen geeigneten Ehemann."

„Ich will keinen ..."

Aber Rosie war längst aus dem Zimmer verschwunden.

Um halb drei Uhr morgens gab Polly schließlich den Versuch auf, doch noch einzuschlafen. Frustriert setzte sie sich auf und schlug die Decke zurück. Das Gespräch mit Rosie ließ ihr einfach keine Ruhe.

Laut ihrer Schwester war sie zu … *sensibel*. Lag darin ihr eigentliches Problem? Aber wen hätten Revelstokes Worte und Taten bitte nicht verletzt? Am meisten verunsicherte sie jedoch Rosies Verhalten: Diese hatte bisher noch nie ihre Gefühle missachtet. Eigentlich waren sie doch beste Freundinnen, unzertrennliche Gefährtinnen, die einander besser verstanden als jeder andere. Und dennoch …

Plötzlich wurde sie wütend. Das alles war *Revelstokes* Schuld.

Seit er in Pollys Leben getreten war, hatte er nichts als Verwüstung angerichtet. Erst hatte er diese unverzeihlichen Bemerkungen über sie geäußert, sie verhöhnt, als sie ihn bei seinen völlig verruchten Taten ertappte, und nun setzte er dem ganzen auch noch die Krone auf, indem er Rosie so sehr den Kopf verdrehte, dass sie sich auf *seine* Seite schlug. Und sie wollte gar nicht erst wissen, aus welchem finsteren Grund er Ambrose aufgesucht hatte.

Ihr Magen begann, laut zu knurren. Toll, jetzt war sie auch noch hungrig … *Daran ist ebenfalls Revelstoke schuld!* Der Schuft hatte sie während des Abendessens so sehr abgelenkt, dass sie kaum einen Bissen herunterbekam.

Missmutig stieg sie aus dem Bett. Vielleicht würde ein Glas warme Milch ihre Nerven beruhigen, andernfalls standen die Chancen schlecht, dass sie in dieser Nacht noch Schlaf fand. Sie wickelte sich in ihren Morgenmantel, schnappte sich eine Kerze und begab sich hinunter in die Küche.

Der große, höhlenartige Raum war angenehm warm und von

köstlichen Gerüchen erfüllt. Im Kamin glühte die Asche, und die ordentlich nebeneinander hängenden Töpfe und Pfannen glänzten im Schein ihrer Kerze. Polly holte einen Krug Milch aus der Vorratskammer, ebenso wie ein Stück von Emmas Kuchen und eine Schüssel voll herrlich reifer Kirschen. Während sie von den süßen Früchten naschte, erwärmte sie etwas Milch in einem Topf. Plötzlich erstarrte sie. Von irgendwoher ertönte ein leises Rascheln.

Es kam aus dem dunklen Korridor hinter der Küche … der großen Speisekammer? Angespannt lauschte sie in die Finsternis, versuchte sich einzureden, dass es bestimmt nur eine Maus war, aber mit jedem Geräusch schlug ihr Herz schneller.

Geistesgegenwärtig tastete sie nach einer Waffe und fand den Griff einer gusseisernen Pfanne, mit der sie sich langsam in Richtung Speisekammer schlich. Sie würde nur eben nach dem Rechten sehen und Hilfe holen, wenn nötig. Je näher sie kam, desto deutlicher hörte sie Gescharre und das Klirren von Glas … etwa ein nächtlicher Überfall? Vorsichtig spähte sie in den Raum – und was sie sah, verschlug ihr beinahe den Atem. Im Halbdunkel konnte sie einen großen, bedrohlichen Schatten ausmachen, der die Regale durchstöberte.

Sie schluckte schwer. *Höchste Zeit, Hilfe zu holen!*

Leise trat sie den Rückweg an, doch plötzlich knarzte eine der Holzdielen laut unter ihrem Fuß. Durch die aufsteigende Panik hörte sie die Stimme eines Mannes und wirbelte herum, um so schnell wie möglich zu fliehen. Gerade hatte sie es bis zur Küche geschafft, als sich eine Hand schraubstockartig um ihren Arm schloss.

„Lassen Sie mich los!" Mit aller Macht schwang Polly die Pfanne nach ihrem Angreifer und schien einen ordentlichen Treffer gelandet zu haben, so, wie der Aufprall durch ihren Körper vibrierte.

„*Verdammt noch mal*", fluchte der Einbrecher.

Erneut holte sie aus … doch diesmal riss er ihr die Waffe aus der Hand. Als sie sich anschickte, laut loszuschreien, spürte sie, wie er ihr den Mund zuhielt und sie mit dem Rücken gegen seine muskulöse Brust zerrte. Wie wild schlug und kickte sie um sich, fest entschlossen, sich aus seinen Fängen zu befreien.

„Immer mit der Ruhe, Sie Amazone", knurrte eine Stimme an ihrem Ohr. „Ich bin es, Revelstoke."

Es dauerte einen Moment, bis sie die Bedeutung seiner Worte registrierte.

„*Rblftk?*", echote sie hinter seiner Hand.

„Ja. Würden Sie also freundlicherweise davon absehen, das ganze Haus zu wecken, wenn ich Sie gleich loslasse?"

Sobald sie frei war, wirbelte sie herum und taumelte ein paar Schritte rückwärts. Es war zweifellos Revelstoke, der da vor ihr stand. Im Dämmerlicht der Küche funkelten seine Augen wie zwei tiefblaue Saphire, und an seinem Kinn bildete sich ein leichter Bartschatten. Mit dem halb geöffneten, losen Leinenhemd wirkte er wie ein gefährlicher Pirat.

Schützend schlang Polly die Arme um sich und versuchte, ihren Atem zu regulieren. „Warum in aller Welt schleichen Sie hier mitten in der Nacht herum?"

Er legte ihre provisorische Waffe auf dem Küchentisch ab. „Ich bin nicht herumgeschlichen. Ich habe nach etwas gesucht."

„In der Speisekammer?"

„Na schön, wenn Sie es unbedingt wissen wollen: Ich bin aufgewacht, weil ich mörderische Kopfschmerzen hatte, und weil ich zu so später Stunde niemanden wecken wollte, habe ich eigenhändig nach Weidenrinde gesucht. Meine Haushälterin bewahrt diese Pulver immer in der Speisekammer auf." Er fuhr sich mit der Hand durchs Haar, hielt dann jedoch mit schmerzverzerrtem Gesicht inne.

Sie bemerkte, dass dunkles Blut an seinen Fingern glänzte.

„W-war ich das?", stammelte sie bestürzt.

„Keine Sorge, ich habe einen ziemlichen Dickschädel", erwiderte er trocken. „Glauben Sie mir, ich habe schon wesentlich Härteres an den Kopf bekommen als Ihre Pfanne."

Trotz seiner Worte plagten sie Gewissensbisse. Sie hatte Revelstoke verletzt ... er *blutete* sogar! Auch wenn sie ihn nicht sonderlich mochte, wollte sie ihm keinesfalls Schaden zufügen.

„Folgen Sie mir", sagte sie schließlich.

Er hob die Brauen. „Wohin gehen wir?"

„Dorthin, wo ich Sie verarzten kann." Entschlossen marschierte sie an ihm vorbei zurück in Richtung Speisekammer.

9

DIESER MOMENT GEHÖRTE EINDEUTIG ZU DEN SKURRILSTEN seines Lebens ... und das wollte schon etwas heißen, wenn man bedachte, was Sinjin in den letzten Wochen hatte durchmachen müssen. Er kam sich vor wie in einem Traum, wie er so auf der Kante des Arbeitstisches saß, als wäre er in dem geheimen Labor eines Zauberers gelandet.

Schwaches Kerzenlicht erleuchtete die Fläschchen auf den Regalen der Speisekammer und ließ ihren Inhalt in allen Farben des Regenbogens schimmern. An einer Wand stand ein massiver Apothekerschrank, in dem die Tochter des Magiers nach etwas suchte. Da sie ihm den Rücken zugewandt hatte, konnte er ihre Kehrseite sowie die langen, losen Locken bewundern, die ihr wie ein bronzegoldener Vorhang bis zu den Hüften fielen.

Als sie sich zu einer der tieferen Schubladen hinunterbeugte, wurde ihm noch deutlicher vor Augen geführt, was sich unter ihrem spießigen Morgenmantel verbarg, von der schmalen Taille über die kurvigen Hüften bis hin zu ihrem prallen Gesäß.

Herr im Himmel. Er hatte also recht gehabt, was ihre Figur anging. Ihre prüden Kleider verhüllten ein wahres Schlaraffenland aus weiblichen Rundungen.

Mit einem Mal fühlte er sich ein wenig schwindelig ... Das musste wohl an der Verletzung liegen, oder auch an seiner erzwungenen Enthaltsamkeit. Blutverlust gepaart mit aufgestautem Frust brachte ja wohl jeden gesunden Mann um den Verstand.

Reiß dich zusammen! Du bist auf Kents Hilfe angewiesen, und die sicherst du dir wohl kaum zu, indem du seine Schwester wie ein lüsterner Schuljunge begaffst.

Obwohl es nicht einfach gewesen war, hatte er sich dazu durchgerungen, Kent seine Situation zu schildern und ihn um Unterstützung zu bitten. Er hielt es dem Ermittler zugute, dass dieser die ganze Geschichte gefasst aufgenommen hatte. Vielleicht lag es ja nur daran, dass er sich Sinjin aufgrund dessen heldenhaften Eingreifens, was Miss Rosie betraf, verpflichtet fühlte. Wie dem auch sei, jedenfalls machte Kent sich eifrig Notizen und stellte ihm hin und wieder von sich aus Fragen, wenn irgendwo Klärungsbedarf bestand.

Die Neutralität und Geduld des Ermittlers hatten es Sinjin erleichtert, über jene Nacht zu sprechen. Er berichtete alles, woran er sich erinnern konnte, bis ins kleinste Detail, einschließlich seiner Vermutung, dass man ihm ein Betäubungsmittel in sein Getränk gemischt hatte. Auch die männliche Stimme aus seinem Traum erwähnte er. Andere mochten ihn deswegen für einen Spinner halten, aber Kent schien ihm nicht die Sorte Mann zu sein, der voreilige Schlüsse zog.

Er wollte auch keinen Honorarvorschuss annehmen, sondern sagte, er müsse sich erst einen besseren Überblick über den Fall verschaffen, bevor er entschied, ob er diesen übernahm. Am nächsten Morgen wollte er Nicoletta befragen, um ihre Version des Vorfalls zu hören. Glücklicherweise nahm er auch Sinjins Sorge ernst, verfolgt zu werden, und gestattete ihm daher, die Nacht bei ihm zu Hause zu verbringen.

Auch wenn sein Gästezimmer über den Stallungen lag, war er seinem Gastgeber äußerst dankbar. Er konnte die Vorsicht des

Mannes ja durchaus verstehen. Als Gemahl, Vater und Bruder würde er auch nicht wollen, dass ein Wüstling wie er unter demselben Dach schlief wie seine weibliche Verwandtschaft.

Als Miss Polly endlich mit einem Tablett in Händen zu ihm an den Tisch trat, hatten seine finsteren Gedanken jegliche Reaktion auf ihre ansehnliche Figur gedämpft. Sie stellte das Tablett neben ihm ab und reichte ihm ein kleines Papiertütchen.

„Hier, bitte. Weidenrinde", erklärte sie.

Er schluckte das Pulver in einem Zug hinunter. Anschließend nahm er das Glas Wasser, das sie ihm hinhielt, um den bitteren Nachgeschmack loszuwerden.

„Danke."

Sie betrachtete ihn mit geschürzten Lippen. „Dann werde ich mir jetzt besser mal Ihren Kopf ansehen."

„Das ist nicht nötig …"

„Halten Sie still."

Ohne auf seinen Protest einzugehen, zog sie seinen Kopf zu sich herunter und fuhr ihm sanft mit den Fingern durchs Haar. Die zarte Berührung jagte ihm einen Schauer durch den Körper, und sein Schwanz zuckte erwartungsvoll.

„O weh", murmelte sie zerknirscht. „Da bildet sich bereits eine große Beule."

Glücklicherweise bedeckte sein loses Hemd die Beule, die sich in seiner Lendengegend zu formen begann. Als er jedoch ihren besorgten Blick bemerkte, zog sich seine Brust aus unerklärlichem Grund zusammen. Vielleicht war er es einfach nicht gewohnt, dass eine Frau sich zur Abwechslung um sein Wohlergehen sorgte. Es kam nicht oft vor, dass jemand sich so aufmerksam um ihn kümmerte. Jegliche Erinnerungen an liebevolle Zuwendungen seitens seiner Mutter waren von der Tatsache überschattet, dass sie ihre beiden Söhne im Stich gelassen hatte. Wann immer ihm die Schlaflieder in den Sinn kamen, die sie ihm vorzusingen pflegte, durchfuhr ihn eine bittersüße Sehnsucht.

Von seiner Stiefmutter hatte er nie auch nur eine einzige

freundliche Geste erfahren. Er war schon immer ein Wildfang gewesen, und jede Verletzung, die er sich während seiner Kindheit zuzog, wurde von ihr und dem Herzog scharf kritisiert, bevor man ihn schließlich nach Creavey Hall abschob. In der Schule hatten ihm seine gewagten Kunststücke stets Prügel von den Erziehern, aber auch den Respekt seiner Mitschüler eingebracht, die ihn zu ihrem Anführer auserkoren. Er trug seine Narben wie Ehrenabzeichen, ein Symbol seiner unbezwingbaren Rebellion. Laut seiner späteren Liebhaberinnen verliehen sie ihm zudem einen unwiderstehlichen, männlichen Charme.

Was für ihn also nur ein weiterer unbedeutender Kratzer war, schien Polly Kent zutiefst zu beunruhigen. Wie ungewöhnlich sie doch war. Was würde sie wohl sagen, wenn sie die Narben auf seinem Rücken sehen könnte? Nicht, dass das jemals geschähe ...

„Es ist doch nichts Ernstes", murmelte er schroff.

„Sie bluten den Tisch voll."

„Durch meine Adern fließt noch mehr als genug davon."

„Jetzt halten Sie schon still, sonst blutet es noch stärker." Wie zuvor schenkte sie seinen Einwänden keine Beachtung, sondern wandte sich dem Tablett zu. Kurze Zeit später stand sie mit einem Taschentuch in der Hand vor ihm. „Das könnte jetzt ein wenig brennen."

„Was haben Sie ... *Verdammt noch mal!*" Es brannte so sehr, dass ihm beinahe schwarz vor Augen wurde. „Was zur Hölle ist das?"

„Hamameliswasser. Unser Hausarzt empfiehlt es für die Reinigung von Wunden."

„Und arbeitet dieser Quacksalber zufällig für den Teufel?"

„Neigen Sie bitte den Kopf ein wenig tiefer." *Wieder* ignorierte sie ihn. Hinter ihrer unscheinbaren Mauerblümchen-Fassade verbarg sich ein stahlharter Kern. „Sonst sitzen wir hier noch ewig herum."

Mit zusammengebissenen Zähnen gestattete er ihr, seinen Schädel weiterhin mit diesem brennenden Zeug zu malträtieren. Er versuchte, sich von dem Schmerz abzulenken ... was ihm überraschend einfach gelang. Denn um an seine Wunde heranzukommen, hatte die herrische Miss Polly sich zwischen seine gespreizten Beine gestellt. Der Duft ihrer Haare – eine berauschende Mischung aus Apfelblüte und Honig – stieg ihm in die Nase und ließ ihm das Wasser im Mund zusammenlaufen. Dadurch, dass er den Kopf gesenkt hielt, landete sein Blick direkt auf ihren Brüsten ... und was für ein ansehnliches Dekolleté sie besaß!

Selbst die biederen Lagen ihres Morgenmantels und Nachtgewands konnten ihren üppigen Vorbau nicht verbergen. Ihre Brüste waren so prall und rund, dass sie perfekt in die Hände eines Mannes passten. Mit jeder ihrer Bewegungen wackelten sie hypnotisierend vor seinen Augen auf und ab, weshalb er die unangenehme Behandlung auch geduldig über sich ergehen ließ. Der Anblick war wirklich Entschädigung genug.

Verdammt, Polly Kent besaß fantastische Titten.

Langsam zeigte auch sein Schwanz reges Interesse. Lüsterne Gedanken waren nichts Ungewöhnliches für Sinjin, allerdings wunderte er sich über diese seltsame Neugier, die in ihm aufkeimte. Normalerweise waren Frauen vertrautes Terrain, denn er hatte gelernt, jedes noch so kleine Signal zu deuten, das sie ihm sendeten. Meistens wollten sie eine (oder mehrere) von drei Sachen von ihm: Geld, Sex oder einen Heiratsantrag. Mit den ersten beiden war er großzügig, was die letzte betraf, hielt er sich allerdings tunlichst zurück.

Miss Polly jedoch gab ihm ein Rätsel auf. Warum sorgte sie sich um seine Verletzung, obwohl sie ihn nicht ausstehen konnte? Und warum verbarg sie sich hinter derart unvorteilhafter Kleidung? War sie wirklich so prüde, wie sie sich gab ... oder doch eher so leidenschaftlich, wie ihr Körper es vermuten ließ?

Nicht, dass er es je herausfinden würde. Sich mit einer Jungfrau wie ihr einzulassen, war in etwa so erstrebenswert wie ein Kopfschuss. Am Ende würde er sich gezwungen sehen, um ihre Hand anzuhalten, und als Ehemann eignete er sich nun einmal ganz und gar nicht. Mit Treue, Intimität und Gefühlswirrungen hatte er nichts am Hut. Schon gar nicht, wenn es um ein neunmalkluges Mauerblümchen wie sie ging, die ihn ständig bloßstellte und nicht einmal in der Lage war, ein einfaches Geschenk anzunehmen, ohne seine Absichten zu hinterfragen.

Abrupt trat das Objekt seiner Fantasien einen Schritt zurück, und gegen seinen Willen sah er ihr direkt in die klaren, blaugrünen Augen. Für einen seltsamen Moment kam es ihm so vor, als könne sie geradewegs durch ihn hindurchsehen – durch das düstere Chaos bis tief in sein Innerstes, wo seine Teufel schlummerten ...

Hastig richtete sie ihren Morgenmantel und band ihn fester um sich. „So, jetzt sind Sie versorgt. Warum sind Sie überhaupt hier?"

Er versuchte, sich zu sammeln. „Das sagte ich doch bereits. Ich hatte Kopfschmerzen."

„Ich meine, warum sind Sie heute Abend hier aufgetaucht? Und bitte sagen Sie jetzt bloß nicht, dass Ihr Besuch privater Natur war", fügte sie mit einem Kopfschütteln hinzu. „Warum wollten Sie so dringend mit meinem Bruder sprechen?"

Genau dieser verdammte Scharfsinn war es, der ihn von Anfang an gestört hatte. Unter ihrem eindringlichen Blick fühlte er sich irgendwie ... entblößt. Ihre wachsame Art war keineswegs anziehend, ganz im Gegenteil: Sie war entmannend und äußerst unangenehm. Damit hielt sie sich potenzielle Verehrer viel effektiver vom Hals als mit ihrer altbackenen Aufmachung.

„Meine Geschäfte mit Ihrem Bruder gehen Sie ja wohl kaum etwas an."

„Alles, was meine Familie betrifft, geht mich etwas an." Sie verschränkte die Arme vor der Brust, was unglücklicherweise nur dazu führte, dass sie ihre prallen Titten auf anschauliche Weise nach oben drückte und die Kurven ihres Ausschnitts betonte. Es war wohl kaum seine Schuld, dass seine Gedanken daraufhin zu ihren Brustwarzen wanderten. Waren sie groß oder klein, so blass wie ihre Haut oder doch eher rosig wie ihre Lippen ... die sich im Übrigen noch immer bewegten. Mist.

„... vor allem, wenn Sie meiner Schwester mit Ihrem Verhalten Hoffnungen machen", sagte sie gerade. „Sie hat es nicht verdient, sich von einem abgebrühten Wüstling an der Nase herumführen zu lassen. Ich kenne Männer Ihrer Sorte nur zu gut, Mylord, und ich bezweifle stark, dass Sie auch nur einen Funken Anstand besitzen."

Ihre letzten Worte vertrieben den Nebel der Lust, der ihn umhüllte. Normalerweise war es ihm völlig egal, was andere über ihn dachten, aber ihre voreingenommenen Ansichten gingen ihm gehörig auf den Wecker.

Aus diesem Grund ließ er es sich nicht nehmen, sie ein wenig zu ärgern. „Ah, die reizende Miss Primrose. Sie ist ein hübscher Bonus meines Besuchs, nicht wahr?"

„Sie ist kein Bonus, weder für Sie noch sonst irgendeinen Kerl." Jetzt wirkte sie gar nicht mehr so ruhig und gefasst. *Sehr gut.* „Haben Sie ihr gegenüber ehrbare Absichten?"

Bislang hatte er überhaupt keine Absichten gehabt, was Primrose Kent betraf. Aber das würde er dieser Besserwisserin garantiert nicht auf die Nase binden.

Betont lässig hob er eine Braue. „Ich bin doch ein abgebrühter Wüstling, Miss Kent. Was weiß ich schon über Ehre?"

„Ich lasse nicht zu, dass Sie meine Schwester verletzen. Wenn Sie Rosie nicht mit dem Respekt behandeln, den sie verdient, werde ich ... werde ich Sie bloßstellen!" Sie errötete und ballte entschlossen die Hände zu Fäusten. „Ich werde meinem Bruder erzählen, wobei ich Sie erwischt habe."

Und damit waren sie bei dem Vorfall im Badehaus gelandet. Er hatte sich schon gefragt, wann dieser wohl wieder zur Sprache käme. Wenn sie bis jetzt allerdings nichts darüber gesagt hatte, würde sie es garantiert auch in Zukunft nicht tun. Es gehörte sehr viel mehr Mut dazu als sie besaß, offen zuzugeben, dass sie einen Mann dabei beobachtet hatte, wie er sich selbst befriedigte.

Allein die Vorstellung, dass sie glaubte, ihn bloßstellen – oder gar *erpressen* – zu können, war absolut lachhaft.

Wusste sie denn nicht, mit wem sie es zu tun hatte? Der Gott der Lustbarkeit musste niemandem gegenüber Rechenschaft ablegen!

„Sie wollen Ihrem Bruder gestehen, dass Sie mich in einem privaten Moment bespitzelt haben?"

„Ich habe Sie nicht bespitzelt!" Sie lief knallrot an. „Ich wusste ja nicht einmal, dass sich irgendwer in dem Badehaus aufhielt."

„Sie haben aber auch nicht gerade den Blick abgewendet, nicht wahr?" Nervös fuhr sie sich mit der Zunge über die Lippen. Aha! Erwischt. „Wie lange genau standen Sie da und haben die Darbietung genossen?"

„Ich ... das habe ich ganz gewiss nicht! Es war abstoßend, *widerwärtig*", stotterte sie. „Nur ein Verrückter würde so etwas tun!"

Er musste lachen. Gott, sie war so naiv, dass es beinahe schon liebreizend war, wenn sie nicht nur so furchtbar selbstgerecht in ihrer Prüderie wäre. Mit dieser Art von selbsternannten Moralaposteln hatte er sich schon sein ganzes Leben lang herumschlagen müssen. Wie man am besten mit ihnen fertig wurde? Indem man genau das tat, was sie einem vorwarfen ... und *noch* Schlimmeres.

„In dem Fall wäre die gesamte Menschheit verrückt", erwiderte er.

Schockiert riss sie die Augen auf. „Machen Sie sich nicht lächerlich."

„Von uns beiden ist nur einer lächerlich, Miss Kent, aber ich bin es nicht. Ich verrate Ihnen jetzt mal was: Ihr Bruder scheint mir ein anständiger Kerl zu sein, der nicht viel für Heuchelei übrig hat. Wenn Sie ihn also davon überzeugen wollen, dass ich in ein Irrenhaus gehöre, weil ich mich wie ein gesunder, heißblütiger Mann verhalten habe, dann wird er sich ebenfalls in eines einweisen lassen müssen", schloss er mit einem Schulterzucken.

„Ambrose würde niemals ... Wie können Sie es wagen ...?" Mit hochroten Wangen starrte sie ihn an.

Lässig hob er die Hand und tätschelte ihr die Wange. „Sie können sich später bei mir bedanken", sagte er in herablassendem Tonfall, „dafür, dass ich Sie darüber aufgeklärte habe, wie die Dinge im echten Leben laufen."

„Ich brauche keine *Aufklärung* von jemandem wie Ihnen! Sie ... Sie sind schlimmer als ein räudiger Kater! Sie könnten Ihre niederen Triebe nicht einmal beherrschen, wenn Sie es wollten."

Er grinste hämisch. „Das musste ich bisher auch noch nie."

Trotz seiner Verärgerung amüsierte es ihn, wie verzweifelt sie nach einer schlagfertigen Entgegnung suchte. Sie war wie ein schmollendes Kätzchen, das die Krallen gegen einen Tiger ausgefahren hatte. Offenbar war sie sich nicht bewusst, dass sie ihm keineswegs gewachsen war. Dennoch musste er zugeben, dass er ihre hitzige Einstellung irgendwie charmant fand. Und ihr üppiger Busen, der vor Erregung bebte, tat sein Übriges.

Plötzlich erstarrte sie und musterte ihn ungläubig. „Sie finden mich amüsant? Machen Sie sich etwa über mich *lustig?*"

Ja, irgendwie schon, wenn auch nur, um sich für die vorschnelle Meinung zu rächen, die sie sich über ihn gebildet hatte. Aber er sah ein, dass er ein wenig zu weit gegangen war. Um es sich mit ihrem Bruder nicht zu verscherzen, sollte er sie besser besänftigen. Seine Zukunft hing davon ab.

Bevor er jedoch Waffenstillstand schließen konnte, presste sie hervor: „Sie halten mich also für naiv? Glauben, ich wüsste nicht, was Sie wirklich sind?"

„Das habe ich nie gesagt", widersprach er. Gedacht hatte er es allemal.

„Sie sind ein herzloser *Mistkerl.*" Ihr scharfer Tonfall vertrieb auch den letzten Anflug seiner Belustigung. „Sie glauben, nur weil Sie Geld und Titel besitzen, können Sie andere wie Dreck behandeln und sich über sie lustig machen, ohne die Konsequenzen zu tragen. Ihr Wüstlinge seid doch alle gleich!"

Ihre ungerechten Anschuldigungen entfachten seine Wut. „Was bilden Sie sich ein? Sie wissen doch rein gar nichts über mich."

„Ach, nein?" Sie starrte ihn aus zusammengekniffenen Augen an. Wieder einmal kam es ihm so vor, als würde ihr Blick ihn durchbohren und seine schmutzigsten Geheimnisse zutage fördern. „Es würde mich nicht wundern, wenn Ihre zahlreichen Missetaten Sie langsam einholen."

Er bemühte sich um eine gleichgültige Miene. Das war nur gut geraten, nichts weiter. Immerhin wusste sie, dass er die Hilfe ihres Bruders ersucht hatte, es war also unschwer zu vermuten, dass er in Schwierigkeiten steckte.

„Die Missetat des einen ist des anderen Vergnügen", erwiderte er lässig.

„Ihre sorglose Fassade täuscht mich nicht. Ich weiß genau, wie Sie sich fühlen. Sie schämen sich, sind verzweifelt ... und haben *Angst*."

Ihre Worte trafen ihn wie zielsichere Pfeile mitten ins Herz. Verdammt, wie um alles in der Welt hatte sie erraten ...?

Als er ihr antwortete, zwang er sich, so verächtlich wie möglich zu klingen. „Sie haben doch keine Ahnung, wovon Sie sprechen."

„Ach, nein?" Herausfordernd hob sie das Kinn. „Warum haben Sie dann plötzlich noch *mehr* Angst?"

„Habe ich gar nicht", erwiderte er patzig.

Warum musste das verfluchte Weib ihn so reizen? War denn die *ganze* Welt hinter ihm her? Ungebetene Erinnerungen drängten sich an die Oberfläche: Nicolettas geschwollenes Gesicht, die Stimme des unbekannten Mannes, die Zwangsjacke ... Panik überrollte ihn wie eine Welle, die ihm auch das letzte bisschen Selbstbeherrschung zu entreißen drohte.

Du bist nicht verrückt. Du hast alles unter Kontrolle. Du bist niemandem Rechenschaft schuldig.

Sie trat einen Schritt näher, und wieder stieg ihm ihr süßer

Duft in die Nase, vernebelte ihm die Sinne. Seine Schläfen begannen zu pochen. Unbewusst ballte er die Hände zu Fäusten.

„Nein, Sie haben recht. Ich muss mich korrigieren“, sagte sie und besaß doch tatsächlich die Dreistigkeit, mit dem Finger auf ihn zu zeigen. „Sie, Mylord, haben *Todes*angst.“

„Sie träumen wohl, Schätzchen. Kein Wunder, Sie müssten ja schon längst im Bett sein“, presste er hervor.

Etwas blitzte in ihren Augen auf. „Behandeln Sie mich nicht wie ein Kind, Sie Schuft!“

„Ach, soll ich Sie lieber wie eine Frau behandeln? Kein Problem.“

Mit diesen Worten zog er sie an sich und presste seine Lippen auf die ihren.

✴ 10 ✴

POLLY KEUCHTE SCHOCKIERT GEGEN REVELSTOKES LIPPEN. SEIN Kuss hatte sie völlig überwältigt, wie ein wilder Strudel, der ihr den Atem raubte und es ihr unmöglich machte, sich von ihm zu lösen. Die Wärme seines Körpers und sein herber, männlicher Duft nahmen sie völlig ein. Irgendwo in ihrem Kopf mahnte eine eindringliche Stimme sie, dass sie sich wehren, protestieren sollte ... doch diese wurde von einem viel mächtigeren Instinkt verdrängt.

Neugier und Begehren erfüllten sie gleichermaßen.

Doch allem voran breitete sich eine nie gekannte Sehnsucht in ihr aus, die ihren inneren Schutzwall mühelos zum Einsturz brachte. Sie war nur einmal zuvor von jemandem geküsst worden, nämlich von Lord Brockhurst, aber das war etwas *ganz* anderes gewesen. Jeglicher Vergleich verschwand hinter einem Nebel aus Lust, und mit einem Seufzer gab sie sich ihren Instinkten hin, öffnete die Lippen wie zarte Blütenblätter, die sich dem nährenden Licht der Sonne zuwandten.

Sobald sie aufhörte, sich zu sträuben, änderte sich die Spannung zwischen ihnen, Wut schlug in etwas noch viel Intensiveres um. Sie zuckte überrascht zusammen, als sie seine Zunge in ihrem

Mund spürte. Er umschloss ihr Gesicht mit beiden Händen und hielt sie fest, während er den Moment voll auskostete. Verzweifelt krallte sie sich in den Stoff seines Hemdes, weil sie nicht wusste, was sie sonst tun sollte.

Als seine Zunge über die ihre fuhr, entwich Polly ein leises Wimmern. Schüchtern erwiderte sie die Berührung, bis ihre Zungen sich schließlich zu einem wilden Tanz vereinten und der Kuss immer heißer wurde. Seine fordernden Lippen jagten ihr einen elektrisierenden Schock durch den Körper. Ihre Haut prickelte, ihre Brustwarzen versteiften sich und sie spürte eine feuchte Wärme zwischen ihren Schenkeln.

Sie stöhnte auf. Gott, sie wollte mehr.

Bevor sie wusste, wie ihr geschah, hob er sie hoch und setzte sie auf der harten Tischoberfläche ab. Instinktiv legte sie die Arme um seine Schultern, während er zwischen ihre Beine trat, um sie erneut mit seinen ungezügelten Küssen um den Verstand zu bringen. Sie spürte, wie seine Hand über ihre Rippen wanderte, bevor er sie – *ach du liebe Zeit!* – auf ihre Brust legte. Der anfängliche Schock wurde schnell von einem heftigen Lustgefühl verdrängt, als er begann, ihre steife Brustwarze durch das Nachtgewand zu reiben.

Ihr ganzer Körper erbebte unter seinen Küssen und Berührungen. Sie konnte sich auf nichts anderes mehr konzentrieren als seine Lippen und Finger, während sie versuchte, den fordernden Liebkosungen seiner Zunge mit ebenbürtigem Eifer zu begegnen.

Ein tiefes, brummendes Stöhnen entrang sich seiner Kehle, und er ließ von ihrer Brust ab, um mit beiden Händen ihre Kehrseite zu packen und sie näher an sich zu ziehen. Sie spreizte die Beine weiter auseinander und presste die Knie gegen seine schlanken Hüften. Leise keuchte sie auf, als sie seine harten Muskeln an ihren weichen Rundungen spürte ... und ganz besonders einen harten Muskel.

Gütiger Himmel! Trotz der mehreren Lagen Stoff zwischen ihnen war der Beweis seiner Erregung unverkennbar. Unwillkürlich musste sie zurück an die Szene im Badehaus denken, sein mächtiges, stolzes Glied, das er kaum mit einer Hand umfassen konnte. Instinktiv begann sie, sich gegen ihn zu reiben, und stöhnte leise auf, als die Welle der Lust, die sie übermannte, ihre intimste Stelle noch feuchter werden ließ. Er packte ihr Gesäß noch fester und drückte sie mit jeder Bewegung so dicht es ging an sich, bis sie glaubte, vor Verzückung die Besinnung zu verlieren.

Er küsste sie unablässig, während sie sich verzweifelt in seine Schultern krallte und ihre Hüften seinen mächtigen Stößen entgegenpresste. *Ja, Gott, ja* ... Plötzlich rieb seine harte Männlichkeit über einen besonders empfindlichen Knoten, und mit einem Aufschrei gab sie sich dem Gipfel ihrer Ekstase hin.

Einen Moment lang schwebte sie wie auf Wolken ... bis ein gemurmelter Fluch ihre Benommenheit durchbrach. Als sie den Kopf hob, um ihn anzusehen, erstarrte sie vor Schreck. Seine tiefblauen Augen glühten, seine Aura war ein einziger, energiegeladener Sturm aus Lust, Wut ... und Ekel.

Er *ekelte* sich vor ihr?

Die Realität dessen, was gerade geschehen war, traf sie wie ein Schlag in die Magengrube. *O Gott, ich habe mich wie ein billiges Flittchen benommen!* Angewidert drückte sie ihn von sich, und er trat einen Schritt zurück. Als sie vom Tisch hinuntersprang, stolperte sie in ihrer Eile, und landete direkt wieder in seinen Armen.

„Immer schön langsam ...“

„Lassen Sie mich *los*.“ Zutiefst gedemütigt, schlug sie die Hand weg, mit der er sie stützte.

Er wich mit erhobenen Händen zurück. „Ich wollte nur helfen.“

„Sie haben schon genug getan“, erwiderte sie mit hochrotem Gesicht.

„Ich muss mich entschuldigen“, sagte er ernst. „Das war ein Fehler. Ich hätte niemals ...“

„Vergessen Sie es einfach", presste sie hervor. „Ich zumindest habe es vor."

Er runzelte die Stirn. „Sie wollen das zwischen uns ... einfach vergessen?"

Jetzt mischte sich Wut unter ihr Entsetzen. *Dieser arrogante Mistkerl.* War es nicht schlimm genug, dass sie seinen Verführungskünsten so leicht erlegen war? Hielt er sich nun auch noch für so einzigartig, dass sie, ein armseliges Mauerblümchen, niemals mehr über die Zuwendung des unvergleichlichen Gottes der Lustbarkeit hinwegkommen würde?

„Es war wohl kaum ein denkwürdiges Ereignis", erwiderte sie, stolz darauf, wie gefasst sie klang. „Außerdem war es nicht meine erste Begegnung dieser Art, und wird garantiert auch nicht meine letzte sein." Er brauchte ja nicht zu wissen, dass sie sich damit auf Lord Brockhursts keusche Küsse bezog.

Sein Kiefer verspannte sich. „Verzeihung. Ich wusste ja nicht, was für ein Flittchen Sie sind."

„Wer im Glashaus sitzt, sollte nicht mit Steinen werfen", konterte sie schnippisch.

Er verneigte sich mit übertriebener Höflichkeit. „Dann sollte ich Ihnen jetzt wohl besser eine gute Nacht wünschen."

„Gute Nacht." Ihr Tonfall gab ihm zu verstehen, dass sie das genaue Gegenteil meinte.

Abermals öffnete er den Mund ... schloss ihn jedoch gleich darauf wieder und verließ mit einem letzten, wütenden Blick auf sie die Küche.

Sie wartete, bis die Tür hinter ihm zufiel und seine Schritte sich entfernt hatten. Erst dann lehnte sie sich zitternd gegen die Tischkante. Warum nur hatte sie sich so schamlos verhalten? Wieder musste sie an den angewiderten Ausdruck in seinem Gesicht denken, als er realisiert hatte, *wen* er da küsste ... und plötzlich kam ihr noch ein ganz anderer, schrecklicher Gedanke.

O mein Gott ... Rosie, dachte sie entsetzt. *Was habe ich nur getan?*

❧ 11 ❧

ICH HABE SIE NUR DURCH KÜSSEN ZUM HÖHEPUNKT GEBRACHT.

Dieser Gedanke schoss Sinjin durch den Kopf, als Polly am nächsten Morgen das Speisezimmer betrat. Er saß bereits zwischen ihrer Schwester und ihrer Schwägerin, die ihre Anwesenheit noch nicht bemerkt hatten und sich munter weiterunterhielten. Seine Sinne hingegen fokussierten sich ausschließlich auf sie.

Sie wirkte erschöpft, hatte deutliche Schatten unter den Augen. Ihr Haar war zu einem strengen Knoten zusammengebunden, und wie üblich trug sie eines ihrer altbackenen Kleider. Doch nun wusste er ja, was sich hinter dieser unvorteilhaften Aufmachung verbarg.

Süße Lippen und üppige Kurven, die sich perfekt in seine Hand schmiegten.

Und die ungezwungenste, heißeste Leidenschaft, die er je erlebt hatte.

Die Höflichkeit gebot ihm, sich zur Begrüßung zu erheben. Glücklicherweise trug er einen Gehrock, keinen Cutaway, ansonsten hätte er die Reaktion seines Körpers auf ihre Nähe unmöglich verbergen können. Verflucht, was genau an ihr brachte ihn, einen weltgewandten Lebemann, dazu, sich wie ein unerfahrener Grünschnabel zu benehmen?

Vielleicht lag es daran, dass er sie nur zu küssen brauchte, und schon brannte sie wie ein Römisches Licht.

Verdammt. Das war ihm noch nie zuvor mit einer Frau passiert.

„Da bist du ja, Pols!", rief Miss Primrose neben ihm mit einem strahlenden Lächeln. „Gerade erzählte ich dem Grafen, dass du für gewöhnlich die Erste am Frühstückstisch bist."

„Ich, äh, bin ein wenig länger liegen geblieben", erwiderte Polly.

„Hast du schlecht geschlafen?", erkundigte sich Mrs Kent, die zu seiner anderen Seite saß, mitfühlend.

„Ja, gewissermaßen." Ihre Wangen röteten sich.

Als er ihr ebenfalls einen guten Morgen wünschte, murmelte sie lediglich eine halbherzige Antwort, ohne seinen Blick zu erwidern. Wie schaffte sie es nur, so miserabel und liebreizend zugleich auszusehen? Missmutig beobachtete er, wie sie sich mit den anderen beiden Damen unterhielt. Und warum fand er sie liebreizend, obwohl er genau wusste, wie unglaublich nervtötend sie war ... noch dazu eine rechtschaffene Jungfrau?

Was das Liebesspiel anbelangte, hatte er nur eine feste Regel: Finger weg von unschuldigen Frauen. Sich auf eine von ihnen einzulassen, würde unweigerlich zu einer ungewollten Ehe führen, das schlimmstmögliche Schicksal für einen Mann wie ihn. Welche anständige Lady könnte ihn und seine unersättlichen Dämonen akzeptieren? Sobald der schwarze Teufel von ihm Besitz ergriff, war er so spitz, dass er die ganze Nacht durchvögeln konnte. Mehr als einmal hatte er es mit drei Dirnen gleichzeitig getrieben, ohne wirklich Befriedigung zu finden. Welche brave, kleine Jungfrau wäre in der Lage, da mitzuhalten? Oder seine Gereiztheit und wankelmütigen Launen zu ertragen?

Und dann war da natürlich noch seine andere Seite. Allein der Gedanke, diesen erbärmlichen Teil seiner selbst preiszugeben, verursachte ihm Übelkeit. Einmal hatte der blaue Teufel ihn während eines zügellosen Wochenendes auf dem Landsitz eines Freundes erwischt. Er war nach einer wilden Nacht voll emotionaler Höhen erwacht, nur um sich in den tiefen Abgründen seiner ganz persönlichen Hölle wiederzufinden. Eine der angeheuerten Dirnen merkte, dass er wach war, und wollte die lüsternen Eskapaden des Vorabends fortsetzen ... aber sein Körper weigerte sich, auf ihre Avancen zu reagieren.

Hast wohl Schwierigkeiten, in die Gänge zu kommen, was, Schätzchen? Entspann dich und überlass alles weitere mir ...

Doch nicht einmal ihr Geschick in diesen Dingen vermochte ihn aus der Schlucht der Verzweiflung herauszureißen, in der feststeckte. Ihre Berührungen hatten ihm nur noch deutlicher vor Augen geführt, wie einsam und leer er sich fühlte, und so hatte er sich wie ein Schlappschwanz von ihr weggerollt. Mit einem verächtlichen Blick war sie schließlich gegangen und hatte ihn in seiner Schmach und seinem Selbsthass zurückgelassen.

Letzte Nacht jedoch hatte er seine eiserne Regel gebrochen. Pollys unschuldige Leidenschaft war berauschender gewesen als alles andere, was er je erlebt hatte. Ein einziger Kuss von ihr hatte ihn mehr erregt als seine wilden Orgien mit zahlreichen Dirnen. Aber er war zu weit gegangen, und als er wieder zu Sinnen kam, hasste er sich für das, was er getan hatte. Sein Mangel an Selbstkontrolle widerte ihn an. Er hatte etwas in Bewegung gesetzt, von dem er wusste, dass es kein ehrbares Ende nehmen konnte.

Als er sich jedoch bei ihr entschuldigen wollte, hatte sie ihn mit ihren Worten völlig aus dem Konzept gebracht. Sie fand ihre „Begegnung" also nicht denkwürdig? Und es war auch nicht ihre erste dieser Art gewesen?

Wer zum Teufel hat sie vor mir geküsst?

Ein seltsames, fremdartiges Gefühl überkam ihn. War er etwa ... eifersüchtig? Verdammt, er war noch nie besitzergreifend gewesen, was Frauen anging. Das konnte nichts Gutes bedeuten. Energisch schob er die lästigen Emotionen beiseite, während er beobachtete, wie Polly an das Frühstücksbuffet trat. Er musste seine ungesunde Faszination ihr gegenüber unbedingt loswerden. Zwar hatte ihr kleines Stelldichein gestern kein gutes Ende genommen – was hauptsächlich ihre Schuld war –, aber er würde der Vernünftigere sein, sich nochmals entschuldigen, die Wogen glätten und sie sich damit ein für alle Mal aus dem Kopf schlagen.

Ein hervorragender Plan.

Sobald er sich sicher war, dass niemand ihm zu große Beachtung schenkte, gesellte er sich unauffällig zu ihr ans Buffet. Obwohl sie sich versteifte, als er neben sie trat, hielt sie den Blick stur auf die Auswahl an Köstlichkeiten gerichtet, als lägen darin sämtliche Geheimnisse des Universums.

Um nicht von den vorbeieilenden Lakaien gehört zu werden, sagte er leise: „Wir müssen reden.“

„Ich habe Ihnen nichts weiter zu sagen.“ Ohne ihn eines Blickes zu würdigen, schaufelte sie sich eine große Portion Rührei auf ihren Teller.

„Ich möchte mich für das, was gestern Nacht geschehen ist, entschuldigen.“

„Also schön. Ihre Entschuldigung wurde zur Kenntnis genommen.“ Zu dem Ei kam auch noch eine ansehnliche Portion Speck hinzu.

Wieder einmal verdeutlichte dieses widerspenstige Biest ihm, warum er sich bisher tunlichst von Frauen wie ihr ferngehalten hatte. Er biss die Zähne zusammen und holte tief Luft, bevor er fortfuhr: „Ich habe einen Fehler gemacht ...“

„Das können Sie laut sagen.“ Sie griff nach einem Brötchen.

„Normalerweise würde ich eine Dame wie Sie nicht anrühren, aber es war spät und ich hatte zu viel getrunken ...“

„Eine Dame wie mich?“ Sie stach mit ihrer Gabel so heftig in ein Würstchen, dass er zusammenzuckte. „Nur, damit Sie es wissen, *ich* würde mich normalerweise niemals mit einem Mann wie *Ihnen* abgeben.“

Langsam riss ihm der Geduldsfaden. Auch wenn *er* sich für unwürdig hielt, eine Frau wie sie zu berühren, bedeutete das nicht, dass sie diese Meinung teilen durfte. Sie kannte ihn doch gar nicht. Außerdem hatte er sich noch nie zuvor bei jemandem entschuldigt. Wie konnte sie es wagen, sein Friedensangebot nicht nur auszuschlagen, sondern auch noch mit Füßen zu treten?

Zur Hölle mit ihr.

„Verzeihung, aber Ihre Zunge in meinem Mund ließ etwas anderes vermuten", erwiderte er bissig. „Ach ja, und sind Sie nicht vollständig bekleidet in meinen Armen gekommen?"

Sie errötete bis zu den Haarwurzeln und sah sich hastig um, bevor sie wütend zurückzischte: „Ein Gentleman würde solche Dinge nie sagen."

„Aber eine Dame würde sie tun?"

„*Sie* haben doch damit angefangen."

„Und ich habe es auch beendet. Worüber Sie sich ja nicht gerade beschwert haben, Schätzchen", murmelte er gedehnt.

„Sie arroganter *Wüstling* ..."

„Lieber ein Wüstling, der weiß, wer er ist, als eine Jungfrau, die sich selbst etwas vormacht."

„Wie können Sie es wagen?" Wütend funkelte sie ihn an. „Ich weiß genau, wer ich bin."

„Ach, wirklich? Warum dann diese Maskerade?"

Sie wartete, bis einer der Lakaien sie passierte, bevor sie patzig erwiderte: „Ich habe keine Ahnung, wovon Sie sprechen."

Er hob eine Braue. „Das ist ein Kostümfest, bei dem alle Anwesenden ihre wahre Identität verschleiern."

Am Ende des Buffets angekommen, marschierte sie um den Paravent herum, auf dessen Rückseite sich die Getränke befanden. Der mit Vögeln und Blumen bemalte Raumteiler bot zwar nicht allzu viel Privatsphäre, schirmte sie aber immerhin ein wenig vom Rest der Frühstückenden am Tisch ab.

„Ich weiß durchaus, was eine verflixte Maskerade ist", presste sie hervor. „Mir ist nur nicht klar, warum Sie über so belangloses Zeug schwafeln."

„Weil ich Ihre Tarnung durchschaut habe und weiß, dass Sie nicht die Dame sind, die Sie vorzugeben versuchen."

***

Ein schriller Alarm ertönte in Pollys Kopf. Schwer atmend starrte sie Revelstoke an. O Gott, er hatte doch nicht etwa herausbekommen, über welch außergewöhnliche Fähigkeiten sie verfügte …?

„W-wie bitte?", flüsterte sie.

„Glauben Sie wirklich, Ihre altbackene Aufmachung und diese selbstgerechte Einstellung könnten die Tatsache verbergen, dass Sie in Wahrheit ein heißblütiges Frauenzimmer sind?", fragte er kühl. „Dann haben Sie sich aber gewaltig geirrt. Sie sind nichts weiter als eine Heuchlerin."

In der einen Sekunde war sie erleichtert, dass ihr Geheimnis weiterhin sicher war, in der nächsten wurde sie jedoch so wütend, dass sie beinahe die Beherrschung verlor. *Er* wagte es, *sie* der Heuchelei zu bezichtigen? Nachdem er mit seinen Freunden über sie herzgezogen hatte, nur weil ihm langweilig war?

Ihre Verbitterung gewann schließlich die Oberhand.

Er will über Doppelzüngigkeit diskutieren? Das kann er haben!

„Ich weiß, wer ich bin: ein unscheinbares, fettes, seltsames Mauerblümchen." Jedes Wort bescherte ihr eine bittersüße Befriedigung … als würde man eine schmerzhafte Blase aufstechen. Es war unangenehm, fühlte sich aber auch gut an, die aufgestaute Flüssigkeit herauszulassen. „Und wenn Sie etwas anderes behaupten, sind *Sie* der Heuchler. Ich habe nämlich gehört, was Sie wirklich über mich denken … wie wenig ein Mauerblümchen wie ich *die Mühe wert* sei."

Einen Moment lang starrte er sie verblüfft an. „Wovon zum Henker sprechen Sie?"

„Jetzt tun Sie doch nicht so. Ich habe Sie *gehört*", wiederholte sie scharf.

„Dann sollten Sie dringend mal Ihre Ohren – und ihren Kopf – untersuchen lassen", erwiderte er schnippisch. „So etwas habe ich nie gesagt."

„Sie erinnern sich nicht einmal mehr daran, nicht wahr?", empörte sie sich.

„Woran?", verlangte er ungeduldig zu wissen.

Sie trat so dicht an ihn heran, dass ihr Teller beinahe seine Weste berührte. „Es war vor einem Jahr, im Garten der Kitburns. Lady Langley und Sie unterhielten sich mit Lord Brockhurst und Mr Severton."

„Und?", fragte er stirnrunzelnd.

„Severton erzählte Ihnen von der Wette, die Brockhurst gewonnen hatte, weil es ihm gelungen war, ein Mauerblümchen zu küssen. Woraufhin Sie erwiderten, er hätte ebenso gut einen halbtoten Straßenköter treten können. Es sei schließlich nicht schwierig, ein Mauerblümchen zu verführen", schloss sie mit vor Demütigung zitternder Stimme. „Nun, bei dieser Wette ging es um *mich*."

Sie wusste nicht genau, welche Art von Reaktion sie erwartet hatte. Betretenes Schweigen. Vielleicht sogar eine Entschuldigung. Stattdessen verfinsterten sich seine Miene sowie seine Aura, und seine Wut schien die Luft zwischen ihnen wie eine Unwetterwolke auszufüllen.

„Das ist alles?", fragte er bedrohlich leise. „Wegen dieser Lappalie haben Sie sich mir gegenüber die ganze Zeit über wie ein voreingenommenes Miststück verhalten?"

Vor Schock klappte ihr buchstäblich die Kinnlade herunter. „Wie können Sie es wagen ...?"

„Was denn? Sie zu beschuldigen, etwas zu sein, was Sie nicht sind?" Sein Zorn durchbohrte sie wie ein Pfeil. „Fühlt sich nicht sehr gut an, nicht wahr?"

O nein, sie würde nicht zulassen, dass er ihr die Schuld in die Schuhe schob.

„Nicht ich bin hier diejenige, die so unverzeihliche Dinge gesagt hat ..."

„Ist Ihnen je in den Sinn gekommen, mich einfach darauf anzusprechen, anstatt ewig an Ihrem Groll festzuhalten?"

„Und welche Ausrede hätten Sie in dem Fall vorgebracht? Dass ich die ganze Sache missverstanden habe?", fragte sie verächtlich.

„Sie haben mich keineswegs missverstanden. Ich behauptete durchaus, dass es nicht schwierig sei, ein Mauerblümchen zu verführen ... weil es nämlich *unter der Würde* eines jeden Mannes ist, sich derart schändlich zu verhalten", zischte er wütend. „Es ist absolut verachtenswert, eine Frau − oder andere wehrlose Personen − auf diese Weise auszunutzen. Nur ein Feigling würde so etwas tun. Und oftmals sind es eben genau diese Mistkerle, die auch nicht davor zurückschrecken, hilflose Tiere zu treten."

Sie blinzelte nur, überwältigt von seiner finsteren Miene ... der selbstgerechten Aura, die ihn wie ein Blitzgewitter umgab. Er sagte die Wahrheit. Seine Erklärung traf sie wie tausend kleine Nadelstiche. Benommen versuchte sie, etwas zu erwidern, brachte aber nur ein kaum hörbares „Oh" heraus.

„Was herrscht denn hier für eine *grimmige* Stimmung?", durchbrach Rosies fröhliche Stimme die knisternde Anspannung. Neugierig lugte sie um den Wandschirm herum. „Um was für faszinierende Themen geht es denn? Ich will auch mitreden!"

Nervös fuhr Polly sich mit der Zunge über die Lippen. Ihre Wut war erneuten Gewissensbissen gewichen.

Revelstoke wandte sich von ihr ab und verneigte sich vor Rosie. „Nichts von Bedeutung." Sein ruhiger Tonfall stand in scharfem Kontrast zu seiner rotglühenden Aura.

Rosie gab ihm einen koketten Klaps auf den Arm. „Sicher, dass Sie beide keine Geheimnisse vor mir haben?"

„Keineswegs. Allerdings verblasst jedes belanglose Geschwätz angesichts Ihrer strahlenden Schönheit", erwiderte er aalglatt.

Polly wünschte, der Erdboden würde sich auftun und sie verschlingen.

„Na, wenn Sie es sagen", kicherte Rosie beschwichtigt. „Mama will uns bei einem Spaziergang durch den Garten beaufsichtigen, Mylord. Kommst du auch mit, Pols?"

„Nein." Zu ihrem Entsetzen spürte sie, wie ihr die Tränen in die Augen stiegen. Hastig stellte sie ihren unangerührten Teller auf dem nächstgelegenen Tisch ab, bevor sie hinzufügte: „Mir ist gerade eingefallen, dass ich, äh, noch etwas Dringendes zu erledigen habe. Bitte entschuldigt mich."

Dann wirbelte sie herum und lief eilig zur Tür.

Hinter sich hörte sie Revelstoke noch sagen: „Wollen wir, Miss Primrose?"

❧ 12 ❧

NACHDEM SIE SICH ORDENTLICH AUSGEHEULT HATTE, SAß POLLY eine Stunde später an ihrem Schreibtisch und versuchte, einen Brief an ihre Schwester Violet zu verfassen. Vi war mit dem Vicomte Carlisle verheiratet und wohnte gemeinsam mit ihm und ihrem kleinen Sohn den Großteil des Jahres über in Schottland.

Polly tauchte die Schreibfeder in das Tintenfass und bemühte sich, ihre Gedanken zu sammeln.

Liebe Violet,

~~*Ich hoffe, ihr habt schönes Wetter in Schottland*~~*.* (Viel zu banal.)

~~*Ich warte sehnsüchtig auf deinen Besuch Ende des Sommers*~~*.* (Viel zu verzweifelt.)

Ich bin eine furchtbare Person, denn ich habe Revelstoke völlig falsch eingeschätzt und ihn vorschnell als Schurken abgestempelt. Zudem habe ich Rosie Unrecht getan.

Tinte tropfte von ihrer Federspitze und breitete sich auf dem Pergament aus.

„Verflixt noch mal", murmelte sie.

Plötzlich flog die Tür auf, und Rosie stürmte herein. „Wir müssen uns beeilen!"

Mit hämmerndem Herzen knüllte Polly den Brief zusammen. „Äh, warum? Sind wir zu spät zu einem Termin?"

„Papa ist zurück!", rief ihre Schwester und zerrte sie auf die Füße. „Mr Lugo und Mr McLeod sind ebenfalls hier. Sie haben sich mit Revelstoke ins Arbeitszimmer zurückgezogen."

Bei der Erwähnung von Ambroses Geschäftspartnern überkam sie eine ungute Vorahnung. „Was hat das mit uns zu tun?"

„Wir müssen ihr Gespräch natürlich belauschen", erklärte Rosie und versuchte, sie aus dem Zimmer zu drängen. „Willst du denn nicht wissen, was los ist?"

Das wollte sie schon ... aber irgendwie auch nicht. Vor allen Dingen musste sie sich so weit wie möglich von Revelstoke fernhalten. Durch ihn geriet ihre Welt völlig aus den Fugen. Er bescherte ihr im einen Moment das höchste Glücksgefühl – Gott, sie hatte noch nie eine Ekstase wie gestern Nacht erlebt –, nur um sie im nächsten in einen Strudel aus Schuldgefühlen und Verzweiflung zu stoßen. Nicht nur war er eine zu gefährliche Versuchung für sie, er brachte auch das Schlimmste in ihr zum Vorschein.

Sie haben sich mir gegenüber die ganze Zeit über wie ein voreingenommenes Miststück verhalten.

Polly schluckte schwer. Da hatte er nicht ganz unrecht. Und sie schämte sich zutiefst dafür.

Zwar war sie nicht sonderlich hübsch oder beliebt, aber zumindest hatte sie sich immer damit gerühmt, ein guter Mensch zu sein. Jemand, der keine grundlosen Animositäten hegte ... und auf keinen Fall den Gentleman küssen würde, in den ihre Schwester sich verguckt hatte.

Wieder überkamen sie schreckliche Gewissensbisse, und sie versuchte, sich gegen Rosies Griff zu sträuben. „Revelstokes Angelegenheiten gehen mich nichts an."

„Und ob sie das tun, du Dummchen." Unbeirrt schleppte

Rosie sie den Gang entlang zur Treppe. „Seine Angelegenheiten betreffen unweigerlich mich, und deshalb gehen sie *dich* auch etwas an."

Scham und Reue drohten Polly zu übermannen. Die ganze Nacht über hatte sie wachgelegen und überlegt, ob sie Rosie von ihrer Begegnung mit dem Grafen erzählen sollte. Einerseits fraßen ihre Schuldgefühle sie innerlich auf. Sie hasste sich dafür, Rosie auf so abscheuliche Weise hintergangen zu haben, aber noch mehr hasste sie es, ihre beste Freundin anzulügen.

Andererseits ... Der Gedanke, Rosie zu verärgern erfüllte sie mit Panik. Sie hatten sich noch nie zuvor gestritten. Polly war normalerweise äußert gelassen und überließ ihrer Schwester in allen Entscheidungen das Kommando. Selten widersprach sie ihr oder stellte sich gegen ihre Wünsche. Ehrlich gesagt verstand sie auch immer noch nicht so ganz, wie es überhaupt dazu kommen konnte, dass Revelstoke und sie sich so leidenschaftlich geküsst hatten. Waren sie nicht erbitterte Feinde?

Am meisten fürchtete sie sich jedoch davor, Rosies Hoffnungen zu zerstören. Ihre Schwester balancierte auf einem schmalen Grat zwischen Zuversicht und tiefer Verzweiflung, und Polly wollte keinesfalls diejenige sein, die sie in den dunklen Abgrund stieß.

Und wer wusste schon, was sich zwischen Rosie und Revelstoke entwickeln würde? Immerhin war er ja offensichtlich doch nicht ein so herzloser Schuft, wie sie angenommen hatte. Vorhin während des Frühstücks hatte sie zudem deutlich das Interesse in seiner Aura gespürt ... welches zweifellos Rosie gelten musste, die in ihrem himbeer-weiß-gestreiften Kleid mit den passenden Haarbändern einfach hinreißend ausgesehen hatte. Ihr doch wohl kaum ... er hatte ihr ja mehr als einmal versichert, dass er das, was zwischen ihnen geschehen war, für einen Fehler hielt.

Vielleicht lag Rosie ja richtig. Vielleicht war er tatsächlich gekommen, um ihr den Hof zu machen. Vielleicht konnte sie den ehemaligen Wüstling mit ihrem Charme und ihrer Schönheit bekehren ... und Polly stand kurz davor, ihr alles zu verderben.

Der Gedanke schnürte ihr die Kehle zu. Gott, sie hatte alles verkompliziert. Nach reiflicher Überlegung beschloss sie, dass es am besten wäre, ihren Fehltritt um jeden Preis geheim zu halten, so zu tun, als hätte es die Küsse zwischen ihr und Revelstoke – die sowieso bedeutungslos waren – nie gegeben. Damit mochte sie den feigen Ausweg wählen, aber sie sah einfach keine Alternative. Außerdem würde es garantiert nicht noch einmal vorkommen.

Rosie führte sie hinunter ins Erdgeschoss, wo sie die Eingangshalle durchquerten und einen langen, mit prunkvollen Landschaftsgemälden behangenen Gang entlanggingen, bis sie die Bibliothek erreichten. Eine Wand des nach Leder und Feuerholz duftenden Raumes bestand aus deckenhohen Fenstern mit Blick auf die Straße, an den übrigen befanden sich massive Bücherregale. Rosie schloss leise die Tür hinter ihnen, und in der Stille hörte Polly das undeutliche Gemurmel männlicher Stimmen aus dem Arbeitszimmer nebenan. Obwohl sie nicht verstand, was gesagt wurde, jagte ihr der ernste Tonfall des Gesprächs einen Schauer über den Rücken.

„Wir sollten das nicht tun", flüsterte sie.

Doch Rosie war bereits dabei, die Bücher in einem der Regale an der Wand zwischen den beiden Räumen beiseitezuschieben. „Ach, Unsinn. Würdest du mir jetzt endlich mal helfen?"

Seufzend nahm Polly die schweren Lederbände entgegen, die ihre Schwester ihr reichte, und stapelte sie ordentlich auf dem Boden. Sobald sie genug Platz geschaffen hatten, pressten sie ihre Ohren gegen die kühle Holzverkleidung. Nun konnten sie Mr McLeods schottischen Akzent ausmachen, ebenso wie Mr Lugos melodischen Bariton. Auch Revelstokes tiefe Stimme sowie Ambroses sachlicher Tonfall drangen zu ihnen herüber, allerdings vermochte Polly außer einzelnen Worten wie „Befragung" und „Klub" nicht viel zu verstehen.

„Ich habe keine Ahnung, wovon sie sprechen", flüsterte Rosie frustriert.

„Vielleicht ist das ein Zeichen, dass wir ..."

Plötzlich schwang die Tür auf. Mit hämmerndem Herzen wirbelte Polly herum.

Edward, Ambrose und Mariannes vierzehnjähriger Sohn, stand auf der Schwelle und legte neugierig den Kopf schief. „Was macht ihr beide da?"

„Gar nichts." Hastig richtete Rosie sich auf und warf ihrem jüngeren Bruder einen genervten Blick zu. „Hast du nichts Besseres zu tun, als im Haus herumzuschleichen und unschuldige Leute zu erschrecken?"

„Ich wollte mir doch nur ein Buch holen", protestierte er.

„Hol dir irgendwo anders eines", befahl seine Schwester ihm. „Polly und ich sind hier gerade beschäftigt."

Edward musterte erst das leere Bücherregal, dann den Stapel in Leder gebundene Wälzer auf dem Boden. „Belauscht ihr etwa Papa?"

„Nicht so laut, verflixt", zischte Rosie, zerrte ihren Bruder ins Zimmer und schloss eilig die Tür hinter ihm. „Willst du, dass die ganze Welt davon erfährt?"

„Warum spioniert ihr Papa und seine Geschäftspartner aus?"

„Das geht dich gar nichts an", erwiderte Rosie patzig.

„Es ist wegen des Grafen, nicht wahr?", mutmaßte Edward.

In den letzten Jahren war der frühreife Junge zu einem äußerst scharfsinnigen jungen Mann herangewachsen. Marianne hatte ihn oft wehmütig ihren „kleinen Professor" genannt, bis er ihr eröffnete, dass er keine akademische Laufbahn anstrebte, sondern Ermittler werden wollte, wie sein Vater. Gemeinsam mit seinem besten Freund und Cousin, Freddy, plante er, eine eigene Privatdetektei zu eröffnen ... die Violet zur Belustigung aller „Fredward & Partner" getauft hatte.

„Hast du nichts Besseres zu tun, als mir auf den Geist zu gehen?", schmollte Rosie.

„Nicht wirklich. Ich warte auf Freddy." Edward ging hinüber zum Bücherregal und presste sein Ohr gegen die Holzverkleidung. „So kann man aber nicht gerade viel hören."

„Hältst du jetzt *bitte* den Mund?", zischte Rosie mit einem Anflug von Verzweiflung.

„Na schön." Achselzuckend schlenderte er zurück zur Tür. „Wenn ihr nicht wissen wollt, was die da drüben besprechen, lasse ich euch eben wieder allein ..."

„Warte." Argwöhnisch kniff Rosie die Augen zusammen. „Kennst du etwa eine bessere Methode, um zu lauschen?"

Edward wandte sich zu ihr um und nickte.

Seine Schwester starrte ihn erwartungsvoll an, doch als er nichts weiter hinzufügte, hakte sie ungeduldig nach: „Und? Spuck es schon aus!"

Er hob die Brauen. „Ich dachte, ich soll den Mund halten?"

Polly musste ein Lächeln unterdrücken. In erster Linie war Edward eben immer noch ein Halbwüchsiger, der es sich nicht verkneifen konnte, seine Schwester bei jeder sich bietenden Gelegenheit zu ärgern.

Als sie jedoch bemerkte, dass Rosie knallrot anlief, schritt sie hastig ein: „Bitte sei doch so nett und verrate es uns, Edward."

„Also gut ... Aber nur, weil Tante Polly so lieb gefragt hat", erwiderte dieser mit einem schelmischen Grinsen. „Wartet hier, ich bin gleich zurück."

Damit drehte er sich um und verschwand aus dem Zimmer. Ein paar Minuten später kam er wieder, ein paar seltsame Gegenstände in Händen haltend. Es handelte sich um zwei Trichter aus Metall, einer größer als der andere, die durch einen metallenen Schlauch miteinander verbunden waren.

„Was um alles in der Welt ist das denn?", fragte Rosie.

„Ich nenne sie die *listigen Lauscher*", erklärte ihr Bruder stolz. „Freddy und ich haben sie erfunden, um geheime Überwachungen durchzuführen. Man kann sie sogar zusammenschieben, damit sie leichter zu transportieren sind", fügte er hinzu, während er demonstrierte, wie man den Schlauch verkürzte und auch wieder verlängerte. „Wir haben uns von Mr Reins Hörrohren inspirieren lassen, welche nach ähnlichem Prinzip funktionieren. Sie sammeln Schallwellen aus der Luft und leiten sie gebündelt in die Gehörgänge, sodass ..."

„Erspar uns die Physikstunde", unterbrach Rosie ihn und verdrehte die Augen. „Wie wendet man die Dinger an?"

„Ganz einfach." Edward führte sie zum Bücherregal hinüber, zog eine seiner Lauscher-Erfindungen auseinander und drückte den größeren Trichter gegen die Wand, während er seiner Schwester den kleineren ans Ohr hielt.

Rosie erstrahlte über das ganze Gesicht. „Ich kann alles hören, was sie sagen", flüsterte sie aufgeregt. „Edward, du bist ein wahres *Genie*."

Erfreut reichte dieser Polly das andere Paar. Doch bevor sie es ausprobieren konnte, klingelte es an der Tür.

„Das muss Freddy sein", stellte Edward fest. „Kommt ihr auch ohne mich zurecht?"

Rosie wimmelte ihn mit einer Handbewegung ab, und so verließ er achselzuckend den Raum, wobei er die Tür hinter sich schloss. Sobald sie allein und ungestört waren, gesellte Polly sich zu ihrer Schwester und legte ihrerseits die Trichter an Wand und Ohr. Sofort vernahm sie die Stimmen aus dem angrenzenden Zimmer so deutlich, als befände sie sich direkt neben den Männern.

„... fand ich Miss Nicoletta French in der Castle Street Nummer zwölf vor, einem Stadthaus, das ihrem Arbeitgeber, Mr Corbett, gehört", sagte Ambrose gerade in ernstem Tonfall. „Während unseres Gesprächs leugnete Miss French die Anwesenheit eines anderen Mannes in jener Nacht. Ihr zufolge waren Sie stark angetrunken, und nachdem Sie Ihr, äh, Geschäft vollzogen hatten, drehten Sie durch und griffen Sie an. Angeblich hörten Sie erst auf, als Sie das Bewusstsein verloren."

Gütiger Himmel, Revelstoke hatte eine Frau geschlagen? Mit weit aufgerissenen Augen sahen Polly und Rosie einander an.

„Aus Angst vor Vergeltung wollte Miss French die Angelegenheit nicht der Gerichtsbarkeit melden", fuhr Ambrose fort. „Stattdessen ließ sie Ihren Vater, den Herzog von Acton, benachrichtigen, zu kommen und Sie abzuholen. Corbett wollte Sie eigentlich direkt ins nächstgelegene Zuchthaus werfen lassen. Aber da Miss French sich weigerte, gegen Sie auszusagen, hatte er keinen Fall vorzubringen. Mehr haben wir bei unserer Befragung nicht herausgefunden, Mylord."

Beklommenes Schweigen folgte auf seinen Bericht. Polly wirbelten die Gedanken nur so im Kopf herum. Konnte es wirklich stimmen? War Revelstoke womöglich doch ein gewalttätiger Rohling?

Das wollte sie einfach nicht glauben. Trotz der Feindseligkeit zwischen ihr und dem Grafen konnte sie sich nicht vorstellen, dass er fähig wäre, eine Frau zu verletzen. Zwar wusste sie aus eigener Erfahrung, dass er mit scharfen Worten und Sarkasmus um sich zu schlagen vermochte, aber er hatte ihr gegenüber noch nie auch nur einen Anflug von körperlicher Gewalt gezeigt. Unwillkürlich musste sie an seine Worte von heute Morgen denken.

Ich behauptete durchaus, dass es nicht schwierig sei, ein Mauerblümchen zu verführen ... weil es nämlich unter der Würde eines jeden Mannes ist, sich derart schändlich zu verhalten. Es ist absolut verachtenswert, eine Frau – oder andere wehrlose Personen – auf diese Weise auszunutzen. Nur ein Feigling würde so etwas tun.

Dabei hatte seine Aura vor aufrichtiger Wut geglüht. Er hatte also zweifellos die Wahrheit gesagt.

Und so ungern sie es auch zugab, musste sie sich eingestehen, dass er derjenige gewesen war, der den heißen Küssen in der Speisekammer letztendlich Einhalt geboten hatte. Sie war so im Nebel der Lust gefangen gewesen, dass sie ihn viel weiter hätte gehen lassen, wenn er es denn darauf angelegt hätte. Doch das tat er nicht. Stattdessen hatte er sich mehrfach für sein Verhalten entschuldigt ... seinen „Fehler" eingestanden.

Außerdem war er auch derjenige gewesen, der Rosie aus den Fängen des Patienten in Mrs Barlows Anstalt befreit hatte.

„Ich habe es nicht getan", ertönte Revelstokes heisere Stimme durch den Trichter. Sie konnte deutlich den Schmerz und die Frustration in seinem Tonfall hören. „Ich kann zwar nicht erklären, wie es passiert ist oder warum Nicoletta lügen sollte, aber ich bin mir ganz sicher, dass die Stimme, die ich hörte, real war. Es war noch ein Mann im Zimmer ... vermutlich ihr Komplize. Warum sonst hätte er sagen sollen: *Wir müssen schnell handeln, bevor er aufwacht?*"

„Sie halten die ganze Sache also für ein abgekartetes Spiel?", fragte Mr McLeod skeptisch.

„Zumindest bin ich überzeugt, dass man mir ein Betäubungsmittel verabreicht hat. Glauben Sie mir, es braucht schon mehr als drei Drinks, damit ich das Bewusstsein verliere. Außerdem gibt es da einige Leute, die ein Hühnchen mit mir zu rupfen haben. Wenn Sie wollen, kann ich Ihnen eine Liste der möglichen Verdächtigen geben ..."

„Nichts deutet auf eine Intrige hin. Das Opfer hält Sie für den Schuldigen", unterbrach Mr McLeod ihn schroff. „Ihnen ist doch gewiss klar, dass wir Ihre sogenannten Verdächtigen nicht einfach ohne Beweise befragen können, oder? Man würde uns in hohem Bogen vor die Tür setzen, wenn wir mit unausgegorenen Anschuldigen ankämen."

„Das ist doch ein Zirkelschluss." Polly sah förmlich vor sich, wie Revelstoke sich frustriert mit der Hand durchs Haar fuhr. „Sie können der Wahrheit nicht auf den Grund gehen, weil Sie keine Beweise haben?"

„Was mein Partner damit sagen will, ist, dass Sie sich besser an den Plan Ihres Vaters halten sollten. Miss French erzählte uns, sie habe eine Übereinkunft mit dem Herzog getroffen und werde keine Anklage erheben", mischte

Ambrose sich mit kühler Stimme ein. „Wenn wir uns der Sache annähmen, könnten Sie damit einen Skandal riskieren, oder Schlimmeres. Unserer Meinung nach fahren Sie am sichersten damit, Ihren Vater die Angelegenheit regeln zu lassen."

„Ich will mich aber nicht hinter seinem Titel verstecken. Und lieber sterbe ich, als dass ich zurück in diese Irrenanstalt gehe", erwiderte Revelstoke verbissen.

„Mr Kent erzählte mir von Ihrer Befürchtung, verfolgt zu werden", meldete sich nun Mr Lugo zu Wort. „Das Gesetz schützt Männer, die bei klarem Verstand sind, davor, gegen Ihren Willen festgehalten zu werden. Niemand kann Sie ohne die entsprechende ärztliche Verordnung zu einem Aufenthalt in Mrs Barlows — oder irgendeiner anderen — Einrichtung zwingen. Sie müssen sich also keine Sorgen machen, Mylord. Sie sind in Sicherheit."

„Verdammt, das bin ich *nicht*. Irgendjemand da draußen ist hinter mir her."

„Wir können Ihnen in dieser Angelegenheit leider nicht helfen", sagte Ambrose.

Nach einer angespannten Pause presste Revelstoke hervor: „Dann suche ich mir eben jemand anderen, der es kann."

„O nein, er will gehen", flüsterte Rosie.

Noch bevor Polly reagieren konnte, schnappte ihre Schwester sich die listigen Lauscher und versteckte sie hinter einem Sesselpolster. Dann stürmte sie zur Tür und riss sie auf, gerade als Revelstoke vorbeimarschierte.

„Mylord!", rief Rosie ihm hinterher. „Sie wollen uns doch nicht etwa schon wieder verlassen?"

Er hielt inne und drehte sich zu ihr um. Seine Aura aus Frustration, Hilflosigkeit und Schmerz raubte Polly beinahe den Atem. Das waren nicht die Gefühle eines Mannes, der anderen Lügen auftischte ... sondern die eines Menschen, der verzweifelt darum kämpfte, dass man ihm glaubte.

Revelstoke glaubt an seine eigene Unschuld, auch wenn es niemand sonst tut.

„Leider, ja. Vielen Dank für Ihre Gastfreundschaft, meine Damen." Er verneigte sich steif.

Als er sich wieder aufrichtete, landete sein eindringlicher Blick auf Polly. Eine seltsame Energie pulsierte zwischen ihnen: unausgesprochene Worte, komplizierte Gefühle, die sie unmöglich zu entwirren vermochten.

„Es tut mir leid, falls ich Ihnen Unannehmlichkeiten bereitet habe", fügte er hinzu.

Aus irgendeinem Grund wusste sie, dass seine schroffe Entschuldigung ihr galt.

„Aber nicht doch, es war uns eine *Ehre*, Sie hierzuhaben, Mylord", erwiderte Rosie mit einem Anflug von Verzweiflung. „Sie werden doch hoffentlich bald wieder zu Besuch kommen?"

Noch immer ruhte sein Blick auf Polly. Sie wusste, dass sie etwas sagen sollte, brachte jedoch kein Wort heraus. Ihre Gedanken wirbelten ihr nur so durch den Kopf. *Wie kann Revelstoke von einer Sache überzeugt sein, obwohl das Opfer etwas anderes berichtet hat? Und warum glaube ich ihm? Wie kann es sein, dass der Gott der Lustbarkeit so völlig … ohne Freunde dasteht?*

Denn allem voran spürte sie die Einsamkeit, die ihn umgab.

„Guten Tag, meine Damen." Diesmal drehte er sich endgültig um und schritt den Gang entlang.

Polly sah ihm hinterher, bis sie die Eingangstür ins Schloss fallen hörte. Benommen ließ sie sich von Rosie zurück in die Bibliothek zerren, wo immer noch die gedämpften Stimmen von Ambrose und seinen Geschäftspartnern durch die Wand drangen.

„Ist das denn zu glauben?", flüsterte Rosie aufgebracht.

Polly fuhr sich nervös mit der Zunge über die Lippen. „Also, ich kann mir zwar nicht vorstellen, dass der Graf zu einer so furchtbaren Tat fähig wäre, aber …"

„Natürlich ist er das nicht! Ich besitze eine hervorragende Menschenkenntnis und kann dir versichern, dass Revelstoke niemals eine Frau verletzen würde", behauptete Rosie im Brustton der Überzeugung. „Er hat mir das Leben gerettet. Mich erstaunt nur, dass Papa ihm nicht einmal eine Chance geben wollte."

„Ambrose fürchtet wahrscheinlich, die Situation des Grafen zu verschlimmern, wenn er sich einmischt. Außerdem basiert seine Entscheidung auf Beweisen ... nämlich der Aussage des Opfers." Trotz ihrer eigenen Erklärung wollte Polly einfach nicht glauben, dass Revelstoke ein Rohling war, der sich an Frauen vergriff. Vielmehr war er ein Casanova mit Leib und Seele. „Es sei denn ... denkst du, Miss French könnte gelogen haben?"

„Darauf würde ich mein letztes Hemd verwetten. Wenn wir Papa doch nur irgendwie davon überzeugen könnten ..." Rosie brach mitten im Satz ab und starrte sie aus weit aufgerissenen Augen an.

„Was ist?", fragte Polly stirnrunzelnd. „Warum siehst du mich so an?"

„Weil du meine Lieblingsschwester und beste Freundin auf der ganzen Welt bist. Ich würde alles für dich tun ... und du doch auch für mich, oder nicht?"

Langsam dämmerte ihr, worauf Rosie hinauswollte. „Du meinst doch nicht etwa ...?"

„Wenn du mir hilfst, Papa davon zu überzeugen, dass Revelstoke die Wahrheit sagt, werde ich dich nie wieder um einen anderen Gefallen bitten", bettelte die Schwester und faltete flehend die Hände. „Bitte, Pols ... Du bist meine einzige Hoffnung."

❧ 13 ☙

Drei Tage später stand Polly in einem sonnendurchfluteten Klassenzimmer, in dem es angenehm nach Bienenwachspolitur und frischer Tinte roch. Um sie herum saßen ihre Schüler, die Köpfe eifrig über die Pulte gebeugt, und schrieben die Antworten zu ihren Aufgaben nieder. Normalerweise widmete sie sich ihren Schützlingen in der Hunt Academy für Findelkinder mit voller Aufmerksamkeit, aber heute schweiften ihre Gedanken immerzu ab.

Grund dafür war, dass Rosie sie nach dem Frühstück beiseitegezogen hatte.

„Alles ist bereit", hatte die Schwester aufgeregt geflüstert. „Heute führen wir unseren Plan aus!"

Polly biss sich auf die Unterlippe. „Es könnte so vieles schiefgehen ..."

„Das sind wir doch schon hundertmal durchgegangen: Um Miss French befragen und als Lügnerin überführen zu können, dürfen wir keine Aufsichtsperson bei uns haben. Dein Besuch in der Hunt Academy liefert uns die perfekte Gelegenheit dafür."

Obwohl Polly stets in Begleitung einer Anstandsdame oder Bediensteten zur Schule fuhr, konnte sie sich in den zahlreichen

Klassenzimmer, in denen insgesamt über hundert Schüler zugegen waren, frei bewegen. In dieser Zeit sollte es ihr also gelingen, sich unbemerkt davonzustehlen.

„Außerdem liegt die Akademie nur zwei Blocks von Miss Frenchs Adresse in der Castle Street entfernt. Wenn das kein Wink des Schicksals ist", fuhr Rosie begeistert fort. „Schwierig wird es nur für *mich*, dort hinzukommen. Ich schwöre, Mama lässt mich kaum aus den Augen."

„Nein, sowas. Warum nur?"

Rosie verdrehte genervt die Augen. „Wir können eben nicht alle Moralapostel sein."

„Das bin ich doch gar nicht", protestierte Polly. „Ich hatte nur nie Grund dazu, in Schwierigkeiten zu geraten."

Bis Revelstoke in mein Leben trat, dachte sie mit einem Anflug von Schuldgefühlen.

„Wie auch immer. Jedenfalls wäre es viel zu auffällig, wenn ich plötzlich Interesse daran entwickeln würde, mich mit Findelkindern zu beschäftigen." Nachdenklich tippte Rosie sich gegen das Kinn. „Also werde ich einfach Kopfschmerzen vortäuschen und mich dann hinausschleichen, um dich zu treffen. Was kann schon schiefgehen?"

Oh, etwa eine Million Dinge, dachte Polly missmutig. *Warum um alles in der Welt habe ich mich nur darauf eingelassen?*

Das war natürlich eine rhetorische Frage. Sie wusste genau, warum. Zum Teil, weil sie ihrer Schwester einfach nichts ausschlagen konnte, schon gar nicht nach dem, was sie ihr angetan hatte. Hauptsächlich jedoch deshalb, weil sie sich Revelstoke gegenüber verpflichtet fühlte.

Sie hatte ihn völlig falsch eingeschätzt, ihn vorschnell verurteilt ... ihm ironischerweise genau das angetan, was sie ihm während der letzten Monate zum Vorwurf gemacht hatte. Ihr war es so vorgekommen, als habe er sie verhöhnt, weil sie ein Mauerblümchen war, dabei hatte er sie in Wahrheit *verteidigt*. Sie war diejenige, die voreingenommen war, weil sie ihn für einen Wüstling hielt. Die Erkenntnis war ebenso beschämend wie demütigend.

Aber nun bot sich ihr die Möglichkeit, ihm zu helfen, einen unschuldigen Mann – und sie war davon überzeugt, dass er das war – vor einer schrecklichen Anschuldigung zu bewahren.

„Äh, Miss Kent? Ich bin fertig", riss eine zaghafte Stimme sie aus ihren Gedanken.

Sie schüttelte den Kopf und versuchte, sich voll und ganz auf das sommersprossige, braunhaarige Mädchen zu konzentrieren, das schüchtern die Hand hob. Es war nicht angebracht, ihre Schützlinge zu vernachlässigen, nur weil sie im Begriff stand, den riskantesten, verrücktesten Plan ihres Lebens auszuführen.

Also zwang sie sich zu einem Lächeln und trat neben das Pult ihrer Schülerin. „Das ging ja schnell, Maisie. Dann wollen wir doch mal sehen, ob alles stimmt."

Die Kleine reichte ihr das Notizheft und biss sich nervös auf die Unterlippe.

Polly überflog die vollgeschriebene Seite, und ihr Lächeln vertiefte sich, als sie sah, wie ordentlich und präzise die Schreibübungen vollendet worden waren. „Du hast eine vorbildliche Handschrift, Maisie", lobte sie.

Das Mädchen errötete bis zu den Haarwurzeln. „Vielen Dank, Miss Kent. Ich habe auch ganz fleißig geübt. Wie Sie immer sagen: *Übung macht den Meister.*"

„Genau. Das war der Lieblingsspruch meines Vaters", erklärte Polly mit Wehmut in der Stimme. „Als Gelehrter und Schulmeister stand er stets vor neuen Herausforderungen. Und auch deine Mühen haben sich ausgezahlt, Maisie. Ich bin sehr beeindruckt. Gewiss wird auch Mrs Hunt von deinen bemerkenswerten Fortschritten sehr beeindruckt sein."

„Glauben Sie das wirklich?", fragte das Mädchen erfreut.

Wie alle anderen Findelkinder vergötterte auch Maisie Cullen die Stifterin der Schule, Persephone Hunt. Deren Gemahl, der einflussreiche Geschäftsmann Gavin Hunt, hatte die Akademie ins Leben gerufen. Als uneheliches Kind einer Dirne lag ihm viel daran, den Sprösslingen des Elendsviertels Möglichkeiten zu bieten, die ihm damals verwehrt waren. Die Hunts waren langjährige Freunde der Kents, und auf Mrs Hunts Vorschlag hin hatte Polly die Freiwilligenstelle an der Schule angenommen.

„Wovon sollte ich beeindruckt sein?", fragte eben diese, als sie nun das Klassenzimmer betrat, mit einem Lächeln. Sie trug ein himmelblaues Kleid, das ihre ebenso strahlenden Augen betonte. Die blonden Locken hatte sie zu einer eleganten Frisur hochgesteckt. Doch ihre Schönheit ging weit über das Äußerliche hinaus: Ihre Seele leuchtete wie ein heller Stern.

„Maisie hat ihre Aufgabe ganz hervorragend erledigt", erklärte Polly und zeigte ihr die Seite.

„Gut gemacht, Maisie!", lobte Mrs Hunt. „Das feiern wir mit einem Stück Kuchen beim Mittagessen, was meinst du?"

Die Kleine wurde noch röter. „Miss Kent hat mir mit dem $\mathcal{Q}$ geholfen."

„Dann bekommt sie auch einen Kuchen", sagte Mrs Hunt. „Jetzt geh noch ein wenig frische Luft schnappen, bevor die Glocke zum Mittagessen läutet, Maisie. Das hast du dir redlich verdient."

Das Mädchen knickste höflich und hüpfte dann mit wehenden Zöpfen davon.

„Sie ist wirklich aufgeblüht, nicht wahr?", freute sich Mrs Hunt.

„Allerdings", stimmte Polly ihr zu.

Sie konnte sich noch gut daran erinnern, wie die Zehnjährige vor knapp einem Jahr völlig unterernährt und in Lumpen gekleidet hier ankam. Im Gegensatz zum Londoner Hospital für Findelkinder nahm die Hunt Academy Kinder jeden Alters und ungeachtet ihrer Lebensumstände auf. Maisie und ihr Bruder, Timothy, waren von der Mutter verlassen worden, einer Prostituierten, deren Alkoholsucht es ihr unmöglich machte, sich um die beiden zu kümmern.

„Wenn Tim doch nur ähnlichen Ehrgeiz entwickeln würde", murmelte Mrs Hunt.

Während Maisie sich prächtig eingewöhnt hatte, war ihr fünfzehnjähriger Bruder noch immer ein wilder, widerspenstiger Junge, der sich lieber mit einer Bande aus der Gosse herumtrieb, die an den Ufern der Themse nach wertvollen Gegenständen suchten. Diejenigen von ihnen, die ihre trostlose Kindheit überlebten, gerieten als Erwachsene oft in kriminelle Kreise und wurden zu Dieben oder Halsabschneidern. Nur die Liebe zu seiner Schwester veranlasste Tim dazu, die Akademie zumindest gelegentlich zu besuchen und hielt ihn davon ab, dem dunklen Schicksal des Elendsviertels zu erliegen.

„Ich wünschte, es gäbe einen Weg, ihn zu bekehren", seufzte sie.

„Man kann niemanden zu seinem Glück zwingen", erwiderte Mrs Hunt betrübt. „Aber genug davon. Ich würde Ihnen gerne etwas in meinem Büro zeigen, wenn Sie einen Moment Zeit haben?"

Polly nickte. Ihr blieb noch eine Stunde, bis sie Rosie einen Block weiter treffen sollte. Um diese Zeit würden die Kinder vom Mittagessen in die Pause übergehen, und in dem Chaos, das dann üblicherweise herrschte, würde niemand Pollys Verschwinden bemerken.

Sie folgte Mrs Hunt aus dem Klassenzimmer. Die Akademie befand sich an der Grenze zwischen dem Elendsviertel und Covent Garden und war einst ein Gewürzlager gewesen. Auch heute noch lag ein leichter Duft von Zimt und Safran in der Luft. Die Hunts hatten das Gebäude renoviert und deckenhohe Fenster einbauen lassen, um geräumige, helle Klassenzimmer zu erschaffen.

Während Polly versuchte, mit Mrs Hunt Schritt zu halten, warf sie immer wieder einen Blick durch offene Türen in die verschiedenen Räume. Dort wurden die Kinder in den unterschiedlichsten handwerklichen Fertigkeiten unterrichtet, von Schuhmacherei über Näharbeit bis hin zum Kochen. Es war die Philosophie der Schule, ihren Schützlingen nicht nur Unterkunft und Verpflegung zu bieten, sondern ihnen eine Ausbildung – einschließlich der Fähigkeit zu lesen und zu schreiben – zu ermöglichen, mit der sie später ein erfolgreiches Leben würden führen können.

„Sie haben Maisie ziemlich beeindruckt", sagte Mrs Hunt.

„Ebenso wie sie mich. Sie ist ein intelligentes, kompetentes Mädchen."

Einer der Gründe, warum Polly ihre Arbeit an der Akademie so sehr liebte, war das Potenzial ihrer Schützlinge ... und wie wenig sie sich darauf einbildeten. Aufgrund ihrer bescheidenen Herkunft waren sie nur allzu vertraut mit dem unerbittlichen Leben am Rande der Gesellschaft und bemühten sich umso mehr, eine bessere Zukunft für sich zu schaffen.

„Sie brauchte dringend eine Mentorin und Freundin. Und sie spricht ständig von Ihnen, wie Sie ihr beim Schreiben und Nähen geholfen haben."

„Sie ist ein Naturtalent, was Nadel und Faden angeht. Selbst Madame Rousseau ist tief beeindruckt von ihr", berichtete Polly lächelnd. Den Hunts war es gelungen, einflussreiche Bekannte zu überreden, den Kindern Ausbildungsplätze anzubieten. So hatte beispielsweise Madame Rousseau, die angesehene und langjährige Modistin der Kents, Maisie sowie ein paar andere Mädchen unter ihre Fittiche genommen. „Ich musste kaum etwas tun."

Mrs Hunt musterte sie eindringlich. „Sie wissen doch, dass Maisie Sie vergöttert, oder? Ebenso wie die anderen Kinder, mit denen Sie gearbeitet haben."

„Sie sind diejenige, der ihre Bewunderung gilt, Mrs Hunt."

„Wir tragen wohl alle unsere Scheuklappen", murmelte diese ein wenig rätselhaft. „Wie dem auch sei. Eines Tages werden Sie Ihren eigenen Wert schon noch erkennen, meine Teure."

„Ich bin einfach froh, helfen zu können." *Und einen Ort der Zugehörigkeit gefunden zu haben.*

Mrs Hunt führte sie um die Ecke zu den Büros, in denen das Personal der Schule arbeitete. Sie begrüßte die Sekretärin an der Rezeption, bevor sie Polly voraus einen weiteren Gang entlangschritt, wo sie an einem eleganten Zimmer mit dunkler, maskuliner Einrichtung vorbeikamen. Ein prunkvolles Porträt von Mrs Hunt sowie ihren drei engelsblonden Kindern hing über dem großen Mahagonischreibtisch und verlieh dem sonst so kühlen Dekor eine warme Note.

Schließlich erreichten sie das private Büro der Vorsitzenden, ein luftiges Zimmer, das mit allerlei Krimskrams vollgestellt war. Mrs Hunt steuerte geradewegs auf ihren Schreibtisch aus Palisanderholz zu und wühlte durch die unzähligen Papierberge, die sich darauf stapelten.

„Machen Sie es sich doch einstweilen gemütlich, meine Teure", murmelte sie zerstreut. „Wo ist das verflixte Ding nur?"

Polly sah sich um und musste ein Grinsen unterdrücken. Auch auf sämtlichen Stühlen und dem Sofa lagen Bücher und Papiere verteilt ... das Rüstzeug einer wahren Schriftstellerin. Neben ihrer wohltätigen Arbeit verfasste Mrs Hunt nämlich auch heißbegehrte Romane unter dem Pseudonym P. R. Fines.

Als sie sich gerade anschickte, diskret einen Stapel Zeitungen von einem der Stühle zu schieben, rief Mrs Hunt erfreut aus: „Aha! Da haben wir es ja!" Mit einem Buch durch die Luft wedelnd, kam die Vorsitzende zu ihr herüber.

Polly nahm das hübsche, in Leder gebundene Exemplar entgegen und ließ die Finger über den mit Gold geprägten Titel gleiten. „Ist das Ihr neuestes Werk?"

„Ich habe es gestern erhalten", sagte Mrs Hunt mit einem stolzen Nicken. „In zwei Wochen will ich es auf unserem Wohltätigkeitsball vorstellen und einige signierte Exemplare versteigern, um Spenden für die Schule zu sammeln."

„Was für eine ausgezeichnete Idee!"

„Das findet mein Mann auch", erwiderte Mrs Hunt selbstzufrieden. „Wo wir gerade von dem Ball sprechen ... Wissen Sie schon, was Sie anziehen werden?"

Daran hatte Polly bislang noch keinen Gedanken verschwendet. Um ehrlich zu sein, war sie nicht gerade erpicht auf einen weiteren enttäuschenden Abend, aber der Kinder zuliebe würde sie sich natürlich blicken lassen.

„Ich finde schon etwas Passendes", sagte sie leichthin.

„Eigentlich wollte ich Sie im Namen der Akademie um einen Gefallen bitten."

„Natürlich, sofern es in meiner Macht steht."

„Wie Sie ja wissen, arbeiten alle Klassen an besonderen Projekten, die während des Balls vorgestellt werden sollen. Die harte Arbeit der Kinder zu sehen, bringt unsere Geldgeber in der Regel dazu, noch tiefer in die Taschen zu greifen. Dieses Jahr hat Madame Rousseau gemeinsam mit Maisie und den übrigen Mädchen ein herrliches Ballkleid entworfen ... und sie würden sich sehr wünschen, dass Sie es an dem Abend tragen."

Ein unbehagliches Gefühl beschlich Polly. Sie schüttelte energisch den Kopf. „Nein, ich könnte ihrem Meisterwerk doch niemals gerecht werden ..."

„Ganz im Gegenteil, Sie wären das *perfekte* Modell", widersprach Mrs Hunt. „Madame Rousseau hat bereits Ihre Maße von früheren Anfertigungen. Außerdem würden Maisie und die anderen Mädchen sich so freuen. Sie vergleichen das Projekt bereits mit dem Märchen vom Aschenbrödel ... Nicht, dass Sie schäbig gekleidet wären", fügte sie hastig hinzu. „Sie möchten Sie einfach gerne in etwas anderer Aufmachung sehen."

„Aber ich will nicht ..."

„Es würde den Mädchen so viel bedeuten", beteuerte Mrs Hunt. „Und so könnten Sie ihnen zeigen, wie sehr Sie ihrer Fertigkeit vertrauen. Dass Sie stolz auf sie und ihr Werk sind."

Nervös nagte Polly an ihrer Unterlippe. Wie konnte sie diese Bitte ausschlagen? Es war ja nur ein Kleid, nichts weiter. Ehrlich gesagt würde sie sogar einen Kartoffelsack tragen, um ihren Schützlingen zu beweisen, wie stolz sie auf sie war.

„Also schön", sagte sie schließlich. „Ich tue es."

„Wunderbar! Sie werden es nicht bereuen", versprach Mrs Hunt ihr mit funkelnden Augen.

Hoffentlich behielt sie damit recht.

Etwa eine knappe Stunde später stand Polly um die Ecke an einer belebten Kreuzung und versuchte, sich unter die Passanten zu mischen, während sie auf Rosie wartete. Sie trug ihre breitkrempigste Haube, um ihr Gesicht so gut wie möglich vor den Blicken anderer zu verbergen.

„Miss Kent?"

Erschrocken wandte sie sich in die Richtung, aus der die Stimme kam. Verflixt, ihre Krempe war so breit, dass sie das Straßenkind gar nicht wahrgenommen hatte, das nun neben ihr stand.

„Die bin ich", erwiderte sie überrascht.

„Ich hab 'ne Nachricht für Sie", sagte der kleine Junge mit der Zahnlücke überreichte ihr ein Schreiben.

Polly brach das Wachssiegel auf, faltete den Zettel auseinander und überflog die Zeilen.

Pols,

Mama hatte einen Schwächeanfall ... Keine Sorge, es ist nichts Ernstes. Der Arzt sagte, sie brauche nur etwas Bettruhe. Aber natürlich ist Papa sofort nach Hause gekommen, und jetzt ist es mir nicht mehr möglich, mich davonzustehlen. Da wir keine Zeit verlieren dürfen, möchte ich dich um einen Riesengefallen bitten: Würdest du, meine liebste Schwester, unseren Plan ohne mich durchziehen? Meine Zukunft hängt davon ab!

R.

P. S. Bitte verrate dem Boten, in welchem Monat du geboren wurdest.

So kann ich sichergehen, dass du meine Nachricht erhalten hast und ihm seine Belohnung aushändigen.

Mit zitternden Händen faltete Polly den Brief wieder zusammen.

„Und, Miss?" Neugierig legte der Junge den Kopf schief. „Wie lautet Ihre Antwort?"

Sie holte tief Luft. „Juni. Und sag ihr, ich tue es."

❦ 14 ❦

Sinjin starrte missmutig durch den Spalt zwischen den Vorhängen der Kutsche. Von seiner Position in einer Querstraße aus hatte er freie Sicht auf die Castle Street Nummer zwölf, ein hübsches Gebäude nördlich des Covent Garden Market. Bei Sonnenuntergang würden die zahlreichen Tavernen und Spielhöllen der Gegend zum Leben erwachen und das dreistöckige Stadthaus mit seiner eleganten, palladianischen Fassade und den gepflegten Blumenkästen vor den blitzsauberen Fenstern würde beinahe etwas fehl am Platz wirken.

Wenn Nicoletta wirklich hier wohnte, stellte sich zwangsläufig die Frage, ob die Beziehung zwischen ihr und Corbett ausschließlich rein geschäftlicher Natur war. Warum sonst sollte der Besitzer eines Bordells sich um die Angelegenheiten einer seiner Dirnen scheren? Handelte Corbett als Liebhaber, der Gerechtigkeit für seine Geliebte wollte? Oder war er auf andere, womöglich wesentlich zwielichtigere Weise in die Geschehnisse jener Nacht verwickelt?

Sinjin war fest entschlossen, die Wahrheit herauszufinden.

Vor drei Tagen hatte er das Stadthaus der Kents mit der Erkenntnis verlassen, dass er in dieser Angelegenheit ganz auf sich allein gestellt war. Nicht, dass das etwas Ungewöhnliches wäre. Seit dem Tod seines Bruders gab es niemanden mehr, der ihm den Rücken stärkte. Er erinnerte sich an einen seiner dunkelsten Momente, als Stephan ihn in seinem völlig verwahrlosten Apartment vorfand. Er hatte sämtliche Freunde und Bedienstete fortgeschickt, sich tagelang nicht gewaschen und nichts zu sich genommen ... mit Ausnahme mehrerer Flaschen Whisky.

Stephan hatte ihn gezwungen, ein Bad zu nehmen und etwas zu essen. Anschließend war er bei Sinjin geblieben, bis dessen Lethargie sich ein paar Tage später lichtete.

Ich werde nicht immer für dich da sein können, hatte sein Bruder gesagt. *Du musst lernen, dich selbst aus diesem Tief zu ziehen, die finsteren Launen aus eigener Kraft zu überwinden.*

Während er die Passanten auf der Straße beobachtete, grübelte er über den Wahrheitsgehalt dieser Worte nach. Natürlich war es immer einfacher, einen kühlen Kopf zu bewahren, wenn seine inneren Teufel schliefen. Im Moment bedeutete das für ihn, die Gelegenheit beim Schopf zu packen und seinen Plan in die Tat umzusetzen.

Im Nachhinein betrachtet, hatte seine Flucht aus Mrs Barlows Anstalt ihn aus dem Gleichgewicht gebracht und es dem schwarzen Teufel ermöglicht, ihn mit Trugschlüssen zu täuschen, die wie logische Tatsachen erschienen. Jetzt, da er vernünftig über alles nachdachte, gab es wirklich keine handfesten Beweise dafür, dass die Wachen ihn verfolgten ... und wenn doch, konnten sie nicht viel ausrichten. Kents Geschäftspartner hatte völlig recht gehabt. Ohne ärztlichen Befund, der geistige Verwirrtheit bei einer Person attestierte, durfte niemand gegen seinen Willen in einer Irrenanstalt eingesperrt werden. Es gab also keinen Grund zur Panik.

Nach seinem Aufenthalt bei den Kents war Sinjin deshalb in sein eigenes Stadthaus zurückgekehrt. Außer seiner spärlichen Belegschaft war niemand sonst dort gewesen. Vor Erleichterung hatte er laut über seine eigene Torheit gelacht, doch der Humor war ihm schnell vergangen, als er einen bissigen Brief von seinem Vater erhielt, dessen Inhalt unmissverständlich war: Wenn er sich nicht umgehend zurück zu Mrs Barlow begab, würde der Herzog ihm den Geldhahn zudrehen.

Bitte, sollte sein alter Herr doch tun, was er nicht lassen konnte. Trotzig hatte Sinjin den Brief zusammengeknüllt und in das prasselnde Kaminfeuer geworfen. Er war sowieso nicht auf das Vermögen der Actons angewiesen. Sicherheitshalber hatte er seinem Verwalter, Randolph Merrick, bereits frühmorgens einen Besuch abgestattet. Dessen Dienste hatte er zusammen mit einer beträchtlichen Summe von seiner Mutter geerbt.

Catherine Pelham war die Tochter eines wohlhabenden Kaufmanns gewesen, und laut ihres Ehevertrags sollte ihr Besitz gleichermaßen auf ihre beiden Söhne aufgeteilt werden. Für den Fall, dass einer von beiden frühzeitig verstarb, würde der andere alles erben. Wenn keines ihrer Kinder überlebte, erhielt ein entfernter Verwandter das Familienvermögen. Nach Stephans Tod befand Sinjin sich folglich im Besitz von etwa vierhunderttausend Pfund, auf die er ab seinem einundzwanzigsten Geburtstag zugreifen konnte.

Merricks Aufgabe war es, dafür zu sorgen, dass dieses Vermögen sich nicht in Luft auflöste ... und der Mann war ein Meister seines Fachs. Er arbeitete seit zwei Generationen für die Pelhams und hatte sämtliche Familienmitglieder überlebt, ohne dass deren finanzieller Nachlass Einbußen erlitten hätte. Vom Äußerlichen her war der schmächtige, bebrillte Kerl mit dem schütteren grauen Haar eher unscheinbar. Umso beeindruckender war sein Händchen für Geldangelegenheiten, was er auch bei seinem jüngsten Treffen mit Sinjin wieder einmal unter Beweis stellte.

„Das klingt ja alles äußerst zufriedenstellend, alter Knabe“, sagte dieser, während er mit einem gläsernen Briefbeschwerer spielte, den er vom Schreibtisch seines Verwalters stibitzt hatte.

„Nicht einmal ich wäre in der Lage, ein solches Vermögen zu verprassen."

„Ihre Ausgaben des letzten Quartals waren nicht der Rede wert, Mylord", hatte Merrick gelassen erwidert. Wie immer entging dem ernsthaften Mann dabei der humorvolle Unterton in Sinjins Bemerkung. „Übrigens informierte mein Sekretär mich, dass Sie vor ein paar Tagen bereits hier waren, um mit mir zu sprechen. Gab es einen bestimmten Anlass dafür, Mylord?"

Sinjin zögerte kurz. Der glatte Briefbeschwerer lag wie ein beruhigendes Gewicht in seiner Hand. Er hatte Merrick vor fünf Jahren kennengelernt und ihm seitdem viel zu verdanken. Damals lebte er von einer mickrigen Apanage seines Vaters, die er hauptsächlich für Alkohol, Glücksspiel und Hurerei ausgab. Zudem wohnte er in einer schäbigen Behausung und war ständig auf der Flucht vor Gläubigern, bei denen er hohe Schulden hatte. Im Prinzip gestattete er seinen inneren Dämonen, ihm unentwegt auf der Nase herumzutanzen. Nach den höllischen Jahren in Creavey Hall war ihm alles egal, was über das kurzweilige Vergnügen des Augenblicks hinausging.

Doch dann war Merrick auf der Bildfläche erschienen und hatte sein Leben von Grund auf verändert. Am Tag nach seinem einundzwanzigsten Geburtstag war er völlig betrunken und übermüdet zu seiner heruntergekommenen Unterkunft zurückgekehrt, wo der gebeugte Mann mit der Halbglatze ihn bereits geduldig erwartete. Nachdem er sich vorgestellt hatte und Sinjin in seine schäbigen Gemächer gefolgt war, ließ er seinen Blick über die trostlose Umgebung wandern und merkte dann an: „Wir werden dafür sorgen, dass Sie nie wieder unter diesen Bedingungen leben müssen."

Und Merrick hatte seinen Worten Taten folgen lassen. Er kümmerte sich nicht nur um die Vermögensverwaltung, sondern auch um sämtliche andere Lebensumstände. Um ehrlich zu sein, hätte Sinjin ohne seine Hilfe vermutlich niemals aus dem Sumpf, in den er hineingeraten war, herausgefunden. Trotz seiner Verlässlichkeit und Loyalität achtete Merrick jedoch stets auf professionellen Abstand. Das persönlichste Gespräch, das sie jemals geführt hatten, bezog sich auf die Abgleichung der Konten.

Einmal hatte der Verwalter nämlich an einem Tag zwei identische Quittungen von ein und demselben Juwelier erhalten. Als er Sinjin in dem Glauben darauf ansprach, es müsse sich um ein Versehen handeln, erklärte dieser, er habe in der Tat zwei Paar Ohrringe erworben, um sie den Zwillingsschwestern zu schenken, mit denen er die vorherige Nacht verbracht hatte. Daraufhin hatte Merrick nur eine Braue hochgezogen und die Rechnungen stillschweigend beglichen.

Heute war Sinjin allerdings von dem Bedürfnis überwältigt worden, sich seinem Verwalter anzuvertrauen, und so hatte er sein Schamgefühl überwunden und ihm alles erzählt. „Was halten Sie davon? Was soll ich Ihrer Meinung nach tun?", fragte er und legte den Briefbeschwerer zurück auf den Tisch.

Merrick rückte das gläserne Gewicht zurecht, bevor er antwortete: „Das ist nicht gerade mein Fachgebiet, Mylord."

„Aber Sie haben doch bestimmt irgendeinen Rat?" Hoffentlich nicht denselben wie Kent, denn er weigerte sich nach wie vor, sich feige hinter dem Rockzipfel seines Vaters zu verstecken.

„Sie sind von Ihrer Unschuld überzeugt, was dieses Verbrechen angeht?", hakte Merrick nach einem Moment des Schweigens nach.

„Ja", bestätigte Sinjin. „Ich habe noch nie eine Frau geschlagen. So etwas würde ich nie tun."

„Geld sorgt für Unabhängigkeit, aber nur die Wahrheit kann uns innerlich befreien", erwiderte der Verwalter und sah ihn über den Rand seiner Brille hinweg eindringlich an. „Ich an Ihrer Stelle würde nicht eher ruhen, bis ich die Beweise habe, die mein Gewissen endgültig zu beruhigen vermögen."

Dankbarkeit und Erleichterung übermannten Sinjin. Wenigstens ein Mensch war gewillt, an seine Unschuld zu glauben. „Ich verstehe. Vielen Dank für Ihre Hilfe, Merrick."

„Gern geschehen, Mylord. Und Sie wissen ja, Geld kann stets von Nutzen sein", fügte dieser in geschäftlichem Tonfall hinzu. „Soll ich in Ihrem Namen die Unterstützung der Gendarmerie der Bow Street anfordern?"

Die Idee hatte Sinjin gefallen, und so beschloss er, die Beamten der Bow Street selbst anzuheuern. Gerade war er auf dem Weg dorthin gewesen, als ihn ein Impuls jedoch dazu veranlasste, an Nicolettas Wohnsitz vorbeizufahren. Dort hielt er nun von seinem Versteck in der Querstraße aus Wache. Eine ganze Weile lang tat sich gar nichts. Hin und wieder kamen Passanten oder Kutschen vorbei. Plötzlich erregte eine Dame auf der anderen Straßenseite seine Aufmerksamkeit. Zwar war ihr Gesicht von einer Haube mit breiter Krempe verdeckt, aber irgendetwas an ihr erinnerte ihn stark an ... Polly Kent.

Er wurde noch immer wütend, wenn er nur an ihre ungerechtfertigten Anschuldigungen und voreingenommenen Ansichten über ihn dachte. Seltsamerweise nagte jedoch insbesondere die abwertende Art an ihm, wie sie über sich selbst gesprochen hatte. *Ich weiß, wer ich bin: ein nichtssagendes, fettes, seltsames Mauerblümchen.* War sie nicht mehr ganz bei Sinnen? Hatte sie etwa noch nie in einen Spiegel geblickt? Ein Teil von ihm wollte sie bei den Schultern packen und schütteln, bis sie die Wahrheit begriff.

Der andere Teil wollte Brockhurst, diesen elenden Feigling, aufspüren und zum Duell fordern. Dieser plötzliche, heftige Beschützerinstinkt überraschte ihn. So hatte er noch nie zuvor für eine Frau empfunden.

Warum also ausgerechnet für Polly, die offensichtlich nichts mit ihm zu tun haben wollte? Sie steckte voller Widersprüche, eine verwirrende, komplizierte Versuchung, die er sich weiß Gott nicht leisten konnte. Besser, er schlug sie sich ein für alle Mal aus dem Kopf.

Entschlossen konzentrierte er sich wieder auf die geheimnisvolle Dame, die seine Gedanken hatte abschweifen lassen, und die nun in die Castle Street einbog. Verdammt, warum musste sie

Polly Kent auch so ähnlich sehen? Ihr altbackenes, braunes Kleid vermochte den kurvenreichen Körper, der sich darunter verbarg, kaum zu kaschieren. Ihre aufrechte Haltung war ihm ebenfalls seltsam vertraut. Ein Schauer jagte ihm über den Rücken, als sie die Stufen zu Haus Nummer zwölf erklomm.

Eine Bedienstete öffnete die Tür und erkundigte sich augenscheinlich nach dem Anlass des Besuchs. Als die Dame ihr antwortete, drehte sie den Kopf leicht zur Seite, wodurch Sinjin einen Blick auf ihr Profil erhaschte.

Das Blut gefror ihm in den Adern. Polly Kent betrat doch gerade tatsächlich das Haus seiner Feinde.

———

„Ihre Kollegen waren doch erst vor ein paar Tagen hier", merkte das Dienstmädchen an, während es Polly einen geschmackvoll eingerichteten Korridor entlangführte.

„Ich, äh, habe nur noch ein paar zusätzliche Fragen", improvisierte sie mit wild pochendem Herzen.

Glücklicherweise hakte die Bedienstete nicht weiter nach. Ihrer Aura nach zu urteilen, schien sie nicht sonderlich interessiert zu sein. Sie brachte Polly in einen kleinen Salon und bedeutete ihr, dort zu warten, bis die Dame des Hauses sich zu ihr gesellte. Sobald die Tür hinter ihr ins Schloss gefallen war, sprang Polly auf und sah sich in dem Zimmer um. Sie wusste zwar nicht, wonach genau sie suchte, aber jeder noch so kleine Hinweis über die mysteriöse Nicoletta French könnte hilfreich sein.

Der Salon war ebenfalls elegant ausgestattet, mit zartgelben Tapeten aus Damast sowie einem türkisblauen Aubusson-Teppich. Die gemütlichen Sitzmöbel waren mit safrangelbem Samt überzogen. In einer Ecke entdeckte sie einen Sekretär und eilte hinüber, um ihn näher in Augenschein zu nehmen.

Auf der Schreibunterlage stand ein filigranes Tablett mit Federhaltern, einem Tintenfass aus Kristall sowie einem Buch.

Polly warf einen nervösen Blick zur Tür, bevor sie nach dem Lederband griff und darin herumblätterte. Überrascht hob sie die Brauen. Es war ein komödiantisches Theaterstück ... und allem Anschein nach ein äußerst anstößiges. Gerade wollte sie das Buch zurück an seinen Platz legen, als ein Papierfetzen aus den Seiten fiel und in den Schatten unter dem Schreibtisch flatterte. Im selben Moment ertönten draußen im Gang Schritte.

Panisch platzierte sie das Theaterstück wieder auf dem Tablett und krabbelte dann unter den Sekretär, um nach dem Zettel zu suchen, der natürlich in der hintersten Ecke gelandet war. In der Sekunde, als ihre Finger das Papier zu fassen bekamen, hörte sie, wie die Schritte vor dem Salon innehielten. Hastig steckte sie den Fetzen in ihre Rocktasche und flitzte zurück zu der Sitzecke, wo sie sich gerade rechtzeitig auf einen der Sessel plumpsen ließ, bevor die Tür sich öffnete.

„Verzeihung, dass ich Sie warten ließ, Miss Kent, aber ich hatte heute keinen Besuch erwartet, um ehrlich zu sein", sagte die dunkelhaarige Schönheit, die auf sie zukam. „Ich bin Nicoletta French. Was kann ich für Sie tun?"

Polly starrte sie einen Augenblick lang sprachlos an. Miss French war groß, umwerfend attraktiv und trug ein Kleid aus rosafarbener Seide, das ihrer kurvenreichen Figur schmeichelte. Ihre Haut wirkte beinahe ein wenig zu blass für ihr dunkles Haar, was einen dramatischen Effekt erzeugte. Ihre haselnussbraunen Augen hatten etwas Katzenartiges an sich. In ihrem dezent geschminkten Gesicht konnte Polly keinerlei Anzeichen eines tätlichen Angriffs entdecken.

Mehr noch als von ihrer Schönheit war sie jedoch von Miss Frenchs Aura fasziniert: Die Frau strahlte ein unerschütterliches Selbstvertrauen aus ... gepaart mit einem Übermaß an Arroganz.

Sie schluckte schwer und antwortete dann: „Ich habe noch ein paar zusätzliche Fragen, die den Grafen von Revelstoke betreffen. Mein Bruder schickt mich." Im Stillen bat sie Ambrose für ihre Lüge um Verzeihung.

Miss French nahm ihr gegenüber Platz. „Ich habe Mr Kent bereits alles gesagt, was es in dieser Angelegenheit zu sagen gibt."

„Es dauert nicht lange", versicherte Polly ihr.

„Ich spreche nicht gerne über den Vorfall", erklärte Miss French mit zitternder Stimme und erschauderte. Seltsamerweise zeigte ihre Aura jedoch keinerlei Anzeichen von Furcht, sondern weiterhin nichts als diese entnervende Selbstsicherheit.

„Ich kann mir vorstellen, wie schwierig das für Sie sein muss", erwiderte sie zögerlich.

„*Schwierig?* Sie haben ja keine Ahnung, was ich durchmache." Nun kullerten ein paar Tränen über Miss Frenchs Wangen, die sie sich mit einem Taschentuch abtupfte. „Jede Nacht habe ich Albträume deswegen", schniefte sie. „Da ist es ja wohl verständlich, dass ich nicht auch noch tagsüber daran erinnert werden möchte."

Polly stellten sich die Nackenhaare auf. Nicht, weil die Frau so herzzerreißend schluchzte, sondern weil sie sogar noch selbstbewusster wirkte ... als würde sie dieses kleine Schauspiel genießen.

„Es gibt nur ein letztes Detail, das ich klären möchte, dann will ich Sie auch gar nicht länger belästigen", sagte Polly.

Miss French wedelte schwach mit dem Taschentuch. „Also gut, wenn es sein muss."

„Warum versuchen Sie, Revelstoke zu verleumden?"

Die Aura der anderen Frau pulsierte alarmiert, doch sie verzog keine Miene. Stattdessen erwiderte sie mit erstickter Stimme: „Ich weiß nicht, worauf Sie hinauswollen."

„Wer bezahlt Sie dafür, den Ruf des Grafen zu ruinieren?", fragte Polly ruhig. „Mein Bruder ist der beste Ermittler von ganz London, und ich versichere Ihnen, er *wird* den Mann finden, der in jener Nacht mit im Zimmer war. Es wäre also klüger, wenn Sie gleich gestehen."

Vor ihren Augen schlug Miss Frenchs Panik in Wut um ... bevor ihre oberflächliche, schillernde Aura der Arroganz zurückkehrte.

Sie erhob sich mit zitternder Unterlippe und einer frischen Welle falscher Tränen. „Wie könne Sie es wagen, mir etwas so Entsetzliches vorzuwerfen? Ich will, dass Sie auf der Stelle verschwinden!"

Bevor Polly etwas darauf erwidern konnte, ertönten laute Schritte im Gang und die Stimme des Dienstmädchens, das aufgebracht rief: „Sie dürfen nicht einfach ..."

Die Tür wurde aufgestoßen, und Polly stockte der Atem.

Revelstoke betrat das Zimmer, rotglühend vor Zorn. Er durchquerte den Raum und packte sie unsanft am Arm.

„Gehen wir", zischte er.

„*Du!*"

Nicolettas entsetzter Ausruf zog Pollys Aufmerksamkeit einmal mehr auf die andere Frau. Sie hatte die Augen weit aufgerissen und die Hände gegen die Brust gepresst. Ihre Unterlippe zitterte stärker als zuvor. Trotz dieser theatralischen Gesten zeigte ihre Aura jedoch immer noch keine Spur von Angst. Vielmehr pulsierte sie vor ... Habgier. Erregung. Triumph.

In diesem Moment war Polly sich ganz sicher: Sie spielte ihnen etwas vor.

„Warum kannst du mich nicht endlich in Ruhe lassen?" Nicoletta kauerte sich gegen die Couch, obwohl Revelstoke keine Anstalten machte, sich ihr zu nähern. „Hast du nicht schon genug angerichtet?"

Polly spürte einen Anflug von echtem Schmerz ... jedoch nicht bei Miss French, sondern bei ihm. Er zuckte merklich zusammen, umgeben von einer dunklen Wolke aus Kummer und Zweifel. Doch er antwortete nicht, sondern zog Polly wortlos aus dem Salon.

„Passen Sie gut auf sich auf, Miss Kent!", rief Nicoletta ihnen schluchzend hinterher. „Sonst wird dieser Teufel sich auch an Ihnen vergreifen!"

Revelstokes Muskeln verspannten sich, doch er hielt nicht

inne, bis er sie aus dem Haus gezerrt und in eine wartende Kutsche gedrängt hatte.

„Fahren Sie los und halten Sie erst an, wenn ich es Ihnen sage", befahl er dem Kutscher, bevor er ebenfalls einstieg und die Tür hinter sich zuknallte. Sobald sie losfuhren, baute er sich vor ihr auf und stützte sich mit den Händen neben ihren Schultern ab. Sie war gefangen in einem Käfig aus starken Armen ... und unverhohlener Wut.

„Was zum Henker hatten Sie da drin verloren?", donnerte er los.

❧ 15 ☙

POLLY SCHLUG DAS HERZ BIS ZUM HALS. SO WÜTEND HATTE SIE ihn noch nie erlebt. Seine Gefühle tobten um ihn herum wie ein wilder, schwindelerregender Sturm.

„W-woher wussten Sie, dass ich hier bin?", stammelte sie.

„Lenken Sie verdammt noch mal nicht vom Thema ab", knurrte er. „Was zur Hölle wollten Sie von Nicoletta French?"

Verzweifelt suchte sie nach einer plausiblen Erklärung ... doch es gab keine. Außer der Wahrheit natürlich. Ihre innere Stimme warnte sie, ihn nicht noch weiter zu provozieren, indem sie ihm Lügen auftischte.

„Ich habe sie befragt", gestand sie daher leise.

„Warum zum Teufel sollten Sie das tun?"

Sein eindringlicher Blick machte sie zunehmend nervöser. „Ich, äh, bekam zufällig das Gespräch zwischen Ihnen und meinem Bruder sowie dessen Partnern mit. So erfuhr ich von Ihrer ... Notlage und wollte helfen."

„Sie erfuhren von meiner Notlage und wollten *helfen*?"

Die ungläubige Art und Weise, auf die er ihre Worte wiederholte, verunsicherte sie nur noch mehr. Außerdem hielt er sie immer noch zwischen seinen Armen gefangen. Zum Glück konnte sie seine Aura wahrnehmen, ansonsten hätte sie vor Angst womöglich die Besinnung verloren. Aber unter seinem Zorn zeichnete sich deutlich ein Anflug von Sorge ab.

Er sorgte sich doch nicht etwa ... um sie?

Der Knoten in ihrem Magen löste sich ein wenig. Sie wählte ihre nächsten Worte mit Bedacht, um nicht versehentlich zu viel über ihre anomale Fähigkeit preiszugeben. „Ich dachte, wenn ich mit Miss French spräche, könnte ich ... die Wahrheit herausfinden und meinen Bruder davon überzeugen, Ihnen zu helfen. Meine Schwester Emma ist oft erfolgreicher als er, was die Befragung weiblicher Verdächtiger angeht, also wollte ich es auch mal versuchen. Damen sind generell versierter darin, mit anderen Damen zu kommunizieren, verstehen Sie?“

„Nein, das verstehe ich ganz und gar nicht. Warum erklären Sie mir nicht geradeheraus, warum eine Jungfrau aus gutem Hause in die Höhle einer Nutte marschiert und sich einbildet, sie könne Detektiv spielen? Oh, und wo wir schon dabei sind, erklären Sie mir doch auch bitte, warum sie Kopf und Kragen – nicht zu vergessen Ihren *Ruf* – für eine so törichte Idee riskieren?“

Obwohl seine Stimme zunehmend lauter wurde, fürchtete sie sich nicht vor ihm. Weil sie gesehen hatte, wie sehr er sich um sie sorgte, wie sehr Nicolettas falsche Anschuldigungen ihn verletzt hatten. Trotz seiner bedrohlichen Haltung spürte sie seinen inneren Aufruhr. Es war jedoch die Hoffnungslosigkeit in seinem Blick, die sie dazu trieb, ihm die Wahrheit sagen zu wollen.

„Weil ich Sie falsch eingeschätzt habe“, gestand sie leise. „Sie hatten recht: Es war falsch von mir, Sie anhand dessen zu verurteilen, was Sie in jener Nacht auf dem Ball sagten. Ebenso ungerecht war es, Sie anschließend so voreingenommen zu behandeln.“

Er runzelte die Stirn. „Also haben Ihre Schuldgefühle Sie zu Nicoletta getrieben?“

Sie sollte nicken und es dabei belassen. Aber etwas in seinem eindringlichen Blick forderte die ganze Wahrheit von ihr. Unwillkürlich hob sie die Hand und legte sie sanft an seine Wange, spürte seinen angespannten Kiefermuskel durch den Stoff ihres Handschuhs.

„Nein, ich bin hergekommen, weil ich Ihnen glaube", erklärte sie ruhig. „Sie sind nicht die Sorte Mann, der eine Frau verprügeln würde. Der Menschen verletzt, die schwächer sind als er. Nach meinem Gespräch mit Miss French bin ich überzeugt, dass sie lügt und Ihnen eine Falle gestellt hat, obwohl ich nicht weiß, warum sie so etwas Abscheuliches tun sollte. Aber ich verspreche, meinen Bruder zu überreden, sich Ihres Falls anzunehmen."

Er starrte sie an, als sähe er sie zum ersten Mal. In seiner Miene spiegelte sich etwas ungewohnt Verletzliches wider. „Sie ... Sie glauben mir?"

„Ja, das tue ich", bekräftigte sie. „Und es tut mir leid, dass ich Sie so vorschnell verurteilt habe."

Die Sehnsucht, die ihn plötzlich umhüllte, war hypnotisierend. Zwischen ihnen pulsierte eine unwiderstehliche, atemberaubende Anziehungskraft, die ihren Puls in die Höhe trieb. Jeder Zentimeter ihres Körpers kribbelte vor Erwartung.

„Du spürst es auch, nicht wahr?", flüsterte er heiser. „Dieses Verlangen zwischen uns."

Sie sahen einander tief in die Augen. Eine Sekunde verging, dann noch eine. Polly nahm nichts anderes mehr um sich herum wahr außer dem wilden Pochen ihres Herzschlags. Schließlich nickte sie kaum merklich. Sie wusste nicht mehr, wer sich zuerst bewegte. Das intensive Blau seiner Augen war das Letzte, was sie sah, bevor ihre Lippen sich in einem feurigen Kuss vereinten.

Er zwang sich, nicht an die Konsequenzen zu denken, die sein Verhalten nach sich ziehen würde. Ein Teil von ihm hatte immer gewusst, welches Risiko von ihr ausging, doch mittlerweile war es ihm egal. Er war noch nie gut darin gewesen, sich zurückzuhalten, wenn er etwas begehrte. Und bei Gott, er begehrte sie so sehr.

Ich glaube Ihnen.

Die Worte hatten sein Blut schneller als jedes Aphrodisiakum in Wallung gebracht. Erleichterung und Begierde übermannten in gleichermaßen und entfachten ein heißes, hungriges Verlangen in ihm, das ihn an seinen schwarzen Teufel erinnerte, doch er spürte, dass es diesmal nicht von diesem ausging.

Nein, Polly allein war der Auslöser für seine heftige Reaktion.

Er presste sie in eine Ecke des Sitzes und küsste sie fordernd, bekam einfach nicht genug von dem süßen Nektar ihrer Lippen, nach dem er sich seit ihrer letzten Begegnung gesehnt hatte. Als er spürte, wie ihre Zunge schüchtern die seine berührte, rauschte ihm sämtliches Blut direkt in die Lendengegend. Seine Hoden schwollen an, sein Schwanz wurde stahlhart ... Und das alles nur wegen eines Kusses.

Aber mit ihr fühlte es sich anders an als mit all seinen bisherigen Eroberungen. Es war mehr als nur belangloses Vorspiel. Ihre unschuldige Leidenschaft war für ihn der Inbegriff der Lust. Die Art, wie sie sich willig der Dominanz seiner Zunge unterwarf, brachte ihn beinahe um den Verstand. Es schien, als wollte sie alles annehmen, was er zu bieten hatte.

Ja, von wegen. Als ob sie ihn jemals vollständig akzeptieren könnte.

Seine Lippen ließen von den ihren ab und wanderten zu ihrem Ohrläppchen, welches er sanft zwischen die Zähne nahm. Sie keuchte auf, und er begann, an der weichen Haut zu saugen, bis sie sich wimmernd gegen ihn presste und ihre behandschuhten Finger in seine Schultern krallte. Er vergrub das Gesicht in ihrem Hals und atmete ihren süßen Duft ein.

Geschickt öffnete er die Knöpfe und Schnürungen an ihrem Kleid, bis es lose hinunterfiel und ihren Oberkörper entblößte. Bei dem Anblick, der sich ihm bot, lief ihm buchstäblich das Wasser im Mund zusammen. Obwohl er in seinem Leben schon sehr viele aufreizende Dessous gesehen hatte, erschien ihm nichts so erotisch wie Pollys schlichtes, weißes Unterkleid, das sich halb durchsichtig an ihre vollen Brüste schmiegte und unter den Körbchen ihres Korsetts verschwand.

Er ließ einen Finger von ihren roten, geschwollenen Lippen über ihr Kinn und schließlich an ihrem Hals entlang nach unten gleiten, bis er ihr üppiges Dekolleté erreichte. „Gott, wie schön du bist", murmelte er bewundernd.

„Ich bin nicht schön", erwiderte sie wie aus der Pistole geschossen. Ihm war klar, dass sie es ernst meinte.

Gut, er würde ihr schon zeigen, wie hinreißend sie war. Langsam wanderten seine Finger über die seidige Haut ihres Schlüsselbeins.

„Wunderschön", wiederholte er.

„Ich bin nicht ..."

Sie brach ab und stöhnte leise auf, als er seine Hand unter den Stoff ihres Unterkleids schob und ihre steife Brustwarze fand. Genüsslich spielte er mit der zarten Knospe, ohne den Blick von ihrem Gesicht abzuwenden. Mit jedem leisen Wimmern, das sie ausstieß, wuchs seine Erregung.

„Ich würde zu gerne wissen, ob deine Brustwarzen zartrosa sind wie deine Wangen oder doch eher so sündhaft kirschrot wie deine Lippen", flüsterte er.

Sofort begannen besagte Wangen zu glühen ... Gott, es hatte ihn noch nie so angemacht, eine Frau erröten zu sehen. „Du ... hast darüber nachgedacht ...?"

Er lachte leise auf, als ihm klar wurde, dass sie zu verlegen war, um den Satz zu beenden. „Wenn du es mir nicht sagen willst, muss ich es eben selbst herausfinden."

Mit ein wenig Anstrengung gelang es ihm, ihr Korsett mitsamt der Chemise ein wenig weiter herunterzuzerren, um ihre Brustwarzen aus dem lästigen Stoffgefängnis zu befreien. Der Anblick ihrer festen, steifen Knospe jagte ihm einen Schock der Begierde durch den Körper.

„Kirschrot", flüsterte er heiser. „Dachte ich es mir doch."

Dann beugte er sich hinunter, um ihren Nippel mit den Lippen zu umschließen.

Überrascht zuckte Polly zusammen, als sie Revelstokes heißen Mund auf ihrer Brust spürte. Instinktiv vergrub sie die Hände in seinen Haaren, um ihn von sich wegzudrücken, doch dann ließ er seine Zunge um ihre empfindliche Knospe kreisen und statt seine sündhaften Liebkosungen zu unterbinden, zog sie ihn fester an sich, während ihr ein verzücktes Stöhnen entwich.

In der nächsten Sekunde lag sie mit dem Rücken auf der Sitzbank, und er kniete neben ihr auf dem Boden. Kurz überlegte sie, dass diese Position wohl kaum angenehm für ihn sein konnte, doch dann widmete er sich wieder ihren Brüsten, und die heißen, feuchten Berührungen ließen sie alles andere vergessen.

„Du hast wunderschöne Brüste. Sieh nur, wie lieblich deine Nippel sind." Sanft blies er auf die immer noch halb von ihrem Unterkleid bedeckten Knospen, und sie erschauderte unter seinem lustvollen Blick. „So rot und prall wie reife Kirschen. Gott, am liebsten würde ich dich vernaschen ..."

Was er prompt auch tat. Erneut stöhnte sie auf, als er ihre bebenden Brüste mit hungrigen Küssen bedeckte. Nie zuvor hatte sie eine solch exquisite Verzückung gekannt. Hitze bahnte sich einen Weg durch ihren Körper bis zu ihrer intimsten Stelle. Sie presste die Schenkel zusammen, um ihrem pulsierenden Geschlecht durch die Reibung ein wenig Erleichterung zu verschaffen. Mit jedem verzweifelten Atemzug schien ihr Mieder enger zu werden. Die Reizüberflutung war kaum noch zu ertragen.

„Revelstoke", keuchte sie flehend.

Er hob den Kopf und sah sie eindringlich an. „Sinjin, Liebes. Sag meinen Namen."

„Sinjin ..." Ungeachtet der sündhaften Lage, in der sie sich befand, war es seltsam, ihn so intim anzusprechen. Nervös fuhr sie sich mit der Zunge über die Lippen. „Sinjin, bitte, hör auf. Ich ertrage es nicht mehr."

Seine Mundwinkel zuckten, und ein amüsiertes Funkeln trat in seine Augen. Bevor sie fragen konnte, was denn so lustig sei, küsste er sie abermals mit solcher Leidenschaft, dass sie alles andere vergaß.

„Du willst nicht wirklich, dass ich aufhöre", murmelte er gegen ihre Lippen. „Sonst würdest du nämlich nicht herausfinden, was als Nächstes kommt."

„Was kommt denn als Nächstes?", fragte sie unwillkürlich.

Das sinnliche Lächeln, das er ihr daraufhin schenkte, raubte ihr den Atem. Er küsste ihren Hals, ihre Brüste, ihre immer noch von dem Mieder eingeengte Taille. Immer tiefer wanderte sein Kopf an ihrem Körper hinunter, bis sie schließlich das Rascheln ihrer Röcke vernahm und einen kalten Luftzug an ihren Beinen spürte.

„Was tust du da?", keuchte sie und stützte sich auf die Ellbogen.

„Dir zeigen, was als Nächstes kommt." Er schob die bauschigen Lagen Stoff nach oben bis zu ihrer Hüfte. Dann ließ er seine großen Hände über ihre Strümpfe bis zu ihren nackten Schenkeln gleiten. „Oder besser gesagt, *wer*. Und zwar du."

Verlegen versuchte sie, die Beine zusammenzudrücken, doch er hielt sie gespreizt und betrachtete eindringlich ihre intimste Stelle.

„Gott, sieh dich doch nur an", murmelte er.

Überwältigt vor Scham schloss sie die Augen.

„Du bist schöner als jedes Kunstwerk."

Misstrauisch spähte sie ihn aus zusammengekniffenen Augen an. Machte er sich etwa über sie lustig? „Das ist nicht witzig."

„Nein, ich meine es ernst. Du bist ein verdammtes Meisterwerk."

Zu ihrer Überraschung spiegelte sich die Bewunderung seiner Worte auch in seiner Aura wider.

„Umwerfende Titten, fantastische Beine und die entzückendste Pussy, die ich je gesehen habe." Was er sagte, klang ebenso aufrichtig wie verrucht. „Zum Glück habe ich nicht die Zeit, dir alle Klamotten vom Leib zu reißen, sonst würde ich wahrscheinlich auf der Stelle tot umfallen. Da müssen wir uns langsam vorarbeiten. Alles auf einmal verkraftet mein armes Herz nicht. Jetzt wollen wir aber erst einmal sehen, ob deine Möse sich so gut anfühlt, wie sie aussieht ..."

Sie erschauderte, als er einen Finger über ihren Venushügel und zwischen ihre feuchten Schamlippen gleiten ließ. Jede seiner Berührungen *dort unten* raubte ihr den Atem. Ein erstickter Laut entfuhr ihr, als er begann, die empfindliche Perle zu umkreisen, die das Zentrum ihrer Lust in sich barg. Unablässig neckte und liebkoste er sie, bis ihre wachsende Ekstase in einem Feuerwerk der Lust explodierte und sie vor Verzückung seinen Namen stöhnen ließ.

„Verdammt, das war heiß", knurrte er mit belegter Stimme. „Hat es sich gut angefühlt?"

Gut? Es war sogar noch besser als ihr erster Kuss, übertraf selbst ihre wildesten Fantasien. Bevor sie ihm jedoch antworten konnte, spürte sie, wie ihr weiblicher Nektar auf seine Finger tropfte, die noch immer sanft über ihre geschwollene Scham streichelten. Entsetzt versuchte sie, ihre Beine zusammenzupressen.

„Nein, du musst dich nicht schämen. Ich finde es wunderbar, wie feucht du für mich bist", murmelte er heiser.

„W-wirklich?", stammelte sie mit hochrotem Gesicht.

„Allerdings. So weiß ich, dass dir gefällt, was ich tue. Und das war noch längst nicht alles, was ich dir zeigen wollte. Warte erst, bis ich dich dort unten küsse ..."

Küssen? Er wollte doch nicht allen Ernstes ...?

Schockiert spürte sie seine heiße, geschickte Zunge zwischen ihre Schamlippen eintauchen. Instinktiv vergrub sie die Hände erneut in seinen dichten Locken, während sein Mund jeden Zentimeter ihres pulsierenden Geschlechts erforschte. Als seine Lippen sich schließlich um ihre überempfindliche Perle schlossen, schluchzte sie vor Wonne laut auf. Sanft, aber unablässig saugte er daran, während er langsam einen Finger in sie gleiten ließ. Erst brannte es ein wenig, doch dann fühlte es sich unglaublich gut an, als füllte er eine bislang unbemerkte Leere in ihr. Schamlos hob sie sich seinen sinnlichen Küssen und Berührungen entgegen ...

„So ist es gut, Liebling", knurrte er. „Komm noch einmal für mich. Ich will mich an deinem süßen Nektar laben."

Auf seine sündhaften Worte hin wurde sie von einer noch heftigeren Welle der Ekstase überrollt. Seine Zunge verwöhnte sie weiterhin, bis auch die letzten Nachbeben ihrer Wonne abgeebbt waren. Während sie wie auf Wolken dahinschwebte, beugte er sich über sie und küsste sie sanft auf den Mund. Sie erstarrte, als sie den Beweis ihrer eigenen Verdorbenheit auf seinen Lippen kostete.

Ihn schien es allerdings nicht zu stören. Nicht nur sein verklärter Blick, sondern auch die heiße Beule, die sie an ihrem Schenkel spürte, verrieten ihr seine Erregung. Seine Aura spiegelte sowohl tiefes Begehren als auch verbissene Selbstbeherrschung wider.

Er sah sie so eindringlich an, dass ihr Herz schneller schlug.

O Gott ... Was habe ich jetzt schon wieder getan?

※ 16 ※

Sinjin merkte sofort, dass Polly nach ihrem Höhepunkt wieder zu Sinnen gekommen war, als sie ihn von sich drückte. In ihrer Eile, sich von ihm zu lösen, streifte sie seine pulsierende Erektion, und er verzog gequält das Gesicht.

Hastig strich sie ihre Röcke glatt. „Ich muss zurück zur Hunt Academy, bevor jemand meine Abwesenheit bemerkt ...“

„Wir schicken ihnen eine Nachricht, dass es dir gut geht.“

Was man von ihm nicht gerade behaupten konnte. Er hatte noch nie zuvor mit einer Frau geschlafen, ohne selbst zum Höhepunkt zu kommen. Immerhin war das doch Sinn und Zweck der Sache, oder nicht? Aber mit Polly war genau das sogar zwei Mal geschehen, und trotz seiner aufgestauten Frustration erfüllte ihn das Wissen, ihr solch ungeahnte Lust beschert zu haben, mit tiefer Befriedigung.

Sie war die seine. Ihr süßer Nektar an seinen Fingern und Lippen war der Beweis dafür.

„Aber wie erklären wir ...“, begann sie.

„Wir werden umgehend mit deinem Bruder sprechen.“

Sie blinzelte verwirrt. „Mit Ambrose? Worüber denn?“

„Ist das nicht naheliegend? Ich werde um deine Hand anhalten", hörte er sich selbst sagen.

Er wusste nicht, wen von ihnen seine Worte mehr schockierten. Während sie ihn entgeistert anstarrte, verflog seine Selbstgefälligkeit und wich einer tiefen, inneren Unruhe. Wie zum Henker sollte er es schaffen, eine erfolgreiche Ehe zu führen?

Dir bleibt keine Wahl. Du hast sie kompromittiert. Jetzt musst du sie auch heiraten.

Trotz der aufsteigenden Panik, konnte er sich nicht dazu bringen zu bereuen, was zwischen ihnen geschehen war. *Ich glaube Ihnen.* Lieblichere Worte hatte er nie zuvor gehört, und *Gott* ... wie feurig und leidenschaftlich sie sein konnte. Zumindest in dieser Hinsicht passten sie hervorragend zusammen. Was den Rest anging ... Sein Herz begann, wie wild zu rasen. Er würde einen Weg finden müssen, seine Teufel vor ihr zu verbergen, sicherzustellen, dass seine zukünftige Frau niemals sein wahres Ich zu Gesicht bekäme.

Schweißtropfen bildeten sich unter seinem Krawattentuch. „Frau" und „Ehe" waren nicht gerade Begriffe, die er je mit seiner eigenen Zukunft in Verbindung gebracht hatte, und auch ihr ungläubiges Schweigen war nicht unbedingt ermutigend. Warum starrte sie ihn an, als hätte er vorgeschlagen, gemeinsam von der Westminster Bridge zu springen? Warum fiel sie ihm nicht vor Freude um den Hals, wie es jede andere Frau in dieser Situation getan hätte?

„Das ist nicht nötig", sagte sie schließlich.

Ihre Antwort verstimmte ihn noch mehr als ihr Schweigen. „O doch, ist es. Ich habe dich diskreditiert!"

„Es ist nichts Gravierendes geschehen. Genau genommen bin ich immer noch ... unberührt."

Ihr Zögern verriet ihm, dass sie sich ihrer intakten Jungfräulichkeit doch nicht so sicher war.

„Meine Finger triefen immer noch von deinem Nektar. Ich schmecke ihn nach wie vor auf meinen Lippen", erwiderte er unverblümt. „Willst du etwa behaupten, du spürst die Nachwirkung meiner Berührungen nicht mehr in dir?"

Sie errötete, blieb jedoch stur. „Was passiert ist, war ein Fehler. Wir haben uns von der Hitze des Augenblicks hinreißen lassen, aber das bedeutet nicht, dass wir es nicht einfach vergessen können. Niemand muss davon erfahren."

„Mir ist egal, was andere erfahren oder nicht. *Ich* weiß, was geschehen ist. Und wenn du glaubst, ich sei die Sorte Mann, der sich vor seiner Verantwortung drückt ..."

„Genau das ist ja das Problem", platzte sie heraus. „Ich will nicht aus Pflichtbewusstsein heiraten ... weil du dich aufgrund deines Ehrgefühls dazu gezwungen siehst. Du willst mich eigentlich gar nicht zur Frau haben, und versuche nicht, es zu leugnen, ich kann es in deiner Aur... deinen *Augen* sehen." Sie atmete zitternd aus. „Aber das ist in Ordnung, denn mir geht es genauso."

Er wünschte, er hätte sein Amulett bei sich, aber natürlich war es nicht hier, weil er es ihr geschenkt hatte. Noch etwas von ihm, das sie nicht hatte annehmen wollen. Verdammt, er war sich auch so schon bewusst, was für einen miesen Ehemann er abgäbe, ohne dass er darum kämpfen musste, sie von den unumstößlichen Tatsachen zu überzeugen: Ihnen blieb keine andere Wahl.

„Es spielt keine Rolle, was wir wollen oder nicht, weil ich dich kompromittiert habe. Dir mag meine Ehre ja egal sein, aber mir nicht. Bei Gott, ich habe dich mitten am Tag in einer Kutsche verführt! Und jetzt werde ich mich verdammt noch mal den Konsequenzen stellen."

Es war nicht seine Absicht gewesen, die Stimme zu erheben, aber offensichtlich besaß er in ihrer Gegenwart einfach keinen Funken Selbstbeherrschung. Wieder starrte sie ihn nur stumm an, und am liebsten hätte er frustriert den Kopf gegen eine Wand geschlagen. Wie zum Teufel sollte er sie davon überzeugen, dass sie nun die *seine* war?

„Ich weiß deine Ehre als Gentleman wirklich zu schätzen", sagte sie leise. „Das ist nicht das Problem."

Er holte tief Luft. „Was dann?", presste er hervor.

„Ich will nicht, dass du mich nur deswegen heiratest, weil du es musst."

„Aber das ist doch nicht der einzige Grund", beteuerte er ihr und meinte es auch so. Behutsam nahm er ihre zierliche, behandschuhte Hand in die seine und führte sie an seine Lippen. „Wir fühlen uns zueinander hingezogen, das kannst du nicht leugnen. Nicht, nachdem ich dir solche Lust bereitet habe."

„Das ist nichts weiter als ein Strohfeuer der Leidenschaft", erwiderte sie zitternd und zog ihre Hand weg. „Und es reicht bei Weitem nicht aus, um unsere Differenzen zu überwinden."

Trotz ihrer kühlen Worte loderte noch immer ein sinnliches Feuer in ihren Augen, das sein Selbstvertrauen stärkte. „Leidenschaft vermag viele Hürden zu überbrücken. Soll ich es dir beweisen?"

***

Obwohl ihr das Herz bis zum Hals schlug, legte sie die Hände auf seine Schultern und drückte ihn entschlossen von sich. „Diese Einstellung hat uns überhaupt erst in diese missliche Lage gebracht!"

„Komm schon, wir verstehen uns doch prächtig, solange wir nicht diskutieren. Wenn ich mich recht erinnere, hat es dir gefallen, als ich ..."

„Das tut jetzt nichts zur Sache", unterbrach sie ihn verzweifelt. „Zwischen uns gibt es nun einmal Hindernisse, die nicht ignoriert werden dürfen."

Zu ihrer Überraschung zog er sich zurück und musterte sie abschätzend. „Also gut. Dann erzähl mir, worüber du dir das hübsche Köpfchen zerbrichst."

„Das willst du wirklich hören?"

„Es sei denn, du würdest lieber mit mir schlafen?"

„Nein!"

„Dann habe ich gerade nichts Besseres zu tun", sagte er mit einem Schulterzucken und lehnte sich zurück in die Kissen. „Aber du solltest dich kurz fassen. Wir verlassen diese Kutsche nicht eher, bevor wir die Angelegenheit geklärt haben, und je länger du um den heißen Brei herumredest, desto größer die Gefahr, dass man dich hier drinnen mit mir erwischt."

Ohne, dass sie es verhindern konnte, sprach sie den ersten Gedanken aus, der ihr in den Sinn kam: „Du gehörst Rosie."

„Wie bitte?", fragte er und blinzelte verwirrt.

„Sie hat sich Hoffnungen gemacht, was dich angeht, und ich habe sie hintergangen." Schuldbewusst senkte sie den Blick. Wie konnte sie es nur so weit kommen lassen ... zum *wiederholten* Mal?

„Das soll doch wohl ein Scherz sein?"

Ruckartig hob sie den Kopf. „Keineswegs! Auch ich besitze ein gewisses Ehrgefühl. Rosie ist meine beste Freundin, meine Schwester in jeder Hinsicht ..."

„Verdammt, sehe ich für dich etwa aus wie ein Haarband?", knurrte er missmutig. „Ich bin doch kein Gegenstand, auf den man einfach zeigt und sagt: „Meins"! Mit keinem Wort habe ich deiner Schwester je zu verstehen gegeben, dass ich an ihr interessiert wäre. Was zwischen dir und mir vorgefallen ist, geht sie überhaupt nichts an."

„Das mag sein, aber trotzdem habe ich ihr Vertrauen missbraucht", murmelte sie geknickt.

„Schwachsinn."

Überrascht sah sie ihn an. „Wie bitte?"

„Was du da sagst, ist völliger Schwachsinn", wiederholte er unverblümt. „Wir beide haben unüberlegt gehandelt und müssen nun die Konsequenzen tragen. Aber diese Konsequenzen haben nichts mit deiner Schwester zu tun. Wenn sie nicht in der Lage ist, ihre albernen Fantasien aufzugeben – und etwas anderes kann es nicht sein, da sie mich überhaupt nicht kennt –, ist das nicht dein Problem. Sollte sie dir wirklich nicht vergeben wollen für etwas, das sie in keiner Weise betrifft, dann hat sie deine Liebe und Freundschaft nicht verdient." Bevor Polly etwas darauf erwidern konnte, fügte er hinzu: „Willst du wissen, was dein Problem ist?"

„Was?", fragte sie nervös.

„Du sorgst dich zu sehr um das, was andere über dich denken."

Genau dasselbe hatte Rosie schon zu ihr gesagt, aber auch beim zweiten Mal schmerzten die Worte nicht weniger. Dieser Schmerz legte sich nun wie ein Kokon um die Geheimnisse in ihrem Inneren, um sie zu beschützen. Was wusste er schon über sie? Er war mit Sicherheit nie der seltsame Außenseiter gewesen, hatte nie erfahren, wie es sich anfühlte, ein ums andere Mal zurückgewiesen zu werden. Wie sollte sie sich nicht um die Meinung anderer Leute scheren, wenn diese so unverhohlen über sie urteilten?

Er hob eine Braue. „Siehst du, jetzt grübelst du über das nach, was ich gesagt habe."

„Ich *grüble* nicht", widersprach sie entrüstet. „Außerdem hast du leicht reden. Du bist beliebt. Alle halten dich für den Inbegriff der Männlichkeit. Jede Frau fantasiert von dir!"

Seine Augen funkelten neugierig. „Du etwa auch?"

Verflixt. Er trieb sie noch zur Weißglut. „Darum geht es nicht ..."

„Doch, genau darum geht es. Nur wir beide sind wichtig, was unsere Zukunft anbelangt. Andere Frauen sind mir völlig egal", erklärte er abfällig. „Sie kennen mich nicht. Und glaube bloß nicht, dass Beliebtheit irgendetwas zu bedeuten hätte. Bevor ich Titel und Vermögen besaß, wollte keine der feinen Damen auch nur das Geringste mit mir zu tun haben. Ich war gerade gut genug für ein paar vergnügliche Nächte. Geld, Status und Befriedigung, mehr sehen sie nicht in mir."

Polly konnte kaum glauben, was sie da hörte. „Das stimmt doch gar nicht. Du hast so viel mehr zu bieten."

Wieder hob er eine Braue. „Ach, ja? Was denn?"

„Du bist intelligent und scharfsinnig, besitzt ein ausgeprägtes Ehrgefühl und kannst mitunter sogar witzig sein ...“

Als sie das amüsierte Zucken um seine Mundwinkel bemerkte, wusste sie, dass sie ihm in die Falle gegangen war. Würde seine Aura nicht so hoffnungsvoll und sehnsüchtig strahlen, hätte sie ihm gehörig die Leviten gelesen. Aber er schien sich nach ihren Komplimenten zu verzehren wie ein Mann, der kurz vorm Verhungern stand.

Es rührte sie, dass er so viel Wert auf ihre Meinung legte. Trotzdem murmelte sie mit sämtlichem Unmut, den sie aufbringen konnte: „Du brauchst wohl kaum noch irgendeine dahergelaufene Frau, die dir Honig um den Bart schmiert.“

„Du bist keine dahergelaufene Frau.“ Sanft legte er einen Finger unter ihr Kinn und hob es an. „Allerdings hast du bisher keinen einzigen triftigen Grund vorgebracht, der gegen eine Vermählung spräche.“

„Wir sind zu verschieden. Außerdem hast du gerade selbst gesagt, dass ich zu empfindlich bin.“

„Ich finde dich entzückend, so wie du bist, Kätzchen. Du solltest dir nur ein dickeres Fell zulegen. Wenn du möchtest, bringe ich dir bei, wie das geht. Glaube mir, ich habe mehr als genug Erfahrung, was das anbelangt.“

Polly wusste nicht, was überraschender war: dass er sie *entzückend* fand, oder dass er, der Gott der Lustbarkeit, hatte lernen müssen, sich vor scharfer Kritik zu schützen.

Statt jedoch weiter darauf einzugehen, platzte sie mit einer ganz anderen Frage heraus, die ihr durch den Kopf schwirrte: „Warum nennst du mich Kätzchen?“

„Weil du mich an eines erinnerst, mit deinen großen, klaren Augen und dem weichen, goldbraunen Haar.“ Beinahe hätten seine Worte sie zum Schmelzen gebracht, doch dann fügte er hinzu: „Und natürlich, weil du so schön schnurrst, wenn ich deine Pussy streichle und ...“

„Sag so etwas nicht!“

„Warum nicht? Es ist die Wahrheit. Daran solltest du dich gewöhnen, immerhin sind wir bald verheiratet."

Wenn sie sich nicht vorsah, würde sie noch schwach werden, und das durfte nicht geschehen. Wie könnte sie je einen stürmischen, unberechenbaren Mann wie ihn heiraten? Bei Sinjin wäre weder ihr Geheimnis sicher ... noch ihr Herz. Sollte er je herausfinden, wie absonderlich sie war ... Allein der Gedanke ließ sie erschaudern. Nein, seine Zurückweisung würde sie nicht ertragen.

Sie musste diesen albernen Fantasien hier und jetzt ein Ende setzen.

„Ich bin nicht die Richtige für dich", entgegnete sie.

„Finde ich schon."

„Du kennst mich doch gar nicht. Ich ... ich bin nicht geeignet für die traditionelle Art von Ehe."

Er musterte sie eindringlich. „Wie stellst du dir deine ideale Ehe denn vor?"

Sie beschloss, ihm zumindest einen Teil der Wahrheit zu erzählen, damit er nicht misstrauisch wurde. „Ein praktisches Bündnis, das nicht auf Intimität beruht. Ich ... bin eine sehr zurückgezogene Person." *Weil mir keine andere Wahl bleibt.* „Ich möchte meinen eigenen Interessen nachgehen und mein Leben genießen, ohne dass mein Gemahl sich auf Schritt und Tritt einmischt."

Diese Vorstellung entsprach keinesfalls ihren sehnlichsten Träumen, aber nur so konnte sie ihr Geheimnis wahren. Und genau diese Art von Sicherheit würde Nigel Pickering-Parks ihr bieten. Sinjin hingegen war das genaue Gegenteil: viel zu aufmerksam, viel zu intensiv und *viel* zu anziehend. Vermutlich wäre er äußerst besitzergreifend und würde seine Angetraute keinen Moment aus den Augen lassen.

„Was du gerade beschrieben hast, klingt nach so ziemlich *jeder* traditionellen Ehe innerhalb der *ton*", merkte er an.

„Nicht, was meine Familie betrifft." Geknickt senkte sie den Blick auf ihre Hände.

Nachdem einige Minuten verstrichen waren, ohne dass er etwas erwiderte, hob sie den Kopf ... und sah ihm geradewegs in die Augen. Eine pulsierende, blau-goldene Aura umhüllte ihn. Er wirkte beinahe ... hoffnungsvoll?

Aber warum?

„Wie es der Zufall will, lege ich ebenfalls großen Wert auf meine Privatsphäre. Intimität führt unweigerlich zu Enttäuschung. Ebenso wie die Liebe." Sie musterte ihn überrascht, und er erwiderte ihren Blick. „Ich wünsche mir eine einfache, pragmatische Ehe ohne unnötige Irrungen und Wirrungen. Beide Partner sollten tun und lassen dürfen, was immer sie wollen, ohne ständig voreinander Rechenschaft ablegen zu müssen."

Obwohl er die gleichen Ziele verfolgte wie sie, versetzten seine Worte ihr einen Stich ins Herz. Was völlig lächerlich war, immerhin war er ein berüchtigter Wüstling. Ein Mann mit einer solch unersättlichen Leidenschaft würde sich niemals mit nur einer Frau zufriedengeben, wenn er nach wie vor Jede haben konnte. Außerdem waren Affären nichts Ungewöhnliches in ihren Gesellschaftskreisen. Echte Liebesehen hingegen kamen weitaus seltener vor. Vermutlich sollte sie dankbar für seine Offenheit sein. Er machte keinen Hehl daraus, wie er sich seine Zukunft als verheirateter Mann vorstellte.

Bereits jetzt wurde ihr übel bei dem Gedanken an ihn in intimer Umarmung mit anderen Flittchen. Wie würde sie da erst reagieren, wenn sie vermählt wären? Auch das war einer der zahlreichen Gründe, warum sie nicht füreinander geeignet waren.

„Du hast mich missverstanden. Treue ist mir sehr wichtig", korrigierte sie ihn. „Ich habe nicht vor, mir Liebhaber zu nehmen, und würde auch keine Affären meines Gemahls dulden."

„Natürlich würdest du keine Geliebten haben."

Sein besitzergreifender Tonfall verblüffte sie. „Aber du hast doch gerade gesagt, ich dürfte tun und lassen, was ich wollte", erinnerte sie ihn stirnrunzelnd. „Oder war das etwa nur auf dich bezogen? Das wäre nämlich über die Maßen heuchlerisch und ..."

„Nein, ich hätte selbstverständlich auch keine Gespielinnen", wehrte er ab. „Damit wollte ich ausdrücken, dass wir die Interessen und den Wunsch nach Privatsphäre des anderen respektieren werden. Du würdest mir gestatten, mich zurückzuziehen und mich um meine Angelegenheiten zu kümmern, ohne Fragen oder Forderungen zu stellen. Und umgekehrt verhielte es sich natürlich genauso. Untreue zählt jedoch nicht dazu."

Sie musterte ihn zweifelnd. „Neulich in der Speisekammer sagtest du doch, du seist noch nie treu gewesen."

„Ich sagte, ich habe es noch nie *versucht*. Aber ich war ja auch noch nie verheiratet."

„Du wärst dazu bereit ... für mich?"

Sie stieß einen überraschten Schrei aus, als er sie auf seinen Schoß zog. „Es wäre kein großes Opfer, wenn man bedenkt, was ich im Gegenzug dafür bekomme. Wahrscheinlich würdest du mich innerhalb kürzester Zeit auslaugen bis aufs Blut", erwiderte er neckisch, bevor sich ein dunkler Schatten über seine Augen legte. „Allerdings gibt es da noch etwas, das du über mich wissen solltest."

Ein ungutes Gefühl beschlich sie. „Was denn?"

„Ich ... bin nicht immer einfach. Zwar würde ich dir *niemals* wehtun, aber ich besitze ein aufbrausendes Temperament, und meine Launen können mitunter ziemlich ... unberechenbar sein."

Sein Geständnis überraschte sie nicht sonderlich, da seine stürmische Aura ihr bereits Aufschluss über seine Gemütsschwankungen gegeben hatte. Heftige emotionale Reaktionen wie seine beunruhigten sie schon lange nicht mehr. Außerdem hatte sie nie auch nur eine Sekunde befürchtet, er könne sie verletzen.

„Damit kann ich umgehen", erwiderte sie aufrichtig.

Die Erleichterung und Sehnsucht in seinem Blick ließen ihr Herz höher schlagen. „Dann werden wir die beste Zeit miteinander haben, ohne unnötige Komplikationen", murmelte er. „Du musst nur Ja sagen, Kätzchen."

Das Bedürfnis, sich selbst zu schützen, kämpfte gegen die

Verlockung seiner Worte an. Theoretisch klang sein Vorschlag einer „unverfänglichen" Ehe ideal, aber wäre sie auch in der Lage, sich daran zu halten?

Es war eine Sache, sich emotional von Nigel Pickering-Parks zu distanzieren, aber bei Sinjin könnte es weitaus schwieriger werden. Was, wenn sie sich am Ende doch in ihn verliebte und zurückgewiesen wurde, falls er irgendwann herausfand, was sie wirklich war? Im Nachhinein betrachtet hatte Brockhurst ihr nicht das Herz gebrochen, sondern lediglich ihren Stolz verletzt. Sinjin hingegen besäße die Macht, es unwiderruflich zu zerstören.

Sie war hin und her gerissen. „Ich ... weiß nicht."

„Also gut, dann werde ich dir so lange den Hof machen, bis du eine Entscheidung triffst." Seine Aura pulsierte vor Entschlossenheit. „Gib mir wenigstens die Chance, dich zu überzeugen, dass wir eine gemeinsame Zukunft haben können."

Trotz ihrer Zweifel konnte sie nicht länger gegen das Verlangen ankämpfen, das seine Worte in ihr auslösten.

„Meinetwegen", stimmte sie schließlich zu.

„Ich danke dir." Sanft strich er ihr mit den Fingerknöcheln über die Wange. „In Anbetracht meiner aktuellen Situation ist der Zeitpunkt, dich zu umwerben, zwar nicht perfekt, aber ich habe vor, die Gendarmerie anzuheuern, um Nicoletta beschatten zu lassen, und ich bin mir sicher, dass sie ..."

„Meine Güte, das hatte ich ja völlig vergessen!", rief sie aus. In der ganzen Aufregung hatte sie gar nicht mehr an den Hinweis gedacht, der aus Nicolettas Buch geflattert war. Hastig zog sie den Papierfetzen aus ihrer Rocktasche. „Hier, das habe ich gefunden."

Er nahm ihn ihr aus der Hand. „Ein altes Theaterticket?"

„Es fiel aus einem Buch auf ihrem Schreibtisch", erklärte Polly und studierte eifrig die Informationen auf dem kleinen Zettel. „Das Cytherea Theatre ... Hmmm, sagt mir nichts. Dir vielleicht?"

„Ein drittklassiger Schuppen in der Nähe der Drury Lane. Die

Schauspielerinnen besitzen mehr Talent fürs Bett als für die Bühne."

„Ach, und woher weißt du das so genau?", rutschte es ihr heraus. Verflixt, sie waren noch nicht einmal verlobt, und schon benahm sie sich wie eine eifersüchtige Gewitterziege.

Er grinste nur amüsiert. „Fahr die Krallen wieder ein, Kätzchen. An drittklassiger Ware bin ich nicht interessiert ... jetzt schon gleich gar nicht mehr, da ich mir die Luxusvariante geangelt habe."

Sie wusste nicht, ob sie sich geschmeichelt oder irritiert fühlen sollte, sehr zu seiner offensichtlichen Belustigung.

„Wie auch immer", schnaubte sie ungehalten. „Ich habe das Ticket also in einem Buch gefunden ... einem äußerst anzüglichen *Theaterstück*, genauer gesagt. Das kann kein Zufall sein." Sie erinnerte sich an die seltsame Diskrepanz zwischen Miss Frenchs Aura und den Gefühlen, die sie zur Schau gestellt hatte, und zwar auf eine übertriebene Art und Weise, wie man es von einer drittklassigen Schauspielerin erwarten würde. „Sie hat während unseres Gesprächs eindeutig gelogen. Es kam mir vor, als spielte sie eine Rolle. Könnte das nicht ein Hinweis sein?"

„Du glaubst also, Nicoletta ist eine Schauspielerin und hat den ganzen Vorfall in jener Nacht nur inszeniert?", fragte Sinjin aufgeregt. „Das würde Sinn ergeben!"

Polly nickte. „Und der geheimnisvolle Mann, dessen Stimme du gehört hast, muss ihr Komplize gewesen sein. Vielleicht hat er ihr die blauen Flecken verpasst, und nicht du!"

„Womöglich", murmelte er heiser.

Seine Erleichterung war so spürbar, dass Polly nach seiner Hand griff. „Das Cytherea ist ein vielversprechender Anhaltspunkt. Wenn wir meinem Bruder davon berichten, wird er uns gewiss helfen."

„Aber nur, weil du an mich glaubst." Er drückte ihre Finger. „Am besten gehen wir gleich zu ihm."

Sie biss sich auf die Unterlippe. „Könnten wir bis morgen warten?"

„Warum?"

„Weil ich zuerst mit meiner Schwester reden muss", flüsterte sie.

Bei dem Gedanken daran schnürte sich ihr die Brust zusammen. Aber es war der einzig richtige Weg. Seufzend schickte sie ein Stoßgebet gen Himmel.

„Du hast den Grafen – *meinen* Grafen – geküsst? *Zweimal?*“, fragte Rosie ungläubig.

„Es tut mir so leid. Ich weiß auch nicht ... Es ist einfach passiert“, stammelte Polly hilflos.

Nach dem Abendessen hatte sie ihre Schwester in deren Schlafgemach begleitet, wo sie nun gemeinsam auf dem großen Himmelbett saßen. Der Weg dorthin hatte sich für sie wie der Gang zum Schafott angefühlt. Stockend hatte sie Rosie alles gestanden, ohne auf die intimeren Details einzugehen.

Jetzt wartete sie mit hämmerndem Herzen auf deren Reaktion.

„Wie konntest du mir das nur antun? Du hast mich die ganze Zeit über *angelogen!*“ Rosie sprang auf und musterte sie anklagend. „Du hast dich hinter meinem Rücken wie ein billiges Flittchen verhalten!“

Überwältigt von Scham und Schuldgefühlen, erhob Polly sich ebenfalls und streckte flehend die Hand nach ihrer Schwester aus. „Ich habe einen furchtbaren Fehler gemacht. Bitte glaube mir, dass ich dich nie verletzen wollte und alles tun werde, damit du mir vergibst ...“

„Du musst ihn aufgeben."

Polly schluckte schwer. Langsam ließ sie die Hand sinken. „Das ... das kann ich nicht."

„Du meinst, du *willst* nicht", zischte Rosie.

„Hör zu, ich weiß nicht, ob eine gemeinsame Zukunft mit ihm möglich ist, aber ich muss es zumindest versuchen." Verzweifelt zerbrach sie sich den Kopf über eine Erklärung, die ihre Schwester nicht noch wütender machen würde, mit der sie ihr vermitteln konnte, welch unwiderstehliche Anziehungskraft zwischen ihr und Sinjin aller Widrigkeiten zum Trotz bestand. „Er wünscht sich dasselbe von einer Ehe wie ich. Respekt und Privatsphäre. Auf diese Weise könnte ich mein Geheimnis bewahren und ..."

„Also hast du vor, ihn ebenso zu belügen wie mich."

Rosies Anschuldigung traf sie tief, doch sie schüttelte energisch den Kopf. „Nein, ich würde nicht lügen. Sinjin strebt nach einer unverfänglichen Ehe. Er erwartet nicht, dass wir unsere intimsten Gedanken und Gefühle miteinander teilen."

Seine Aura hatte ihr verraten, dass auch er seine Geheimnisse besaß, aber das störte sie nicht. Zumindest in dieser Hinsicht waren sie wie füreinander geschaffen.

„*Sinjin?*", flüsterte Rosie bebend vor Zorn.

Sofort bereute Polly ihre unüberlegten Worte. Mit hämmerndem Herzen fuhr sie fort: „Ich verstehe ja, dass du wütend auf mich bist ..."

„Du hast mir die einzige Sache genommen, die ich mir je gewünscht habe", unterbrach ihre Schwester sie und stemmte die Hände in die Hüften. „Dabei wusstest du genau, wie viel mir diese Partie bedeutet hat!"

Abermals musste Polly schwer schlucken. Resigniert ließ sie den Kopf sinken. „Ich weiß."

„So etwas hätte ich dir niemals angetan", wütete Rosie weiter.

„Es tut mir leid."

„Er war die perfekte Lösung für all meine Probleme, und du hast ihn mir weggeschnappt!"

Polly wusste nicht, was sie sonst noch sagen sollte. Plötzlich kam ihr Sinjins Behauptung wieder in den Sinn.

Wenn sie nicht in der Lage ist, ihre albernen Fantasien aufzugeben – und etwas anderes kann es nicht sein, da sie mich überhaupt nicht kennt –, ist das nicht dein Problem. Sollte sie dir wirklich nicht vergeben können ... dann hat sie deine Liebe und Freundschaft nicht verdient.

Harte Worte, denen Polly ganz und gar nicht zustimmte ... zumindest größtenteils nicht. Einerseits hatte sie Rosie *wirklich* verletzt, andererseits kam sie nicht umhin, sich zu fragen, wie gut ihre Schwester Sinjin eigentlich kannte. Immerhin hatte sie nicht gerade viel Zeit mit ihm verbracht. Und wie er selbst sagte, hatte er ihr nie bewusst den Hof gemacht.

Sie holte tief Luft. „Was ich getan habe, war falsch, aber ich habe ihn dir nicht weggenommen."

„*Doch*, hast du. Du wusstest genau, dass ich ihn wollte." Rosie verschränkte die Arme vor der Brust.

„Ja, das schon, und dafür entschuldige ich mich auch. Ich hätte von Anfang an ehrlich zu dir sein müssen. Aber ich habe meine eigenen Gefühle nicht deuten können und wusste wirklich nicht, dass Sin... der Graf an mir interessiert ist."

„Wie konntest du das nicht merken?", zischte ihre Schwester.

„Weil zuvor noch nie jemand an mir interessiert war", murmelte sie. „Nicht wirklich jedenfalls."

Etwas blitzte in Rosies Augen auf, doch sie blieb weiterhin uneinsichtig. „Das ist keine Entschuldigung. Du hast mir den Mann ausgespannt, den ich liebe ...".

„*Liebst* du ihn denn wirklich?", hakte Polly nach und musterte sie eindringlich.

„Er ist gut aussehend, wohlhabend *und* von hohem Stand. Alles, was ich mir je gewünscht habe. Irgendwann hätte ich sicher Gefühle für ihn entwickelt ... wenn du ihn mir nicht vor der Nase weggeschnappt hättest!"

Ihre Worte bestätigten Pollys Vermutungen und ermutigten sie, offen auszusprechen, was ihr auf dem Herzen lag.

„Ich will mein Verhalten nicht rechtfertigen. Es war falsch, meine Gefühle dem Grafen gegenüber nicht mit dir zu teilen, so verworren sie auch gewesen sein mochten." Sie hielt inne und holte tief Luft. „Aber ich habe ihn dir nicht weggenommen, Rosie, denn er gehörte nie dir. Du magst für ihn geschwärmt haben, doch in Wahrheit kennst du ihn überhaupt nicht. Und Sinjin ist so viel mehr als ein Sprungbrett zum gesellschaftlichen Erfolg. Er *verdient* eine Frau, die mehr in ihm sieht." Die Worte sprudelten nur so aus ihr heraus, als wäre ein innerer Damm gebrochen. „Ich weiß nicht, ob ich eine Zukunft mit ihm habe, aber zumindest werde ich ihm jetzt zur Seite stehen, während er diese schweren Zeiten durchmacht. Ich glaube ihm ... glaube an den Mann, der er sein möchte."

Schweigen legte sich über das Zimmer. Polly hatte alles gesagt, was sie zu sagen hatte. So mutig und überzeugend war sie noch nie für sich selbst eingestanden. Nun blieb ihr nichts anderes übrig, als abzuwarten.

„Verschwinde", flüsterte Rosie schließlich. „Ich will dich nie wieder sehen."

Heiße Tränen schossen ihr in die Augen, doch sie zwang sich, die Fassung zu wahren.

„Es tut mir so leid", hauchte sie.

„Hau ab!"

Wortlos drehte sie sich um und verließ das Zimmer.

❧ 18 ❧

Am folgenden Nachmittag um dreizehn Uhr betrat Sinjin Ambrose Kents Arbeitszimmer. Dieser wartete bereits in Gesellschaft der Strathavens und Kents auf ihn. Auch Polly war anwesend. Trotz der spürbaren Anspannung im Raum beruhigte ihr Anblick ihn.

Noch nie hatte sich in seinem Leben etwas so richtig angefühlt wie das Zusammensein mit ihr. Keiner anderen Frau war es je gelungen, ähnliche Gefühle in ihm zu wecken. Er hatte aus einem Impuls heraus um ihre Hand angehalten, der tief in ihm schlummernden Hoffnung, dass eine Ehe mit ihr funktionieren könnte. Als sie ihm dann auch noch gestand, welche Art von Bündnis *sie* sich erwartete, war ihm eines schlagartig klargeworden: Sie war genau das, was er brauchte, aber nie zu finden erwartet hätte.

Eine Dame aus gutem Hause, die mehr in ihm sah als nur einen guten Fang. Eine leidenschaftliche Jungfrau, die sowohl seinen Körper als auch seinen Geist stimulierte, ihm völlig neue Seiten der Lust zeigte ... und das bereits jetzt, wo er sie noch nicht einmal vollständig genommen hatte. Mit ihr fühlte sich alles so aufregend und anders an, sie weckte in ihm einen Optimismus, den er bisher nie gekannt hatte. Konnte er trotz seiner dunklen Vergangenheit womöglich doch noch auf eine strahlende Zukunft hoffen?

Es war ihm egal, dass er nicht wusste, warum sie sich Privatsphäre in einer Ehe wünschte. Was ihn anbelangte, war sie dadurch die *perfekte* Partie für ihn. Sie würden Leidenschaft miteinander teilen und, wie er hoffte, vielleicht sogar … Freundschaft.

Ich glaube dir. Diese drei kleinen Worte hatten ihn bis ins Mark erschüttert.

Das einzige Problem war, dass er sich etwas einfallen lassen musste, um sie vor den Launen seiner Dämonen zu beschützen, vor dem Mann, zu dem er unter ihrem Einfluss wurde. Der schwarze Teufel war das kleinere Übel. In diesem Zustand hatten sich schon viele Frauen zu ihm hingezogen gefühlt: erfüllt von euphorischer Energie, übermäßigem Selbstbewusstsein und unstillbarem sexuellem Appetit. Wenn er sich auf diesem Höhenflug befand, konnte er stundenlang vögeln, ohne je genug zu bekommen … aber etwas sagte ihm, dass Polly damit kein Problem hätte.

Verdammt, allein in der Kutsche, vollständig bekleidet, war sie *zweimal* für ihn gekommen. Die Vorstellung, was er erst nackt in einem Bett mit ihr anstellen könnte, hatte ihn die halbe Nacht wachgehalten und er musste mehrere Male Hand an sich legen, um zur Ruhe zu kommen. Selbst jetzt brachte der Anblick ihrer kirschroten Lippen und großen, katzenhaften Augen sein Blut in Wallung.

Blieb also noch der blaue Teufel, den es unter Verschluss zu halten galt. In diesem Fall kam ihm die Abmachung hinsichtlich ihrer Privatsphäre äußerst gelegen. Wenn er in das verhasste dunkle Loch fallen sollte, würde er sich irgendwohin zurückziehen – vielleicht eine eigene Wohnung, die er sich zu diesem Zwecke halten könnte – und erst wieder auftauchen, sobald es ihm besser ging. Gleichermaßen wäre dieser Rückzugsort praktisch, wann immer der schwarze Teufel zu sehr über die Stränge schlug. Auf diese Weise sollte es ihm gelingen, seine schlimmsten Seiten vor ihr zu verbergen.

Solange er also ihre Erwartungen gering und seine Teufel versteckt hielt, gab es keinen Grund, sich nicht auf den Versuch einzulassen. Natürlich musste er zuerst ihre Familie davon überzeugen, dass er ein geeigneter Ehemann war, weshalb er nun auch in Kents Arbeitszimmer stand.

Dessen finstere Miene verriet ihm jedoch, dass dies kein leichtes Unterfangen werden würde. Polly saß neben den Damen auf einem Sofa, während Strathaven sich beschützerisch hinter ihnen aufgebaut hatte.

Ob es ihnen nun gefiel oder nicht, er würde Polly zu der seinen machen. Allerdings wusste er auch, dass sie ihrer Familie sehr nahestand und wollte sich zumindest um deren Segen bemühen.

Er verneigte sich höflich. „Danke, dass Sie mich heute empfangen.“

„Polly hat uns darüber informiert, dass Sie uns sprechen wollten.“ Kents grimmige Miene zeigte deutlich, was er von diesem Besuch hielt. „Wie Sie sich sicher denken können, bin ich nicht gerade erfreut über Ihrer beider haarsträubendes Abenteuer gestern.“

Wenn der wüsste. Polly hatte entschieden, ihrem Bruder von dem Treffen mit Nicoletta zu berichten, keinesfalls jedoch von dem, was danach geschehen war ... *Gott sei Dank.* Sinjin spürte, wie sich Schweißperlen unter seinem Kragen bildeten. Er hatte noch nie offiziell eine Frau umworben und sich daher nie Gedanken darüber gemacht, dass es mehr brauchte als nur Reichtum und Titel. Aber Kent ließ sich von diesen Äußerlichkeiten nicht blenden, und so stand Sinjin nun wie ein gezüchtigter Schuljunge vor ihm.

Während er noch nach einer Ausrede suchte, mischte Polly sich ein.

„Wie ich bereits erklärte, war es nicht Lord Revelstokes Schuld", sagte sie bestimmt. „Er wusste nichts von meinem Plan, Miss French zu befragen. Das war allein meine Idee."

„Und doch warst du unbeaufsichtigt mit ihm in seiner Kutsche", knurrte ihr Bruder.

„Der Graf wollte mich nur beschützen und in Sicherheit bringen", beharrte sie.

Es berührte Sinjin tief, dass sie sich so für ihn einsetzte. Das Vertrauen, das sie ihm entgegenbrachte, war wie ein warmer Sonnenstrahl, der die dunklen Wolken seiner Selbstzweifel durchbrach. Mit Ausnahme seines Bruders hatte noch nie jemand Partei für ihn ergriffen, schon gar nicht eine Frau.

So sehr er ihre Loyalität zu schätzen wusste, war er jedoch kein Mann, der andere für sich sprechen ließ.

„Sir, ich bedaure die Umstände, die Miss Kent und mich zusammenbrachten, aber die daraus resultierenden Konsequenzen bereue ich nicht", sagte er. „Sie kam mir zu Hilfe, als niemand sonst helfen wollte, und ich versichere Ihnen, dass ich ihr gegenüber ehrbare Absichten hege."

„Sie haben meine Schwester in Ihre Angelegenheiten hineingezogen, ihren *Ruf gefährdet*." Ungehalten schlug der Ermittler mit den Handflächen auf den Schreibtisch, hinter dem er stand, und lehnte sich mit finsterer Miene nach vorne. „Wie zum Henker gedenken Sie das wiedergutzumachen?"

„Indem ich um Ihre Erlaubnis bitte, sie umwerben zu dürfen."

„Sie wollen meiner Schwester den Hof machen?"

„In der Tat. Ich beabsichtige, sie zu heiraten, doch sie möchte sich ihrer Gefühle erst ganz sicher sein." Er nickte Polly zu, die umgehend errötete. Gott, sie war so verdammt hinreißend! „Obwohl wir einander unter etwas unglücklichen Umständen kennenlernten, gebe ich Ihnen mein Wort als Gentleman, dass ich sie standesgemäß umwerben werde, bis sie einwilligt, meine Frau zu werden", sagte er, ohne den Blick von ihr zu wenden.

Trotz der Bedenken, die sie hinsichtlich ihrer gemeinsamen

Zukunft geäußert hatte, sah sie ihn nun an, als könne er ihr die Sterne vom Himmel holen. Wenn sie ihn doch nur für den Rest seines Lebens so verträumt anblicken würde. Die Herzogin neben ihr stieß einen tiefen Seufzer aus.

„Kommt nicht in Frage", erwiderte Kent scharf und zerstörte somit den intimen Moment. „Sie werden meine Schwester weder umwerben noch heiraten."

Der Widerspruch überraschte Sinjin nicht, aber er ließ sich davon auch nicht einschüchtern. „Doch, das werde ich, Sir, es sei denn, Miss Kent lehnt meinen Antrag ab. Aber selbst in diesem Fall setze ich Himmel und Erde in Bewegung, um sie umzustimmen."

„Wie romantisch", flüsterte die Herzogin Polly zu. „Strathaven war genauso."

Seine Gnaden, der sie natürlich gehört hatte, verdrehte resigniert die Augen.

„Muss ich Sie daran erinnern, Revelstoke", fuhr der Ermittler grimmig fort, „dass Sie eines furchtbaren Verbrechens angeklagt sind? Ich kann meiner Schwester unmöglich gestatten, sich auf einen möglichen Gewalttäter einzulassen."

Sinjin presste die Zähne zusammen. Er mochte Kents Argwohn und Ablehnung verdient haben, aber er war es nicht gewohnt, klein beizugeben. Während er versuchte, sein Temperament im Zaum zu halten, erhob Polly sich und stellte sich neben ihn.

„Deshalb musst du uns helfen, seinen Namen reinzuwaschen, Ambrose", sagte sie ernst. „Er hat dieses Verbrechen nicht begangen. Wie ich dir bereits mitteilte, bin ich mir *absolut* sicher, dass Miss French gelogen hat. Du weißt, dass ich mich in solchen Dingen nicht irre."

Offenbar vertraute der Ermittler dem Urteilsvermögen seiner Schwester, denn er erwiderte nur kurz angebunden: „Trotzdem ist er nicht gut genug für dich. Du kennst seinen Ruf. Er scheint Probleme magisch anzuziehen. Allein die Tatsache, dass er sich überhaupt in diesem Freudenhaus herumgetrieben hat ...“

„Ich bin mir sicher, dass auch Strathaven hin und wieder ein solches Etablissement aufsuchte, bevor wir uns kennenlernten“, meldete die Herzogin sich zu Wort. „Und nun seht ihn euch an.“

„Warum ziehst du mich da mit hinein?“, fragte Seine Gnaden stirnrunzelnd.

Seine Gemahlin wandte sich zu ihm um. „Weil du einst ebenso ein Wüstling warst wie Revelstoke, aber inzwischen hast du dich großartig entwickelt.“

„Das freut mich zu hören.“ Strathavens Blick wanderte zu ihrem Hals, und er ließ einen Finger unter das Perlencollier gleiten, das sie trug. Dabei grinste er sie besitzergreifend an. „Natürlich hätte ich das ohne deine strenge Erziehung nie geschafft, Liebchen.“

Die Herzogin errötete bis zu den Haarwurzeln. „Unsinn, du warst schon immer ein guter Mann. Jemand musste nur die Motivation in dir wecken, dich ändern zu wollen. Dem Grafen scheint es da ganz ähnlich zu ergehen.“

Sinjin wusste nicht, was er davon halten sollte, dass Ihre Gnaden offenbar Partei für ihn ergriff. Fragend schielte er zu Polly, die ihm ein ermutigendes Lächeln schenkte.

„Das kannst du doch unmöglich ernst meinen, Emma“, protestierte Kent.

„O doch“, entgegnete diese. „Trotz deiner Vorbehalte gegen Strathaven hat dieser sich als wunderbarer Ehemann erwiesen. Warum sollten wir Revelstoke nicht ebenfalls die Chance geben, sich zu bewähren? Seine Absichten scheinen ehrbar zu sein, und *Polly* glaubt ihm.“ In ihrem Blick lag eine Bedeutung, die er nicht verstand. „Sie ist diejenige unter uns, die Wahrheit und Lüge am besten voneinander unterscheiden kann ... und der wir daher die Entscheidungen hinsichtlich ihrer eigenen Zukunft selbst überlassen sollten.“

Missmutig verschränkte Kent die Arme vor der Brust. „Ich

erlaube nicht, dass unsere jüngste Schwester sich mit einem Mann wie Revelstoke abgibt ... vor allem in Anbetracht der gegebenen Umstände."

„Ich habe vor, die Gendarmerie anzuheuern", mischte Sinjin sich ein. „Um dem Hinweis nachzugehen, den Pol... Miss Kent gefunden hat. Dank ihres Scharfsinns haben wir Grund zu der Annahme, dass Nicoletta French mit einem, äh ... nun, sagen wir, mit einer Art Theater in Verbindung steht", fügte er mit einem flüchtigen Blick auf die Herzogin hinzu.

Normalerweise nannte er die Dinge beim Namen, ohne sich darum zu kümmern, wen er damit vor den Kopf stoßen könnte, aber keinesfalls wollte er seine einzige Verbündete im Raum – außer Polly – kompromittieren. Außerdem würde es Strathaven gewiss nicht sonderlich gefallen, wenn er vor seiner Gemahlin ein als Theater getarntes Bordell erwähnte.

„Oh, mit dem Cytherea sind wir bestens vertraut", erklärte Ihre Gnaden fröhlich. „Wir haben es sogar schon besucht."

Sinjin starrte erst sie, dann den Herzog überrascht an.

„Machen Sie sich besser auf etwas gefasst, Mylord", sagte dieser trocken. „Als Ehemann einer Kent braucht man starke Nerven."

„Ach, nichts da. Gib es zu, ich habe hervorragende Arbeit geleistet, als wir diese Schauspielerin befragten, um *deinen* Namen reinzuwaschen", schnaubte die Herzogin, bevor sie, an Sinjin gewandt, fortfuhr: „Die Gendarmerie sollten wir allerdings aus der Sache raushalten. Diese Angelegenheit betrifft Ihre Zukunft und infolgedessen auch die von Polly sowie unserer Familie. Nur die Besten werden auf diesen Fall angesetzt ... weshalb Ambrose sich höchstpersönlich darum kümmern wird, nicht wahr? Mit meiner Hilfe, natürlich."

„Du selbst hast doch immer gesagt, dass jeder Mensch Gerechtigkeit verdient", wandte nun auch Polly sich an ihren Bruder. „Willst du wirklich zulassen, dass ein Unschuldiger eines Verbrechens bezichtigt wird, das er nicht begangen hat? Wer auch immer hinter diesem verwerflichen Plan steckt, könnte noch Schlimmeres gegen ihn im Sinn haben. Du musst Revelstoke einfach helfen. Bitte ... tu es für mich.“

Kent wirkte so resigniert, dass er Sinjin beinahe ein wenig leidtat. Es konnte nicht einfach sein, sich gegen so viele eigensinnige Schwestern behaupten zu müssen.

„Verdammt“, fluchte der Ermittler leise und ließ sich auf seinen Stuhl sinken, während er missmutig vor sich hinmurmelte: „Warum konnte ich keine Brüder haben?“

„Du hast doch Harry, der im Übrigen weitaus unkontrollierbarer ist als wir“, merkte Ihre Gnaden an.

„Mein anderer Bruder ist nämlich ein genialer Wissenschaftler mit einer gewissen Vorliebe für Explosionen“, erklärte Polly Sinjin flüsternd.

Ihrem Tonfall nach zu urteilen schien das kein Scherz zu sein.

„Danke, Ambrose“, wandte sie sich anschließend an den Ermittler. „Und dir danke ich auch, Emma.“

Ihre Schwester strahlte erfreut, der Bruder schüttelte nur den Kopf.

„Da wir das nun geklärt hätten, sollten wir uns überlegen, wie wir weiter vorgehen“, schlug die Herzogin vor.

Kent trommelte mit den Fingern auf die Tischplatte. „Zum jetzigen Zeitpunkt haben wir nur Theorien, was Miss French anbelangt. Wir brauchen handfeste Beweise über ihre wahre Identität, bevor wir andere Verdächtige in Betracht ziehen können. Am besten sehen wir uns zunächst einmal im Cytherea um.“

„Dann lasst uns keine Zeit verschwenden“, sagte Ihre Gnaden. „Nehmen wir deine Kutsche oder unsere?“

„Ich komme auch mit“, meldete Polly sich zu Wort.

„Ich weiß Ihre Hilfsbereitschaft sehr zu schätzen, Miss, aber das Cytherea ist wahrlich kein passender Ort für Sie“, widersprach Sinjin ihr.

„Zumindest in diesem Punkt sind wir uns einig“, murmelte Kent.

„Polly könnte uns aber durchaus von Nutzen sein", gab die Herzogin zu bedenken und warf ihrem Bruder einen vielsagenden Blick zu. „Immerhin ist sie diejenige, die die Verbindung zwischen Miss French und dem Theater entdeckt hat. Strathaven und ich werden sie begleiten."

„Ich werde auch keinen Ärger machen", versprach Polly. „Außerdem kann mir in eurer Gesellschaft ja nichts zustoßen. Bitte, lasst mich helfen."

Sie sah erst ihren Bruder, dann Sinjin flehentlich an. Gott, diesen großen Augen konnte er einfach nicht widerstehen. Und sie hatte völlig recht: Jeder in diesem Raum würde alles tun, um sie zu beschützen ... Er selbst wäre mehr als bereit, sein Leben zu geben, wenn nötig.

„Also gut. Polly fährt mit Em und Strathaven. Sie, Mylord", sagte er mit einem strengen Blick in Sinjins Richtung, „kommen mit mir."

❧ 19 ❧

ALS POLLY AUS DER KUTSCHE STIEG, SAH SIE SINJIN UND
Ambrose bereits vor dem Eingang eines heruntergekommenen
Gebäudes warten. Über ihren Köpfen prangte ein Schild, auf dem
geschrieben stand: „Willkommen im Cytherea – Wo jede Vorstellung ein glückliches Ende verspricht!"

Polly gesellte sich gemeinsam mit Em und dem Herzog zu
ihnen.

„Es gibt einen weiteren Eingang um die Ecke, der geradewegs
hinter die Bühne führt", sagte Seine Gnaden.

„Dann wollen wir mal", erwiderte Ambrose.

Während die Gruppe sich in Bewegung setzte, flüsterte Polly
Sinjin besorgt zu: „Wie war die Fahrt mit meinem Bruder?"

„Hast du schon mal was von der Spanischen Inquisition
gehört?", lautete die trockene Antwort.

„O nein, das tut mir wirklich leid ..."

„Mach dir keinen Kopf. Das war doch nur Spaß."

Seiner dunkelblauen Aura nach zu urteilen, sagte er die Wahrheit. Allerdings konnte sie auch einen Anflug von Missmut
entdecken.

„Hat Ambrose dich mit aufdringlichen Fragen gelöchert?“, erkundigte sie sich leise.

„Er hat getan, was jeder anständige Bruder tun würde. Ich an seiner Stelle hätte nicht anders gehandelt.“

„Danke für dein Verständnis“, sagte sie sanft.

„Gerne. Danke, dass du mir glaubst.“

Seine Worte wärmten ihr Herz. „Gerne.“

Der Anflug eines Lächelns umspielte seine Lippen. Natürlich war er immer attraktiv, aber gerade wenn er sie auf diese Weise anlächelte, so zärtlich im Kontrast zu seinen markanten Zügen, war er zweifellos der schönste Mann, den sie je gesehen hatte. Er legte ihre Hand in seine Armbeuge und führte sie durch den Hintereingang ins Innere des Theaters, wobei er den Kopf einziehen musste, um ihn sich nicht an einem niedrigen Balken zu stoßen.

Ihre Augen gewöhnten sich nur langsam an die schwach beleuchtete, fensterlose Umgebung. Sie konnte eine Reihe von unordentlichen Frisiertischen ausmachen, um die sich etwa ein Dutzend Schauspielerinnen drängten. Die Frauen plauderten und lachten miteinander, während sie sich vor den gesprungenen Spiegeln herausputzten. Jede von ihnen umgab eine schillernde Aura, die wie der Flügelschlag unzähliger Schmetterlinge flatterte.

Mit hochgezogenen Brauen betrachtete Polly die freizügige Aufmachung der Damen. Die meisten von ihnen trugen nichts außer knappen, beinahe durchsichtigen Kleidchen, hatten dafür jedoch große Mengen an Farbe im Gesicht. Sie warf Sinjin einen verstohlenen Blick zu, um seine Reaktion zu beurteilen.

Dieser sah sich allerdings nur ungeduldig um. „Mit wem sollen wir zuerst sprechen?“

„Hol mich doch der Teufel! Wenn das nicht meine Muse ist!“ Ein schmächtiger, blonder Mann mit Brille eilte auf sie zu und blieb strahlend vor Emma stehen. Er trug eine mit Tinte befleckte Weste sowie ein zerschlissenes Krawattentuch, doch seine Verbeugung war überschwänglich und makellos elegant.

„Miss Kent, wie reizend von Ihnen, mal wieder vorbeizuschauen", begrüßte er sie mit einem erfreuten Lächeln.

„Mittlerweile ist sie die Herzogin von Strathaven", mischte Seine Gnaden sich ein und stellte sich besitzergreifend hinter seine Frau, während er den anderen Mann mit einem eisigen Blick bedachte.

Dieser wirkte sogleich weitaus weniger begeistert. „Oh ... *Den* haben Sie also auch wieder mitgebracht."

„Darf ich vorstellen, das ist Mr Dunn", beeilte Em sich zu sagen. „Er ist der Bühnenautor dieses Theaters. Wir haben ihn vor einer Weile im Zuge einer anderen Ermittlung kennengelernt. Mr Dunn, ich fürchte, wir benötigen wieder einmal Ihre geschätzte Hilfe."

„Ich stehe Ihnen stets zu Diensten, meine Teure", verkündete der Schreiberling.

Polly musste gar nicht erst die Aura ihres Schwagers sehen, um zu wissen, dass Mr Dunn, wenn er so weitermachte, seine Dienste nicht mehr lange würde anbieten können.

Sie beschloss, sich einzumischen, bevor es zu einem Blutbad kam. „Mr Dunn, wir hoffen, Sie können uns etwas über Nicoletta French erzählen. Wir haben Grund zu der Annahme, dass sie mit diesem Theater in Verbindung steht."

Der blonde Mann wandte sich ihr zu ... und erstarrte, als hätte ihn soeben der Blitz getroffen.

„Sie", flüsterte er ehrfurchtsvoll.

„Äh ... wie bitte?"

Er kam auf sie zu und fiel – zu ihrem Entsetzen – vor ihr auf die Knie.

„Tochter des Zeus, sieh sich einer diese *Augen* an", schwärmte er. „Erato, Kalliope, Thalia ... Sie sind die Vereinigung sämtlicher Musen in einem göttlichen Bündel. Sie, holde Maid, sind die Inspiration, nach der ich so lange gesucht habe!"

„Ich dachte, ich sei deine Inspiration, Dunny", rief eine der Schauspielerinnen amüsiert.

„Bei dir hatter nur einmal den Federhalter eingetaucht, dann war Schluss", kicherte ihre Freundin.

„Is nicht einfach, 'ne gut gespitzte Feder zu finden, die was taugt", stimmte die blonde Frau, die zuerst gesprochen hatte, ihr zu, woraufhin beide in schallendes Gelächter ausbrachen.

„Banausen! Ignorieren Sie sie einfach, meine Augenweide." Dunn streckte Polly die Hand entgegen.

„Wenn Sie sie anfassen, werden Sie es bereuen", flüsterte Sinjin in drohendem Tonfall.

Als sie den Kopf in seine Richtung drehte, bemerkte sie die besitzergreifende Aura, die ihn wie lodernde Flammen umgab. Der Anblick löste ein seltsames Kribbeln in ihrem Bauch aus.

Der Schriftsteller erhob sich seufzend und klopfte sich den Staub von der Hose. „*Der* gehört wohl zu Ihnen?"

„Äh ..." Wieder sah sie Sinjin an, unsicher, was sie darauf erwidern sollte.

„Sie gehört zu mir", bestätigte dieser ernst. „Halten Sie sich von ihr fern."

„Wo finden Sie liebreizende Damen nur immer solche Troglodyten?", fragte Dunn, hielt dann jedoch beschwichtigend die Hände hoch, als Sinjin einen Schritt auf ihn zutrat. „Immer mit der Ruhe, alter Knabe. Das war doch nur ein Scherz."

Polly legte ihrem Grafen beschwichtigend eine Hand auf den Arm. Als sie die wohlgeformten Muskeln unter dem Stoff seines marineblauen Mantels spürte, pulsierte es heiß zwischen ihren Schenkeln. Gleichzeitig bemerkte sie, wie ihre Brustwarzen sich vor Erregung aufrichteten. Sie blinzelte verwirrt und fuhr sich mit der Zunge über die Lippen. Seine Augen folgten der Bewegung und er sah sie eindringlich an, als wüsste er genau, was in ihr vorging.

Mit vor Genugtuung glühender Aura presste er einen flüchtigen Kuss auf ihre behandschuhten Fingerknöchel, bevor er sich widerwillig von ihr löste.

„Konzentrieren Sie sich bitte, Dunn", mischte Ambrose sich energisch ein. „Kennen Sie Nicoletta French?"

„Nein", erwiderte der Schriftsteller beleidigt.

„Wahrscheinlich hat sie einen Decknamen benutzt", fuhr ihr Bruder fort. „Sie ist etwa einen Meter fünfundsechzig groß, hat dunkles Haar und haselnussbraune Augen."

Dunn schob sich die Brille hoch. „Das trifft etwa auf die Hälfte der Täubchen zu, die regelmäßig hier nisten, und auf einen Großteil derer, die nur hin und wieder hereinflattern. Da müssen sie schon etwas genauer werden."

„Ihre Stimme ist ziemlich tief für eine Frau. Sie hat die nervöse Angewohnheit, sich die Röcke glattzustreichen. Sie drückt sich zwar gehoben aus, aber man hört immer noch einen leichten Cockney-Akzent in ihrer ..."

„Meine Güte, sind Sie ein wandelndes Vergrößerungsglas, oder was?" Dunn starrte Ambrose entgeistert an. „Sie können doch nicht erwarten, dass mir derart winzige Details auffallen."

Ihr Bruder runzelte die Stirn. „Sie baten doch um eine spezifischere Beschreibung."

„Damit meinte ich ihre, äh ..." Der Schriftsteller warf einen flüchtigen Blick auf Polly und Emma. „Ihre *äußerlichen* Merkmale."

Ambrose atmete tief durch, um ruhig zu bleiben. „Sie ist von kurvenreicher Statur."

„Oooh, Schätzchen, damit kommen Sie nich' weit. Das trifft auf die meisten von uns zu." Eine Schauspielerin mit rötlichen Ringellocken, deren knapper, rosafarbener Fummel kaum etwas der Fantasie überließ, schlenderte zu ihnen herüber. „Nennen Sie mich Sweet Pea. Ich bin gerne bereit, Ihnen zu helfen, weil ich 'ne äußerst warmherzige Person bin." Sie grinste und hielt Ambrose eine nach oben geöffnete Hand entgegen. „Gegen 'ne kleine Spende, versteht sich."

Seufzend zog dieser sein Portmonee heraus.

Nachdem sie das Geld sicher in ihrem knappen Gewand

verstaut hatte, stieß sie einen ohrenbetäubenden Pfiff aus. „Los, Täubchen, zeigen wir den feinen Herrschaften mal, was das Cytherea zu bieten hat!"

Die übrigen Darstellerinnen sprangen auf und liefen aufgeregt durcheinander. Als das Chaos sich legte, standen sie in einer ordentlichen Reihe nebeneinander, alle in derselben Pose: die Hände in die Hüften gestemmt, das rechte Bein aufreizend nach vorne gestreckt. Polly war so überwältigt von ihrer perfekten und professionellen Darbietung, dass es einen Moment dauerte, bis sie begriff, nach welchem Prinzip sie sich aufgestellt hatten.

Als der Groschen endlich fiel, lachte sie überrascht auf.

„Wir nennen das die, ähm, Buffetschlange. Es gibt alles, vom mundgerechten Aperitif ...", erklärte Dunn und deutete auf die flachbrüstige Frau an einem Ende der Reihe, „... bis hin zum voll-wertigen Hauptgericht." Die leicht bekleidete Dame am anderen Ende wackelte demonstrativ mit ihrem beachtlichen Vorderbau.

„Also, wem von uns sieht Ihre Miss French am ähnlichsten?", rief Sweet Pea, die so ziemlich in der Mitte stand.

Ambrose hob eine Braue und wandte sich mit kühlem Tonfall an Sinjin: „Und, Mylord?"

Dieser errötete leicht und warf Polly einen flüchtigen Blick zu, die ihm jedoch aufmunternd zunickte. Sie wusste von seiner wenig glamourösen Vergangenheit und würde ihm diese gewiss nicht vorhalten. Wenn sie einander wirklich heiraten wollten, mussten sie offen und ehrlich zueinander sein ... nun ja, so ehrlich wie möglich.

Als er jedoch weiterhin zögerte, beschloss sie, die Sache selbst in die Hand zu nehmen. Sie deutete auf zwei eher kurvige Brünette und sagte: „Soweit ich mich erinnere, würde Miss French in etwa zwischen diese beiden Damen passen."

„Aber nich' so gut ausgestattet wie Sie, was, Schätzchen?", kicherte Sweet Pea mit einem gutmütigen Zwinkern. „Ich wette, Sie verstecken da 'nen Wahnsinnskörper unter Ihrer Nonnen-tracht, hm?"

Polly errötete bis zu den Haarwurzeln. Obwohl das Kompliment der anderen Frau aufrichtig gemeint schien, schockierte sie deren Direktheit.

„Bitte sprechen Sie nicht auf diese Weise mit Miss Kent", mischte Sinjin sich kühl ein.

„Oooh, sind wir aber beschützerisch, hm?", trällerte Sweet Pea. „Keine Sorge, ich wollt mir nur ein genaues Bild von dem Täubchen machen, nach dem Sie suchen."

„Ich stimme Miss Kents Einschätzung zu, würde die Gesuchte allerdings noch eine Position weiter Richtung Ende der Schlange ansiedeln", murmelte er nach kurzem Zögern.

Sweet Pea und Dunn sahen einander an.

„Nymphea", riefen sie wie aus einem Mund.

„Wie bitte?", fragte Polly.

„Ihre Nicoletta French ... könnte unsere Nymphea Flott sein", erklärte die rothaarige Schauspielerin. „Allerdings war ihr Haar nich dunkel, sondern eher so sandbraun, aber die Haarfarbe zu ändern ist für unsereins keine große Sache." Stolz warf sie ihre Locken über die Schulter. „Die Figur zu ändern ist natürlich nich so einfach. Nymphea stand immer genau an der Stelle im Buffet, die der feine Herr hier angedeutet hat, zwischen Hyacinth und Orchid."

„Ich vermute, Miss Flott arbeitet nicht mehr hier?", erkundigte sich Ambrose.

„Sie war etwa ein Jahr bei uns, aber vor knapp zwei Monaten hat sie aufgehört", erklärte Sweet Pea. An ihre Kolleginnen gewandt, rief sie: „Zurück an die Arbeit, Täubchen!" Die übrigen Darstellerinnen flitzten zurück vor ihre Frisiertische.

Ambrose zückte sein zuverlässiges Notizbuch. „Was können Sie uns sonst noch über sie erzählen?"

„Sie war nich sehr umgänglich, hielt sich immer für was Besseres", schnaubte Sweet Pea. „Aber sie hatte ’ne ordentliche Stammkundschaft."

Ihre Aura flackerte auf, als sei ihr etwas eingefallen, von dem sie nicht wusste, ob es für die Befragung wichtig war.

„Jeder noch so kleine Hinweis könnte uns von großem Nutzen sein, Miss Sweet Pea", ermutigte Polly sie. „Bitte berichten Sie uns alles, woran Sie sich erinnern können."

„Jetzt, wo Sie es sagen ... Ich hab Sie mal mit 'nem Typen gesehen. 'Nem Verehrer mein ich, nicht mit 'nem Kunden."

„Erzählen Sie uns mehr von ihm", bat Sinjin eindringlich.

Die Darstellerin wickelte sich eine ihrer roten Locken um den Finger und fuhr nachdenklich fort: „Also, keine Ahnung, wie der hieß. Ich hab ihn auch nur das eine Mal gesehen, und hab ihn nicht groß beachtet. Die oberste Regel hier im Cytherea lautet: niemals im Revier einer anderen jagen", erklärte sie. „Aber er war so ein riesiger Schrank von 'nem Mann, den konnte man kaum übersehen. Er hatte schwarze Haare und 'nen ziemlichen Bartschatten, obwohl's noch nicht sehr spät war, und richtig fiese Augen. Oh, und seine Stimme war ganz tief, wie ein Brummen."

Polly sah die Aufregung, die Sinjin umhüllte. Die Beschreibung passte perfekt zu der Männerstimme, die er in jener Nacht gehört hatte. Es *musste* sich um Nicolettas Komplizen handeln.

„Jedenfalls kam der Kerl vorbei, kurz bevor Nymphea hier aufhörte. Hab gehört, wie die beiden sich draußen vor dem Hintereingang gestritten haben. Mehr weiß ich auch nich", schloss Sweet Pea mit einem Schulterzucken.

„Eben sagten Sie etwas über Miss Frenchs Kunden", bemerkte Ambrose, der seinen Bleistift bereithielt. „Könnten Sie uns die Namen nennen?"

„Dafür haben Sie nicht genug Seiten in Ihrem Buch, Schätzchen", schnaubte die Darstellerin.

„Gibt es denn eine Liste, die Sie uns zukommen lassen könnten?", wandte Sinjin sich an Dunn.

Dieser nickte. „Könnte ein wenig dauern, bis ich die Bücher durchgesehen und die Täubchen befragt habe, aber da ließe sich sicher etwas arrangieren."

Schnell wurde klar, dass Sweet Pea und der Schreiberling nichts weiter zu berichten wussten. Daher bedankten sie sich bei den beiden und verließen das Theater, wo die Kutschen auf sie warteten.

„Das war doch ein erfolgreiches Unterfangen", stellte Polly erfreut fest.

„Allerdings." Sinjins Augen funkelten hoffnungsvoll.

„Was jetzt?", fragte Emma in die Runde.

„Strathaven begleitet dich und Polly nach Hause", sagte Ambrose.

Der Tonfall ihres Bruders duldete keinen Widerspruch, was auch Em zu bemerken schien, denn sie antwortete nur: „Und was hast du vor?"

„Revelstoke und ich werden Nicoletta French ... beziehungsweise Nymphea Flott, oder wie auch immer sie heißen mag, einen erneuten Besuch abstatten", erklärte er grimmig. „Wir werden dieser Angelegenheit ein für alle Mal auf den Grund gehen."

❧   2 0   ❧

Die Fahrt vom Cytherea zu Nicolettas Stadthaus dauerte nur wenige Minuten. Kent war die ganze Zeit über in Gedanken versunken, was Sinjin nur gelegen kam. Erwartungsvoll blickte er dem Besuch bei der berüchtigten Nymphea entgegen.

Endlich gab es einen Beweis dafür, dass er sich die männliche Stimme nicht eingebildet hatte ... dass Miss French nicht diejenige war, die sie vorgab zu sein. Das wiederum bezeugte, dass man ihn reingelegt hatte und er nicht der Gewalttäter war, als den sie und ihr Komplize ihn hinstellen wollten. Mithilfe der Kents würde er sich aus diesem Netz aus Lügen und Intrigen befreien und seinen Namen ein für alle Mal reinwaschen.

Dann konnte er als freier Mann um Polly werben.

Während sie die Stufen zur Castle Street Nummer zwölf hinaufstiegen, sagte der Ermittler kurz angebunden: „Lassen Sie mich das Gespräch leiten, Mylord. Wir müssen behutsam vorgehen. Wenn sie sich bedroht fühlt, wird sie womöglich nichts preisgeben.“

„Na schön. Aber ich ...“

Beide Männer blieben wie angewurzelt stehen.

Die Eingangstür stand einen Spalt breit offen.

„Bleiben Sie hinter mir", wies der Ermittler ihn an.

Sinjin folgte ihm ins Haus. Die unheimliche Stille, die sie in der Eingangshalle begrüßte, jagte ihm einen Schauer über den Rücken. Winzige Staubpartikel tanzten in der Sonne, die durch das Oberlicht über der Tür hereinfiel, ansonsten regte sich nichts. Keine alltäglichen Geräusche, keine Stimmen ... Doch, da war etwas! Ein leises Scharren. Sinjin lauschte angestrengt und versuchte zu ergründen, woher es kam. Er gestikulierte in Richtung Gang.

Kent nickte knapp, und gemeinsam schlichen sie den Korridor entlang tiefer in das Haus hinein. Das Scharren wurde lauter, es schien aus dem Zimmer zu kommen, auf das sie zusteuerten ... der Salon, aus dem Sinjin Polly vor wenigen Tagen hinausgezerrt hatte. Leise näherten sie sich der geöffneten Tür, pressten sich kurz davor jedoch an die Wand, um nicht gesehen zu werden. Der Ermittler deutete auf seine Brust und dann auf die Wohnstube, bevor er Sinjin die Handfläche vors Gesicht hielt.

Die Bedeutung seiner Gesten war unmissverständlich: *Ich gehe rein, Sie bleiben hier.*

Nur über seine Leiche.

Er wartete ein paar Sekunden, bis Kent im Salon verschwunden war und er dessen ruhigen Befehl vernahm: „Keine Bewegung. Bleiben Sie ruhig, ich möchte mich nur unterhalten."

„*Verdammter Mist*", donnerte eine tiefe Stimme, die geradewegs aus Sinjins Albträumen stammte.

Ohne zu zögern, stürmte er ebenfalls in das Zimmer, wo sich ihm ein erschreckender Anblick bot: Nicoletta lag auf dem Boden, einen dunkelroten Fleck auf der Brust, während ein muskelbepackter, schwarzhaariger Mann, eine Pistole in der Hand haltend, sich über sie beugte. Die Waffe hatte er nun auf Kent gerichtet. Instinktiv sprang Sinjin auf Pollys Bruder zu und stieß ihn beiseite, als auch schon ein ohrenbetäubender Schuss ertönte.

DREI TAGE SPÄTER VERLIESS POLLY AN SINJINS ARM DAS HAUS
und trat hinaus in den Sonnenschein, wo sein glänzender Phaeton
mit den beiden rotbraunen Pferden bereitstand.

„Ich kann nicht glauben, dass wir eine Spazierfahrt unternehmen", murmelte sie. „Das ist so ..."

„Alltäglich?" Auf ihr Nicken hin drückte er ihre Hand, bevor
er ihr in die Kutsche half. „Nach allem, was passiert ist, haben wir
uns ein wenig Normalität verdient, oder nicht?"

Dem konnte sie nur zustimmen.

Vor drei Tagen hatten Sinjin und Ambrose Miss French mit
einer Kugel im Herzen vorgefunden ... und ihren Mörder noch
dazu, der sofort die Waffe gegen sie richtete. Glücklicherweise
konnte Sinjin verhindern, dass noch jemand zu Schaden kam,
indem er ihren Bruder beiseite stieß. Leider war der Schurke
entkommen, aber immerhin wusste man nun, was wirklich in
jener Nacht im Corbett's vorgefallen war.

Ambrose hatte auf Nicolettas Schreibtisch einen Erpressungs-
brief entdeckt, in dem sie fünftausend Pfund von Sinjin verlangte.
Sollte er ihrer Forderung nicht nachkommen, drohte sie, ihn
wegen Körperverletzung anzuzeigen. Sie habe Corbett von ihrer

Geschichte überzeugt und werde ihn als Zeugen benennen. Weiterhin wolle sie sämtliche Klatschblätter über Lord Revelstokes gewalttätige Anwandlungen informieren und seinen Ruf für immer ruinieren.

Der Plan schien bis ins kleinste Detail ausgeklügelt, doch irgendetwas musste zwischen Nicoletta und ihrem Komplizen schiefgelaufen sein. Ambrose und seine Partner vermuteten, dass sie sich womöglich über das Geld gestritten hatten, woraufhin der Schurke seine Geliebte im Affekt erschoss. Gegenwärtig wurde nach dem Mitverschwörer und Mörder gefahndet.

Obwohl noch nicht alle Fragen geklärt waren, glaubte ihr Bruder nunmehr Sinjins Beteuerungen, nicht der Täter, sondern das Opfer zu sein. Die Beweislage war eindeutig ... Noch dazu hatte der junge Graf ihm das Leben gerettet.

Aus diesem Grund hatte er Polly auch gestattet, mit ihrem heldenhaften Verehrer eine Kutschfahrt ohne Begleitung zu unternehmen, allerdings in einem offenen Gefährt. Auch wenn sie nur eine kurze Runde durch den Hyde Park drehen würden, freute sie sich auf ein wenig Zweisamkeit.

Er ließ sich neben ihr auf dem Sitz nieder und nahm die Zügel in die Hand. Jetzt, da die Gefahr vorüber war, wurde Polly erst bewusst, wie sehr die ganze Angelegenheit ihn belastet hatte. Mit einem Mal schienen seine Sorgen wie weggeblasen, seine Aura war nicht länger dunkel und hoffnungslos, sondern erstrahlte mit solcher Kraft, dass es ihr den Atem raubte.

Sein Blick war klar, seine attraktiven Züge entspannt. In seinem blauen Gehrock, der gestreiften Weste und der beigefarbenen Hose, die seine muskulöse Statur vortrefflich zur Geltung brachten, war er der Inbegriff von Männlichkeit.

Sie selbst trug ihr bestes Ausgehkleid – ein gepunktetes Gewand aus weißem Musselin mit Rüschen um Mieder und Ärmel –, kam sich neben ihm jedoch nach wie vor unzulänglich und unscheinbar vor. Vielleicht sollte sie sich doch irgendwann an einen etwas modischeren Schnitt wagen. Andererseits ... wie

könnte sie sich je mit seiner Perfektion messen? Am Ende ging
der Versuch womöglich nach hinten los und sie sähe noch
alberner aus, wie ein Rebhuhn, das sich mit fremden Schwanenfe-
dern schmücken wollte.

Mit einem geübten Zügelschlag setzte Sinjin die Kutsche in
Bewegung, und sie zwang sich, den hart erkämpften Moment
mit ihm zu genießen. Der Lärm der geschäftigen Londoner
Straßen – ratternde Kutschen und Karren, feilschende Händler
und Ladenbesitzer – machte es ihnen unmöglich, tiefgehende
Gespräche zu führen, zumindest bis sie den Park erreicht
hatten. Sobald sie die Tore der weitläufigen Grünanlage passierten, wich das wilde Treiben einer angenehmen Hintergrundbe-
schallung aus Vogelgezwitscher und murmelnden Stimmen
anderer Herrschaften, die zu Pferd oder zu Fuß unterwegs
waren.

Polly bemerkte die neugierigen Blicke, die sie auf sich zogen ...
was sie nicht weiter überraschte. Sinjin erregte überall Aufmerksamkeit. Innerhalb weniger Stunden würde die ganze Stadt
Bescheid wissen, dass man ihn in ihrer Begleitung gesehen hatte.
Ein ungutes Gefühl breitete sich in ihr aus. Sie hatte auch so
schon ihre Zweifel an einer gemeinsamen Zukunft mit ihm, ohne
dass die feine Gesellschaft ihre Beziehung unter die Lupe nahm.

„Wir halten uns besser von der Rotten Row fern", merkte
Sinjin an, als hätte er ihre Gedanken erraten. „Dort ist immer viel
zu viel los."

Er lenkte ihren Wagen in einen ruhigeren Teil des Parks,
entlang des Ufers der Serpentine. Sie kam nicht umhin zu bewundern, wie selbstsicher er die Zügel führte. Er brauchte keine
unnötigen Bewegungen oder Befehle, seine Pferde wussten auch
so, wer das Sagen hatte.

In gewisser Weise konnte sie es den Tieren nachempfinden,
denn auch sie hatte die Bestimmtheit und Autorität seiner Berührungen genossen. Kurz verlor sie sich in der sinnlichen Erinnerung an ihr intimes Stelldichein in seiner Kutsche. Mehr als

einmal hatte sie diese magischen Momente im Stillen Revue passieren lassen.

„Woran denkst du gerade?", fragte er beiläufig.

Sie errötete und versuchte, sich etwas einfallen zu lassen, da sie ihm unmöglich von ihren schamlosen Fantasien erzählen konnte. „Ich habe mich nur gefragt, wie du dich fühlst, jetzt, da diese schreckliche Angelegenheit mit Nicoletta French aufgeklärt wurde."

„Ich bin erleichtert", gab er zu. „Allerdings wird es mir noch besser gehen, sobald dein Bruder ihren Komplizen gefasst hat. Es gibt noch ein paar offene Fragen zu klären." Er runzelte die Stirn. „Zum Beispiel würde ich gerne wissen, warum die beiden nicht schon früher versucht haben, mich zu erpressen. Warum haben sie so lange damit gewartet?"

„Vielleicht wussten sie nicht, dass du dich bei Mrs Barlow aufgehalten hast?", mutmaßte Polly. „Oder vielleicht wollten sie erst das Bestech ... das Geld deines Vaters einheimsen, bevor sie dich ausquetschten."

„Nenn die Dinge ruhig beim Namen: Mein Vater hat sie für ihr Schweigen bezahlt", sagte er trocken. „Und vermutlich hast du recht, was den Rest anbelangt."

Seine Miene blieb unverändert, doch ein dunkler Schatten hatte sich in seine schillernde Aura geschlichen. Nicht zum ersten Mal wunderte sie sich über seine Familienverhältnisse. Sie konnte sich immer auf ihre Liebsten verlassen, deshalb verstand sie einfach nicht, warum der Herzog von Acton nicht an die Unschuld seines Sohnes hatte glauben wollen. Vielleicht bot sich ihr nun eine günstige Gelegenheit, um ein wenig mehr zu erfahren.

„Hast du mit ihm über die jüngsten Entwicklungen gesprochen?", fragte sie behutsam.

Sein Kiefer zuckte kaum merklich. „Ich habe ihm eine Nachricht zukommen lassen."

„Und? Hat er geantwortet?"

Er nickte knapp, sagte jedoch nichts weiter.

„Was hält er von der ganzen Sache?", hakte sie nach.

Sinjin zuckte nur gleichgültig mit den Schultern. „Er freut sich, dass die Angelegenheit geklärt ist und hofft, dass ich zukünftig den Namen der Familie nicht mehr in den Schmutz ziehen werde."

„Aber du hast doch gar nichts getan", warf sie empört ein. „Es war nicht deine Schuld, dass diese Schurken es auf dich abgesehen hatten. Du warst das Opfer in dieser Situation. Wie kann er dich dafür verantwortlich machen?"

„Ganz so unschuldig war ich auch nicht", bemerkte er mit einem Anflug von Sarkasmus. „Außerdem bin ich es gewohnt, dass er mich für alles verantwortlich macht, was schiefläuft. Ich bin nun mal das schwarze Schaf der Familie. Mein älterer Bruder, Stephan, war das Vorzeigekind, und das mit gutem Recht. Dermaßen perfekt, dass es beinahe hassenswert war ... Aber eben auch der anständigste Kerl, den ich je kannte."

Seine Trauer umhüllte ihn wie ein schwerer Mantel. „Du vermisst ihn", sagte sie leise.

„Ja."

„Du hast doch noch einen Halbbruder, nicht wahr?"

„Theodore ist ein Einfaltspinsel", erwiderte er verächtlich. „Kein Wunder, wenn man bedenkt, wer ihn zur Welt gebracht hat."

Himmel, er war wirklich nicht gut auf seine Familie zu sprechen. Also konzentrierte sie sich stattdessen auf seine Vergangenheit: „Was ist mit deiner leiblichen Mutter? Standet ihr euch nahe?"

„Sie starb, als ich fünf war." Seine Worte wurden von einem Wirrwarr aus widersprüchlichen Emotionen begleitet. „Man hat sie nicht groß betrauert. Catherine Pelham war ein Schandfleck in der Geschichte der Actons. Sie stammte aus einer kaufmännischen Familie – mein Vater heiratete sie nur, um seine finanzielle Lage zu verbessern – und hatte die skandalöse Angewohnheit, sich mit zahlreichen Liebhabern zu vergnügen. Mit einem von ihnen brannte sie schließlich durch. Ihr Schiff sank vor der Küste Dorsets."

Hinter seinen zynischen Worten konnte Polly tiefen Kummer ausmachen … und Sehnsucht.

„Trotz allem war sie deine Mutter", erwiderte sie sanft.

Das Laub der Bäume, unter denen sie dahinrollten, warf ein Gitter aus Schatten über sein Gesicht. „Ich erinnere mich kaum an sie", sagte er mit rauer Stimme. „Aber ich weiß noch, dass sie viel lachte und mir stets Schlaflieder vorzusingen pflegte. *Schlaf, mein Kindchen, sieben Stund'* … Ich höre immer noch die Melodie in meinem Kopf."

„Das hat meine Mutter uns auch immer vorgesungen. Sie starb, als ich sechs war. Ich vermisse sie jeden Tag."

„Erzähl mir mehr von deiner Familie."

Er schien wirklich an ihr interessiert zu sein, weshalb es ihr nicht schwerfiel, sich ihm zu öffnen. Sorgfältig darauf bedacht, jegliche Erwähnung ihrer seltsamen Fähigkeit zu vermeiden, berichtete sie ihm von ihrer Kindheit in Chudleigh Crest, der gemütlichen Hütte, in der sie wohnten, dem klaren Bach, in dem sie mit ihren Geschwistern zu schwimmen pflegte, sowie dem Schulgebäude, in dem ihr Vater seine Weisheit mit Generationen von wissbegierigen Kindern teilte. Bereitwillig erzählte sie ihm von den schönen, aber auch von den harten Zeiten.

Über Rosie wollte sie jedoch nicht sprechen. Ihr Streit und die daraus resultierende Entfremdung machten ihr noch immer schwer zu schaffen. Zum Glück gab es genug andere Themen und abenteuerliche Anekdoten, mit denen sie ihn unterhalten konnte. Mehrmals lachte er sogar laut auf.

Als er sich nach dem großen Altersunterschied zwischen ihr und Ambrose erkundigte, erklärte sie: „Er ist eigentlich mein Halbbruder, Vaters Sohn aus erster Ehe, aber ich liebe ihn ebenso sehr wie alle meine anderen Geschwister. Tatsächlich hat er in gewisser Weise die Vaterrolle bei uns übernommen und sich seit jeher aufopferungsvoll um uns gekümmert."

„Deswegen will er dich um jeden Preis beschützen."

Sie nickte. „Ambrose ist ein beispielloser Bruder ... und ein guter Mann. Gerechtigkeit steht bei ihm an erster Stelle. Er wird nicht eher ruhen, bis auch dein Fall abgeschlossen ist."

„Hoffentlich früher als später. Ich habe dringliche Pläne."

Verwundert legte sie den Kopf schief. „Und die wären?"

„Du und ich, Polly. Oder besser gesagt: wir."

Sein träges, sinnliches Grinsen ließ ihr Herz schneller schlagen. Bevor sie jedoch etwas erwidern konnte, kam ihnen eine andere Kutsche entgegen. Sinjin grüßte die Insassen höflich, deren neugierige Blicke ihnen noch lange folgten, nachdem sie einander passiert hatten.

„Ich habe mir geschworen, dich mit einer reinen Weste zu umwerben ... zumindest einer, die nicht von Erpressung und Mord besudelt ist", korrigierte er sich. „Meine Vergangenheit kann ich leider nicht ungeschehen machen."

„Das sollst du auch gar nicht", protestierte sie. „Sie hat dich zu dem Mann gemacht, der du heute bist."

„Und dieser Mann gefällt dir? Du glaubst an ihn?"

Trotz seines neckischen Tonfalls konnte sie wieder diese unterschwellige Verletzlichkeit in seiner Aura wahrnehmen. Wie faszinierend, dass dieser umwerfende, kraftstrotzende Gentleman so viel Wert auf ihre Meinung legte. Wenn man jedoch das Verhältnis zu seiner Familie in Betracht zog, war es wiederum gar nicht so verwunderlich. Die jungenhafte Sehnsucht, die er ausstrahlte, versetzte ihr einen Stich ins Herz.

„Natürlich glaube ich an dich", bekräftigte sie.

„Würdest du mir dann den Gefallen tun und etwas aus meiner linken Westentasche herausholen? Ich habe gerade keine Hand frei."

Verwirrt runzelte sie die Stirn, tat jedoch, worum er sie gebeten hatte. Als ihr Blick auf eine mit Samt überzogene Schatulle fiel, erstarrte sie. Womöglich befand sich ein Verlobungsring darin, und sie war sich nicht sicher, ob sie dafür schon bereit war. Oder aber es war ein weiteres belangloses Geschenk, wie das Amulett zu ihrem Geburtstag, und auch darüber wäre sie nicht unbedingt erfreut.

„Öffne sie", sagte er.

Als sie den Deckel anhob, blieb ihr vor Staunen die Luft weg.

Es war kein Ring, sondern eine Halskette, die zweifellos mit viel Liebe und Sorgfalt ausgewählt worden war. Sie lag auf einem Bett aus strahlend weißem Satin und bestach durch ihre schlichte Eleganz: ein makelloser, aquamarinblauer Cabochon, eingefasst in filigranes Gold. Behutsam hob sie das Schmuckstück heraus und hielt es gegen das Sonnenlicht, sodass die ozeanfarbenen Facetten des perfekt geschliffenen Steins auf atemberaubende Weise funkelten.

„Er hat mich an deine Augen erinnert ... obwohl natürlich nichts deren Schönheit gleichkommt", flüsterte er heiser. „Alles Gute nachträglich zum Geburtstag."

„Aber du hast mir doch bereits etwas geschenkt" platzte sie heraus ... und bereute es sofort. Sie wollte den kostbaren Moment nicht ruinieren, indem sie jenen unangenehmen Vorfall erwähnte.

„Das Ding war wertlos. Außerdem wissen wir doch beide, dass es nicht meiner Mutter gehörte", sagte er und fügte mit geröteten Wangen hinzu: „Das Medaillon wurde mir als ein, äh ... Andenken zugeschickt. Von wem, weiß ich nicht. Ich hatte es an dem Abend zufällig dabei."

Es gefiel ihr, dass er nicht versuchte, sich herauszureden, sondern offen und ehrlich war. „Warum hast du es mir dann überhaupt gegeben?", fragte sie neugierig.

„Eigentlich hatte ich es gar nicht vor", gestand er stirnrunzelnd. „Aber ich war mitten in deine Feier hineingeplatzt und wollte einfach ... dazugehören. Etwas dazu beitragen. Eine miserable Idee, ich weiß."

Seine Aufrichtigkeit wärmte ihr das Herz. Gleichzeitig wurde ihr bewusst, dass sie ihn auch in dieser Hinsicht völlig falsch eingeschätzt hatte. Sie dachte, er habe ihr das Amulett aus Berechnung geschenkt, weil er es gewohnt war, Frauen auf diese Art um den Finger zu wickeln. Dabei war die Wahrheit so viel simpler: Er wollte sich einfach an einer Familienfeier beteiligen. Kein Wunder, wenn man seine eigenen Verhältnisse bedachte.

„Es war eine umsichtige Geste", sagte sie mit einem Anflug von Reue. „Und ich muss mich für meine ungebührende Reaktion entschuldigen."

„Du bist eben äußerst scharfsinnig, Polly", entgegnete er und musterte sie eindringlich. „Weißt du, manchmal glaube ich, dass deine Augen durch alles hindurchsehen können, vorbei an verschlungenen Windungen und hinter falsche Tatsachen. Geradewegs ins Herz der Angelegenheit."

Nehmt euch in Acht vor der seltsamen Polly ... sie sieht in eure Köpfe hinein ... Passt bloß auf, da kommt die seltsame Polly ...

Ihr Herz begann, panisch zu hämmern. „Ich bin nicht scharfsinnig oder irgendwie anders als andere. Ich bin eine ganz normale ..."

„Da muss ich dir widersprechen. Du bist etwas Besonderes."

Die Wärme in seinem Blick beruhigte sie. In seiner Gegenwart fühlte sie sich tatsächlich besonders ... aber auf eine gute Art. So einzigartig und schön wie die Kette, die er ihr geschenkt hatte. Aber genau darin lag auch das Problem. Um ihr Geheimnis zu wahren, musste sie eine Zweckehe eingehen, doch Sinjin erweckte ein Verlangen nach Intimität in ihr. Wie sollte sie ihr Herz schützen, wenn sie einwilligte, ihn zu heiraten?

Andererseits ... wie sollte sie der magnetischen Anziehungskraft zwischen ihnen widerstehen?

„Du bist ebenfalls etwas Besonderes", sagte sie leise.

„Wenn das so ist ... Erwähnte ich schon, dass es auch einen passenden Ring zu dem Collier gibt?"

Sein Wink mit dem Zaunpfahl brachte sie zum Lachen. „Die Kette reicht fürs Erste völlig. Danke, Sinjin, sie ist wirklich unbeschreiblich schön." Sie warf noch einen letzten, bewundernden Blick auf das Schmuckstück, bevor sie es behutsam zurück in die Schatulle legte und diese in ihrem Pompadour verstaute.

„Ich habe versprochen, dich standesgemäß zu umwerben, und das habe ich auch vor", sagte er, doch dann flackerte etwas in seinen Augen auf. „Aber um ehrlich zu sein, kann ich es kaum erwarten, dich zu der meinen zu machen. Ich verliere jedes Mal fast den Verstand, wenn ich an unsere letzte *Kutschenfahrt* denke."

„Ich musste auch öfter daran denken", gestand sie schüchtern.

„Ach, tatsächlich?", flüsterte er heiser. „Und hast du dich dabei auch berührt ... so wie ich?"

Glühende Hitze schoss ihr in die Wangen. Zum Glück verdeckte die breite Krempe ihrer Schute ihr hochrotes Gesicht vor den Blicken vorbeifahrender Kutschen.

„Das ist sündhaft", zischte sie, nachdem ein weiterer Wagen sie passiert hatte.

„Oh, absolut. Und ... hast du es getan?"

„Natürlich *nicht*."

„Würdest du es denn tun?" Lust und Herausforderung lagen in seinem Blick. „Die Vorstellung, wie du deine feuchte, kleine Pussy berührst, während ich mir Erleichterung verschaffe ... Verdammt, ich würde alles dafür geben."

Seine verruchten Worte entfachten ein Feuer verbotener Leidenschaft in ihr. Um ehrlich zu sein, war es unerträglich gewesen, an seine heißen Küsse und geschickten Finger zu denken, ohne diese Spannung abbauen zu können. Auch jetzt pulsierte dieses vertraute Verlangen durch sie. Wäre es wirklich so verwerflich, etwas gegen diese aufgestaute Frustration zu unternehmen ... sich geheimen Intimitäten hinzugeben, von denen nur sie beide wüssten?

„Also gut", sagte sie langsam.

Seine Augen weiteten sich. „Ist das dein Ernst?"

Zu sehen, wie er vor Lust *erbebte*, vertrieb auch ihre letzten Bedenken. Es erregte sie ungemein, dass ein weltgewandter Mann wie er dermaßen heftig auf sie reagierte. Wann immer sie bei ihm war, fühlte sie sich so viel ungezwungener, so viel wohler in ihrer eigenen Haut. Offenbar färbte seine Kühnheit auf sie ab ... und das gefiel ihr.

„Ich gehe um Mitternacht zu Bett", informierte sie ihn.

„Ich halte mich bereit ... in meinem eigenen Bett, meine ich", erwiderte er mit einem anzüglichen Grinsen. „Woran wirst du denken, wenn du allein im Dunklen liegst?"

„Daran, wie du mich küsst." Kühner wagte sie nicht zu antworten.

„Wo?"

„Sinjin!", protestierte sie lachend. „Ich habe dir den kleinen Finger gereicht, fordere nicht auch noch die ganze Hand."

„Na schön, ich halte mich ausnahmsweise zurück", sagte er mit einem Augenzwinkern. „Allerdings erwarte ich bei unserer morgigen Spazierfahrt einen ausführlichen Bericht."

„Oh ... morgen kann ich nicht", erwiderte sie verlegen. „Ich meine, ich würde ja gerne, aber ich habe bereits andere Pläne."

Pläne, auf die sie sich gar nicht freute und die sie beinahe vergessen hätte, wenn Thea sich am heutigen Morgen nicht erkundigt hätte, ob sie noch eine Anstandsdame für das Picknick der Pickering-Parks bräuchte. Da es nun zu spät war, abzusagen, wollte Polly die Gelegenheit dazu nutzen, um die Lage zwischen Nigel und ihr zu klären. Obwohl offiziell keine Versprechungen gemacht worden waren, ahnte sie, dass er vorhatte, sie zu umwerben. Sie wollte ihm persönlich (und hoffentlich auf subtile sowie umsichtige Weise) mitteilen, dass derartige Avancen nicht länger erwünscht seien.

„Um welche Veranstaltung handelt es sich? Vielleicht bin ich ja auch eingeladen."

Seine Anwesenheit war nun wirklich das Letzte, was sie gebrauchen konnte. Er würde die ohnehin schon delikate Situation nur noch verkomplizieren.

„Die Pickering-Parks richten ein Picknick auf ihrem Anwesen

in Hampstead aus", teilte sie ihm widerwillig mit. „Ich bin mir sicher, dass es dir nicht gefallen würde. Du würdest dich bestimmt nur langweilen."

„Warum das?", fragte er und zog eine Braue hoch.

„Weil hauptsächlich nur Mauerblümchen und Witwen zugegen sein werden. Und verzweifelte Gentlemen, die versuchen, sich das zu angeln, was vom Heiratsmarkt übrig geblieben ist. Insgesamt also nur fade Gesellschaft und kaum Unterhaltung ..."

„Die Dame, wie mich dünkt, gelobt zu viel", zitierte Sinjin und musterte sie argwöhnisch. „Warum nur habe ich das Gefühl, dass du mich nicht dort haben willst?"

„Das stimmt doch gar nicht. Ich, äh, will dir lediglich einen öden Nachmittag ersparen." Sie bemühte sich um einen gleichgültigen Tonfall. „Aber bitte, geh ruhig hin, wenn du unbedingt möchtest."

„Wie es der Zufall will, wurde ich gar nicht eingeladen."

„Du wirst auch nichts verpassen."

Zu ihrer Erleichterung ließ er das Thema damit fallen, und sie verbrachten den Rest der Fahrt mit ausgelassenen Neckereien und Gelächter. Als er sie schließlich nach Hause brachte und bis zur Tür begleitete, verbeugte er sich über ihrer Hand.

„Bis heute Nacht, Kätzchen", murmelte er heiser. „Wenn wir uns im Traum begegnen."

Mit rosigen Wangen verabschiedete sie sich und ging wie auf Wolken hinein.

❦ 22 ❦

Als Polly und Thea tags darauf auf dem Anwesen der Pickering-Parks eintrafen, war das Picknick bereits in vollem Gang. Es fand im Garten des weitläufigen Grundstücks statt, das an den malerischen Park Hampstead Heath angrenzte, hinter dem prunkvollen Herrenhaus in italienischem Stil. Sie wurden von Mrs Pickering-Parks begrüßt, einer hageren Dame, deren Vorliebe für die Farbe Rosa sich nicht nur in ihrer Garderobe widerspiegelte, sondern auch in der ihres Sohnes. Nigel stand schwitzend neben seiner Mutter, gekleidet in einen braun-rosa karierten Anzug aus Kammgarn, und eine fuchsienfarbige Weste spannte sich über seinen beachtlichen Bauchumfang.

„Wir haben seit Neuestem Karpfen in unserem chinesischen Teich", verkündete die Gastgeberin stolz. „Nach dem Mittagessen wird mein Sohn Ihnen gerne alles zeigen."

„Selbstverständlich", beteuerte dieser, bevor er, an Polly gewandt, hinzufügte: „Haben Sie schon das Buch ausgelesen, das ich Ihnen zum Geburtstag schicken ließ?"

Sie hatte es noch nicht einmal aufgeschlagen. „Äh ... noch nicht ganz. Aber es war sehr umsichtig von Ihnen ..."

„Wie bedauerlich, dass Sie die Abhandlung noch nicht

studiert haben", unterbrach er sie. „Ohne sie werden Sie meine neuste Errungenschaft leider kaum verstehen ..."

„Lass uns später über deine alten Knochen sprechen, Schätzchen", fiel seine Mutter ihm eilig ins Wort. „Lady Tremont und Miss Kent würden sich gewiss zuerst gerne ein wenig stärken."

„Wir können das Thema ja später vertiefen", sagte Polly zu Nigel.

Dieser strahlte erfreut, woraufhin sie sich noch unbehaglicher fühlte. Hoffentlich würde er das, was sie ihm zu sagen hatte, nicht allzu schwer aufnehmen. Andererseits ... Womöglich war es ihm auch völlig egal, immerhin galt das leidenschaftliche Interesse, das seine Aura versprühte, allein seiner Lieblingsbeschäftigung.

Ein Lakai führte Polly und Thea zu dem Picknickbereich im Garten, wo unter einem rosafarbenen Zelt mehrere aufwendig geschmückte Tische aufgestellt worden waren. Während ein Streichquartett den heißen Sommertag mit heiterer Musik untermalte, eilten die Bediensteten schwitzend umher und reichten Erfrischungen. An den Gartenspielen – ein breites Angebot von Bogenschießen bis Ringwurf – beteiligte sich niemand, da die Hitze, das Essen sowie viel zu viele Lagen an Kleidung die Gäste träge machten.

Polly und Thea suchten sich einen ruhigen Platz, wo sie an ihrer eisgekühlten Limonade nippten und winzige Sandwiches sowie eine Auswahl an Früchten genossen. Es waren außergewöhnlich viele Herren der Gesellschaft anwesend, und offenbar wurden die Anstandsregeln, was den gegenseitigen Verkehr zwischen den Geschlechtern betraf, nicht allzu streng eingehalten. Wahrscheinlich drückten sämtliche Mütter und Anstandsdamen angesichts der bald endenden Ballsaison ein Auge zu, in der Hoffnung, ihre Schützlinge könnten doch noch eine geeignete Partie finden, bevor es zu spät war.

„Ich wünschte, Rosie hätte uns begleitet", seufzte Polly schweren Herzens. „Hier wimmelt es nur so von heiratswilligen Gentlemen."

„Sie wird sich schon wieder beruhigen", versicherte Thea ihr mitfühlend. „Ihr beiden liebt einander viel zu sehr, als dass dieser Streit euch auf Dauer entzweien könnte."

Polly wünschte, sie wäre ebenso optimistisch wie ihre Schwester. Seit fünf Tagen zeigte Rosie ihr nun die kalte Schulter. Sie bereute die forschen Worte, die sie ihrer besten Freundin an den Kopf geworfen hatte, wusste allerdings auch nicht, wie sie die Sache geradebiegen sollte. Die Angelegenheit legte sich wie ein dunkler Schatten über ihr sonst so glückliches Gemüt.

„Was, wenn das, was ich getan habe, unverzeihlich war?", murmelte sie niedergeschlagen.

„Wohl kaum. Du konntest die Gefühle zwischen dir und dem Grafen doch nicht vorausahnen. Außerdem magst du ihn wirklich, oder nicht?"

Das war wohl die Untertreibung des Jahrhunderts, insbesondere, wenn sie daran dachte, was sie letzte Nacht im Bett getan hatte, wohl wissend, dass er das Gleiche tat. Sie errötete bis zu den Haarwurzeln. „Natürlich mag ich ihn. Womöglich sogar zu sehr."

„Inwiefern?"

Zögerlich gestand Polly ihrer Schwester ihre Angst, weder ihr Herz noch ihr Geheimnis schützen zu können, sollte sie Sinjin heiraten.

„Aber warum solltest du dein wahres Ich vor deinem Ehemann verheimlichen wollen?"

Theas Aura spiegelte Verwunderung wider, was Polly nicht weiter überraschte. Alle ihre Geschwister hatten das Glück, besonders innige Beziehungen mit ihren Vermählten zu führen. Bei Thea und Tremont beobachtete sie sogar häufig eine Verschmelzung der leuchtenden Energie, die sie umgab.

„Weil ich weiß, wie es ist, deswegen zurückgewiesen zu werden", erklärte sie geradeheraus. „Und ich könnte es nicht ertragen, wenn es bei Sinjin ebenso wäre."

Ihre Schwester musterte sie eingehend. „Du würdest mir

sowieso nicht glauben, wenn ich dir wieder einmal sagte, dass du dich deiner Gabe nicht zu schämen brauchst und perfekt bist, so wie du bist, nicht wahr?"

Natürlich war Thea davon überzeugt. Ihre Familie liebte und unterstützte sie bedingungslos, aber sie sahen Polly nicht mit den Augen, mit denen der Rest der Welt sie betrachtete.

„Nein", erwiderte sie ehrlich. „Aber danke, dass du so über mich denkst."

„Und wenn ich behauptete, dass Revelstoke dich nie zurückweisen würde, wenn du ihm wirklich wichtig bist – wovon ich im Übrigen überzeugt bin –, würdest du mir auch nicht glauben?"

Sie wünschte, sie könnte es. Langsam schüttelte sie den Kopf.

„Dann bleibt uns nichts anderes übrig, als abzuwarten, meine Liebe. Wenn ich dir jedoch einen Rat geben darf? In der Liebe, wie in so vielen Dingen, die es wert sind, muss man manchmal etwas wagen. Du allein entscheidest, ob Revelstoke dir dieses Risiko wert ist." Thea lächelte sie liebevoll an, bevor ihr Blick auf etwas hinter ihr fiel. „Oh, da kommt der Grund für deinen heutigen Besuch."

Polly drehte sich um und sah Nigel auf sie zusteuern.

„Miss Kent." Seine Verbeugung drohte, die Knöpfe an seiner Weste zu sprengen. „Wir waren für eine Runde um den Teich verabredet, wenn ich mich recht entsinne."

Er führte sie über den gepflegten Rasen in Richtung eines bewaldeten Pfads, an dessen Ende sich besagter Teich befinden sollte. Thea folgte ihnen in gebührendem Abstand, um ihr die Privatsphäre zu gewähren, die sie für ihre unangenehme Aufgabe benötigte.

Bevor sie jedoch etwas sagen konnte, verfiel Nigel in einen ausschweifenden Monolog über sein Lieblingsthema. „Wie Sie wissen, war ich jüngst auf einer Expedition in Sussex, wo ich ein wirklich atemberaubendes Exemplar erstanden habe."

„Oh?" Wie sollte sie ihm subtil zu verstehen geben, dass sie nicht länger an seinem Werben interessiert war? Wenn er es denn überhaupt je als solches betrachtet hatte. Die ungenaue Natur ihrer Beziehung verkomplizierte die Lage, aber trotzdem wollte sie das, was auch immer zwischen ihnen war, auf respektvolle Weise beenden.

„Einen Ichthyosaurus. Noch dazu ein vollständig erhaltenes Skelett!" Sein schweißnasses Gesicht strahlte vor Begeisterung.

„Wie, äh, aufregend", murmelte sie, bevor sie all ihren Mut zusammennahm und ansetzte: „Mr Pickering-Parks, ich habe selbst eine Entdeckung gemacht, die meine Zukunft betrifft ..."

„Ich habe zwei andere Sammler überboten. Es war der bisherige Höhepunkt meines Lebens", fuhr er unbeirrt fort.

„Was ich sagen wollte, ist, dass ich jüngst jemanden kennenlernte, der ..."

„Allerdings ist der Ichthyosaurus nichts im Vergleich zu der Spur, die ich aktuell verfolge", prahlte er, als hätte er ihr überhaupt nicht zugehört.

So war es schon immer mit ihm gewesen. Bislang hatte sie seine Ichbezogenheit stets begrüßt, weil er sie kaum beachtete, aber mittlerweile fand sie diese ... irritierend. Natürlich war es nicht seine Schuld, dass ihre Gefühle diesbezüglich sich geändert hatten, aber es war nun einmal geschehen. Sie wollte sich nicht länger mit einer einseitigen Beziehung, einer leidenschaftslosen Zweckehe zufriedengeben. Sie wollte ... mehr.

Und das alles nur wegen Sinjin.

Von Anfang an hatte er ihr das Gefühl vermittelt, der Fokus seiner ungeteilten Aufmerksamkeit zu sein, selbst wenn sie sich in den Haaren lagen. Wann immer sie sich in seiner Gegenwart aufhielt, sogar in einem Raum voller Menschen, spürte sie eine unsichtbare Verbindung zwischen ihnen. Es war mehr als nur körperliche Anziehung, obwohl es davon mehr als genug gab. Nein, er verlieh ihr das Gefühl, etwas Besonderes zu sein. So sehr sie es genoss, machte ihr diese Erkenntnis auch Angst.

Ihr ganzes Leben lang hatte sie versucht, sich unauffällig zu verhalten. Nun aber war einer der unwiderstehlichsten und attraktivsten Männer, denen sie je begegnet war, an ihr interessiert, wollte sie sogar heiraten ... und alles, was sie tun musste, war „ja" zu sagen.

In der Liebe, wie in so vielen Dingen, die es wert sind, muss man manchmal etwas wagen.

War Sinjin das Risiko wert? War sie bereit für die mögliche Zurückweisung und den Schmerz?

Während Nigel munter weiterplapperte, hörte sie in ihr Herz hinein, um die Antwort zu erfahren. Um ehrlich zu sein, wusste sie nicht, warum es so lange gedauert hatte, zu dieser unausweichlichen Einsicht zu gelangen. Sie war sich sicher, so sicher wie die Wärme des Edelsteins an ihrer Brust, den Sinjin ihr geschenkt hatte.

Ich bin dabei, mich in ihn zu verlieben.

Die Erkenntnis durchfuhr sie wie ein Blitz. Ihr Herz hatte sie bereits an ihn verloren, also konnte sie ihn genauso gut heiraten und alles daran setzen, ihre seltsame Fähigkeit geheim zu halten.

Jegliches Risiko, das sie einging, musste genauestens kalkuliert sein. Im Gegensatz zu Thea plagte sie nicht einfach nur ein körperliches Leiden. Sie, Polly, war anomal, eine Laune der Natur. Sie wusste, wie Männer auf die Wahrheit reagierten. Der Gedanke an Brockhurst erfüllte sie mit Panik. Hoffentlich würde er ihr Geheimnis mit ins Grab nehmen.

Zwar nagten Gewissensbisse an ihr, wenn sie sich vorstellte, Sinjin gegenüber nicht ganz ehrlich zu sein, aber andererseits war *er* ja derjenige, der keine intime Beziehung wollte. Er hatte auf Privatsphäre bestanden, also folgte sie im Prinzip ja nur seinen Regeln, nicht wahr? Außerdem hielt er nichts von Liebe, weshalb sie ihre Gefühle ebenfalls für sich behalten und keine emotionalen Zugeständnisse von ihm verlangen würde.

Alles in allem könnte eine Vermählung mit ihm ihr mehr Glück bescheren, als sie sich je zu erhoffen gewagt hätte ... vielleicht sogar eine richtige Familie. Ihre Brust verkrampfte sich, als sie das Bild eines kleinen Jungen mit rotbraunem Haar und stechend blauen Augen vor ihrem geistigen Auge sah.

„Wie Sie wissen, bin ich Mitglied der *Gesellschaft zur Erforschung von Antiquitäten und historischen Artefakten*", sagte Nigel gerade. „Unter meinen Kollegen munkelt man von aufregenden neuen Funden in Dorset. Kann ich Ihnen ein Geheimnis anvertrauen, Miss Kent?"

Sie versuchte, sich wieder auf ihn zu konzentrieren. „Äh, sicher?"

„Offenbar handelt es sich bei diesen Fossilien um *bisher nicht katalogisierte* Knochen", flüsterte er ehrfürchtig. „Es muss eine Art riesiger Zweibeiner mit einem massiven Schwanz sein. Derjenige, der den Fund als Erster entdeckt und benennt, wird im ganzen Königreich gefeiert und bewundert werden!"

„Aber sagten Sie nicht, jemand hätte die Knochen bereits entdeckt?", fragte Polly verwirrt.

„Na schön, wenn Sie so kleinlich sein wollen: Irgendein ortsansässiger Geistlicher hat das Fossil gefunden, aber natürlich ist der Mann, der es *besitzen* und als Teil seiner Sammlung ausstellen wird, der eigentliche Entdecker. Das weiß doch jeder", erklärte Nigel herablassend und schlug gereizt nach einem Insekt, das ihn hartnäckig umschwirrte. „So viel sollte Ihnen doch wohl klar sein, Miss Kent."

Glücklicherweise hatten sie mittlerweile den chinesischen Teich erreicht, und die Schönheit der Umgebung besänftigte ihre aufkeimende Irritation. Seerosen trieben gemächlich auf der Wasseroberfläche umher, und die idyllische Lichtung war von Trauerweiden sowie sich sanft in der Brise wiegenden Rohrkolben umgeben. Hin und wieder sah man die hellen Umrisse eines Karpfens durch das trübe Teichwasser aufblitzen. In der Ferne erspähte Polly eine goldene Turmspitze, der Rest des Gebäudes verschwand jedoch hinter den Baumwipfeln.

Plötzlich tauchte eine Gestalt auf dem Pfad vor ihnen auf und steuerte geradewegs auf sie zu. Die selbstsicheren Schritte und muskulöse Statur ließen keinen Zweifel aufkommen, um wen es sich handelte.

„Wer zum Geier ist das?", murmelte Nigel.

„Revelstoke", flüsterte Polly.

Als Sinjin sie erreicht hatte, wartete er, bis Thea zu ihnen gestoßen war, bevor er alle drei höflich begrüßte.

„Was tun Sie denn hier, Mylord?", fragte Polly ungläubig.

„Ich war zufällig im Park spazieren, als ich dieses hübsche Fleckchen entdeckte", erklärte er, bevor er, an Nigel gewandt, hinzufügte: „Ein ausgesprochen zauberhafter Ort, Sir."

Dieser murmelte eine unverständliche Antwort. Polly kaufte Sinjin seinen scheinheiligen Tonfall keine Sekunde lang ab, aber sie freute sich so sehr, ihn zu sehen, dass es ihr mehr oder weniger egal war.

Thea warf ihr einen *Ich-hab-es-dir-doch-gesagt*-Blick zu. „Wenn Sie mich entschuldigen würden, meine Herren, ich möchte mich ein wenig auf der Bank dort drüben ausruhen." Ihre Augen funkelten spitzbübisch. „Gehen Sie ruhig weiter und amüsieren Sie sich."

Nachdem sie sich entfernt hatte, wandte Sinjin sich an Polly. „Darf ich anmerken, wie reizend Sie heute aussehen, Miss Kent?"

Sein Blick streifte sie wie eine sinnliche Berührung, auf die ihr Körper sofort reagierte. Ihr stockte der Atem, und ihre Brustwarzen versteiften sich. Er schien zu ahnen, welchen Effekt er auf sie hatte, denn seine tiefblauen Augen sowie seine Aura verdunkelten sich lüstern.

„Sie können sich wirklich glücklich schätzen, den Tag in solch exquisiter Gesellschaft verbringen zu dürfen, Pickering", fügte er hinzu.

„Pickering-*Parks*", korrigierte Nigel ihn irritiert und wischte sich mit einem Taschentuch den Schweiß von der Stirn. „Und wie es der Zufall will, waren Miss Kent und ich gerade ins Gespräch vertieft ..."

„Wunderbar, dann haben Sie ja sicher nichts dagegen, wenn

ich mich zu Ihnen geselle", unterbrach Sinjin ihn, legte Pollys Hand in seine Armbeuge und führte sie den Pfad entlang. Dabei warf er ihr ein verschmitztes Lächeln zu. „Worum ging es denn?"

„Miss Kent und ich haben uns über Fossilien unterhalten", schnaufte Nigel, der Mühe hatte, mit ihnen mitzuhalten. Der Kiesweg war gerade breit genug für zwei Personen, und in seinem Versuch, sich ebenfalls neben Polly zu quetschen, blieb ihr Gastgeber ständig an hervorstehenden Zweigen hängen. „Das Thema würde Sie wohl kaum interessieren, Mylord. Ich bin ein geachteter Sammler, müssen Sie wissen, dessen Fachkenntnisse die eines Amateurs bei Weitem überschreiten. Gerade stehe ich kurz davor, die größten Knochenfunde zu erwerben, die ...‘‘

„Oh, ich bin keineswegs ein Amateur", fiel Sinjin ihm ins Wort. „In der Tat kann Miss Kent bezeugen, dass ich ebenfalls im Besitz *beachtlicher* Stücke bin."

Polly unterdrückte nur mit Mühe ein Kichern.

„Ist das wahr, Miss Kent?", fragte Nigel argwöhnisch. „Haben Sie das wertvolle Stück dieses Mannes gesehen?"

Sie brachte beim besten Willen keinen Ton heraus.

„Haben Sie es bei sich?", wandte er sich ungeduldig an Sinjin.

„Ich hole es nur in äußerst privaten Momenten hervor. Das verstehen Sie doch sicher."

„Absolut", beteuerte Nigel wichtigtuerisch. „Fossiliensammler können mitunter skrupellos und durchtrieben sein. Man sollte keinem von ihnen trauen. Genau darüber sprachen Miss Kent und ich im Übrigen gerade. Ganz unter uns, Mylord, ich verhandle aktuell über den Erwerb eines der bedeutsamsten Funde in Dorset ...‘‘

„Dorset, sagen Sie?" Sinjin schüttelte den Kopf und schnalzte mit der Zunge.

Nigel erblasste. „Was? Was haben Sie gehört? Hat jemand anderes ein höheres Angebot unterbreitet? Ich wusste, ich hätte sofort hinfahren sollen, als ich die Nachricht erhielt ...‘‘

„Es ist noch nicht zu spät."

„Bei George, Sie haben völlig recht." Entschlossen schlug Nigel sich mit der Faust auf die Handfläche. „Und es ist mir egal, was Mutter sagt. Kein albernes Picknick ist wichtiger als diese Knochen!"

„Was stehen Sie dann noch hier herum?"

„In der Tat. Auf Wiedersehen, Sir. Guten Tag, Miss Kent." Hastig zog Nigel den Hut, bevor er aufgeregt davonwatschelte. Polly fragte sich, ob sie ihn wohl je wiedersehen würde.

„Möchtest du mir erklären, was genau du mit dieser Trantüte zu schaffen hattest?"

Als sie sich zu Sinjin umdrehte, schockierte sie das wütende Funkeln in seinen Augen.

POLLY BLINZELTE IHN VERWIRRT AN. IHRE AQUAMARINBLAUEN Augen waren so groß und klar, dass er sein eigenes Spiegelbild darin ausmachen konnte, und was er sah, gefiel ihm überhaupt nicht. Oder vielmehr ... was er dabei *fühlte*, gefiel ihm überhaupt nicht.

War er, der berüchtigte Gott der Lustbarkeit, tatsächlich eifersüchtig auf einen aufgeblasenen Fossiliensammler?

Der Gedanke war lächerlich, völlig absurd. Nie im Leben würde er sich von einem Schwachkopf wie Pickering-Parks bedroht fühlen. Es passte ihm einfach nur nicht, dass Polly ihm verschwiegen hatte, was genau zwischen ihr und diesem Kerl vor sich ging. Denn *irgendetwas* verbarg sie eindeutig vor ihm, das hatte er bereits gestern geahnt, und nun, da er sie mit dem affigen Knochenjäger erwischt hatte, war er sich ganz sicher.

„Ich, äh, habe gar nichts getan", erwiderte sie.

Die Art, wie sie sich nervös mit der Zunge über die Lippen fuhr, war wenig überzeugend. Er packte sie am Arm und führte sie zu der Chinoiserie-Pagode, die er auf der Suche nach ihr passiert hatte, außer Hör- und Sichtweite ihrer Anstandsdame. Das rechteckige Gebäude bestand aus vier Säulen, die ein zweistufiges

Spitzdach stützten, auf dem ein goldenes Türmchen thronte. Die längere Seite war dem Teich zugewandt, die beiden kürzeren Seiten waren durch dichtes Gebüsch abgeschirmt. Er presste sie gegen eine der Säulen, die vom Weg aus nicht zu sehen war.

„Warum hast du mir dann die Wahrheit verschwiegen?", fragte er leise und lehnte sich dicht an sie heran.

„Das habe ich überhaupt nicht", protestierte sie. „Ich habe dir doch gesagt, dass ich hier sein würde."

„Das meinte ich nicht. Warum hast du mir nicht den wahren Grund genannt, weswegen du mich nicht hier haben wolltest? Hat es etwas mit diesem Wichtigtuer zu tun?"

Sie runzelte die Stirn. „Du bist doch nicht ernsthaft eifersüchtig auf *Nigel*?"

Kaum hatte sie die Worte ausgesprochen, bemerkte sie ihren Fehler.

„Nigel?", wiederholte er in eisigem Tonfall.

„Das lässt sich einfacher sagen als *Mr Pickering-Parks*", murmelte sie verlegen.

„Gutes Argument. Daran solltest du denken, wenn du erst Mrs Polly Pickering-Parks bist. Was für ein Zungenbrecher!"

„Kein Grund, sarkastisch zu werden", erwiderte sie pikiert. „Außerdem machst du aus einer Mücke einen Elefanten."

Nüchtern betrachtet wusste er, dass sie recht hatte, aber leider war sein innerer Teufel erwacht, und es war ihm schier unmöglich, seine übermächtigen Gefühle und Gedanken unter Kontrolle zu halten. *Warum hadert sie so lange mit ihrer Entscheidung, mich zu heiraten? Glaubt sie, ich sei als Ehemann ungeeignet? Hält sie diesen armseligen Knochensammler etwa für die bessere Wahl?*

Gereizt presste er die Zähne zusammen. Diese besitzergreifende Seite hatte er bisher noch nie an sich festgestellt, und es gefiel ihm gar nicht, wie viel Macht Polly über ihn besaß, wie leicht sie ihn aus dem Gleichgewicht zu bringen vermochte.

„Sag mir endlich, was genau hier vor sich geht", knurrte er.

Sie seufzte tief. „Während der letzten Monate verbrachten Mr

Pickering-Parks und ich hin und wieder Zeit miteinander. Sonst ist nichts weiter zwischen uns geschehen, aber es war nicht auszuschließen, dass sich etwas daraus entwickeln könnte. Ich bin heute hierhergekommen, um ihm mitzuteilen, dass diese Möglichkeit nicht länger besteht."

„Hat er dich geküsst?"

Nig... Mr Pickering-Parks?" Sie schnaubte belustigt. „Eher würde er ein Fossil küssen."

Er wusste ja, dass sie recht hatte. Und dennoch ...

„Wolltest du, dass er es tut?"

Sie schüttelte entschieden den Kopf.

„Warum hast du diesen Wichtigtuer dann überhaupt in Betracht gezogen?"

Nachdenklich biss sie sich auf die Unterlippe. Wie gerne würde er seine eigenen Zähne in die samtige Haut versenken ...

„Weil ich glaubte, er würde einen geeigneten Ehemann abgeben." Ihre Worte verjagten den Nebel der Lust, der sich um ihn zu hüllen begonnen hatte. „Wir sind vom gleichen gesellschaftlichen Stand, und auch körperlich gesehen passen wir zueinander. Er ist praktisch mein männliches Gegenstück."

Es gefiel ihm gar nicht zu hören, dass sie einen anderen als ihn als „geeigneten Ehemann" bezeichnete ... aber mehr noch verblüffte ihn ihre letzte Ergänzung.

„Du hältst ihn für dein Gegenstück?", fragte er ungläubig.

„Natürlich. Wir sind etwa gleich groß und unscheinbar." Mit einem Anflug von Trotz fügte sie hinzu: „Und wir sind beide mollig."

Teufel noch eins, das meinte sie doch nicht ernst? Ein Blick in ihre entschlossenen Augen verriet ihm jedoch, dass sie aus tiefster Überzeugung gesprochen hatte. Ihre Selbstwahrnehmung musste völlig verzerrt sein. Angesichts ihrer leicht zitternden Unterlippe verflog seine Wut ... statt ihrer erfüllte ihn ein überwältigendes Gefühl der Zärtlichkeit.

„Offenbar ist es mir nicht gelungen, dich davon zu überzeugen, wie begehrenswert du bist", murmelte er nach einem kurzen Moment des Schweigens. „Dabei dachte ich, ich hätte es dir neulich in der Kutsche äußerst eindrucksvoll demonstriert."

Sie errötete. „Du hast mich verführt, natürlich scheust du da vor nichtssagenden Schmeicheleien nicht zurück."

„Also glaubst du nicht, dass ich aufrichtig war?"

„Doch, bestimmt, nur ..." Sie runzelte die Stirn. Er sah buchstäblich, wie es in ihrem Kopf ratterte, sie das Offensichtliche nicht zu akzeptieren gewillt war. „Du warst eben freundlich. Ein Gentleman."

„Denkst du ernsthaft, ich würde mit einer Frau schlafen, die ich nicht attraktiv finde?" Er schüttelte den Kopf. „So sehr Gentleman bin ich dann doch nicht."

„Vielleicht bist du einfach weniger ... wählerisch, was körperliche Dinge anbelangt." Als sie seinen finsteren Blick bemerkte, fügte sie hastig hinzu: „Nicht, dass ich dich für anspruchslos halte ... eher für, äh, unvoreingenommen. Was die Definition von Schönheit angeht, meine ich."

„Um deine Schönheit zu erkennen, braucht es nicht mehr als ein paar Augen."

Noch während er die Worte aussprach, fiel ihm wieder einmal ihr altbackenes Ensemble auf ... und plötzlich traf ihn die Erkenntnis wie ein Blitz. Wie konnte er nur so blind gewesen sein? Wahrscheinlich war er zu abgelenkt gewesen von dem, was sich unter den unvorteilhaften, hochgeschlossenen Kleidern verbarg, um den Grund für die Wahl ihrer Garderobe zu hinterfragen. Er hatte diese stets für Prüderie oder einfach mangelnden Modegeschmack gehalten, aber jetzt ...

„Kleidest du dich deshalb auf diese Weise? Weil du glaubst, etwas kaschieren zu müssen?"

Abermals hob sie trotzig das Kinn. „Wir können nicht alle aussehen wie griechische Gottheiten ... Moment mal, was tust du da?"

Mit geschickten Fingern löste er das Band ihrer kirschroten

Haube und warf sie achtlos beiseite. „Da meine Worte dich offensichtlich nicht überzeugen, muss ich zu anderen Mitteln greifen." Er vergrub das Gesicht in ihrer Halsbeuge und sog ihren süßen, blumigen Duft ein. „Und selbst wenn das nichts bringen sollte, habe ich wenigstens meinen Spaß dabei."

„Wir können doch nicht … *oooh*."

Seufzend sank sie in seine Arme, als er begann, an ihrem Ohrläppchen zu knabbern. Sein Mund wanderte forschend an ihrem Hals hinauf, bis er ihre leicht geöffneten Lippen erreichte. Er küsste sie fordernd, während er die Hände in ihrem seidigen Haar vergrub.

„Daran habe ich letzte Nacht gedacht", flüsterte er heiser. „Du auch?"

Statt einer Antwort schlang sie die Arme um seinen Hals und zog ihn noch näher an sich. Sein Körper presste ihren gegen die Säule, ein perfektes Zusammenspiel aus harten Muskeln und weichen Rundungen. Sie ergänzten einander wie zwei Puzzleteile. Warum nur weigerte sie sich so hartnäckig, diese unbestreitbare Tatsache einzusehen?

Er schob sein Bein zwischen ihre Schenkel und löste sich gerade lange genug von ihr, um mit rauer Stimme zu fragen: „Woran hast du gestern gedacht, als du dich berührt hast?"

Sie stieß einen erstickten Laut aus. „D-darüber kann ich nicht sprechen."

„Aber du hast es getan?"

Verlegen nagte sie an ihrer Unterlippe, bevor sie knapp nickte.

Ihr Zugeständnis brachte sein Blut in Wallung. „Das freut mich zu hören. Also gut, wenn du nicht willst, mache ich eben den Anfang: Gestern, als ich allein in meinem Bett lag, dachte ich an deine Augen, die mich genauso ansahen wie jetzt."

Sie wirkte überrascht, als hätte sie nicht damit gerechnet, dass er etwas so Unschuldiges sagen würde. Er ließ seinen Daumen über ihre Wange gleiten und fuhr flüsternd fort: „Ja, genau so hast du mich angesehen, so klar und voller Verwunderung. Und als ich dich küsste, spiegelte sich auch das in deinem Blick wider." Er neigte den Kopf und streifte mit seinen Lippen sanft über die ihren. „Ein dunkles Verlangen, das mir verriet, dass du mich ebenso sehr begehrst wie ich dich."

„Du ... hast an meine Augen gedacht?", hauchte sie, wobei ihre Wimpern wie zarte Schmetterlingsflügel flatterten. „Als du ... du weißt schon ... *das* getan hast?"

„Ja", erwiderte er heiser. „Und an deine vollen Lippen, die immer ein verborgenes Lächeln zu umspielen scheint, selbst wenn du ernst bist. Als wüsstest du um Geheimnisse, die sich uns Normalsterblichen niemals erschließen könnten. Und wenn du mich anlächelst, erfüllt mich eine Wärme bis in die tiefsten Fasern meines Seins."

„Oh, Sinjin", flüsterte sie mit zitternder Stimme.

„Natürlich ist das längst nicht alles. Ich stellte mir vor, wie ich dich langsam entkleide, bis du völlig entblößt bist." Er ließ seine Hände über ihre Schultern gleiten und weiter hinunter bis zu ihren prallen Brüsten. „Soll ich dir verraten, was ich in Gedanken mit deinen herrlichen Titten angestellt habe?"

„Was?", fragte sie, halb von Sinnen vor Lust.

„Ich habe jeden Zentimeter geküsst und liebkost. Insbesondere hier." Er rieb mit den Daumen über die Stelle, unter der ihre steifen Brustwarzen verborgen lagen. „Sind deine Nippel hart für mich? Sehnen sie sich nach meiner Berührung?"

„Mhmmm", seufzte sie und ließ den Kopf gegen die Säule fallen.

Angespornt von ihrer lüsternen Reaktion, fuhr er fort: „Deine Knospen sind so süß und fest, Gott, allein die Erinnerung, an ihnen zu saugen, sie zu liebkosen, erregt mich ... spürst du meine Erregung, Kätzchen?" Er schob ihre Röcke nach oben und rieb seine deutlich sichtbare Erektion gegen ihren entblößten Schenkel. „Spürst du, wie hart ich für dich bin?"

Ein verklärter Blick trat in ihre Augen. „Oh, Sinjin. Ich fühle mich so ... berauscht."

Ihm erging es genauso. Er konnte kaum noch an sich halten, aber erst wollte er erreichen, dass sie sich auf dieselbe Weise sah wie er. „Fühlst du dich auch begehrt?", fragte er und ließ seine Hüften erneut gegen sie kreisen.

„Ja", hauchte sie, bebend vor Lust.

„Und schön?"

„In deinen Armen schon."

Ihr Lächeln schnürte ihm die Kehle zu. Das, was sie in ihm auslöste, ging weit über das Körperliche hinaus.

„Das ist doch schon mal ein guter Anfang", flüsterte er heiser. „Jetzt sei so nett und halte deine Röcke für mich hoch."

Sie zögerte kurz, folgte dann aber seiner Aufforderung. Er sank vor ihr auf die Knie und ließ ehrfürchtig die Hände über ihre Waden bis hinauf zu ihren nackten Schenkeln gleiten, den Blick fest auf den dazwischenliegenden Schatz gerichtet.

Als er mit dem Finger durch ihr seidiges Schamhaar fuhr, murmelte er bewundernd: „Du bist so verdammt umwerfend, Polly. Nicht nur äußerlich – obwohl du in dieser Hinsicht wirklich gesegnet bist –, sondern auch in deiner Leidenschaft, deiner Großzügigkeit. Und ich liebe es, wie feucht du für mich wirst ..." Er schluckte schwer, als er die ersten Tropfen ihres Nektars auf seinem Finger spürte. „Wie du unter meinen Berührungen und Küssen dahinschmilzt ..."

Nun konnte er sich wirklich nicht mehr länger zurückhalten. Er lehnte er sich vor und küsste sie an der Stelle, die ihn bis in seine heißesten Träume verfolgt hatte.

Sie schmeckte so herrlich süß und weiblich, und ganz nach Polly. Gierig ließ er seine Zunge zwischen ihre geschwollenen Schamlippen gleiten, um noch mehr von ihrem berauschenden Nektar zu kosten, ihr zu beweisen, dass sie allein ihm gehörte. Dem Mann, der ihre Schönheit nicht nur sah, sondern auch spürte ... in jedem wohligen Schauer, der sie durchfuhr, in jedem Tropfen ihrer Lust, der seine Lippen benetzte, in der Art, wie sie sich ihm lustvoll entgegenwölbte.

Als er ihre empfindliche Perle erreichte, drohten ihre Knie nachzugeben, also legte er eines ihrer Beine über seine Schulter und drückte sie fester gegen die Säule. Dann widmete er sich wieder dem Zentrum ihrer Lust, saugte spielerisch daran und umkreiste es mit der Zunge, bis sie mit einem Aufschrei kam, der ihn wie ein elektrisierender Schock durchfuhr und seinen harten Schwanz schmerzhaft pulsieren ließ.

Ihr berauschendes Aroma stieg ihm völlig zu Kopf. Er konnte sich einfach nicht von ihr losreißen, und so reizte er ihren Kitzler weiter, während sie noch die Welle ihrer ersten Ekstase ritt, ließ seinen Finger über ihre feuchte Spalte und hinein in ihre samtige Wärme gleiten.

Sie war so eng, offensichtlich unberührt, dass ihm vor Verlangen ein Lusttropfen aus dem geschwollenen Schaft quoll. Tiefer und tiefer ließ er seinen Finger in sie sinken, ohne von ihrer überreizten Perle abzulassen, bis sie heftig zusammenzuckte und zu wimmern begann.

„So ist es gut", knurrte er. „Ich will, dass du noch einmal für mich kommst."

Während er sie mit Zunge und Fingern verwöhnte, hob sie ihm wollüstig ihre Hüften entgegen, als bekäme sie nicht genug von dem Gefühl, ihn in sich zu spüren. Nach wenigen Augenblicken war sie so feucht, dass er wusste, es würde nicht mehr lange dauern.

„Sinjin."

In dem Moment, als sie ihren zweiten Höhepunkt erreichte, stöhnte sie seinen Namen, ein verzweifeltes Flehen, dem er nicht widerstehen konnte. Hastig erhob er sich und presste seine Lippen gegen die ihren, teilte das Aroma ihrer süßen Ekstase mit ihr, eine Geste, die so intim war, dass sie ihn ebenfalls um die Beherrschung brachte. Er rieb seine pulsierende Erektion gegen ihre feuchte Möse und vergrub das Gesicht in ihrem Nacken, als er sich mit einem erstickten Stöhnen in seine Unterwäsche ergoss.

Es dauerte einige Minuten, bis er wieder zur Besinnung kam. Als er den Kopf hob, stellte er fest, dass Polly ihn anstrahlte. Sie sah äußerst ... selbstgefällig aus.

Spielerisch tätschelte er ihr die Wange. „Du bist wohl sehr zufrieden mit dir selbst, was?"

„Ich kann nicht anders", erwiderte sie mit einem spitzbübischen Funkeln in den Augen. „Es ist schön zu wissen, dass ich nicht die Einzige von uns beiden bin, die vollständig bekleidet zum Höhepunkt kommen kann."

„Touché", gestand er grinsend ein. Dann betrachtete er den feuchten Fleck auf seiner Hose und knöpfte schnell seinen Gehrock bis ganz nach unten zu, um den verräterischen Beweis ihres Stelldicheins zu verbergen. „Mein Kammerdiener wird alles andere als begeistert sein, wenn er das sieht. Er wird glauben, ein fünfzehnjähriger Grünschnabel hätte die Hose getragen."

Sie versuchte, ihr Lächeln zu unterdrücken, doch es strahlte so hell, dass es einen ganzen Ballsaal hätte erleuchten können. „Tut mir leid, ich sollte nicht darüber lachen", gluckste sie vergnügt. „Es ist nur ... Ich hätte nie gedacht, dass *ich* ... dass ein Mauerblümchen wie ich je einen Wüstling dazu bringen könnte ..."

„Ich bin gerne bereit, es dir so lange zu demonstrieren, bis du es glaubst", erwiderte er, und fügte dann eindringlich hinzu: „Du bist wunderschön, Polly, und hast so viel Leidenschaft in dir. Zweifle niemals daran, dass du meiner ebenbürtig bist."

„Du hast recht." Sie straffte die Schultern und holte tief Luft. „Und deshalb lautet meine Antwort *ja*."

Er runzelte verwirrt die Stirn. „Deine Antwort worauf?"

„Auf die Frage, ob ich dich heiraten will."

$\maltese$ 24 $\maltese$

„Wie lange dauert das denn noch?“, fragte Polly, der die Augenbinde langsam unangenehm wurde.

„Nur noch eine Minute, Miss Kent!“, rief Maisies helles Stimmchen. „Halten Sie noch kurz still ... Wir sind gleich fertig!“

Lächelnd fügte Polly sich, als sie hörte, wie aufgeregt das Mädchen klang. Sie befanden sich in einem der Klassenzimmer der Hunt Academy, das Madame Rousseau zu einem Ankleideraum umfunktioniert hatte. Das Podium, auf dem Polly stand, war von Wandschirmen umgeben, um ihr Privatsphäre zu verschaffen. Die Modistin sowie ihre Schülerinnen werkelten geschäftig an dem Kleid, das sie trug, und welches sie in nur zwei Tagen auf dem Wohltätigkeitsball vorführen sollte.

Maisie hatte ihr die Augen verbunden, da Polly das Meisterwerk erst sehen durfte, wenn alles perfekt saß.

Obwohl sie es nicht sehen konnte, spürte sie den hochwertigen Stoff auf ihrer Haut ... und auch einen frischen Windzug an sämtlichen Körperstellen, die nicht bedeckt waren. Das Kleid war weitaus freizügiger als ihre gewöhnliche Garderobe, so viel war sicher. Sie war jedoch nicht besorgt, sondern voller Vorfreude, bereit, etwas Neues zu wagen ... sowohl modisch gesehen als auch, was ihr Leben betraf.

Natürlich lag das allein an Sinjins Einfluss. Er ermutigte sie, Risiken einzugehen, zu denen auch ihre Entscheidung zählte, ihn zu heiraten. Nicht, dass sie diese bereute. Sie wollte sich ganz auf ihre vielversprechende Zukunft konzentrieren und alles tun, um ihre Anomalie sowie ihre Liebe vor ihm zu verbergen. Dann würde schon alles gut werden.

Sinjin hatte keine Zeit vergeudet, ihre Verlobung offiziell zu machen. Am Tag nach dem Picknick war er auf ihrer Türschwelle gestanden, um ihr einen Ring an den Finger zu stecken. Unbewusst rieb sie mit dem linken Daumen über das kühle Metall. Er passte perfekt zu der Kette, die er ihr geschenkt hatte, ein aquamarinblauer Cabochon, eingebettet zwischen funkelnde Diamanten auf einem schlichten, aber eleganten Goldband.

Ihre Schwestern hatten den Ring gebührend bewundert und Ambrose gab der Vermählung, welche acht Wochen später stattfinden sollte, seinen Segen. Marianne bestand auf mindestens zwei Monaten Planungszeit, was ihr Gemahl nur befürwortete, allerdings aus anderen Gründen.

Ambrose und seine Partner suchten nun seit einer Woche nach Miss Frenchs Komplizen, bislang jedoch ohne Erfolg. Er schien wie vom Erdboden verschluckt zu sein, obwohl die Ermittler ein Fahndungsbild hatten erstellen lassen, welches mit der Aussicht auf eine stattliche Belohnung in ganz London zirkulierte. Ihr Bruder setzte alles daran, den Fall noch vor der Hochzeit aufzuklären, um ihr und Sinjin das beste Geschenk überhaupt zu bereiten: inneren Frieden.

Also sollte sie in zwei Monaten die Gemahlin des Grafen von Revelstoke werden. Das Mauerblümchen würde den wilden Wüstling heiraten. Als sie daran dachte, wie sein Körper in ihren Armen gezittert und er auf dem Höhepunkt seiner Ekstase ihren Namen gestöhnt hatte, durchflutete sie ein Gefühl des Staunens

... und der Macht. Langsam begann sie seinen Worten zu glauben: Sie waren einander ebenbürtig.

„*Attends*, Annie“, riss Madame Rousseaus scharfer Tonfall sie aus ihren Gedanken. „Die Schleife am Saum ist aufgegangen. Kein noch so kleines Detail an einer solchen Kreation darf übersehen werden, *comprends?*“

„Jawohl, Madame“, erwiderte die Schülerin kleinlaut.

Polly spürte ein leichtes Ziehen am unteren Ende des Kleids.

„Maisie, richte die Schleppe“, wies Madame Rousseau ihren anderen Schützling an. „*Alors*, jetzt tretet zurück, *mes filles*, damit ich einen letzten prüfenden Blick auf das Meisterstück werfen kann.“

In der darauffolgenden Stille hätte man eine Stecknadel fallen hören können. Selbst Polly schlug das Herz bis zum Hals, während sie Madame Rousseaus Schritten lauschte, die sie langsam umkreisten. Endlich, als sie es kaum noch aushielt und sich beinahe die Augenbinde abgerissen hätte, verkündete die Modistin leise: „*Bien*. Jetzt dürfen Sie schauen, Miss Kent.“

Jemand löste das Stück Seide um ihre Augen. Sie blinzelte und starrte dann fassungslos in den großen Spiegel, der vor ihr stand.

„Gefällt es Ihnen nicht?“, fragte Maisie.

Polly brachte keinen Ton heraus.

„Es ist so viel hübscher als Ihre üblichen Kleider, Miss“, meldete Annie sich zu Wort.

„Die Farbe mag etwas ungewohnt sein, *chérie*“, sagte Madame Rousseau, „aber ich versichere Ihnen, sie ist der letzte Schrei in Paris und ...“

„Es ist *perfekt*“, flüsterte Polly mit zitternder Stimme. „Ich danke Ihnen ... euch allen. Ein perfekteres Kleid hätte ich mir nicht erträumen können! Jetzt fühle ich mich wirklich wie Aschenbrödel. Und es ist mir eine Ehre, euer Meisterwerk morgen auf dem Ball präsentieren zu dürfen.“ Mit einem tränenerfüllten Lächeln blickte sie in die strahlenden Gesichter ihrer

Schülerinnen. „Gewiss wird eure harte Arbeit zahlreiche Spenden für die Akademie einbringen."

Während die Mädchen jubelnd in die Hände klatschten, wandte sie sich wieder dem Spiegel zu. Es war unglaublich, wie sehr ein Kleidungsstück jemanden verändern konnte. Sie hatte dein Eindruck, als starrte ihr eine Fremde entgegen.

Die Frau im Spiegel trug ein Kleid, das weder blau noch grün war, sondern in einem außergewöhnlichen Zwischenton glänzte. Der seidene Chiffon betonte ihre weiblichen Rundungen sowie die eng gebundene Taille und fiel wie ein fließender Wasserfall in mehreren Lagen zu Boden. Das Mieder war schulterfrei und tief ausgeschnitten, umsäumt von gerüschter, meergrüner Spitze, die ihre blasse Haut auf elegante Weise zur Geltung brachte.

Sie bemerkte, dass sie sich viel aufrechter und selbstbewusster hielt als sonst. Nur wegen des Kleides ... und wegen Sinjin. Weil sie sich dank ihm zum ersten Mal begehrt fühlte, nicht länger wie ein schüchternes Mauerblümchen, das niemand wollte, sondern wie eine Rose in voller Blüte.

In diesem Moment traf sie eine Entscheidung.

„Madame, ich würde gerne einen Termin bei Ihnen vereinbaren, um ein paar neue Kleider anfertigen zu lassen", verkündete sie.

„*Sacredieu*, meine Gebete wurden erhört!", rief die Französin aus.

Polly konnte sich ein verlegenes Grinsen nicht verkneifen. Seit Ewigkeiten hatte Madame Rousseau versucht, sie zu einer neuen, modischeren Garderobe zu überreden. Würden ihre Schwestern nicht zu den treusten Kundinnen der Modistin zählen, hätte sie ihr mit Sicherheit längst ihre Dienste verwehrt.

Nachdem die Mädchen Polly beim Umkleiden geholfen hatten, verließen sie bester Laune das Klassenzimmer ... bis auf Maisie, die zurückblieb, um der Madame beim Aufräumen zu helfen. Polly wunderte sich, was ihr auf dem Herzen liegen mochte, da sie eine verunsicherte, niedergeschlagene Stimmung ausstrahlte. Lange musste sie nicht auf die Antwort warten.

„Miss Kent ... darf ich Sie etwas fragen?"

„Natürlich, Maisie."

Der Blick des jungen Mädchens ruhte auf ihrem Verlobungsring. „Ist es wahr, dass Sie bald heiraten werden?"

„*Alors*, Maisie, das geht dich nichts an", schalt die Modistin, die gerade dabei war, ihr Maßband aufzurollen.

„Ist schon in Ordnung, Madame. Es macht mir nichts aus", sagte Polly besänftigend, bevor sie sich wieder ihrer Schülerin zuwandte. „Ja, es stimmt. Ich bin mit dem Grafen von Revelstoke verlobt."

„Oh." Die Unterlippe des Mädchens begann zu zittern, und sie wandte sich schnell ab, um sich den Werkzeugen auf dem Tisch zu widmen. Ihre Aura spiegelte Angst und Unbehagen wider.

„Maisie, was ist denn los?", fragte Polly besorgt.

„N-nichts", lautete die zögerliche Antwort.

„Würden Sie uns einen Moment allein lassen, Madame?", flüsterte sie der Modistin zu, da sie spürte, wie aufgewühlt die Kleine war.

Die Französin nickte verständnisvoll und verließ das Zimmer.

„Jetzt sind wir unter uns", sagte Polly sanft. „Möchtest du mir nicht verraten, was dich bedrückt?"

Maisie zog die Schultern hoch und drehte sich mit einem resignierten Ausdruck in den Augen zu ihr um. „Es ist wirklich nichts, Miss."

„Doch, ich denke schon. Ich habe den Eindruck, dass dir irgendetwas Sorgen bereitet, und wenn ich kann, würde ich dir gerne helfen."

Das Mädchen hielt den Blick stur auf den Boden gerichtet. „Und wenn Sie es nicht können?"

„Dann hast du dich zumindest einem bereitwilligen Ohr

anvertraut." Sanft legte sie Maisie eine Hand auf die Schulter. „Ist das nicht auch etwas wert?"

Als wäre ein Damm gebrochen, platzte ihre Schülerin plötzlich heraus: „Nein, weil Sie uns ja trotzdem verlassen werden! Die anderen Mädchen sagen, sobald Sie verheiratet sind, haben Sie Ihre eigene Familie und keine Zeit mehr für uns Findelkinder." Eine Träne rollte über ihre sommersprossige Wange. „Dann kommen Sie nicht mehr hierher. Sie lassen uns im Stich ... so wie jeder andere!"

Polly verschlug es einen Moment lang die Sprache. Nie hätte sie gedacht, dass *sie* der Grund für Maisies Kummer sein könnte. Das Mädchen schüttelte ihre Hand ab und wandte sich wieder dem Tisch zu, wo sie begann, Stecknadeln in eine Schachtel zu sortieren.

„Maisie, bitte, sieh mich an."

„Lassen Sie mich allein", schniefte diese.

„Maisie."

Langsam drehte sie sich wieder zu Polly um, einen trotzigen Ausdruck in ihrem sonst so gutmütigen Gesicht.

„Nur, weil ich heiraten werde, bedeutet das nicht, dass ich meine Arbeit hier aufgebe", erklärte Polly sanft.

„Aber die anderen Mädchen haben gesagt ..."

„Das spielt keine Rolle. Wichtig ist, was ich dir sage. Und das ist die Wahrheit."

„Die anderen meinten, selbst wenn Sie *behaupten*, Sie würden uns nicht verlassen, könnte Ihr Mann was dagegen haben, und natürlich müssten Sie auf ihn hören, weil er ja Ihr Mann ist. Also würden Sie nicht länger herkommen, selbst wenn Sie wollten."

„Meine Güte", murmelte Polly. „Die anderen Mädchen haben ja wirklich eine Menge zu sagen, was?"

Maisie nickte energisch.

„Nun, ich kann dir versichern, dass mein zukünftiger Gemahl sich nie in Angelegenheiten einmischen würde, die mir am Herzen liegen." Immerhin hatten Sinjin und sie vereinbart, dass sie die Interessen des jeweils anderen respektieren würden. „Und ich habe nicht vor, meine Arbeit hier aufzugeben."

Ein winziger Hoffnungsschimmer erhellte die düstere Aura des Mädchens. Nach allem, was sie durchmachen musste, war es kein Wunder, dass sie sofort vom Schlimmsten ausgegangen war.

„Sie heiraten einen Adeligen", gab Maisie mit zitternder Stimme zu bedenken. „Der wird bestimmt nicht wollen, dass Sie sich mit uns abgeben. Wahrscheinlich erwartet er, dass Sie ganz andere Dinge tun ... zum Beispiel Bonbons essen oder mit dem König Tee trinken."

Polly bezweifelte stark, dass Sinjin Einwände gegen ihre wohltätige Arbeit haben würde. Trotz seines Titels und Vermögens verachtete er die Arroganz und Überheblichkeit der feinen Gesellschaft. Er lebte nach seinen eigenen Regeln, seinem eigenen Ehrenkodex, und dafür respektierte sie ihn. Dank ihm lernte sie langsam, nicht mehr so viel auf die Meinung anderer zu geben ... Gewiss würde er sie auch in Angelegenheiten unterstützen, die ihr wichtig waren.

„Bitte, vertrau mir doch, Maisie", sagte sie. „Habe ich dich je angelogen?"

Das Mädchen schüttelte den Kopf, dass ihr die Zöpfe um die Ohren flogen.

„Na, siehst du. Und ich sage auch jetzt die Wahrheit. Die Arbeit mit dir und den anderen Kindern gefällt mir ausgesprochen gut", fuhr Polly fort. „Ich habe vor, noch eine ganze Weile weiterzumachen. Und sollte ich irgendwann nicht mehr zu euch kommen können, würde ich es dir sofort sagen. Also brauchst du keine Angst zu haben, dass ich plötzlich einfach verschwinde."

„So war es aber mit Ma", flüsterte Maisie. „Eines Tages, als ich aufwachte, war sie auf einmal weg. Tim sagte, sie würde nicht zurückkommen, aber ich wollte ihm nicht glauben. Ich war überzeugt, dass sie uns nicht im Stich lassen würde. Aber da habe ich mich wohl geirrt."

Und da war er, der eigentliche Grund ihrer Ängste. Aus

eigener Erfahrung wusste Polly, wie schwierig es war, sich von einer solch tief sitzenden Furcht zu befreien. Sie wollte alles tun, um dem Mädchen zu helfen.

„Ich habe meine Mutter verloren, als ich sechs war", erzählte sie leise. „Sie starb an einem Fieber. Wir hielten es für eine leichte Erkältung, doch schon eine Woche später war sie tot."

Selbst nach all den Jahren schmerzte die Erinnerung sie noch immer. Festzustellen, dass ihre lebensfrohe Mutter plötzlich nicht mehr bei ihnen war und an ihrer statt nur eine qualvolle Leere zurückblieb ... von diesem Verlust hatte sie sich nie vollständig erholt.

„Das tut mir leid, Miss Kent", murmelte Maisie mit großen Augen.

„Danke, Liebes. Damit will ich nur sagen, ich weiß, wie schlimm es ist, jemanden zu verlieren."

„Aber meine Ma war ja gar nicht krank." Resigniert ließ das Mädchen die Schultern hängen. „Sie hat uns einfach so verlassen ... wegen des Trinkens, meinte Tim."

„Auch das ist eine Art Krankheit, wenn man so will. Was auch immer ihre Beweggründe waren, sie hatten nichts mit dir zu tun", erklärte Polly und drückte ihr sanft den Arm. „Manchmal passieren schlimme Dinge, ohne dass wir verstehen können, warum. Aber wir müssen darauf vertrauen, dass uns auch Gutes widerfährt."

Maisie schwieg einen Moment lang. Während Polly sich den Kopf darüber zerbrach, wie sie ihre Schülerin trösten konnte, gestand diese schließlich verzagt: „Ich habe Angst ... um Tim."

„Um deinen Bruder?" Überrascht legte Polly den Kopf schief. „Warum das?"

„Früher kam er mich jede Woche besuchen, aber die Abstände zwischen den Besuchen werden immer länger. Erst zwei Wochen, und seit dem letzten Mal sind schon drei vergangen." Die Worte sprudelten aus ihr hervor, als wäre ein Staudamm in ihr gebrochen. „Was, wenn er mich nicht mehr sehen will ... so wie Ma?"

Die Verzweiflung in ihrer Stimme versetzte Polly einen Stich ins Herz. „Dein Bruder liebt dich über alles, er würde dich nie im Stich lassen." Mit seinen fünfzehn Jahren war Timothy Cullen bereits ein raubeiniger junger Mann, abgehärtet durch das unerbittliche Leben im Elendsviertel, aber trotz allem war er seiner kleinen Schwester treu ergeben. Das konnte sie jedes Mal, wenn er das Mädchen besuchte, deutlich erkennen. „Bestimmt ist er einfach nur beschäftigt. Hast du ihn darauf angesprochen?"

Maisie senkte den Blick. „Er sagte, seit der ehemalige Bandenführer den Löffel abgegeben hat, herrscht Chaos unter den Mitgliedern. Alle möglichen Leute versuchen, die Herrschaft an sich zu reißen, aber Tim meint, die seien alle nur habgierige Halunken, die sich um niemanden kümmern, außer um sich selbst." Ein stolzes Funkeln trat in ihre Augen, als sie hinzufügte: „Er sagt, er kann die Bande aber nicht verlassen, weil er sich um die Kleinen kümmern muss. Die will er nämlich nicht einfach im Stich lassen."

Obwohl Tims Absichten edler Natur zu sein schienen, überkam Polly ein ungutes Gefühl. Das Leben in der Gosse war auch so schon hart genug, ohne zusätzliche Machtkämpfe zwischen Bandenmitgliedern. Hoffentlich geriet er nicht in Gefahr, weil er versuchte, das Richtige zu tun. Sie sprach ihre Sorgen jedoch nicht aus, da sie Maisie nicht noch weiter beunruhigen wollte.

„Dann solltest du ihn beim Wort nehmen, anstatt falsche Schlüsse zu ziehen", sagte sie.

„Sie haben recht", stimmte das Mädchen mit einem Anflug von Erleichterung zu. „Ich glaube Tim. Er würde mich nie verlassen."

„Ich bin froh, dass du dich mir anvertraut hast. Du kannst immer zu mir kommen, wenn dich etwas bedrückt, das weißt du doch, oder?"

Maisie nickte schüchtern.

„Sehr schön." Plötzlich kam ihr eine Idee. „Nun möchte ich dich gerne um einen Gefallen bitten."

Die Aura des Mädchens pulsierte vor Neugier. „Was denn für einen?"

„Mir fehlt noch ein Blumenmädchen für meine Hochzeit. Meine Nichten werden zwar Blüten streuen, aber sie sind noch recht klein und brauchen eine Aufseherin, die sie anführt. Ich weiß, es ist viel verlangt, doch ich möchte dich bitten, diese Aufgabe zu übernehmen. Was sagst du dazu? Würdest du das für mich tun?"

„Ich?" Maisies dunkelbraune Augen wurden kugelrund. „Meinen Sie das ernst?"

„Natürlich."

„Ja!", quietschte das Mädchen begeistert. „Ja, ich mache es! Das muss ich sofort den anderen erzählen!"

Lachend streckte Polly ihr die Hand entgegen. „Wunderbar. Aber zuerst machen wir uns besser auf die Suche nach Madame Rousseau. Du brauchst schließlich ein passendes Kleid für den Anlass."

Maisies kleine Finger schlossen sich fest um die ihren.

PRÜFEND BETRACHTETE SINJIN SEIN SPIEGELBILD. ER WAR frisch rasiert, seine dunklen Locken glänzten vor Pomade und sein Anzug saß perfekt. Sein Kammerdiener, Strickley, war ein wahres Genie, was Stil und schlichte Eleganz anging. Nicht einmal Brummell höchstpersönlich könnte etwas an seiner Erscheinung auszusetzen haben.

Als er einen Blick auf seinen treuen Diener warf, der wie immer mit ausdrucksloser Miene hinter ihm stand, verspürte er plötzlich das Bedürfnis, ihn ein wenig zu ärgern. Seit jeher versuchte er, dem stoischen Mann irgendeine Gemütsregung zu entlocken, bisher jedoch ohne Erfolg.

„Was halten Sie von ein paar schicken Accessoires, Strickley?", fragte er unschuldig. „Vielleicht eine goldene Uhrenkette?"

„Ebenso gut könnten Sie Eulen nach Athen tragen", erwiderte der Angestellte knapp.

Sinjin drehte sich hin und her und gab vor, sein Krawattentuch zu begutachten. „Aber eine Schlipsnadel wäre doch sicher nicht verkehrt, oder?"

„Ungefähr so wünschenswert wie eine Kopfnuss, Sir."

„Dann vielleicht juwelenbesetzte Manschettenknöpfe?"

„Frühestens, wenn Schweine anfangen zu fliegen", lautete die tonlose Antwort. „Ist das alles, Mylord?"

Sinjin konnte sich ein Grinsen nicht verkneifen. „Sie haben gewonnen, alter Knabe. Das wäre in der Tat alles."

Nachdem Strickley sich höflich zurückgezogen hatte, trat Sinjin ans Fenster und sah hinaus. Zahlreiche Kutschen fuhren an seinem Haus vorbei, während die Gehwege überfüllt waren von Spaziergängern mit bunten Hauben und Sonnenschirmen. Es war ein herrlicher Tag. Seit er am Morgen erwacht war, fühlte er sich frisch und ausgeruht, so zuversichtlich wie schon lange nicht mehr. Gewiss lag es an Polly ... an der Tatsache, dass sie nun offiziell seinen Ring am Finger trug.

In acht Wochen – eine schier unerträglich lange Zeit, wie er fand – würde sie endlich die seine werden. Insgeheim hätte er ja nichts dagegen gehabt, mit ihr nach Gretna Green durchzubrennen, aber natürlich wollte er, dass sie die Hochzeit ihrer Träume erhielt. Sie würde eine bezaubernde Braut abgeben ... *seine* Braut.

Der Gedanke erfüllte ihn mit Freude. Heute Abend nahmen sie an einem Wohltätigkeitsball teil, ihr erster öffentlicher Auftritt als verlobtes Paar. Die Meinung der feinen Gesellschaft war ihm zwar herzlich egal, aber da auch ihre Familie anwesend sein würde, wollte er einen guten Eindruck machen, ihnen beweisen, dass sie ihm vertrauen konnten. Er war fest entschlossen, der beste Ehemann der Welt zu sein, denn seine Polly verdiente nichts Geringeres.

Gott, zum ersten Mal seit Langem freute er sich endlich wieder auf die Zukunft. Langsam schlenderte er die Treppe ins Erdgeschoss hinunter, stellte fest, dass er nicht wirklich hungrig war, und nahm deshalb statt des Frühstücks nur einen Tee in seinem Arbeitszimmer ein. Dabei ging er lustlos den Stapel Visitenkarten seiner ehemaligen Kumpane durch.

Während des letzten Monats hatte er sich verändert. Seine beinahe katastrophale Affäre mit Nicoletta hatte ihm vor Augen geführt, wie verachtenswert sein Lebensstil doch war. Selbst für seine Verhältnisse war er dermaßen leichtsinnig gewesen, dass er sich zur wehrlosen Zielscheibe gemacht hatte. Dass sein Leben eine solch desaströse Wendung genommen hatte, war einzig und allein seine Schuld.

Aber dieses antriebslose Dasein wollte er nicht länger fristen. Mit seinen früheren Ausschweifungen, die ihm ohnehin nie die Befriedigung gebracht hatten, die er sich erhoffte, wollte er nichts mehr zu tun haben. Obwohl er sich noch nicht ganz sicher war, welchen Pfad er in Zukunft einschlagen sollte, wusste er zumindest, dass er sich bessern musste, um etwas Bedeutsames zu erreichen. Und um sich einer Frau wie Polly gegenüber würdig zu erweisen.

Bei dem Gedanken an seine Verlobte sah er sich prüfend in seinem Arbeitszimmer um. Wie auch der Rest des Hauses war es eindeutig auf den Lebensstil eines Junggesellen ausgerichtet. Nach der Hochzeit würden sie sich etwas Neues suchen, das ihren Vorstellungen entsprach. Für seine Gräfin wollte er schließlich nur das Beste. Außerdem benötigten sie weitaus mehr Platz als frischvermähltes Paar ... und auch für eine Familie, wenn es dazu kommen sollte. Die Vorstellung, zu sehen, wie sein Kind in Polly heranwuchs, erfüllte ihn mit einer tiefen, animalischen Zufriedenheit, gleichzeitig verunsicherte sie ihn jedoch ein wenig.

Was für eine Art von Vater wäre er wohl? Und wie würde er sich als Ehemann machen?

Energisch schob er die Zweifel beiseite, da er sich von ihnen nicht die gute Laune verderben lassen wollte. Polly und er hatten sich darauf geeinigt, dass sie beide ihre Privatsphäre brauchten. Solange er sich an den Plan hielt, sich in eine eigene Wohnung zurückzuziehen, wann immer seine Dämonen die Überhand gewannen, hatte er nichts zu befürchten.

Von einer inneren Unruhe angetrieben, beschloss er, seine Kutsche vorfahren zu lassen, um auf der Stelle mit der Suche nach geeigneten Wohngemächern zu beginnen, als es plötzlich an der

Tür klingelte. Kurz darauf überbrachte sein Butler, Harvey, ihm eine Visitenkarte. Erstaunt hob Sinjin die Augenbrauen.

Was zum Henker will Andrew Corbett hier?

Er hatte den Bordellbesitzer seit jener verhängnisvollen Nacht in dessen Etablissement nicht mehr gesehen. Kent war in Sinjins Auftrag zu dem Mann gegangen, um ihn über Nicolettas Tod zu informieren. Corbett schien aufrichtig überrascht gewesen zu sein, als der Ermittler ihm den Erpresserbrief zeigte, den Nicoletta verfasst hatte. Offenbar war ihm nicht bewusst gewesen, dass sie ihn ausgenutzt hatte, um an Sinjin heranzukommen.

Als Corbett eintrat, erhob er sich. Es war, als blickte er in einen Spiegel: Der andere Mann war von gleicher Größe und Statur und besaß einen ähnlichen Modegeschmack wie er selbst. Nur sein Haar war ein wenig heller und sein Teint etwas dunkler. Den feinen Fältchen in seinem Gesicht nach zu urteilen, musste der Bordellbesitzer allerdings ein paar Jahre älter sein als er.

Gerüchten zufolge hatte er früher als Stricher für wohlhabende Damen gearbeitet ... und dabei ein kleines Vermögen verdient. Doch nichts an ihm ließ auf sein früheres Gewerbe schließen, noch darauf, dass er nun selbst ein Freudenhaus unterhielt. Sowohl seine Ausdrucksweise als auch seine Manieren waren tadellos. Alles an ihm, von dem maßgeschneiderten braunen Anzug bis zu den auf Hochglanz polierten Stiefeln, erweckte den Anschein eines perfekten Gentlemans.

„Vielen Dank, dass Sie mich so kurzfristig empfangen, Mylord", sagte Corbett.

Sinjin vermochte nicht über die Tatsache hinwegzusehen, dass auch dieser Mann ihn als skrupellosen Gewalttäter erachtet hatte. „Was für ein unerwarteter Besuch", erwiderte er kühl.

„Und zweifellos ein unwillkommener. Aber ich will Sie gar nicht lange aufhalten." Er deutete auf den freien Stuhl Sinjin gegenüber. „Darf ich?"

Dieser zuckte nur mit den Achseln. „Sicher, setzen Sie sich."

Kaum hatten sie beide Platz genommen, kam Corbett direkt

zur Sache. „Ich will nicht um den heißen Brei herumreden. Seit Kent mich über die Wahrheit aufgeklärt hat, plagen mich Gewissensbisse, weil ich – wenn auch unbeabsichtigt – bei dem Komplott gegen Sie mitgewirkt habe. Dafür möchte ich mich heute in aller Form bei Ihnen entschuldigen."

„Sie haben ein Gewissen?", konterte Sinjin spitz. „Ist das in Ihrem Gewerbe nicht riskant?"

Corbett schoss die Hitze ins Gesicht, doch er bemühte sich, weiterhin höflich zu bleiben.

„Jeder erfolgreiche Geschäftsmann hat seine Ansprüche. Meine Mission ist es, erstklassige Erfahrungen für alle Beteiligten bereitzustellen, die mein Etablissement in Anspruch nehmen, von der Kundschaft über die Prostituierten bis hin zu den Lakaien, die den Champagner servieren. Wenn meine Angestellten unglücklich sind, wirkt sich das auch auf die Gäste aus. Deshalb sorge ich mich um alles und jeden, der mit meinem Klub in Verbindung steht. Nennen Sie es Gewissen, ich nenne es einen gesunden Geschäftssinn."

„Ich hoffe sehr, dass das nicht schon Ihre Entschuldigung war."

„Nein, ich wollte nur erklären, warum ich Nicoletta beim Wort nahm. Sie ist ... war eine meiner Angestellten", korrigierte er sich. „Und Sie wissen doch selbst, dass die Prostituierten schnell Opfer gewaltsamer Übergriffe werden können. Aus diesem Grund toleriere ich kein schlechtes Benehmen ihnen gegenüber ..."

„Ihrer Kundschaft gegenüber hingegen schon", merkte Sinjin schnippisch an.

„Guter Einwand", gab Corbett zu. „Es ist unentschuldbar, dass ich der Angelegenheit nicht weiter auf den Grund gegangen bin. Das war allein meine Schuld. Als ich Nicoletta in diesem furchtbaren Zustand sah, und wie aufgelöst sie war ..." Er hielt inne. Etwas Dunkles, Gefährliches blitzte in seinen Augen auf. „Da habe ich ihren Lügen ohne zu zögern geglaubt. Und aufgrund dieser Fehleinschätzung verhielt ich mich Ihnen gegenüber ungastlich.“

„Sie wollten mich verhaften und vor die Gerichtsbarkeit schleifen lassen. Wenn das Ihre Vorstellung von *ungastlich* ist, will ich nicht wissen, was passiert, wenn Sie so richtig unhöflich werden.“

„Wie ich bereits mehrfach sagte, tut es mir aufrichtig leid. Ich hoffe, Sie nehmen meine Entschuldigung an.“

Sinjin schwieg einen Moment lang und grübelte über seine Optionen nach. Natürlich könnte er dem Kerl sagen, er solle sich zum Teufel scheren ... was äußerst befriedigend, aber auch kindisch wäre. Der Mann hatte einen Fehler gemacht und diesen offen zugegeben. Verdammt, für eine Weile hatte Sinjin ja selbst an seiner Unschuld gezweifelt. Es wäre äußerst kleinlich, die Entschuldigung nicht anzunehmen.

„Also gut, ich kann Ihnen wohl kaum verübeln, dass Sie ebenso auf dieses Weib hereingefallen sind wie ich“, murmelte er schließlich.

„Sie sind zu großzügig, Mylord. Vielen Dank.“ Corbetts Züge entspannten sich ein wenig, und er lehnte sich nach vorne. „Nun zu dem zweiten Grund meines Besuchs: Ich möchte Sie für den Ärger, den ich Ihnen verursacht habe, entschädigen.“

„Das ist nicht nötig. Ich will mit Ihrem Etablissement nichts mehr zu tun haben.“

Zu seiner Überraschung lachte sein ungebetener Gast amüsiert. „Aus mehr als einem Anlass, wie ich hörte.“

„Wie bitte?“

„Darf ich Ihnen zu Ihrer Verlobung mit Miss Kent gratulieren?“

Natürlich hatten sich die Neuigkeiten rasend schnell verbreitet. Noch dazu war Corbett ein wahrer Quell an Informationen, wenn man bedachte, wie rege die Gerüchteküche in seinem Bordell brodelte. In diesem Fall störte es Sinjin jedoch nicht. Er hatte nichts zu verbergen. Ganz im Gegenteil, am liebsten würde er überall laut herumposaunen, dass Polly bald seine Frau sein würde.

„Vielen Dank", erwiderte er daher mit unverhohlenem Stolz.

Corbett nickte. „Was ich Ihnen jedoch als Wiedergutmachung anbieten möchte, sind Informationen. Kent lieferte mir eine Beschreibung sowie eine Skizze des Komplizen, der mit Nicoletta zusammengearbeitet hat. Daraufhin befragte ich jeden einzelnen meiner Angestellten persönlich, von der begehrtesten Prostituierten bis hin zum Stiefelputzer. Und dabei habe ich etwas herausgefunden, das Sie interessieren könnte."

Sinjin richtete sich in seinem Stuhl auf. „Ich höre."

„Eines meiner Mädchen, Angelina, hat diesen Mann in jener Nacht, als Sie unter Drogen gesetzt wurden, im Klub gesehen. Ich weiß nicht, wie er hereingekommen ist – den Wachen an der Tür ist er nicht aufgefallen –, aber womöglich hat Nicoletta ihm durch den Hintereingang Zutritt verschafft. Jedenfalls begegnete Angelina ihm auf der Treppe und konnte sich genau an ihn erinnern, weil er ihr so vertraut vorkam. Sie arbeitete früher in der Nähe der Docks im Londoner Eastend und glaubt, ihm dort in einer der Tavernen über den Weg gelaufen zu sein. Am deutlichsten blieb ihr seine Stimme im Gedächtnis, die angeblich wie ein Nebelhorn klingen soll."

Sinjin stellten sich die Nackenhaare auf. Die Beschreibung passte exakt.

„Leider weiß sie nicht mehr, wie die Taverne hieß", fuhr Corbett fort. „Was etwas unglücklich ist, wenn man bedenkt, dass es gut zwei Dutzend davon in dieser Hafengegend gibt. Trotzdem hoffe ich, dass die Informationen Sie auf eine vielversprechende Fährte führen können."

„Das werden sie mit Sicherheit", erwiderte Sinjin zuversichtlich. „Vielen Dank."

„Keine Ursache. Es war das Mindeste, was ich für Sie tun konnte, Mylord." Sein Gast stand auf und verneigte sich. Sinjin tat es ihm gleich. „Bitte erlauben Sie mir, Ihnen noch einmal meine

Glückwünsche auszusprechen. Miss Kent ist eine reizende junge Dame aus bestem Hause. Ich respektiere ihre Familie wirklich sehr."

„Sie kennen die Kents persönlich?", fragte Sinjin überrascht. Er konnte sich nicht vorstellen, dass ein Mann wie Ambrose Kent sich mit einem Bordellbesitzer abgeben würde ... oder diesen auch nur in die Nähe seiner Liebsten ließe.

„Bedauerlicherweise nein. Jemand wie ich verkehrt wohl kaum in denselben Kreisen", erwiderte Corbett mit dem Anflug eines selbstironischen Lächelns. „Aber nach allem, was ich gehört habe, sind sie ehrbare Menschen, denen die Familie über alles geht. Eine Seltenheit, wenn Sie mich fragen."

Mit diesen Worten verließ Corbett das Zimmer. Sinjin sah ihm noch eine Weile hinterher, verwundert über den seltsamen Ausdruck von Wehmut auf dem Gesicht des Zuhälters.

„Bist du sicher, dass du heute Abend nicht auf den Ball der Hunts gehen möchtest?", fragte Marianne vom Bett aus. „Du musst nicht bei mir bleiben, Liebling. Es geht mir gut."

Ambrose band sich den Morgenmantel zu, bevor er zu ihr herüberkam. „Hmmm, lass mich überlegen: Möchte ich die Nacht mit einer Schar aufgeblasener Fremder verbringen oder mit der schönsten Frau von ganz London? Fürwahr eine schwierige Wahl."

Sie lächelte amüsiert. „Es werden auch ein paar vertraute Gesichter anwesend sein. Neben den Hunts sind sicher auch die Hartefords und Fines dort."

„So sehr ich unsere Freunde auch schätze", murmelte er, während er sich auf der Matratze niederließ und sie in seine Arme zog, „verbringe ich doch lieber Zeit mit dir allein." Er sah ihr tief in die smaragdgrünen Augen und strich ihr sanft eine widerspenstige Locke aus der Stirn. „Sicher, dass es dir besser geht?"

„Ich hatte keine weiteren Schwächeanfälle mehr. Und der letzte war nur ein Anzeichen von Erschöpfung, nichts weiter." Zärtlich küsste sie ihn auf die Wange. „Mach dir nicht so viele Sorgen, Liebling."

„Ich kann nicht anders." Beschützend legte er eine Hand auf die leichte Wölbung ihres Bauches. „Du leistest die ganze Arbeit, während ich nur untätig herumsitze und Däumchen drehe."

„Das stimmt doch gar nicht. Gibt es Neuigkeiten im Revelstoke-Fall?"

Er zögerte kurz. Normalerweise hielt er nichts vor seiner Frau zurück ... nicht nur, weil er ihr vertraute, sondern weil sie neben ihrer umwerfenden Schönheit auch einen unglaublich scharfen Verstand besaß. Aber was der Graf ihm vor ein paar Stunden mitgeteilt hatte, würde sie sicher beunruhigen.

„Du kannst es mir sagen, was immer es ist. Nur weil ich schwanger bin, musst du mich nicht mit Samthandschuhen anfassen."

Natürlich hatte sie ihn sofort durchschaut.

„Revelstoke hat mir eine Nachricht zukommen lassen", begann er, hielt dann jedoch kurz inne. „Er, äh, bekam heute überraschend Besuch von Andrew Corbett."

Er spürte, wie sie in seinen Armen erstarrte. „Was wollte der denn von ihm?"

Ihre Reaktion überraschte ihn nicht. Corbett gehörte einem Teil ihrer Vergangenheit an, den sie am liebsten aus ihrem Gedächtnis streichen würde ... Rosie zuliebe. Ihre Tochter war als kleines Kind entführt worden, und Marianne hatte lange Zeit verzweifelt nach ihr gesucht, bis Corbett ihr vor vierzehn Jahren schließlich die Informationen lieferte, mit deren Hilfe sie ihre Kleine endlich wiederfand.

Sie hatte sich in der Gewalt eines üblen Schurken befunden, der glücklicherweise nicht dazu gekommen war, seinen degenerierten Plan in die Tat umzusetzen. Als sie Rosie aufspürten, hatte er ihr nichts Schlimmeres angetan, als sie zu verwöhnen und ihr jeden Wunsch zu erfüllen. Um ihre Tochter vor einem noch größeren Schock zu bewahren, hatte Marianne ihr die wahren Absichten des widerwärtigen Bastards verschwiegen.

Stattdessen erzählte sie dem achtjährigen Mädchen, dass der Kerl sie entführt habe, weil er sich ein eigenes Kind wünschte. Damals hatte Rosie die Erklärung ohne Einwände akzeptiert und sich seitdem scheinbar nie wieder den Kopf darüber zerbrochen, während sie ihr neues Leben im Schoße der Kent-Familie aus vollen Zügen genoss.

Aber Ambrose war nicht entgangen, dass seine Tochter sich in letzter Zeit verändert hatte. Obwohl er kein abergläubischer Mann war, konnte er nicht umhin, Corbetts Wiederauftauchen als unheilvolles Omen zu deuten. Damit wollte er seine Frau allerdings nicht beunruhigen.

„Er hat Revelstoke wichtige Informationen über Miss Frenchs Komplizen geliefert", berichtete er sachlich. „Offenbar ließ der Gesuchte sich öfter in den Tavernen des Eastends blicken, also wollen wir uns morgen einmal genauer dort umsehen."

„Und das war alles, was Corbett wollte?", hakte Marianne nach.

„Soweit ich weiß, ja."

„Er hat nicht ... nach Rosie gefragt?"

Ambrose legte ihr einen Finger unter das Kinn und hob es sanft an, bis sie ihm in die Augen sah. „Nein, er hat kein Wort über sie verloren. Ich hätte es beinahe erwartet, als ich zu ihm ging, um ihn über Miss Frenchs Tod zu informieren, aber er verhielt sich völlig professionell und erwähnte weder dich noch Rosie", versicherte er ihr. Dann zögerte er kurz, bevor er hinzufügte: „Für einen Mann seines Gewerbes ist er ein wahrer Gentleman."

„Das mag wohl sein", gab Marianne mit finsterer Miene zu. „Zumindest hat er sich mir gegenüber immer äußerst zuvorkommend verhalten. Aber er ist einer der wenigen, die über Rosies Vergangenheit Bescheid wissen. Dass sie an diesen Schurken verkauft wurde ... zu einem solch unvorstellbar abscheulichen Zweck." Sie schluckte schwer und fügte dann mit zitternder Stimme hinzu: „Unsere Tochter darf niemals davon erfahren. Aus diesem Grund müssen wir sie von Corbett fernhalten."

Ambrose streichelte ihr beruhigend über den Rücken. „Wir werden sie um jeden Preis beschützen. Das verspreche ich dir, Liebling."

„Trotzdem mache ich mir Sorgen um sie, Ambrose. Diese Ballsaison verlief so enttäuschend für sie, dass sie immer ... verzweifelter wird. Mit ihrem jetzigen Verhalten wird sie kaum eine geeignete Partie finden." Resigniert nagte Marianne an ihrer Unterlippe. „Und wie sie sich erst Polly gegenüber benommen hat ... Ich habe ihr gesagt, dass ich mehr von ihr erwartet hätte, weshalb sie nun auch mir die kalte Schulter zeigt."

„Ich werde mit ihr reden", versprach Ambrose stirnrunzelnd. „So darf sie nicht mit ihrer Mutter umspringen."

„Ich werde schon mit ihr fertig. Vergiss nicht, von wem sie ihren Sturkopf geerbt hat. Mir tut nur die arme Polly so leid", seufzte sie. „Ich kann nicht glauben, dass Rosie ihr eine glückliche Zukunft mit Revelstoke missgönnt, obwohl sie doch genau weiß, wie schwer sie es ihr Leben lang hatte. Außerdem war sie nie wirklich an dem Grafen selbst interessiert, sondern nur an seinem Titel."

„Wohingegen Polly ihn aus Gründen erwählt hat, die ich nicht verstehe", murmelte Ambrose.

Ein belustigtes Lächeln umspielte ihre Lippen. „Wirklich nicht, Liebling? Sie mag zwar deine kleine Schwester sein, aber sie ist auch eine erwachsene Frau."

„Bitte, erinnere mich nicht daran." Es gab gewisse Dinge, über die ein älterer Bruder sich niemals den Kopf zerbrechen wollte. „Obwohl er bei Weitem nicht so übel ist, wie ich angenommen hatte, verstehe ich einfach nicht, warum eine anständige Dame wie sie einen Kerl mit seiner Vergangenheit haben will."

„Die Frage könntest du ebenso gut Emma oder Thea stellen",

neckte Marianne ihn. „Offenbar haben alle deine Schwestern eine kleine Schwäche für missverstandene Wüstlinge."

Er stieß einen missmutigen Laut aus. „Wenigstens hat Violet sich für einen ehrbaren Mann entschieden."

„Das liegt daran, dass *sie* der Wildfang in ihrer Beziehung ist", erwiderte seine Frau lächelnd, bevor sie sich zu ihm beugte und ihm ins Ohr flüsterte: „Ich persönlich bevorzuge ja einen aufrechten Gentleman." Dabei ließ sie ihre Finger über seinen Oberkörper nach unten wandern. Die Berührung brachte sein Blut in Wallung. „Insbesondere wenn alles an ihm *aufrecht* ist. Oh, da scheine ich ja heute Glück zu haben!"

Trotz des ungezügelten Verlangens, das ihn durchflutete, schob er sie ein Stück von sich weg und fragte: „Bist du dir sicher, dass wir das dürfen?"

„Der Arzt sagte, ich könne ohne Bedenken meinen alltäglichen Aktivitäten nachgehen", erwiderte sie mit einem sinnlichen Lächeln. „Also solltest du deine Pflichten als Ehemann nicht vernachlässigen, Liebling."

Das würde ihm im Traum nicht einfallen. Immerhin war Pflichtbewusstsein seine größte Tugend.

$\approx$ 26 $\approx$

Zum ersten Mal in ihrem Leben amüsierte Polly sich auf einer Abendveranstaltung. In Begleitung von Emma und dem Herzog machte sie die Runde durch den festlich geschmückten Ballsaal, fest entschlossen, ihr wunderschönes Kleid vorzuführen. Wann immer sie Komplimente erhielt – was häufig vorkam –, lobte sie die Arbeit ihrer Schützlinge in den höchsten Tönen.

„Es ist unglaublich, wie gescheit diese Kinder sind", sagte sie beispielsweise. Oder auch: „Ich habe noch nie so fleißige und wissbegierige Schüler erlebt."

Zu ihrer Überraschung reagierten viele der Gäste mit regem Interesse und fragten sogar, ob sie die Akademie besichtigen könnten, was die Hunts durchaus begrüßten. Mit jedem erfolgreichen Gespräch wuchs Pollys Selbstbewusstsein. Endlich einmal war sie nicht das schüchterne Mauerblümchen, sondern eine junge Frau mit einem noblen Ziel, und sie konnte es kaum erwarten, dass Sinjin eintraf, um dieses Glücksgefühl mit ihr zu teilen.

Einen etwas peinlichen Zwischenfall gab es allerdings doch. Als eine Schar Neuankömmlinge sich in den Ballsaal drängte, stieß sie mit jemandem zusammen, und als sie sich umdrehte, um sich zu entschuldigen, stand sie keinem Geringeren als Lord Brockhurst gegenüber.

Sie starrte ihn mit hochroten Wangen an. Es war ihr erstes Wiedersehen seit dem Vorfall im Garten der Kitburns.

„Miss Kent", stammelte er. „Sie sehen so ... anders aus."

Er hingegen war ganz der Alte: ein gut aussehender, aber nichtssagender Märchenprinz, dessen Charakter ebenso zweidimensional war wie die Darstellungen in Bilderbüchern. Brockhurst besaß weder Sinjins männliche Autorität noch seine Wärme oder seinen Scharfsinn. Und warum war ihr zuvor nie aufgefallen, wie fliehend sein Kinn war?

„Guten Abend, Mylord", begrüßte sie ihn steif.

„Das ... ist jetzt ein wenig unangenehm, finden Sie nicht?", murmelte er betreten.

Früher fand sie die Art, wie er sich mit der Hand durch seine leicht zerzauste, blonde Lockenpracht fuhr, hinreißend, aber nun empfand sie nichts als Unmut darüber, ihm ihr Geheimnis anvertraut zu haben. Er hatte ihr Vertrauen überhaupt nicht verdient.

Aber was geschehen war, ließ sich nun einmal nicht mehr rückgängig machen. Aus irgendeinem wundersamen Grund hatte er bislang niemandem von ihrer anomalen Fähigkeit erzählt, und nach mehr als einem Jahr würde er wohl kaum damit anfangen.

„Meine Schwester und ihr Gemahl erwarten mich", sagte sie.

„Warten Sie", rief er, bevor sie sich zum Gehen wandte. „Ich habe von Ihrer Verlobung gehört. Ist es wahr?"

Hielt er es für so unwahrscheinlich, dass jemand *sie* heiraten wollte? „Ja, ist es", erwiderte sie schnippisch. „Wenn Sie mich jetzt entschuldigen würden ..."

„Ich muss oft an Sie denken, Polly", unterbrach er sie hastig. „Zwischen uns besteht eine Verbindung, und ich bereue es zutiefst, dass ich nie um Sie geworben habe."

Verwirrt starrte sie ihn an. Seiner Aura nach zu urteilen, meinte er es ernst. Vor nicht allzu langer Zeit hätte sie alles dafür gegeben, diese Worte von ihm zu hören, aber nun ... bedeuteten sie ihr rein gar nichts.

„Ich halte es für das Beste, die Vergangenheit ruhen zu lassen. Guten Abend, Mylord." Damit machte sie auf dem Absatz kehrt und steuerte auf Emma zu, die ihr von der Tanzfläche aus zuwinkte.

Wenig später stand sie unter einer der zahlreichen Topfpalmen und nippte an ihrem zweiten Glas Champagner. Nachdem der Schock ihres unerwarteten Zusammentreffens mit Brockhurst verflogen war, fühlte sie sich seltsam euphorisch. Ihr war klar geworden, wie sehr sie sich verändert hatte, und wie viel besser ihr diese neue Polly gefiel.

Während sie Emma und ihren Herzog beim Tanzen beobachtete, wurde sie plötzlich von drei umwerfend schönen Damen umringt, die zu Mariannes besten Freundinnen zählten.

„Oh, Polly, Sie sehen einfach hinreißend aus!", schwärmte Mrs Hunt, die ein atemberaubendes Gewand aus saphirblauem Crêpe de Chine trug.

„Dieser Farbton passt perfekt zu Ihren Augen", pflichtete Lady Helena Harteford, gekleidet in einen Traum aus violetter Seide, ihr bei. „Und zu dem beeindruckenden Ring an Ihrem Finger."

„Darf ich Ihnen ganz herzlich gratulieren?", fragte Charity Fines, eine zierliche Dame mit modischem Kurzhaarschnitt. Ihr schillerndes Abendkleid brachte ihre strahlenden Augen vortrefflich zur Geltung. „Ich kenne den Grafen von Revelstoke zwar nicht persönlich, aber ich war hocherfreut – und auch ein wenig überrascht –, von Ihrer Verlobung zu erfahren."

Polly errötete leicht. „Vielen Dank. Zugegeben, es ging alles ziemlich schnell."

„So ist das nun mal mit der Liebe", merkte Mrs Hunt fröhlich an. „Sie gleicht einem Wirbelwind."

„Nicht immer, das versichere ich Ihnen", sagte Lady Harteford und verdrehte die Augen. Aus irgendeinem Grund brachen ihre Freundinnen in schallendes Gelächter aus.

„Helena hat recht", stimmte Mrs Fines mit einem verschwörerischen Lächeln zu. „Ich war jahrelang in meinen Gemahl verliebt, bevor er es endlich bemerkte."

„Das liegt daran, dass er ein Holzkopf ist", erwiderte Mrs Hunt trocken.

„Was höre ich da? Du redest doch nicht etwa über deinen Lieblingsbruder?", verlangte Mr Fines zu wissen, der sich soeben zu ihnen gesellt hatte. Ihm folgten Lord Harteford sowie Mr Hunt, die sich neben ihre jeweiligen Herzensdamen stellten.

„Offensichtlich, da du mein *einziger* Bruder bist", konterte Mrs Hunt.

„Und dennoch habe ich es geschafft, mir eine der bemerkenswertesten Frauen Londons zu angeln." Fines küsste die Hand seiner Gemahlin, welche vor Verlegenheit errötete. „Also ehrlich, Liebling, ich werde nie verstehen, wie du mit einer solch hochnäsigen Person wie meiner Schwester befreundet sein kannst."

„Pass auf, was du sagst, Fines", knurrte Mr Hunt, dessen muskulöse Statur und grimmige Miene ihm ein bedrohliches Aussehen verliehen. Doch Polly bemerkte auch die liebestrunkene Aura, die ihn umgab, wann immer er seine Frau ansah.

„Genau, Paul, pass bloß auf, was du sagst", wiederholte seine Schwester mit einem schelmischen Funkeln in den Augen.

„Du hast leicht reden, mit diesem Kraftprotz von einem Mann an deiner Seite", gab Mr Fines zurück.

Lord Harteford legte seiner Gemahlin einen Arm um die Taille und flüsterte ihr laut genug, dass es alle hörten, zu: „Die beiden sind ja schlimmer als unsere Jungen."

„Und das will schon etwas heißen", erwiderte diese seufzend.

Polly, die schon öfters in den Genuss gekommen war, Zeit mit den vier Wildfängen der Hartefords zu verbringen, konnte dem nur zustimmen. Gerade wollte sie sich nach den Kindern erkundigen, als sie plötzlich ein Prickeln in ihrem Nacken verspürte. Stirnrunzelnd drehte sie sich um ... und erstarrte.

Sinjin hatte soeben den Raum betreten und stolzierte zielstrebig auf sie zu.

Obwohl er natürlich immer umwerfend aussah, ließ er ihren Herzschlag an diesem Abend ganz besonders in die Höhe schnellen. Sein rotbraunes Haar glänzte im Schein der Kronleuchter, und sein sauber rasiertes, markantes Gesicht war der Inbegriff männlicher Schönheit. In seiner schlichten, aber eleganten Abendgarderobe strahlte er Macht und Autorität aus. Gleichzeitig besaß er ein natürliches Charisma, das die Blicke aller Anwesenden auf sich zog, die er passierte. Sie mussten seine Aura spüren, auch wenn sie diese nicht sehen konnten.

So intensiv hatte sie die ihn umgebende Energie noch nie erlebt. Das Leuchten, das von ihm ausging, war so hell, so intensiv und sinnlich, dass ihr Körper unwillkürlich darauf reagierte. Ihre Brustwarzen versteiften sich, und eine feuchte Hitze breitete sich zwischen ihren Schenkeln aus.

„Ist *das* Ihr Graf?", flüsterte Mrs Fines.

„Meine Güte", hauchte Lady Harteford.

„Gut gemacht, Polly!" Mrs Hunt zwinkerte ihr vielsagend zu.

Als Sinjin sie erreichte, musterte er sie mit einem solch eindringlichen Blick, dass ihr die Luft wegblieb und sie alles andere um sich herum vergaß. Sie spürte seine heißen Lippen durch ihren Handschuh, als er sie zur Begrüßung küsste.

„Mein Mauerblümchen hat also endlich die Verkleidung abgelegt und zeigt sich in voller Blüte", flüsterte er heiser. „Ihre Schönheit ist betörend, Miss Kent."

Unter seiner unverhohlenen Bewunderung *fühlte* sie sich schön.

„Sie sehen auch ganz wundervoll aus", platzte sie heraus.

Er schenkte ihr ein umwerfendes Lächeln. „Darf ich Sie um den nächsten Tanz bitten?"

In diesem Moment bemerkte sie, dass das Orchester die

ersten Klänge eines Walzers anspielte.

„Ja, gerne", erwiderte sie atemlos.

Schnell warf sie ihren Gesprächspartnerinnen einen Blick zu, um deren Erlaubnis einzuholen.

Alle drei nickten breit grinsend.

Dann ergriff sie Sinjins Arm und ließ sich mit wild klopfendem Herzen von ihm auf die Tanzfläche führen.

Sinjin hatte bereits mit unzähligen Frauen getanzt, aber wie immer war auch dies mit Polly eine völlig neue Erfahrung. Plötzlich war ein Walzer so viel mehr als nur mechanische Schritte zu einer Melodie, erzwungene Konversation oder eine qualvolle Pflicht, während der er seinen Gedanken nachhing und das Ende des Tanzes herbeisehnte. Seine Zukünftige in den Armen zu halten und ihr in die unbeschreiblich tiefblauen Augen zu schauen, während sie sich zum Takt der Musik wiegten, fühlte sich einfach nur *richtig* an. Er gab sich völlig der Magie des Augenblicks hin, wünschte sich, ihr noch viel näher sein zu können ... so nahe, wie zwei Menschen sich nur sein konnten.

An diesem Abend erstrahlte ihre natürliche Schönheit heller denn je. *Gott*, wie bezaubernd sie in diesem Kleid aussah! Am liebsten würde er sie auf einem Porträt verewigen lassen, um diesen hypnotisierenden Anblick niemals zu vergessen. Gleichzeitig wollte er ihr das kunstvolle Gewand vom Leib reißen und sie nehmen, sich ganz in ihrer Wärme verlieren. Als er sie in eine Drehung führte, lachte sie atemlos und er bemerkte, wie andere Männer ihr lüsterne Blicke zuwarfen ... Jedem einzelnen von ihnen würde er nur zu gerne einen ordentlichen Kinnhaken verpassen.

Nachdem der Walzer geendet hatte, musste er sich zwingen, sie loszulassen. Das Bedürfnis, ihr nahe zu sein, war so überwältigend, dass er sich einen Augenblick allein mit ihr wünschte.

Während er sie zu ihren Begleitern zurückbrachte, flüsterte er ihr zu: „Wir treffen uns in ein paar Minuten auf dem Balkon."

Sie starrte ihn überrascht an, und einen Moment lang fürchtete er, sie würde ihm einen Korb geben. Doch dann fragte sie leise: „Auf welchem?"

„Dem dort hinten in der Ecke, mit den zugezogenen Vorhängen." Es schien ihm der geeignetste Platz für ein wenig Privatsphäre zu sein, weit genug entfernt vom Buffet und der Tanzfläche. „Sagen wir, in etwa zehn Minuten?" Gebannt hielt er den Atem an, während er auf ihre Antwort wartete.

Sie nickte schüchtern, aber mit strahlenden Augen.

Ein berauschendes Gefühl der Euphorie durchflutete ihn.

Nach einer gefühlten Ewigkeit entschuldigte Polly sich bei ihrer Schwester mit dem Vorwand, die Toilette aufsuchen zu müssen. Sie entfernte sich in die angegebene Richtung, schlug dann jedoch einen Haken und steuerte so unauffällig wie möglich auf den Balkon zu, auf dem Sinjin sie erwartete. Sie wusste nicht, ob es am Champagner lag, oder an dem großen Erfolg des Abends oder daran, in den Armen ihres Zukünftigen getanzt zu haben, aber sie fühlte sich freier und *lebendiger* als jemals zuvor.

Sie sehnte sich nach Sinjins Nähe, mehr noch als nach der Luft zum Atmen ... *und ihm erging es genauso.* Die wilde Energie, mit der er sie begehrte, war deutlich wahrzunehmen.

Erfüllt von einer zügellosen Sehnsucht erreichte sie ihren geheimen Treffpunkt. Glücklicherweise war das Buffet soeben mit neuen Köstlichkeiten aufgefüllt worden und zog die Aufmerksamkeit der hungrigen Gäste auf sich, sodass Polly unbemerkt durch die schweren Samtvorhänge schlüpfen konnte. Sie betrat den Balkon und schloss die Glastüren hinter sich. Einen Moment lang stand sie reglos in der Dunkelheit, bevor sich ein Paar warme, muskulöse Arme um sie schlangen.

❧ 27 ❧

ENDLICH WIEDER IHRE WÄRME ZU SPÜREN, BRACHTE SINJIN beinahe um den Verstand. Das silberne Mondlicht spiegelte sich in ihren Augen wider, und ihr Lächeln schien sämtliche Geheimnisse des Universums zu bergen. In diesem Moment existierte nichts außer ihnen: ein Mann und eine Frau, allein in einem Garten aus nächtlicher Stille, in dem man die knisternde Spannung zwischen ihnen förmlich hören konnte.

„Gott, du bist so unglaublich schön." Zärtlich ließ er seine Hände über ihre entblößten Schultern gleiten, genoss das Gefühl ihrer seidigen Haut, wie sie unter seiner Berührung erschauderte. „Ich habe dich vermisst, Kätzchen."

„Ich dich auch", flüsterte sie schüchtern.

Sie war so lieblich, dass er sich nicht länger beherrschen konnte. Er umschloss ihr Gesicht mit beiden Händen und presste seine Lippen gegen die ihren. Ihr Aroma berauschte ihn wie ein edler Whisky, setzte seinen ganzen Körper in Brand. Wild vor Verlangen vertiefte er den Kuss, ließ seine Zunge fordernd in ihren Mund gleiten, und als er spürte, wie sie die ihre ebenso eifrig gegen seine rieb, verlor er völlig die Kontrolle. Er drängte sie in eine Ecke, wo die Balustrade an die Hauswand angrenzte, hob sie auf die Brüstung und drückte sie gegen das kühle Gemäuer.

Sein Verstand war dem animalischen Bedürfnis gewichen, sie zu berühren, zu schmecken, mit Haut und Haaren zu der seinen zu machen.

Er stellte sich zwischen ihre gespreizten Beine, presste sich an sie und küsste sie mit voller Inbrunst. Ihre Lippen gaben ihm bereitwillig alles, was er von ihr forderte. Bald schon war ihm das jedoch nicht mehr genug ... er wollte mehr. Also löste er sich von ihr und knabberte an ihrem samtig weichen Ohrläppchen. Zitternd schmiegte sie sich an ihn, und als er seine Hände zu ihren vollen Brüsten gleiten ließ, spürte er, wie steif ihre Brustwarzen unter dem Mieder waren.

Seine Erektion begann schmerzhaft zu pulsieren. Hastig schob er ihre Röcke nach oben, überwältigt von dem Bedürfnis, sie Haut an Haut zu spüren. Kaum hatten seine Finger ihre heiße, feuchte Pussy berührt, drehte er vollkommen durch vor Lust.

„Gott, du bist ja klatschnass für mich." Mit einer tiefen Genugtuung rieb er ihre Perle, benetzte die empfindliche Haut mit ihrem Nektar. „Du willst mich in dir spüren, nicht wahr?"

„O ja", keuchte sie. „Ich sehne mich nach dir."

Ihre Worte trieben ihn schier an den Rand des Wahnsinns. Mit zitternden Fingern öffnete er die Knöpfe an seiner Hose und befreite seinen geschwollenen Schaft aus dem beengenden Stoff. Er packte seine Erektion und ließ seine Eichel an ihrer Spalte entlanggleiten, bis er ihren Kitzler erreichte. Sie stöhnten beide vor Wonne auf, während er fortfuhr, seinen Schwanz gegen ihre empfindlichste Stelle zu reiben. Als sie ihren Höhepunkt erreichte, fiel sein Name wie der Ruf einer Sirene von ihren Lippen ... ein Ruf, dem er nicht widerstehen konnte.

Mit quälender Begierde führte er seine Eichel zwischen ihre feuchten Schamlippen.

„Ich brauche dich, Polly", flüsterte er mit kehliger Stimme.

Sie erwiderte seinen Blick, und in ihren Augen lag eine so unverhohlene Sehnsucht, dass es ihm den Atem raubte.

„Ich bin dein", hauchte sie.

Ein tiefes Stöhnen entriss sich seiner Brust und endlich, *endlich* vereinte er seinen Körper mit dem ihren.

Polly zuckte zusammen. Es fühlte sich seltsam, aber auch wunderbar an, Sinjin in sich zu spüren.

Ihre Körper schienen wie füreinander gemacht zu sein. Seit dem Moment ihrer ersten Begegnung hatte er ihr eintöniges Leben mit seiner beeindruckenden Präsenz ausgefüllt, und nun füllte er damit auch ihre intimste Stelle. Instinktiv zogen ihre Scheidenmuskeln sich um seinen dicken, heißen Schaft zusammen.

„Polly?" Unverhohlenes Begehren flackerte um ihn herum. Seine Pupillen waren geweitet, sodass das Blau seiner Augen kaum noch zu erkennen war. Er musste sich offensichtlich zwingen, sich nicht zu bewegen. „Soll ich aufhören?"

Ein Gefühl der Zärtlichkeit durchflutete sie. Der anfängliche Schmerz war verflogen, und mittlerweile genoss sie den seltsamen, aber willkommenen Druck, der sich in ihr aufbaute. Vorsichtig ließ sie die Hüften kreisen, wodurch er noch tiefer in sie eindrang und gequält aufstöhnte.

„Habe ich dich verletzt?", fragte sie erschrocken.

„Dasselbe wollte ich dich gerade fragen", presste er stirnrunzelnd hervor. „Du bist so unglaublich eng. Fühlt es sich unangenehm an?"

„Nein, ich glaube ... ich gewöhne mich daran."

„Gut. Ich lasse es langsam angehen. Sag mir, wenn ich aufhören soll."

Wie versprochen begann er, sich langsam in ihr zu bewegen, obwohl es ihn offensichtlich einiges an Selbstbeherrschung kostete. Mit jedem weiteren Stoß entspannte sie sich und spürte nach einer Weile sogar ein elektrisierendes Kribbeln, das sich von ihrer intimsten Stelle durch ihren ganzen Körper ausbreitete. Etwas Heißes, Erwartungsvolles begann in ihr zu brodeln. Instinktiv schlang sie die Beine um seine Hüften, um ihn noch näher an sich zu ziehen.

„Gott, ja", stöhnte er und sah ihr tief in die Augen. „Kannst du noch mehr von meinem Schwanz in dir aufnehmen?"

Als sie zustimmend wimmerte, ließ er sein Becken ruckartig nach vorne schnellen, und erst da merkte sie, wie sehr er sich zurückgehalten hatte. Mit dem nächsten Stoß glitt er tiefer in sie hinein als je zuvor und berührte etwas in ihr, das ihr sowohl den Atem als auch die Sinne raubte. Sie vergrub die Finger in seinen Schultern und ließ den Kopf zurück gegen die Hauswand sinken, kaum noch in der Lage, die süßen Qualen, die er ihr bescherte, zu ertragen. Der Druck in ihr wurde immer stärker, bis sie plötzlich von ihrer Ekstase übermannt wurde und mit einem lauten, verzückten Schrei in seinen starken Armen kam.

„Verdammt, ich kann spüren, wie feucht du bist, wie fest du mich umklammerst ..." Verzweifelt presste er seine Lippen gegen die ihren und sein Stöhnen vibrierte durch ihren Körper, als er sich mit einem heftigen Schaudern in sie ergoss.

Benommen hörte sie die Musik anschwellen und fragte sich verwirrt, ob das auch zu der ausklingenden Ekstase gehörte, in der sie noch immer schwelgte.

Doch dann ertönte plötzlich eine schrille Stimme: „Was um alles in der Welt geht denn hier vor sich?"

„Das gibt es doch nicht!", rief eine andere.

Sinjin zuckte zusammen, zog sich hastig aus ihr zurück und richtete ihre Röcke, bevor er sich die Hose zuknöpfte. Dann wirbelte er herum, darauf bedacht, sich schützend vor ihr aufzubauen. Die empörten Gesichter und sensationslüsternen Auren der beiden Damen, die soeben den Balkon betreten hatten, verrieten ihr jedoch, dass es zu spät war.

$\maltese$ 28 $\maltese$

Eine Woche später stand Polly vor dem Spiegel in ihrem Schlafgemach und ließ sich von ihren älteren Schwestern in ihr Brautkleid helfen. In zwei Stunden würden Sinjin und sie heiraten. Wegen des Skandals, den sie verursacht hatten, blieb ihnen nichts anderes übrig. Sie hatten die Sondergenehmigung des Bischofs erhalten, und nun war es so weit. Polly war ein einziges Nervenbündel, aber die Anwesenheit ihrer Familie spendete ihr den dringend benötigten Trost.

Am Abend zuvor war ihr Bruder Harry eingetroffen. Ambrose würde sie zum Altar führen, unten im großen Salon, den Marianne mit einer Farbenpracht aus bunten Blumen geschmückt hatte. Maisie, Olivia und Francesca sollten ihr vorausgehen und Rosenblüten streuen.

Auch ihre Schwester Violet hatte es rechtzeitig zur Trauung geschafft.

„Ich kann nicht glauben, dass du tatsächlich hier bist", sagte Polly mit zitternder Stimme zu Vi, während diese gerade ihre Schleppe richtete. „Carlisle muss schneller als Helios höchstpersönlich gefahren sein."

Der Vicomte war in der Tat ein begnadeter Reiter, dessen Pferdezuchtprogramm zu den renommiertesten des Landes gehörte. Dank seiner außerordentlichen Fahrkünste war es ihm gelungen, seine Frau und ihren Sohn Jamie innerhalb kürzester Zeit von Schottland nach London zu bringen.

„Eigentlich durfte *ich* den Großteil des Weges fahren“, verriet Violet ihr mit einem spitzbübischen Grinsen. Ihre Schwester war schon immer ein Wildfang gewesen, aber seit ihrer Vermählung mit Carlisle war sie etwas reifer geworden, was ihre lebhafte, goldene Aura jedoch keineswegs verblassen ließ.

„Kein Wunder“, merkte Emma trocken an. „Der Mann lässt dir ja wirklich alles durchgehen.“

„Das stimmt nicht! Er weiß einfach, wann er sich geschlagen geben muss und wann nicht“, erwiderte Vi leichthin. „Aber genug von mir ... Unsere Polly ist diejenige, die heute vor den Altar tritt. Himmel, sieh dich nur an! Unser Nesthäkchen ist auf einmal so erwachsen.“

„Du bist wirklich eine bezaubernde Braut, Liebes“, stimmte Thea zu, die gerade dabei war, weiße Rosen in Pollys Locken zu stecken. Mit einem verträumten Seufzer fügte sie hinzu: „Hoffentlich wird dein Hochzeitstag ebenso unvergesslich wie meiner.“

Trotz der Zweifel, die in ihr aufkeimten, brachte Polly ein Lächeln zustande. Die ganze Woche über war sie verunsichert gewesen, aber nicht, was ihre eigenen Gefühle anging. Nein, sie wusste genau, dass sie Sinjin heiraten wollte, sonst hätte sie seinen Ring nicht angenommen ... ihm nicht ihre Jungfräulichkeit geschenkt.

Sie bereute nicht, was sie getan hatte. Seine ungezügelte Leidenschaft in jenem Moment zu spüren, hatte etwas Wildes, Elektrisierendes in ihr geweckt, ihr bewusst gemacht, dass sie so viel mehr für ihn empfand als ursprünglich angenommen: Sie war nicht nur dabei, sich in ihn zu verlieben, sie *liebte* ihn bereits. Und weil sie nun mal eine Kent war, wusste sie, dass diese Liebe für die Ewigkeit währen würde.

Seiner Gefühle für sie hingegen war sie sich alles andere als sicher, nicht zuletzt wegen seines seltsam distanzierten Verhaltens während der letzten Woche. Bereute er, was zwischen ihnen vorgefallen war? Wollte er sie vielleicht nicht länger heiraten? Für sie war die Vereinigung ihrer Körper und Seelen die wundervollste Erfahrung ihres Lebens gewesen ... aber was wusste sie schon? Im Gegensatz zu ihm kannte sie sich in Sachen Fleischeslust überhaupt nicht aus. Was, wenn sie seinen früheren Eroberungen nicht das Wasser reichen konnte, ihn irgendwie enttäuscht hatte ...?

„Was ist denn nur los mit dir, Liebes?"

Emmas fragender Tonfall riss sie aus dem Strudel aufsteigender Panik. „Äh, nichts. Gar nichts. Es geht mir gut."

Seit ihre Geschwister den Grund für die voreilige Eheschließung erfahren hatten, waren sie Sinjin gegenüber eher misstrauisch eingestellt. Obwohl sie ihnen zu erklären versuchte, dass sie ebenso verantwortlich für ihr leichtsinniges Verhalten war wie er, schaffte sie es nicht, die Vorbehalte ihrer Familie zu zerstreuen. Dabei wünschte sie sich nichts sehnlicher, als dass sie ihn mit offenen Armen in ihrem Kreis aufnahmen.

„Warum bist du dann plötzlich so kreidebleich geworden? Und wenn du noch weiter an deiner Lippe nagst, ist bald nichts mehr davon übrig." Liebevoll legte Emma ihr die Hände auf die Schultern. „Ich mag zwar nicht deine besondere Gabe besitzen, aber ich kenne dich gut genug. Du kannst uns alles erzählen, egal, was dich bedrückt. Das weißt du doch?"

Unter ihrem wachsamen, fürsorglichen Blick konnte Polly nicht länger an sich halten und brach von einer Sekunde zur nächsten in Tränen aus.

Em hielt sie fest im Arm, bis sie sich wieder ein wenig beruhigt hatte. Anschließend ließ sie sich mit ihren Schwestern auf dem Bett nieder und berichtete ihnen stockend von ihren Ängsten.

„E-er h-hat sich drei Tage lang n-nicht blicken lassen", schniefte sie in das Taschentuch, das Thea ihr gereicht hatte. „Und als er dann e-endlich auftauchte, war e-er so ... komisch." Sorgenvoll dachte sie an die düstere Aura zurück, die ihn bei seinem letzten Besuch umgeben hatte. Noch nie zuvor hatte sie ihn so *grimmig* erlebt.

„Hast du ihn denn gefragt, was ihn bedrückt?", fragte Emma stirnrunzelnd.

Polly nickte. „Er hat sich überschwänglich für das, was vorgefallen ist, entschuldigt. Insbesondere für seine mangelnde Selbstkontrolle." Er hatte Reue und Selbsthass ausgestrahlt, aber auch noch etwas anderes ... eine tiefergehende Verzweiflung, die sie nicht verstand. „Obwohl er behauptete, dass sonst alles in Ordnung sei, konnte ich *sehen*, dass das nicht stimmte. Warum wollte er mir nicht sagen, was ihm wirklich Sorgen bereitete? Es sei denn ... *ich* war der Grund?" Verzweifelt vergrub sie die Finger in der Bettdecke.

„Ich an deiner Stelle würde keine voreiligen Schlüsse ziehen", erwiderte Emma in sachlichem Tonfall. „Vergiss nicht, am Tag nach dem Ball ließ er dir gleich eine Nachricht zukommen, um zu erklären, warum er dich nicht sofort besuchte. Und zwar, weil er sich um die Sondergenehmigung des Bischofs kümmerte."

Damit hatte sie recht.

„Außerdem hat er dir jeden Tag Zeichen seiner Wertschätzung geschickt", fügte Thea hinzu und deutete auf die zahlreichen Blumengestecke, die Pollys Zimmer mit ihrem süßen Duft erfüllten.

„Also bitte, diese Klunker, die sie trägt, würde ich nicht nur als mickrige *Zeichen* betiteln", schnaubte Vi.

Polly ließ ihre Finger über das Armband und die Ohrringe aus Diamanten und Aquamarin streifen, die er ihr zusammen mit einer kurzen Nachricht geschickt hatte:

Kätzchen,

die hier mögen zu deinem Ring und der Kette passen, aber niemals der Schönheit deiner Augen gerecht werden.

S.

Sie hatte die ganze Woche über mit dem Zettel unterm Kopfkissen geschlafen. Und dennoch …

„Warum verhält er sich dann so distanziert?", fragte sie bekümmert.

„Vielleicht versucht er nur, den Schein zu wahren?", mutmaßte Violet. „Meine Güte, Polly, immerhin hat er dich auf einem *Balkon* entjungfert. Bestimmt will er die Gerüchteküche nicht noch weiter schüren, indem er jeden Tag wie ein übereifriger Bräutigam auf deiner Türschwelle aufkreuzt."

Polly errötete bis zu den Haarwurzeln … aber Verlegenheit war immer noch besser als Verzweiflung.

„Auch wenn Vi sich nicht gerade vornehm ausgedrückt hat", mischte Em sich ein und warf ihrer unverblümten Schwester einen strengen Blick zu, den diese mit einem frechen Grinsen quittierte, „hat sie durchaus recht. Wahrscheinlich wollte Revelstoke weiteren Klatsch und Tratsch vermeiden und hält sich deshalb zurück." Sie hielt inne, fügte dann jedoch leise hinzu: „Ein wenig spät, wenn du mich fragst. Das Kind ist bereits in den Brunnen gefallen."

„Seine Reserviertheit könnte auch andere Gründe haben", sagte Thea und tätschelte Polly die Hand. „Bevor Tremont und ich uns vermählten, verhielt er sich ähnlich. Damals dachte ich ebenfalls, dass er es sich womöglich anders überlegt hätte. Tatsächlich glaube ich, dass es mir genauso ging wie dir jetzt."

„Wirklich? Und wie hast du das Problem gelöst?"

„Indem ich Tremont darauf angesprochen habe", erklärte sie. „Dadurch erfuhr ich, dass nicht ich der Grund für seine Zurückhaltung war, sondern seine Vergangenheit. Er war verunsichert, weil er nicht wusste, ob er einen guten Ehemann abgeben würde. Könnte das auch auf Revelstoke zutreffen?"

Polly ließ sich ihre Worte durch den Kopf gehen. Sinjin hatte ihr erzählt, dass er kein einfacher Mann sei, dass er sich vor Intimität scheute, weil sie seiner Erfahrung nach nur zu Enttäuschung führte. Sie konnte seine Gefühle durchaus verstehen, insbesondere, wenn sie daran dachte, aus welchen Familienverhältnissen er stammte. Er hatte sowohl seinen Bruder als auch seine Mutter verloren, die beiden wichtigsten Menschen in seinem Leben.

Von daher wunderte es sie auch nicht, dass seine übrige Verwandtschaft nicht an der Hochzeit teilnehmen würde. Sie hatte Sinjin dazu überredet, den Actons Einladungen zu schicken, was er nur äußerst widerwillig tat. Als Antwort erhielten sie höfliche, aber knappe Absagen.

War es angesichts dieser angespannten Familiengeschichte überraschend, dass es ihm Unbehagen bereitete, seine Zukunft mit einer anderen Person zu teilen? Plötzlich erkannte sie, wie ähnlich sie sich in dieser Hinsicht doch waren. Von Anfang an hatte sie in ihm dieselbe Einsamkeit wahrgenommen, die auch in ihr existierte. Obwohl sie im Schoß einer liebevollen Familie aufgewachsen war, wusste sie, wie man sich als Außenseiter fühlte. Wie es war, abgelehnt und verlassen zu werden.

Sinjin hatte ihr gestanden, dass seine zahlreichen Bewunderer ihn nur seines Titels, Geldes oder auch Körpers wegen verehrten. Nie hatte jemand ihn seiner selbst wegen geliebt oder geachtet ... den intelligenten, leidenschaftlichen und ehrbaren Mann, den Polly in ihm sah.

„Weil er so beliebt und selbstbewusst ist, vergesse ich manchmal, dass auch er verunsichert sein könnte", gab sie kleinlaut zu. „Dass er ebenso menschlich und fehlbar ist wie ich."

„Liebes, du stehst deinem Grafen in *nichts* nach", erwiderte Emma mit Nachdruck. „Dein Problem ist, dass du ständig deinen eigenen Wert unterschätzt. Solltest du daher irgendwelche Zweifel hegen, was ihn betrifft, dann sag es uns *jetzt*." Sie musterte Polly besorgt. „Ich weiß, dass du aufgrund dringlicher

Umstände heiratest, aber wenn du deine Meinung geändert hast, werden wir dich unterstützen ...“

„Nein, ich will seine Frau werden“, versicherte sie ihrer Schwester schnell. „Dessen bin ich mir ganz sicher.“

Ein Klopfen an der Tür unterbrach zu ihrer Erleichterung das Gespräch. Vi ging hinüber, um sie zu öffnen, und Rosie trat ein. Der Anblick ihrer besten Freundin in einem hübschen, weißen Musselinkleid und mit verunsicherter Miene ließ Pollys Herz schneller schlagen.

„Polly ... kann ich kurz mit dir reden?“, fragte Rosie.

Sie nickte.

„Wir lassen euch beiden besser allein“, sagte Thea lächelnd.

Nachdem ihre übrigen Schwestern den Raum verlassen hatten, herrschte einen Augenblick lang angespanntes Schweigen. Doch noch während Polly sich verzweifelt überlegte, was sie sagen sollte, platzte Rosie heraus: „Es tut mir so leid, Pols. Ich habe mich einfach *fürchterlich* benommen! Eigentlich wollte ich mich schon seit Tagen bei dir entschuldigen, aber ich schämte mich so sehr und ...“

Erleichtert rannte sie zu ihrer Schwester hinüber und umarmte sie fest. „Nein, mir tut es leid“, flüsterte sie, selig vor Glück, als sie Rosies Arme um sich spürte. „Ich habe dich verletzt ...“

„Du hast es ja nicht absichtlich getan. Das ist mir jetzt klar. Ich war nur so wütend und frustriert über meine Situation, dass ich alles an dir ausgelassen habe. Du hast mir mein Glück überhaupt nicht gestohlen, und trotzdem wollte ich dir deines nicht gönnen. Das war höchst ungerecht von mir.“ Rosie löste sich von ihr und sah sie mit Tränen in den Augen an. „Kannst du mir jemals verzeihen?“

Erleichterung schnürte ihr die Kehle zu. „Es gibt nichts zu verzeihen.“

„Doch, denn ich habe mich dir gegenüber schrecklich verhalten, wo ich doch eigentlich für dich hätte da sein sollen, um über alles zu reden und dein Glück mit dir zu teilen. Nein, fang du jetzt nicht auch noch an zu weinen!" Rosie tupfte ihr die Tränen mit ihrem eigenen Taschentuch ab und schob sie dann wieder zurück vor den Spiegel. „Heute ist der wichtigste Tag deines Lebens, da musst du einfach perfekt aussehen. Beste Freundinnen und Schwestern dürfen die Braut nicht mit verheulten Augen und einer Rotznase vor den Altar treten lassen!"

Sie war so glücklich, ihre Rosie wiederzuhaben, dass ihr Herz vor Freude Purzelbäume schlug. Während die Freundin um sie herumschwirrte und alles zurechtzupfte, flüsterte Polly mit einem Anflug von Wehmut: „Ich habe dich so vermisst. Und ich kann nicht glauben ... dass wir uns heute Lebewohl sagen müssen." Erst jetzt war ihr so richtig bewusst geworden, dass sie nach der Hochzeit ihr altes Leben zurücklassen und ihren Platz an der Seite ihres Ehemanns einnehmen würde.

„Du ziehst doch nicht auf die Äußeren Hebriden, Dummchen. Euer Stadthaus ist gerade mal fünf Minuten mit der Kutsche entfernt." Trotz ihres neckischen Tonfalls bemerkte sie ein Zittern in Rosies Stimme. „Wir werden uns immer noch ständig sehen ... vor allem jetzt, da ich nicht mehr die beleidigte Leberwurst spiele. Versuch nicht, mir zu widersprechen", unterbrach sie sich, bevor Polly protestieren konnte. „Es stimmt nämlich. Außerdem müssen wir beide früher oder später erwachsen werden. Und vielleicht ist es notwendig, einen Teil dieses Wegs allein zu gehen."

Ihre Worte versetzten Polly einen Stich ins Herz. Rosie hatte ja recht. So schmerzhaft es auch gewesen war, die Schwester nicht ständig um sich zu haben, hatte es ihr doch den Antrieb gegeben, Entscheidungen über ihre eigene Zukunft zu treffen.

Nach ein paar letzten Handgriffen am Brautkleid trat Rosie einen Schritt zurück und betrachtete sie. „Wo wir gerade von Erwachsenwerden sprechen ... Würdest du mir bitte erklären, wie es dazu kommt, dass du nach zwei Wochen Funkstille zwischen uns plötzlich zum modischen Schmetterling avancierst, obwohl ich dich seit Jahren vergeblich genervt habe, deine Garderobe zu überdenken?" Sie deutete auf Pollys Spiegelbild.

Gehorsam betrachtete sie das vollendete Gesamtwerk. Sie hatte sich für himmelblaue Seide entschieden, weil die Farbe sie an Sinjins Augen erinnerte. Obwohl Madam Rousseau das Gewand in aller Eile hatte anfertigen müssen, ließ die Qualität nichts zu wünschen übrig. Das Kleid war perfekt auf Polly zugeschnitten und umschmeichelte ihre Figur. Der juwelenbesetzte Gürtel betonte ihre schmale Taille, der V-förmige Ausschnitt ihr üppiges Dekolleté. Feine, silberne Spitze säumte das Mieder, die Puffärmel sowie den mehrlagigen Unterrock.

„Ich dachte, es sei an der Zeit, etwas Neues auszuprobieren", murmelte sie.

„Wegen Revelstoke, nicht wahr? Weil du ihn liebst?"

Sie biss sich auf die Unterlippe, nicht bereit, die kaum verheilten Wunden erneut aufzureißen.

„Du kannst es mir sagen, Pols." Rosie bedachte sie mit einem ernsten Blick. „Ich mochte ihn wegen seines Titels und weil er gut aussieht, aber mein Herz war nie wirklich involviert ... das wissen wir doch beide. Deshalb wünsche ich mir, dass du in ihm findest, woran meine Oberflächlichkeit mich hindert, und dass du so geliebt wirst, wie du es verdienst."

„Du bist nicht oberflächlich! Nach allem, was du durchstehen musstest, ist es nur verständlich, dass du dir einen Mann wünschst, der dir Sicherheit bieten kann."

„Du siehst wirklich immer das Beste in jedem." Gerührt drückte die Schwester ihre Hand. „Jetzt musst du nur noch lernen, es in dir selbst zu sehen. Also, liebst du Revelstoke?"

„Ja", flüsterte sie.

„Und liebt er dich?"

Sie schüttelte den Kopf. „Aber das ist in Ordnung. Was seine Gefühle anbelangt, war er von Anfang an ehrlich zu mir. Er hält nichts von emotionalen Verwicklungen ... was mir nur recht ist, weil ich nicht vorhabe ..."

„Ihm von deiner Gabe zu erzählen?", beendete Rosie den Satz.

„Meinem Fluch, wohl eher", erwiderte Polly und fügte dann seufzend hinzu: „Sieh mich nicht so an. Du weißt genau, wie ich darüber denke."

„Hast du deshalb Papas Angebot abgelehnt, die Flitterwochen in eurem Häuschen zu verbringen?" Wieder einmal war ihre Schwester viel zu scharfsinnig.

Ambrose und Marianne hatten vorgeschlagen, sie solle sich mit Sinjin in die gemütliche kleine Hütte in Chudleigh Crest zurückziehen, was Polly jedoch mit der Begründung ablehnte, dass sie in der Stadt bleiben wollte, bis dessen Fall gelöst wäre. Das entsprach zumindest teilweise der Wahrheit – sie hatten gemeinsam beschlossen, die Flitterwochen zu verschieben, bis Nicolettas Komplize gefasst wurde –, aber, wie Rosie richtig vermutete, steckte noch etwas anderes dahinter.

„Zum ersten Mal in meinem Leben findet ein Mann mich schön. Ich will nicht, dass er mich so sieht wie ... die Dorfbewohner mich sehen", erklärte Polly mit zitternder Stimme. „Ich will nicht wieder die seltsame Polly sein."

„Oh, diesen unverschämten Bauerntölpeln würde ich am liebsten mal ordentlich die Leviten lesen!", empörte Rosie sich. „Hör gut zu, Pols, das alles ist längst Vergangenheit. Du darfst nicht zulassen, dass die Grausamkeit der Kinder und die Ignoranz der Erwachsenen dich für den Rest deines Lebens verfolgt."

„Ich habe gelernt, damit umzugehen", wandte sie stockend ein, „aber das bedeutet nicht, dass ich mich zukünftig Spott und Zurückweisung aussetzen möchte. Ich will das alles endlich hinter mir lassen. Versteh das doch bitte."

„Das tue ich ja", seufzte ihre Schwester. „Und weil heute dein Hochzeitstag ist, will ich auch nicht länger darauf herumreiten. Versprich mir nur eines ..."

„Ja?", fragte sie zögerlich.

Rosie ergriff ihre Hände. In ihren Augen glitzerten Tränen.

„Wenn du mich schon verlässt, dann tu es aus den richtigen Gründen. Finde dein Glück, Schwesterherz.“

„Ich gebe mein Bestes.“ Ein tiefes, unendliches Gefühl der Liebe durchflutete sie ... Es war dieselbe Emotion, die Rosies goldene Aura zum Strahlen brachte. „Solange du mir dasselbe versprichst.“

$$\text{❦ } 29 \text{ ❦}$$

F RISCH GEBADET ENTLIEß S INJIN SEINEN K AMMERDIENER FÜR die Nacht und schenkte sich einen Scotch ein. Sein ganzer Körper vibrierte vor Euphorie. Der heutige Tag war zweifellos einer der besten seines Lebens, aber nicht etwa, weil er Geburtstag hatte. Diesem Anlass hatte er nie besondere Beachtung geschenkt. Nein, es lag vor allem daran, dass Polly sich in ihrem Privatzimmer nebenan bettfertig machte.

Und in wenigen Augenblicken würde er sich zu ihr gesellen ... *zu seiner Frau.*

Ich habe es geschafft. Endlich ist sie die meine.

Irgendwie war es ihm gelungen, nicht wieder alles zu vermasseln ... obwohl es beinahe zu einer Katstrophe gekommen wäre.

So war es immer mit seinen Teufeln. Sie schlichen sich hinterrücks an ihn heran und rissen die Kontrolle über seinen Willen und sein Urteilsvermögen an sich, wenn er es am wenigsten erwartete. Auf dem Ball hätte er die überschwängliche Euphorie eigentlich als warnendes Zeichen erkennen müssen, aber er schrieb seine verrücktspielenden Gefühle Polly zu ... was ja auch irgendwie stimmte. Als er sie erblickt hatte, so strahlend schön und voll sinnlichem Selbstvertrauen, war ihm die Erregung zu

Kopf gestiegen. Im Nachhinein betrachtet war es natürlich der schwarze Teufel gewesen, der ihm zugeflüstert hatte, sich zu nehmen, was ihm gehörte.

Und das tat er dann auch. Noch dazu auf einem verdammten Balkon.

Gott, dabei hatte sie so viel mehr verdient für ihr erstes Mal.

Ein vertrauter Strudel aus Reue und Selbsthass erfasste ihn. Während der letzten Woche hatte er schwer zu kämpfen gehabt. Nach dem Ball war er in ein tiefes Loch gestürzt, geplagt von der blauen Bestie, die seinen Kopf mit entsetzlichen Gedanken füllte.

Du hast Polly ruiniert, du elender Bastard. Was wirst du tun, wenn sie herausfindet, wie erbärmlich und feige du wirklich bist, hm? Sie wird dich verachten ... dich verlassen.

Er nahm einen weiteren Schluck Whisky, um die eisige Panik, die in ihm aufzusteigen drohte, zu verdrängen. Nun, da er wieder klar denken konnte, verspürte er einen Anflug von Triumph, denn obwohl diese Episode ihm einiges abverlangt hatte, hielt er verbissen an seinem Hoffnungsschimmer fest, vergaß nie, was wirklich wichtig war: Polly. Der Gedanke an sie hatte ihn sicher durch die tiefen, dunklen Gewässer geleitet.

Am Morgen nach dem Ball hatte er sich trotz seiner niedergeschlagenen Stimmung zum Erzbischof von Canterbury geschleppt, um die Sondergenehmigung für die Hochzeit einzuholen. Anschließend hatte er veranlasst, dass Polly jeden Tag Blumen erhalten sollte. Zudem schrieb er ihr eine Nachricht, in der er seine Abwesenheit entschuldigte. Auf keinen Fall sollte sie ihn in seinem miserablen Zustand sehen. Wie es der Zufall wollte, hatte er bereits die fehlenden Schmuckstücke zu ihrem Aquamarin-Set besorgt. Eigentlich war es seine Absicht gewesen, ihr diese in einem besonderen Moment zu überreichen, aber so mussten sie eben als Entschuldigung herhalten, während er sich wie ein Schwächling in seinem Bett verkroch.

Was zählt ist, dass wir diesen Sturm gemeinsam überstanden haben. Nach drei Tagen, als es ihm zumindest ein wenig besser ging, war er direkt zu ihr gegangen. Zweifellos hatte sein Verhalten sie verletzt, und doch war sie bereit, bei ihm zu bleiben.

Und nur das zählte.

Dankbarkeit und Verwunderung erfüllten ihn gleichermaßen. Seine frisch gebackene Gräfin war eine loyale Frau, die ihm auch in schweren Zeiten zur Seite stehen würde, im Gegensatz zu seiner Familie, deren Abwesenheit während der Zeremonie und dem darauffolgenden Frühstück regelrecht spürbar gewesen war. Nicht, dass er etwas anderes erwartet hätte, und es war ihm auch egal. Mit Polly würde er die leeren Stühle in Zukunft schon zu füllen wissen.

Durch die Wand hörte er, wie sie ihrer Kammerzofe eine gute Nacht wünschte. Nun war seine Braut allein ... und sie erwartete ihn. Voller Vorfreude und Ungeduld warf er noch einen letzten Blick in den Spiegel.

Da er es gewohnt war, nackt zu schlafen, trug er unter seinem seidenen Morgenmantel nichts weiter. Kurz überlegte er, ob er nicht doch lieber ein Nachthemd überziehen sollte. Keine seiner bisherigen Eroberungen, ob Dirne oder weltgewandte Dame, hatte Entsetzen über die Narben auf seinem Rücken geäußert ... aber Polly gehörte keiner dieser Kategorien an. Sie war keine bedeutungslose Bettgespielin. Sie war seine Frau, und dies war ihre Hochzeitsnacht.

Er sah, wie sein Spiegelbild abfällig die Mundwinkel verzog. *Du bist, wer du bist.* Wenn er seinen Rücken nicht für immer vor ihr verbergen wollte, wäre es wohl besser, es gleich hinter sich zu bringen. Außerdem waren die Narben, was schändliche Geheimnisse anbelangte, ja wohl seine geringste Sorge.

Also beschloss er, sie weder zu verstecken noch direkt anzusprechen. Wie sie darauf reagieren würde, war ihre Sache. Zufrieden mit diesem Entschluss, stellte er sein leeres Glas ab, schnürte seinen Morgenmantel fester zu und klopfte dann forsch an die Tür zwischen ihren Gemächern.

„Herein", ertönte die liebliche Aufforderung seiner Frau.

Aufgeregt beobachtete Polly, wie Sinjin ihr Zimmer betrat.

Der ganze Tag war ihr wie ein einziger Traum vorgekommen. Zu ihrer Erleichterung war er wieder ganz der Alte, seine Aura so lebhaft und strahlend blau wie zuvor. Außerdem hatte er sie mit so viel Aufmerksamkeit und Zuwendung überhäuft, dass sie sich ernsthaft fragte, ob ihre Zweifel vielleicht nichts weiter als voreheliche Nervosität gewesen sein mochten.

Und noch nie hatte sie ihre Familie mehr geliebt als heute, denn jeder einzelne von ihnen war bemüht gewesen, Sinjin in Abwesenheit seiner eigenen Verwandtschaft so herzlich wie möglich in ihrer Mitte aufzunehmen. Insbesondere mit Harry hatte er sich auf Anhieb verstanden, da die beiden fast gleich alt waren und sich beinahe schon fanatisch für den Boxkampf begeisterten. Dank der ausgelassenen Stimmung und den zahlreichen Trinksprüchen hatte das „Frühstück" nach der Trauung sich bis abends hingezogen. Ambrose setzte dem Ganzen schließlich ein Ende, als er die Frischvermählten in ihre wohlverdiente Zweisamkeit entließ.

Jetzt, da Polly in ihrem neuen Zuhause war, das sie sich mit ihrem frisch angetrauten Gemahl teilte, ging ihr nur ein Gedanke durch den Kopf: *Dieser anbetungswürdige Kerl ist mein Mann?*

Sinjins Haare waren noch feucht von seinem Bad und kräuselten sich leicht an den Enden. Sein sündhaft attraktives Gesicht war glatt rasiert, und seine Augen funkelten im schwachen Licht der Lampen. Er trug einen schwarzen Morgenmantel aus Seide, dessen leicht geöffneter Ausschnitt einen Blick auf seine behaarte, muskulöse Brust freigab.

Er strahlte eine sinnliche Männlichkeit aus, nach der sie sich mit jeder Faser ihres Körpers verzehrte. Ihr Atem ging schneller, ihre Brustwarzen versteiften sich, und sie spürte eine feuchte Hitze zwischen ihren Schenkeln.

Langsam kam er auf sie zu. Als er angeklopft hatte, wurde sie von einer plötzlichen Panik übermannt, nicht so recht wissend, wie sie sich am besten positionieren sollte. Ihn auf dem Bett sitzend zu erwarten, erschien ihr zu forsch ... auf einem Sessel vor dem Kamin jedoch zu prüde. Wie verhielt man sich als frisch gebackene Ehefrau angemessen? Unschlüssig verharrte sie schließlich, wo sie gerade stand, am Fußende des Bettes, und starrte ihn, wie sie zu ihrer Verlegenheit bemerkte, wie eine Närrin an.

Er legte ihr einen Finger unter das Kinn. „Woran denkst du gerade?"

„Ich verstehe jetzt, warum man dich den Gott der Lustbarkeit nennt", platzte sie heraus.

Amüsiert hob er die Brauen.

„Alles, was dir fehlt, sind ein Leopardenfell und ein Thyrsos. Und vielleicht ein paar Mänaden und Satyrn, die dir auf Schritt und Tritt folgen", fügte sie hinzu, wobei sie sich unglaublich albern vorkam.

„So groß sind diese Gemächer auch wieder nicht. Ich bezweifle, dass wir eine ganze Prozession darin unterbringen könnten", bemerkte er mit einem Zucken um die Mundwinkel. „Und was ist überhaupt ein Thyrsos?"

„Ein langer Stab, auf dem ein Pinienzapfen sitzt. Der Sage nach ist er ein Symbol der Fruchtbarkeit", erklärte sie und wünschte sich sogleich, sie könnte die Worte zurücknehmen. Wie in aller Welt kam sie nur darauf, ausgerechnet in ihrer Hochzeitsnacht über derartige Themen zu sprechen?

„Was nicht alles an interessantem Wissen in deinem hübschen Kopf steckt", murmelte er. „Ich nehme an, das hast du deinem Vater, dem Schulmeister, zu verdanken?"

Sie nickte stumm, fest entschlossen, kein einziges Wort mehr zu äußern. Nie wieder.

Sinjin wickelte sich eine ihrer Locken um den Finger und rieb das seidige Haar zwischen Daumen und Zeigefinger. „Wenn ich also Bacchus bin ... bist du dann meine Ariadne?"

Entgegen seiner Absicht rief der Vergleich eine unangenehme

Erinnerung in ihr wach. In gewisser Weise war sie wie die mythenhafte Prinzessin Kretas, da auch sie von einem Mann hintergangen worden war. Bevor Bacchus Ariadne fand und rettete, hatte Theseus sie auf eine einsame Insel verbannt ... der Held, der durch ihre Hilfe den Minotaurus besiegte und aus dem Labyrinth entkam. Auch Polly war ein ähnliches Unrecht widerfahren: Brockhurst hatte sie benutzt, um eine Wette zu gewinnen, nur um sie dann achtlos fallen zu lassen.

Warum dachte sie überhaupt darüber nach? Ihre Vergangenheit hatte keinen Platz in ihrer Gegenwart oder in der Zukunft, die ihr in Form ihres überaus attraktiven Ehemanns gegenüberstand, dessen Aura vor Verlangen nach ihr glühte. Nach *ihr* ... der seltsamen Polly Kent. Sie konnte kaum glauben, wie wohlgesonnen das Schicksal ihr gegenüber war.

„Ich bin doch keine Göttin", druckste sie verlegen.

„Ach, nein? Dann habe ich mich wohl geirrt." Er legte ihr eine Hand an die Wange und bedachte sie mit einem so zärtlichen Blick, dass ihr die Luft wegblieb. „Seit unserer ersten Begegnung war ich überzeugt, dass sich hinter deinen bezaubernden Augen eine göttliche Weisheit verbirgt. Dass du etwas in mir gesehen hast, das nie zuvor jemandem auffiel. Ich muss wohl mein eigenes Schicksal darin erkannt haben."

Dann küsste er sie, und ihre Nervosität ließ ein wenig nach, wich einer aufkeimenden Leidenschaft. Gott, wie sie ihn vermisst hatte. Seine fordernden Lippen, sein berauschendes Aroma betörten ihre Sinne und ließen jeden Zweifel verschwinden. Er war unwiderstehlich, er war real, und er war allein der ihre. Als sie sich nach einer Weile voneinander lösten, waren sie beide außer Atem.

Sanft ließ er seinen Daumen über ihre Wange gleiten. „Ich weiß, ich bin ein Schuft, aber ich bereue nicht, was auf dem Balkon zwischen uns geschehen ist, denn es führte uns genau hierher. Es machte dich zu der meinen ... auch wenn du viel mehr verdient hättest für dein erstes Mal."

„Mehr?", fragte sie ungläubig. „Ich bin mir nicht sicher, ob ich das ausgehalten hätte."

„Oh, ganz bestimmt, Liebling." Sein träges, verführerisches Lächeln ließ ihr Herz höher schlagen. „Ich habe nie zuvor eine Frau getroffen, die so voller Leidenschaft war wie du. Bisher bist du jedes Mal mindestens zweimal für mich gekommen ... und dabei hatte ich dich noch nicht mal in einem Bett."

Sie errötete heftig. War das etwa ... unnormal? „Hältst du mich für verrucht?"

„Allerdings." Bevor seine Worte sie in Panik versetzen konnten, küsste er sie sanft und flüsterte gegen ihre Lippen: „Du bist verrucht und lieblich zugleich, und ich bin der größte Glückspilz der Welt, weil ich dich zu der meinen gemacht habe, bevor es ein anderer tat."

„Ich bin diejenige, die sich glücklich schätzen darf", erwiderte sie aufrichtig.

„Das freut mich zu hören, aber du irrst dich", erwiderte er mit ernstem Blick. „Du bist ein Geschenk, Polly, eines, das ich mir nie hätte träumen lassen, aber anstatt ungläubig den Kopf darüber zu schütteln, freue ich mich lieber darauf, dich auszupacken." Neckisch zerrte er an dem Band ihres Morgenmantels. „Ein umsichtiger Ehemann würde gewiss das Licht dämpfen ... aber ich möchte dich gerne sehen, Liebling."

Sie begriff, dass er ihr die Entscheidung überließ, und dafür liebte sie ihn.

Sie wusste auch, wie ihre Entscheidung lautete.

Ohne den Blick von seinem abzuwenden, trat sie einen Schritt zurück und griff nach dem Band, das ihren Morgenmantel zusammenhielt. Sie holte tief Luft, um all ihren Mut zusammenzunehmen, und dann löste sie den Knoten, ließ den Stoff von ihren Schultern gleiten und achtlos zu Boden fallen. Mit angehaltenem Atem wartete sie ab, während er in sich aufnahm, was sie darunter trug.

„Verdammt noch mal", flüsterte er, völlig überwältigt.

Seine kehligen Worte – gepaart mit dem lustvollen Pulsieren seiner Aura – stärkten ihr Selbstvertrauen. Also hatten ihre Schwestern sie hinsichtlich ihrer Wahl für die Hochzeitsnacht gut beraten. Erst war sie entsetzt gewesen bei der Vorstellung, etwas so Freizügiges zu tragen: Das weiße Satinnegligé war tief ausgeschnitten und entblößte ihren gesamten Rücken. Der mit Spitze besetzte Saum endete knapp unter den Knien. Das hauchdünne Kleidchen wurde nur durch ein dünnes, kirschrotes Band um ihren Hals gehalten.

Während sie dastand und überlegte, was sie als Nächstes tun sollte, fand er seine Sprache wieder.

„Es gibt nichts, wofür du dich vor mir schämen müsstest, Liebling. Du kannst stolz sein auf alles, was du hast und bist." Sein lüsterner Blick schien sie von Kopf bis Fuß zu verschlingen. „Das weißt du doch hoffentlich?"

„Ich schäme mich nicht." Wie könnte sie auch, wenn er sie mit einer solch unverhohlenen Bewunderung musterte? „Es ist nur ... Da ich ja dein Geschenk bin, würdest du gerne die Schleife lösen?" Mit hochroten Wangen deutete sie auf das Band um ihren Nacken.

Der Ausdruck in seinen Augen verriet ihr, dass sie die richtige Wahl getroffen hatte.

Ihr Puls schnellte in die Höhe, als seine rauen Fingerspitzen ihre zarte Haut berührten. Mit stockendem Atem beobachtete sie, wie er langsam und genüsslich an dem roten Stoffbändchen zog, als wolle er jede Sekunde dieses Moments auskosten. Dann ließ er das Band los und verfolgte gebannt, wie es auf dem Weg nach unten den oberen Teil des Negligés mit sich zog.

Polly spürte denn seidigen Stoff über ihre Haut gleiten, der kurz an ihren steifen Brustwarzen hängenblieb, bevor er sich wie eine zweite Haut von ihrem Körper schälte und zu Boden fiel. Unter Sinjins glühendem Blick richtete sie sich stolz auf und reckte die Brust heraus. Es faszinierte sie ungemein, eine solche

Wirkung auf einen Mann mit seiner Erfahrung haben zu können. Gebannt wartete sie, was er als Nächstes tun würde.

„Du bist das erlesenste Geburtstagsgeschenk aller Zeiten", flüsterte er bewundernd.

Seine Aura leuchtete so kraftvoll, dass es einen Moment dauerte, bis sie seine Worte realisierte.

„Du hast heute Geburtstag?", rief sie aus. „Was? Warum hast du denn nichts gesagt?"

„Habe ich doch gerade", erwiderte er zerstreut, abgelenkt von ihrer Brust in seiner Hand.

Obwohl sie erschauderte, als sein rauer Daumen ihren harten Nippel umkreiste, weigerte sie sich, die Sache auf sich beruhen zu lassen. „Aber du hättest früher Bescheid sagen sollen, damit wir dich entsprechend hätten feiern können. Ich habe nicht mal ein Geschenk für dich ..."

„Ich habe meinen Geburtstag noch nie gefeiert", sagte er, doch bevor sie etwas erwidern konnte, fügte er mit heiserer Stimme hinzu: „Polly, willst du wissen, was ich mir wirklich wünsche?"

„Was?" Sie war gewillt, ihm alles zu geben, was er verlangte.

Bevor sie wusste, wie ihr geschah, lag sie plötzlich mit dem Rücken auf der Matratze. Sinjin hatte sich seitlich neben ihr ausgestreckt und betrachtete sie wie ein Verhungernder, der ein Festmahl vor Augen hatte. Langsam und besitzergreifend ließ er einen Finger zwischen ihren Brüsten entlangstreifen.

„Dich. *Meine* Frau." Sein Blick schien vor Begehren zu glühen.

Dann vergrub er das Gesicht in ihrem Hals und reizte die zarte Haut mit seinen Lippen und Zähnen. Bevor sie sich ihrer Lust hingab, schwor sie sich, später noch einmal auf seinen Geburtstag zu sprechen zu kommen. Jeder weitere Gedanke daran flog jedoch aus dem Fenster, als er ihre Brüste packte und abwechselnd an ihren steifen Knospen saugte, bevor er seine Finger zwischen ihre geschwollenen Schamlippen gleiten ließ und anfing, ihre Scheide in einem unerbittlichen Rhythmus zu massieren. Mit jeder Bewegung rieb er seine Handfläche gegen ihr empfindliches Zentrum der Lust, bis sie beinahe gewaltsam von ihrer Ekstase übermannt wurde.

„Gott, du bist wahrlich eine Augenweide, wenn du kommst", knurrte er voller Bewunderung. Seine Worte ließen ihren Puls nur noch schneller rasen. „Ich frage mich, ob du ebenso gut schmeckst, wie du aussiehst ..."

Eifrig senkte er den Kopf und bahnte sich mit den Lippen einen Weg an ihrem Körper hinunter, von den Rippen über die weiche Schwellung ihres Bauches, wo er spielerisch die Zunge in ihren Bauchnabel gleiten ließ und sie zum Lachen brachte. Entzückt von dem Laut kitzelte er ihre Kniebeuge, um ihr ein weiteres Glucksen zu entlocken. Dann kniete er sich zwischen ihre Schenkel, und ihr Gelächter ging schlagartig in lautes Stöhnen über, als er sie an ihrer intimsten Stelle küsste.

„Köstlich", murmelte er und sah zu ihr auf. Sein Blick spiegelte ein solches Begehren wider, dass auch ihre Flamme der Lust erneut aufloderte. „Ich liebe dein Aroma, Polly. Gott, ich könnte dich die ganze Nacht lang lecken. Spreiz die Beine weiter auseinander, Liebling. Zeig mir, dass du es ebenso sehr willst wie ich."

Wimmernd folgte sie seiner Aufforderung, und schon spürte sie, wie seine Zunge zwischen ihre Schamlippen tauchte und neckisch über ihre Spalte fuhr. Während sein geschickter Mund sie beinahe um den Verstand brachte, vergrub sie verzweifelt die Finger in seinen seidigen Locken. Mehr noch als seine Berührungen war es jedoch sein Anblick, der ihre Ekstase schürte: die Röte auf seinen Wangen, die angestrengte Falte zwischen seinen Brauen. In dem Wissen, dass sie diese Wirkung auf ihn hatte, erreichte sie erneut ihren Höhepunkt, angetrieben von seiner Zunge, die unablässig ihre überempfindliche Perle liebkoste.

Als sie mit einem lauten Aufschrei kam, richtete er sich auf und zerrte am Band seines Morgenmantels. Ohne sich die Mühe zu machen, diesen ganz abzustreifen, beugte er sich über sie und küsste sie leidenschaftlich, während seine geschwollene Eichel den Weg zu ihrer feuchten Spalte fand. Sie seufzte gegen seine Lippen, als er in sie stieß. Diesmal war der Druck, den sie verspürte, nicht schmerzhaft, sondern befriedigend und erfüllend.

„Polly?"

„Ja", hauchte sie als Antwort auf seine unausgesprochene Frage. „Es fühlt sich gut an, Sinjin. So *unglaublich* gut."

Stöhnend begann er, sich in ihr zu bewegen, wobei sein krauses Brusthaar wiederholt gegen ihre empfindlichen Nippel rieb und ihr Schauer um Schauer durch den Körper jagte. Sie ließ die Hände unter seinen Morgenmantel wandern, berührte jeden Zentimeter von ihm, den sie zu fassen bekam. Je härter sein dicker Schaft in sie stieß, desto fester krallte sie sich in seine muskulösen Schultern. Die Nähe zwischen ihnen ging weit über das Körperliche hinaus. Eine solche Verbindung hatte sie noch nie zuvor gefühlt, wusste nicht einmal, wie sehr sie sich danach gesehnt hatte.

Offenbar spürte er es auch, denn er knurrte ihr ins Ohr: „Leg die Beine um meine Hüften, ich will noch tiefer in dir sein, dich ganz haben."

Sie folgte seiner Aufforderung, presste die Schenkel an seine schlanke Taille, die Waden in die Beuge seiner Lenden. Seine großen Hände packten ihren Hintern und drückten ihre Hüften zurück, und die veränderte Position erlaubte ihm, sie noch tiefer zu nehmen. Sie stöhnte laut auf, als sein mächtiger Schaft in diesem Winkel unablässig gegen ihre Perle rieb, bis ihre Pussy vor Lust zu pulsieren begann.

„Sinjin", wimmerte sie, „ich ... ich komme gleich noch einmal ..."

„Ja, Liebling." Sein glühender Blick bohrte sich in sie, seine Hüften kreisten immer schneller und härter. „Komm für mich, lass uns gemeinsam den Höhepunkt erreichen."

Sie zitterte und bebte, bis der Druck in ihrem Inneren schier unerträglich wurde und sie sich mit einem heftigen Schaudern ihrer dritten Erlösung an diesem Abend hingab. Während sie sich von den Wogen ihrer Wonne überrollen ließ, spürte sie, wie er seine Finger mit ihren verflocht und noch ein paar Mal in sie stieß, bis seine Lust in einer explosiven Ekstase gipfelte. Sein lautes, lustvolles Stöhnen vermischte sich mit ihren Schreien zu einer sinnlichen Harmonie.

282

von den Wogen ihrer Wonne überrollen ließ, spürte sie, wie er seine Finger mit ihren verflocht und noch ein paar Mal in sie stieß, bis seine Lust in einer explosiven Ekstase gipfelte. Sein lautes, lustvolles Stöhnen vermischte sich mit ihren Schreien zu einer sinnlichen Harmonie.

❧ 30 ❧

Polly befand sich in einem wunderbaren Traum. Wärme umhüllte sie, sie fühlte sich sicher und geborgen, jede Faser ihres Körpers war entspannt und erfüllt von tiefer Befriedigung. Allerdings kitzelte sie irgendetwas an der Nase, und so sehr sie sich auch bemühte, gelang es ihr nicht, den Kopf zu bewegen. Etwas Schweres hielt sie gefangen.

Langsam erwachte sie und öffnete blinzelnd die Augen, verwirrt über den Anblick, der sich ihr bot: eine muskulöse, männliche Brust, deren bronzefarbene Behaarung verantwortlich für das Jucken ihrer Nase gewesen war. Daneben die Silhouette eines starken Bizepses, und dahinter die Umrisse eines unbekannten Zimmers, das von dem schwachen Licht erhellt wurde, welches durch einen Spalt zwischen den Vorhängen hereindrang.

Ein unbeschreibliches Glücksgefühl durchflutete sie, als ihr klar wurde, dass es sich nicht um einen Traum handelte, sondern um die Realität ... *ihre* Realität. Einen Moment lang lag sie einfach nur da und genoss es, in den Armen ihres Ehemannes aufzuwachen. Sinjin hielt sie auch im Schlaf fest an sich gedrückt, als wolle er keinen Augenblick von ihr getrennt sein. Plötzlich fiel ihr wieder ein, was er ihr letzte Nacht gestanden hatte.

Ich habe meinen Geburtstag noch nie gefeiert. Die Vorstellung betrübte und empörte sie zutiefst. Wie hatte seine Familie nur so kaltherzig sein können? Von jetzt an würde sie dafür sorgen, dass alle seine zukünftigen Geburtstage in großem Stil zelebriert wurden.

Bald schon verspürte sie ein dringendes Bedürfnis, und da sie Sinjin nicht aufwecken wollte, löste sie sich so vorsichtig wie möglich aus seiner Umarmung, bevor sie aus dem Bett stieg. Sie fand ihren Morgenmantel auf dem Boden liegend vor, verheddert mit dem ihres Mannes. Lächelnd befreite sie den schlichten Baumwollstoff von der schwarzen Seide und zog ihn sich über. Dabei warf sie einen bewundernden Blick auf ihren schlafenden Gemahl.

In diesem entspannten Zustand war er sogar noch attraktiver als sonst. Der Anflug eines Lächelns umspielte seine vollen Lippen, als schwelgte er in süßen Träumen (war es verwegen zu hoffen, dass sie darin vorkam?). Er lag auf dem Rücken, den Oberkörper entblößt, und unter der Bettdecke, die ihn von den Hüften abwärts verhüllte, zeichnete sich deutlich der Umriss seines eindrucksvollen Glieds ab. Der Anblick ließ ihre Scheidenmuskeln vor Sehnsucht pulsieren.

Gute Güte. Selbst im Schlaf war ihr Liebster der Inbegriff männlicher Potenz.

Sie schalt sich im Stillen für ihre Schamlosigkeit – freute sich gleichzeitig jedoch diebisch über die gerechtfertigten Gründe –, bevor sie eilig im angrenzenden Badezimmer verschwand. Als sie zurückkehrte, lag Sinjin immer noch schlafend im Bett, hatte sich inzwischen jedoch auf die Seite gedreht. Schnell entledigte sie sich ihres Morgenmantels und war schon mit einem Knie auf der Matratze, als ihr Blick plötzlich auf seinen entblößten Rücken fiel.

Schockiert schnappte sie nach Luft und stolperte rücklings gegen den Nachttisch, wodurch der gläserne Lampenschirm laut klirrte.

„Polly?" Schläfrig drehte Sinjin sich zu ihr um und betrachtete sie mit einem trägen, lasziven Ausdruck in den sturmblauen Augen. Eine rotbraune Locke hing ihm wild in die Stirn. „Warum stehst du da drüben?"

Sie konnte nicht verdrängen, was sie gesehen hatte. Die weißen Narben auf seiner Haut, ein Beweis unzähliger Gräueltaten.

„Was ist mit deinem Rücken passiert?", flüsterte sie.

Sofort wirkte er angespannt und setzte sich mit verschlossener Miene auf.

„Nichts", erwiderte er kühl.

„Wer hat dir das angetan?", wollte sie mit zitternder Stimme wissen.

„Ich sagte doch, es ist nichts. Wenn die Narben dich stören, kann ich ein Hemd überziehen. Jetzt komm endlich wieder ins Bett."

„Natürlich stören sie mich ... weil jemand dich verletzt hat! Sag mir, *wer* es war."

Er presste die Zähne zusammen und starrte sie unverwandt an. Seine eben noch so ruhige Aura war ein Sturm aus Wut und anderen Emotionen, die sie in ihrem aufgewühlten Zustand nicht zu deuten vermochte.

„War es dein Vater?", hakte sie nach.

Sie hatte den Herzog nie besonders leiden können, schon allein deswegen, weil er nicht an die Unschuld seines Sohnes hatte glauben wollen und sich nicht einmal auf dessen Hochzeit blicken ließ. Nun brachte der Gedanke, dass er Sinjin als Kind misshandelt haben könnte – denn die Narben waren ebenso alt wie zahlreich – das Fass zum Überlaufen. Grimmig ballte sie die Hände zu Fäusten, überwältigt von dem Bedürfnis, diesem furchtbaren Mann den Hals umzudrehen.

„Seine Gnaden hätte niemals Energie darauf verschwendet, seinen Zweitgeborenen zu züchtigen", wiegelte Sinjin gelassen ab ... als wäre dieses Thema so belanglos wie das Wetter! „Stattdessen hat er jemanden für diese Aufgabe bezahlt. Nach meinem Rauswurf aus Eton schickte er mich auf eine andere Akademie. Creavey Hall war berühmt dafür, aufsässige Kinder zu reformieren."

„Wusste er, was man dir dort antat?", flüsterte sie bestürzt.

„Da meine Stiefmutter und ich nicht sonderlich gut miteinander auskamen, war ich in diesen Jahren selten zu Hause. Als ich meinem Vater in einem Brief berichtete, was in der Schule vor sich ging, lautete die Antwort, dass ich es nicht anders verdient hätte und er hoffte, ich würde dadurch endlich etwas mehr Disziplin lernen." Säuerlich zuckte er mit den Achseln. „Irgendwo hatte er ja recht. Ich war widerspenstig und ungezogen, und Creavey Hall wusste mit Unruhestiftern umzugehen. Wer mit der Rute spart, verzieht das Kind."

Verteidigte er etwa die Schurken, die ihm das angetan hatten? „Nichts, was du getan hast, hätte eine solche Misshandlung gerechtfertigt", widersprach sie heftig. „*Nichts.*"

„Du hast ja keine Ahnung, wozu ich fähig bin. Selbstbeherrschung war noch nie meine Stärke." Obwohl er sich um einen unbeschwerten Tonfall bemühte, erkannte sie deutlich den verworrenen Strudel aus Wut, Verzweiflung ... und sogar Resignation in seiner Aura. „Ich habe mich ständig mit den anderen Jungs geprügelt, schwänzte regelmäßig den Unterricht. Einmal sperrte ich den Lehrer in seinem Zimmer ein, sodass er nicht zu seiner Klasse kam ..."

„Nichts davon rechtfertigt Kindesmisshandlung", wiederholte sie ungehalten. „Mein Vater lehrte Generationen von Schülern in unserem Dorf, und er hat niemals gegen irgendeinen von ihnen – oder uns – die Hand erhoben. Dabei gerieten meine Geschwister und ich ebenfalls ständig in Schwierigkeiten." Verzweifelt bemüht, ihn von ihrem Argument zu überzeugen, fügte sie hinzu: „Violet ruinierte regelmäßig ihre Kleidung, weil sie überall hinaufklettern musste, Harry pflegte mit seinen wissenschaftlichen Experimenten ständig Dinge in die Luft zu jagen, und selbst

Em verlor einmal die Katze aus den Augen und steckte dann das halbe Haus in Brand ..."

„Das reicht jetzt", unterbrach er sie leise, aber bestimmt.

Seine Aura spiegelte so viel Schmerz und Einsamkeit wider, dass es ihr schier das Herz brach. Wie sehr sie mit dem kleinen Jungen fühlte, der sich allein und ungeschützt den Grausamkeiten der Welt hatte stellen müssen. Der niemals einen Geburtstag hatte feiern dürfen.

„Du hast das alles nicht verdient", beharrte sie weiterhin. „Du warst doch noch ein Kind. Dein Vater hätte dem Ganzen Einhalt gebieten, dich beschützen müssen und ..."

„Polly, ich habe es verstanden. Die Prügel habe ich nicht verdient."

„Nein, hast du *nicht*."

„Und du findest nicht die Narben abstoßend, sondern nur die Art und Weise, auf die ich sie erhielt."

„Ich könnte dich niemals abstoßend finden", erwiderte sie, schockiert, dass er so etwas denken könnte.

„Warum stehst du dann immer noch da drüben?" Lasziv lockte er sie mit dem Finger. „Komm her."

Obwohl sie aus seiner widersprüchlichen Aura nicht schlau wurde, folgte sie seiner Aufforderung, da er auf keinen Fall denken sollte, sie fände ihn abstoßend. Für sie war er der attraktivste und wundervollste Mann, der ihr je begegnet war, was sie ihm auch sagen wollte, als er sie abrupt in seine Arme zog und so fest an sich drückte, dass ihr schier die Luft wegblieb.

Er vergrub das Gesicht in ihrem Haar und flüsterte: „Danke, dass du auf meiner Seite bist."

Seine Worte erinnerten sie an die Zeit, als er ihr dafür gedankt hatte, dass sie ihm glaubte. Nun verstand sie noch besser, warum ihm das so wichtig gewesen war. Selbst ein Gott hatte mit inneren Dämonen zu kämpfen und benötigte hin und wieder Rückversicherung. Sie schwor sich, dass sie ihn in dieser Hinsicht niemals enttäuschen würde.

„Ich werde immer auf deiner Seite sein“, erwiderte sie und umarmte ihn ebenso fest. „Ich bin deine Frau, und ich ... du bist mir wichtig.“

Beinahe hätte sie sich verraten. Auch wenn er sich nichts aus Liebe und Intimität machte, würde es ihn doch sicher nicht stören, wenn sie ihm ihre Zuneigung bekundete? Immerhin zeigte *er* ihr ständig, wie sehr er sie schätzte. Durch seine Geschenke, seine Aufmerksamkeit. In seiner Gegenwart fühlte sie sich stets wie die begehrenswerteste Frau im ganzen Königreich.

„Und du bist denen gegenüber, die dir wichtig sind, loyal, beschützt sie mit hingebungsvollem Eifer?“, flüsterte er ihr mit rauer Stimme ins Ohr.

„Das klingt, als wäre ich ein wohlerzogener Spaniel“, beschwerte sie sich naserümpfend.

Er löste sich von ihr, um auf sie hinabzusehen. Der Schmerz in seinen Augen war noch nicht ganz verschwunden, doch in seiner Aura keimte etwas Neues auf: Hoffnung, so strahlend blau und schön, dass es ihr die Kehle zuschnürte. Und darunter, kaum wahrnehmbar, noch etwas anderes, das sie nicht definieren konnte, und doch ließ es ihr Herz höher schlagen ...

„Du bist natürlich kein Hund“, erwiderte er grinsend. „Vielmehr eine ... Wachkatze.“

Sie schnaubte verächtlich. „Das ist ja wohl kaum bedrohlich.“

„Da wäre ich mir nicht so sicher. Gestern Nacht habe ich durchaus deine Krallen zu spüren bekommen.“

„Habe ich dich verletzt?“, fragte sie erschrocken und untersuchte seine breiten Schultern auf Kratzwunden.

Er lachte laut auf und küsste sie neckisch auf die Nasenspitze. „Natürlich nicht! Als ob du mich je verletzen könntest, Polly. Ich mache doch nur Spaß. Wenn du mich als Wiedergutmachung allerdings gerne küssen würdest, hätte ich nichts dagegen“, fügte er mit einem frechen Zwinkern hinzu.

Die bedrückende Stimmung schlug mit einem Mal um. Ihr Puls schnellte in die Höhe, ihr Körper reagierte auf seine

Nähe, seinen Duft, seine überwältigende Männlichkeit. Sie verzehrte sich nach ihm, wollte ihm gleichzeitig aber auch zeigen, wie viel er ihr bedeutete, wie es sich anfühlte, begehrt und geschätzt zu werden. Endlich einmal sollte er sich ebenso attraktiv fühlen, wie sie es jedes Mal unter seiner Zuwendung tat.

Bisher hatte sie ihm stets die Führung überlassen, aber vielleicht war es an der Zeit, etwas Neues zu wagen?

Als er sich zu ihr hinunterbeugte, um sie zu küssen, drehte sie den Kopf weg.

„Polly?", fragte er stirnrunzelnd.

Statt einer Antwort legte sie ihm die Hände auf die Schultern und drückte ihn mit aller Kraft von sich, sodass er mit vor Überraschung weit aufgerissenen Augen auf dem Rücken landete. Bevor sie der Mut verließ, setzte sie sich rittlings auf seine Hüften.

„Also gut", sagte sie entschlossen.

Verwirrt hob er die Brauen. „Also gut?"

„Du sollst deine Wiedergutmachung erhalten", sagte sie. „Aber du darfst mich nicht aufhalten."

Für wie blöd hielt sie ihn eigentlich? Als ob er sie aufhalten würde!

Sein Blick hing hungrig und erwartungsvoll an ihren Lippen, während sie sich langsam zu ihm hinabbeugte. Sie küsste ihn mit solch einer Zärtlichkeit, dass ihm beinahe schwindelig wurde. Als ihre Zunge sanft, aber fordernd über seine Lippen fuhr, gewährte er ihr bereitwillig Einlass, wobei er ihre neu gewonnene Kühnheit genoss, das sinnliche Selbstbewusstsein, das er in ihr geweckt hatte.

Mit jedem weiteren, atemberaubenden Kuss wuchs seine Erregung. *Gott*, sie war so leidenschaftlich! Allein darin unterschied sie sich von den meisten anderen Frauen, aber zudem gab sie ihm noch so viel mehr, als er sich je erhofft hatte.

Ich werde immer auf deiner Seite sein. Du bist mir wichtig.

Seine Brust verkrampfte sich, und sein Schwanz begann, schmerzhaft zu pulsieren. Wild vor Lust vergrub er die Finger in ihren seidigen Locken und küsste sie mit demselben Eifer, den sie ihm entgegenbrachte, bis sie ihm plötzlich einen mahnenden Klaps auf die Arme gab.

„*Ich* bin diejenige, die *dich* küsst, schon vergessen?"

Offensichtlich versuchte sie, streng zu wirken, was ihr jedoch nicht wirklich gelang, während sie nackt auf ihm saß, ihre kirschroten Brustwarzen neckisch durch ihr langes, herabfallendes Haar hindurchspitzten und er die feuchte Hitze ihrer Pussy an seinen Bauchmuskeln spürte.

Alles, was sie damit erreichte, war, ihn scharf zu machen.

Aber er war wie gesagt kein Narr.

„Jawohl, Mylady", erwiderte er, um einen kleinlauten Tonfall bemüht. „Ich lasse die Hände brav hier auf der Decke liegen, wo du sie sehen kannst."

Sie kniff die Augen zusammen, als glaubte sie ihm kein Wort, doch er sah sie so unschuldig an, wie er konnte, bis sie ihr kleines Spielchen schließlich fortsetzte. *Dem Herrn sei Dank.* Sanft knabberte und saugte sie an seinem Ohrläppchen, bevor ihre Lippen an seinem Hals hinunter zu seiner Brust wanderten und ihm schier den Verstand raubten.

Wie eine Katze rieb sie ihre Wange gegen sein krauses Brusthaar, schien die raue Textur gegen ihre zarte Haut zu genießen. Zu sehen, wie viel Spaß sie dabei hatte, seinen Körper zu erforschen, erregte ihn nur noch mehr. Interessiert beobachtete er, wie sie den Kopf senkte und die Zunge um seine rechte Brustwarze kreisen ließ. Dann sah sie fragend zu ihm auf, und ihre liebliche Unschuld durchfuhr ihn wie ein elektrisierender Schock.

„Es fühlt sich gut an", bestätigte er ihr heiser. „Aber meine Nippel sind vermutlich nicht so empfindlich wie deine."

„Dann müssen wir eben weiter nach deinen besonderen Stellen suchen", sagte sie entschlossen.

„Besondere Stellen?"

„Bei denen sich deine Zehen einrollen, wenn man sie berührt." Ihre Zunge fuhr zwischen seinen definierten Brustmuskeln entlang. „Hier vielleicht?"

Er erschauderte. „Auch gut, aber noch nicht zum Zeheneinrollen."

„Wie ist es hier?", fragte sie und küsste über seine harten Bauchmuskeln.

„Schon wärmer." Halb von Sinnen vor Erregung, wunderte er sich, wie weit sie mit ihrem Spiel wohl gehen würde.

Je näher ihre Lippen seiner Erektion kamen, desto gebannter hielt er den Atem an. Bisher hatte sie ihn nie von sich aus dort berührt – außer natürlich mit ihrer engen, kleinen Pussy. Allein der Gedanke an ihre feuchte Wärme, ihre pulsierenden Scheidenmuskeln um ihn, ließen einen Lusttropfen aus seiner Eichel hervorquellen. Doch sie beachtete seinen Schwanz nicht weiter, sondern ließ ihre Lippen stattdessen an seinem Schenkel entlangwandern. Er musste ein Stöhnen unterdrücken, als ihre Haare federleicht über seinen steifen Schaft glitten, während sie sich langsam einen Weg an seinen Beinen hinunterbahnte und dabei immer wieder innehielt, um sich zu erkundigen, ob sie denn eine seiner „besonderen Stellen" entdeckt habe.

Bis sie sich endlich zwischen seine Schenkel kniete, war er so scharf, dass er glaubte, jeden Moment explodieren zu müssen.

„Hmmm, was übersehe ich nur?", fragte sie mit einem neckischen Funkeln in den Augen. Er *liebte* diese verspielte Seite an ihr. „Könntest du mir nicht einen Hinweis geben?"

„Es ist groß, hart und geht jeden Moment los wie ein Feuerwerk."

Sie lächelte und beugte sich zu seinem Schwanz hinunter, der heftig pulsierend auf seinem Bauch lag. „Wird es schon wärmer?", erkundigte sie sich.

„Absolut." Herausfordernd erwiderte er ihren Blick.

Zu seiner Überraschung und Freude senkte sie den Kopf und küsste seinen Schaft. „Und jetzt?"

„Heiß", knurrte er mit erstickter Stimme. „So verdammt heiß."

Es erregte ihn ungemein zu beobachten, wie ihre zierlichen Hände sich um seinen dicken, mächtigen Schwanz schlossen und langsam daran auf und ab fuhren, bis er sie ermutigte, schneller und härter zu werden. Die Zartheit ihrer Berührung brachte ihn beinahe um den Verstand.

Und dann spürte er, wie ihre Lippen sanft über die hervortretenden Venen seines geschwollenen Glieds küssten. Mit immenser Selbstbeherrschung gelang es ihm, nicht auf der Stelle zu kommen. Als ihre Zunge vorsichtig seine Eichel umkreiste, stöhnte er gequält auf.

„Rollen sich deine Zehen schon ein?", flüsterte sie neugierig.

„Ich genieße alles, was du tust, Liebling." *Was für eine bodenlose Untertreibung.* „Aber du könntest noch mehr tun, wenn du willst."

„Ich will", erwiderte sie wie aus der Pistole geschossen.

Verdammt, was war er doch für ein Glückspilz!

„Dann nimm meinen Schwanz in den Mund, so tief du es schaffst. Pass auf, dass deine Zähne mich dabei nicht berühren. Am besten fühlt es sich oben an der Eichel an ... sie ist wie deine Perle die empfindlichste Stelle."

Mit großen Augen starrte sie ihn an. War er vielleicht zu weit gegangen? Trotz der natürlichen Sinnlichkeit, die sie besaß, war sie doch noch ziemlich unerfahren und zudem eine anständige Frau aus gutem Hause. Und er hatte ihr soeben unverblümt einen Akt beschrieben, für den er normalerweise Dirnen bezahlte oder sich weitaus erfahrenere Liebhaberinnen ins Bett holte.

Gerade, als er die ganze Sache als Scherz abtun wollte, senkte sie abermals den Kopf.

Ein wohliger Schauer durchfuhr ihn, als ihre heißen Lippen ihn umschlossen. „*Verdammt.*"

Als sie leise um seinen dicken Schaft stöhnte, jagten die Vibrationen durch seinen Körper bis hinunter in seine Zehen. Zu sehen, wie ihr Kopf eifrig auf und ab wippte, während sie ihm einen blies, brachte ihn beinahe zum Höhepunkt. Zwar konnte sie nicht mehr als die Hälfte seiner geschwollenen Erektion in sich aufnehmen, aber bei Gott, das war mehr als ausreichend. Verzweifelt vergrub er die Hände in ihren seidigen Locken, um ihre Bewegungen zu leiten.

„Atme durch die Nase, Liebling", wies er sie heiser an. „Und entspann deine Halsmuskeln, wenn du kannst. *Gott*, ja, genau so!"

Sie zu beobachten, sie zu *spüren*, war eine völlig neue Erfahrung für ihn. Von Polly verwöhnt zu werden, war so viel mehr als einfach nur ein Akt oraler Befriedigung. Sie gab sich ihm ganz hin, widmete sich ihrer Aufgabe mit Eifer und selbstloser Zuneigung, weil sie diese aufrichtig für *ihn* empfand. Er war ihr wichtig, das hatte sie selbst gesagt. Und nun war sie bemüht, es ihm zu zeigen.

Die Erkenntnis raubte ihm beinahe den letzten Funken Kontrolle. Seine Hoden zogen sich zusammen, und ein großer Lusttropfen quoll aus seiner Eichel hervor. Als sie ihn unwillkürlich hinunterschluckte, erschauderte er. Es war zu viel, wenn es so weiterging, würde er sich gleich komplett in ihren heißen, willigen Mund ergießen. Obwohl er sonst wenig Wert auf gute Manieren legte, wäre *das* wohl kaum standesgemäß. Also nahm er all seine Willenskraft zusammen und schob sie von sich. Überrascht starrte sie ihn an, während er sie an den Schultern packte und auf sich zog, bevor er eine Hand um seinen pulsierenden Schaft schloss und an ihre feuchte Pussy führte. Dann drückte er sie nach unten, während er ihr gleichzeitig seine Hüften entgegenhob.

Ein lautes Stöhnen entrang sich ihren Kehlen, als ihre Körper sich vereinten.

„Gott, du fühlst dich so perfekt an", knurrte er. „Los, reite mich, Polly."

Mit den Händen um ihre Taille zeigte er ihr, was er damit meinte. Schnell hatte sie begriffen, worauf er hinauswollte, und ließ sich erst langsam, dann immer selbstbewusster auf seinem Schaft auf und ab gleiten. Jedes Mal, wenn er erneut tief in ihre enge, perfekte Pussy eintauchte, zogen seine Hoden sich erwartungsvoll zusammen.

„Oh, das gefällt mir", seufzte sie verzückt.

„Schneller", spornte er sie an. „Härter."

Sie gehorchte. Ihr Anblick – die glühenden Wangen, der verklärte Ausdruck in ihren Augen, ihre herrlichen Titten mit den steifen, kirschroten Brustwarzen, die bei jeder Bewegung auf und ab hüpften – war so unglaublich erotisch, dass er sich wünschte, der Moment würde nie vorübergehen. Gleichzeitig musste er die Zähne zusammenbeißen, um dem verlockenden Druck zu widerstehen, der sich in ihm aufbaute. Er wollte auf keinen Fall vor ihr kommen. Entschlossen packte er ihre Hüften und zog sie mit jedem Stoß nach oben härter auf seinen pulsierenden Schaft. Die Luft war erfüllt mit den verruchten Lauten, die ihr Liebesspiel erzeugte ... lautes Stöhnen und das Klatschen nackter Haut auf nackte Haut.

„*Sinjin*", wimmerte sie.

„Ich bin hier, Liebling", flüsterte er mit kehliger Stimme. „Gott, ich liebe es, dich um mich zu spüren. Deine Pussy ist so eng, wie gemacht für meinen Schwanz ...“

Mit einem lauten Aufschrei erreichte sie ihren Höhepunkt und spannte dabei die Scheidenmuskeln fest um ihn an. Verzweifelt vergrub er die Finger in ihren Schultern und zog sie an seine Brust, während er noch ein paar Mal mit aller Kraft in sie stieß, bis er seinen heißen Samen mit solcher Gewalt in sie ergoss, dass ihm beinahe schwarz vor Augen wurde.

Anschließend lagen sie für eine Weile schweigend und schwer atmend da, Polly noch immer auf ihm, und versuchten, wieder zu Atem zu kommen. Erst glaubte er, sie sei vor Erschöpfung eingeschlafen, bis sie etwas Unverständliches gegen seine Brust murmelte.

„Wie war das, Liebling?"

„Alles Gute nachträglich zum Geburtstag." Ihre schläfrigen Worte jagten ihm einen wohligen Schauer über den Rücken. „Nächstes Jahr werde ich besser vorbereitet sein. Aber nur, damit du es weißt: An deinem besonderen Tag darfst du dir von mir alles wünschen, was du willst."

Ein Gefühl, das er nicht benennen konnte, stieg in ihm auf. Er beschloss, nicht näher darüber nachzudenken, sondern zog sie noch enger an sich, bis sie schließlich in tiefen Schlaf fiel.

FÜNF TAGE SPÄTER STAND SINJIN IM RING DES APOLLO FINES'
Boxvereins und umkreiste seinen Gegner. Geschickt wich er
einem Haken aus, täuschte einen Angriff von links an, nur um
dann mit der rechten Faust zu attackieren. Nach einem erfolgreichen Treffer taumelte sein Gegenüber mit einem gequälten
Stöhnen gegen die Seile.

Zufrieden wischte er sich den Schweiß von der Stirn. „Kleine
Pause gefällig, alter Knabe?"

Mit schmerzverzerrtem Gesicht rieb Harry Kent sich die
Seite. Pollys Bruder war eine faszinierende Mischung aus Wissenschaftler und begeistertem Sportler. Während des Kampfes hatte
er seine Goldrandbrille abgelegt und bewies Sinjin, wie athletisch
sein großer, schlaksiger Körper tatsächlich war, auch wenn man es
auf den ersten Blick nicht unbedingt vermutete.

„Ich glaube, ich bin fertig für heute", erklärte Harry
zerknirscht. „Verdammt, hinter deinen Schlägen steckt ganz
schön viel Kraft."

Grinsend schnappte Sinjin sich ein Handtuch und warf seinem
Schwager ebenfalls eines zu. Gemeinsam begaben sie sich zu den
Bänken neben dem Ring, wo ein silberner Getränkewagen mit

Erfrischungen auf sie wartete. Der Verein gehörte Apollo Fines, einem Gentleman und ehemaligem Profiboxer, und stand seinem Rivalen, Gentleman Jackson's, in nichts nach. Zahlreiche junge Männer tummelten sich in und zwischen den Boxringen. Einige von ihnen kamen zu Sinjin herüber, um ihm zur Hochzeit zu gratulieren. Sämtliche Einladungen zu wilden Eskapaden lehnte er allerdings entschieden ab.

Obwohl er diese Art von Abenteuern früher durchaus genossen hatte, verbrachte er die Zeit nun lieber mit seiner Frau, vorzugsweise im Bett. Heute hatte Polly ihn allerdings dazu gedrängt, etwas mit Harry zu unternehmen, da dieser bald nach Cambridge zurückreisen würde. Sinjin war ihrer Aufforderung bereitwillig gefolgt, nicht nur, weil er seinen sportlichen Schwager gut leiden konnte, sondern weil es ihm einfach nicht möglich war, seiner frisch gebackenen Ehefrau irgendetwas abzuschlagen.

Nach nur fünf Tagen wunderte er sich, warum er nicht schon viel früher geheiratet hatte. Die Antwort lag natürlich auf der Hand: weil er Polly noch nicht so lange kannte. Sie war der Hauptgrund für die Freuden der Ehe.

Wenn andere Männer in seinen Klubs über ihr Eheleben gesprochen hatten, pflegten sie für gewöhnlich über eine von zwei Sachen herzuziehen: die Kosten, die damit einhergingen und den Druck, einen Erben und am besten auch noch einen Zweitgeborenen zu zeugen. Nie war jedoch ein Wort über die Annehmlichkeiten gefallen, die eine Vermählung mit sich brachte.

Zum ersten Mal in seinem Leben wachte Sinjin jeden Morgen neben derselben Frau auf, und er *liebte* es. Nicht nur, weil er den Tag mit seiner Lieblingsbetätigung beginnen konnte – und zwar *jeden* Tag bislang –, sondern weil Pollys Anblick ihm ein bisher nie gekanntes Gefühl vermittelte.

Das Gefühl, angekommen zu sein ... in seiner Rolle als Ehemann.

Außerdem gefiel es ihm, mit jemandem zusammenzuleben, dem seine Vorlieben wichtig waren. Polly lernte, wie er seinen Tee trank, was seine Lieblingsgerichte waren und wie er über alltägliche Entscheidungen dachte, die den Haushalt betrafen. Sie in seiner Nähe zu wissen, beruhigte ihn ungemein. Wann immer sie unterwegs war, versprach ihr Duft, der stets in der Luft zu liegen schien, dass sie bald wieder zu ihm zurückkehren würde. Er genoss es, sich stundenlang mit ihr über Gott und die Welt zu unterhalten.

Früher hatte er nie gerne über seine Familie gesprochen, aber mit ihr verhielt es sich anders. Es fiel ihm leicht, sich ihr anzuvertrauen. Insgesamt war ihre Ehe erfüllt von der zwanglosen Kameradschaft und Zuneigung, die er sich immer gewünscht hatte. Und so sehr er Harry auch mochte, vermisste er seine Frau bereits viel zu sehr.

„Also, das hat wirklich Spaß gemacht", begann er, „aber ich sollte langsam wirklich ..."

„Lass uns doch noch eine Runde dranhängen", unterbrach sein Schwager ihn mit einem flüchtigen Blick auf seine Taschenuhr. „Polly erwartet uns nicht vor drei Uhr zurück, also haben wir noch ausreichend Zeit ... Das heißt, wenn du es ertragen kannst, so lange von ihr getrennt zu sein?"

Unschuldig grinste er Sinjin an, doch in seinen Worten lag eine deutliche Herausforderung.

Dieser wollte auf keinen Fall kneifen. „Na schön, noch eine Runde."

Während sie ihren nächsten Kampf austrugen, überließ Sinjin seinem Körper die Kontrolle und erlaubte seinen Gedanken, ein wenig abzuschweifen. Würde Polly je mehr für ihn empfinden als nur Freundschaft und Sympathie? Mit jedem zielsicheren Treffer seiner Fäuste ermahnte er sich, nicht zu viel zu erwarten und sich lieber mit dem zu begnügen, was er hatte, vor allem, da sie bisher nichts von seinen stürmischen Launen wusste. Zwar hatte er sich bereits eine Wohnung gemietet, in die er sich für den Fall zurückziehen könnte, aber er musste weiterhin auf der Hut bleiben, um nicht unerwartet von seinen Teufeln überrascht zu werden.

Der Gedanke lenkte ihn zu sehr ab, und so sah er Harrys nächsten Angriff nicht kommen. Dessen Faust traf ihn mit voller Wucht ins Gesicht.

„War keine Absicht, alter Knabe", rief sein Schwager fröhlich.

Sobald die Sterne vor seinen Augen sich lichteten, entgegnete er missmutig: „Ich bin selbst schuld. Was stehe ich auch hier rum und starre Löcher in die Luft?" Für den Rest des Kampfes konzentrierte er sich nur noch auf seinen Gegner und teilte ebenso erfolgreich aus, wie er einsteckte.

Als sie etwa eine Stunde später zu seinem Stadthaus zurückkehrten, waren sie mit blauen Flecken übersät, aber auch äußerst entspannt und zufrieden. Kaum hatte Sinjin die Eingangshalle betreten, erkundigte er sich nach seiner Frau.

„Die Gräfin erwartet Sie im Salon, Mylord", erwiderte Harvey.

Der alte Butler, der sonst ebenso stoisch war wie Strickley, sah aus, als müsste er ein Lächeln unterdrücken. Sinjin schoss die Hitze ins Gesicht. Er konnte sich schon denken, was den Bediensteten so amüsierte: Er wirkte wohl wie ein übereifriger Ehemann. Betont lässig schlenderte er daher den Gang entlang zu den Wohngemächern und öffnete langsam die Tür zum Salon ...

„ÜBERRASCHUNG!"

Die lauten Jubelschreie ließen ihn erschrocken zurückweichen, wodurch er geradewegs mit Harry zusammenstieß.

„Was zum Henker?" Wie betäubt starrte er auf die Szene, die sich ihm bot.

Polly stand strahlend und von einer Schar Gäste umringt mitten im Zimmer. Sie trug eines ihrer neuen Kleider, ein rosafarbenes, äußerst schmeichelhaftes Gewand, das den Wunsch in ihm weckte, sie wie ein Bonbon auszuwickeln.

„Ich habe eine Feier zu deinem Geburtstag orga... *Ach, du meine Güte!*", unterbrach sie sich entsetzt. „Was ist denn mit deinem Kiefer passiert?"

„Für einen Gelehrten hat dein Bruder ziemlich schnelle Fäuste", erwiderte er leichthin, während er versuchte, sich von seinem

Schock zu erholen. Gut zwei Dutzend Personen drängten sich in dem Raum zusammen, umringt von Geschenktischen und Wagen voller Erfrischungen und Häppchen.

Polly hatte all das organisiert ... für ihn?

Als sie ihm sanft eine Hand an die geschwollene Wange legte, zog seine Brust sich zusammen. Ihre Zärtlichkeit überwältigte ihn.

„Harry sollte dich beschäftigt halten, nicht grün und blau prügeln!", seufzte sie.

Er runzelte die Stirn. „Deinen Bruder hat es mindestens ebenso heftig erwischt."

Als er zur Seite trat, gab er den Blick auf Harry und dessen beachtliches blaues Veilchen frei.

„Für einen eingebildeten Schnösel hat dein Mann einen richtig fiesen Haken drauf", verkündete dieser grinsend und boxte Sinjin in die Schulter, was er sofort zurückbekam.

Polly verdrehte nur die Augen. „Himmel hilf, was habe ich da nur angerichtet? Am besten halte ich euch beide zukünftig voneinander fern, bevor noch mehr Blut fließt."

„Da wir gerade von Blutvergießen sprechen ... Ich wollte Violet noch zu einem Kartenspiel herausfordern", erwiderte Harry mit einem unheilvollen Funkeln in den Augen. „Trotz ihrer Rolle als Vicomtesse und Mutter ist sie immer noch eine miese Verliererin."

Nachdem er in der Menge verschwunden war, wandte Sinjin sich seiner Frau zu. „Ich kann nicht glauben, dass du diese Feier für mich organisiert hast ... und noch dazu, ohne, dass ich etwas mitbekommen habe."

„Das war gar nicht so einfach. Ich musste Harvey bitten, mir eine Liste all deiner Bekanntschaften zu erstellen", erklärte sie lächelnd und hakte sich dann bei ihm ein. „Wollen wir unsere Gäste begrüßen?"

Gemeinsam drehten sie eine Runde durch den Salon. Erleichtert stellte er fest, dass Harvey äußerst diskret gewesen war, was die Auswahl seiner Freunde anging, denn es waren nur die höflichsten und präsentabelsten unter ihnen anwesend. Als sie sich einem der Buffetwagen näherten, war er überrascht, Merrick zu sehen. Sein alternder Geschäftspartner stand ein wenig abseits und steckte sich genüsslich ein Kanapee nach dem anderen in den Mund.

Sobald er Sinjin und Polly erblickte, verneigte er sich. „Herzlichen Glückwunsch, Mylord."

„Vielen Dank, Merrick. Es freut mich, dass Sie heute gekommen sind", erwiderte er und realisierte, dass er es ernst meinte.

„Ich war zutiefst geehrt, als ich die Einladung der Gräfin erhielt", beteuerte sein Verwalter mit einem wohlwollenden Blick auf Polly.

„Sie sind einer der engsten Vertrauten meines Gemahls und uns daher immer willkommen", erklärte sie freundlich. „Ist es nicht so, Sinjin?"

„Ja, natürlich."

Beinahe wäre er vor Schock umgekippt, als Merrick ihre Worte mit einem *Lächeln* quittierte. Es war zwar nicht viel mehr als ein leichtes Anheben seiner Mundwinkel ... aber dennoch. Was er als Nächstes sagte, überraschte Sinjin noch mehr.

„Wenn ich mir die Bemerkung erlauben darf, Mylord ... Es wurde höchste Zeit, endlich einmal Ihren Geburtstag zu feiern."

„Finde ich auch", stimmte Polly ihm zu.

Sinjin spürte, wie sich ein Kloß in seinem Hals bildete, und räusperte sich verlegen.

Sie unterhielten sich noch eine Weile mit Merrick, bevor sie ihre Runde durch den Raum fortsetzten.

„Was hat dich dazu bewogen, meinen Verwalter einzuladen?", flüsterte er ihr ins Ohr, kaum, dass sie außer Hörweite waren.

„Ich habe Harvey gefragt, mit dem du für gewöhnlich viel Zeit verbringst, und er nannte mir Mr Merrick. Er scheint ein sehr freundlicher Mann zu sein." Sie legte den Kopf schief, wodurch die sanften Wellen, die ihr Gesicht umrahmten, das Sonnenlicht einfingen. In letzter Zeit trug sie ihr Haar nicht mehr ganz so streng hochgesteckt, was ihr ein natürliches und sinnliches Aussehen verlieh. „Ist es dir nicht recht, Persönliches und Geschäftliches zu vermischen?"

Eine der vielen Eigenschaften, die er an ihr schätzte, war ihre Bodenständigkeit. Wie der Rest ihrer Familie neigte sie dazu, Menschen nicht anhand ihres gesellschaftlichen Standes oder Reichtums zu beurteilen, sondern aufgrund deren Leistungen. Deshalb hatte sie, eine Gräfin, Merrick eingeladen, einen Mann, der für seinen Lebensunterhalt hart arbeitete.

„Ich bin froh, dass du ihn eingeladen hast." Voller Dankbarkeit dachte Sinjin an die unzähligen Stunden, die sein Verwalter für ihn geschuftet hatte, um sicherzustellen, dass sein Leben in geregelten und sorglosen Bahnen verlief. „Ich schulde ihm viel ... mehr, als du dir je vorstellen könntest."

„Dann sollten wir ihn öfter bei uns empfangen. Tatsächlich wollte ich ..." Abrupt brach sie ab, und als er ihrem Blick folgte, sah er, dass Ambrose Kent eingetroffen war und forschen Schrittes auf sie zusteuerte.

Schweigend führte er sie in eine Ecke des Zimmers, wo sie ungestört reden konnten.

„Entschuldigt die Verspätung", sagte er dann knapp. „Aber es gibt Neuigkeiten."

„Hast du Nicolettas Komplizen gefunden?", fragte Sinjin, dessen Magen sich nervös verkrampfte.

„Noch nicht, aber wir wissen nun, wer er ist. Meine Partner und ich haben jede Taverne in der Nähe der Docks durchforstet, und obwohl mehrere Personen sich daran erinnerten, unseren Gesuchten gesehen zu haben, konnte uns niemand Näheres über ihn berichten. Heute sprach McLeod jedoch mit einem Hafenarbeiter, der, unter Wahrung seiner Anonymität, die Identität des Komplizen preisgab: Clive Grundell."

Clive Grundell. Der Name hallte in Sinjins Kopf nach.

„McLeods Zeuge behauptete, er und Grundell hätten vor über einem Jahr kurz für dieselbe Schifffahrtsgesellschaft gearbeitet. Ihm zufolge dauerte es nicht lange, bis unser Gesuchter beim Stehlen von Fracht erwischt wurde, jedoch untertauchte, bevor seine Arbeitgeber ihn anklagen konnten. Seitdem hat der Zeuge ihn nicht mehr gesehen", berichtete Kent und kniff die Augen zusammen. „Ich war gerade bei besagtem Unternehmen, um die anderen Angestellten zu befragen, aber kaum jemand wollte kooperieren. Sie alle fürchten sich vor Grundells hitzigem Temperament und seinem gewalttätigen Naturell. Einer von ihnen sagte mir, der Kerl habe ihn einmal wegen eines belanglosen Arguments mit dem Messer attackiert."

„Klingt ganz nach unserem Mann", murmelte Sinjin grimmig.

„Wie willst du ihn denn nun finden, Ambrose?", fragte Polly neugierig.

„Er hinterließ zwar bei seinem Arbeitgeber eine falsche Adresse, aber wir werden uns die Nachbarschaft in St. Giles trotzdem näher ansehen. Vielleicht hat er die Anschrift für andere Zwecke benutzt und wurde dort gesehen." Missmutig schürzte der Ermittler die Lippen. „Zugegeben, diese Methode ist nicht immer erfolgreich und gleicht eher der Suche nach der Nadel im Heuhaufen. Ich wünschte, wir hätten bessere Beziehungen zu den Elendsvierteln. Die Londoner Unterwelt ist eine eingeschworene Gemeinschaft, die jeglicher Art von Autorität misstraut. Trotzdem werden wir nicht aufgeben, bis Grundell gefasst wurde."

Überwältigt von der Entschlossenheit und Hilfsbereitschaft seines Schwagers, murmelte Sinjin: „Vielen Dank. Ich stehe tief in deiner Schuld."

„Unfug, du gehörst zur Familie", erwiderte Kent schroff.

Zum zweiten Mal an diesem Tag verspürte Sinjin dieses fremde Gefühl in sich aufsteigen. Er war stets davon überzeugt gewesen, sich allein durchs Leben schlagen zu müssen, aber nun hatte er nicht nur Merrick, sondern auch Ambrose auf seiner Seite ...

Als sein Blick auf Polly fiel, schnürte sich ihm die Brust zu. Das alles hatte er nur ihr zu verdanken. Langsam, aber sicher brachte sie den Schutzwall um sein Herz zum Einsturz und führte ihn an die Welt heran, in der er sich immer fehl am Platz gefühlt hatte.

Eine übermächtige Sehnsucht erfasste ihn ... wurde jedoch sogleich von eisiger Unsicherheit verdrängt.

Du weißt nicht, wie sie auf deine Teufel reagieren wird. Vielleicht sucht sie das Weite ... oder noch schlimmer. Obwohl er sich einzureden versuchte, dass sie anders war als die Frauen, mit denen er bisher zu tun hatte – dass sie weder seiner Mutter noch der jetzigen Herzogin ähnelte –, ließ ihm allein der Gedanke an eine mögliche Zurückweisung durch sie das Blut in den Adern gefrieren. Im Moment mochte alles wunderbar und sorglos ablaufen, aber was geschähe, wenn sie ihn in seinem schlimmsten Zustand erlebte ...?

So weit wird es niemals kommen, schwor er sich mit eiserner Entschlossenheit. Um sich selbst und auch sie zu schützen, durfte er keine echte Intimität zwischen ihnen zulassen, ihr nur die Züge seines Wesens zeigen, die ihrer würdig waren. Der Rest musste unter allen Umständen im Verborgenen bleiben.

„Keine Sorge, Sinjin. Ambrose wird Grundell schon finden", sagte sie leise.

Er ließ sie nicht wissen, dass seinen Bedenken eine ganz andere Ursache zugrunde lag. „Kann ich irgendwie helfen?", wandte er sich stattdessen an ihren Bruder. „Ich will nicht untätig herumsitzen, während alle anderen da draußen nach diesem Mistkerl fahnden."

„Wie ich schon sagte, ist es das Beste, diesen Fall den Fachleuten zu überlassen", erwiderte Kent bestimmt. „Wenn Grundell dazu fähig ist, seine Geliebte und Mitverschwörerin gnadenlos umzubringen, müssen wir mit dem Schlimmsten rechnen."

„Aber was ist mit deiner Sicherheit? Und der deiner Partner?", fragte Polly ihn beunruhigt.

„Sei unbesorgt", beschwichtigte der Ermittler sie. „Immerhin habe ich viel Erfahrung in dem Metier, schon vergessen?"

Die liebevolle Art, wie sie miteinander umgingen, versetzte Sinjin einen Stich ins Herz. Stephan hätte die Kents sehr gemocht. Wie auch er selbst, hätte er die starken Familienbande zwischen den Geschwistern bewundert ...

Plötzlich erfüllte aufgeregtes Getuschel den Salon und lenkte seine Aufmerksamkeit auf zwei Neuankömmlinge, die soeben eingetroffen waren und etwas unbeholfen im Türrahmen standen.

„Ach du meine Güte", flüsterte Polly neben ihm. „Woher wussten sie von der Feier? Ich habe sie doch gar nicht eingeladen."

Sinjin antwortete nicht. Er hatte keine Ahnung, weshalb seine Stiefmutter und sein Halbbruder hier aufgetaucht waren ... oder was sie von ihm wollten.

❦ 32 ❦

„Bitte verzeih die Störung", sagte die Herzogin von Acton steif. „Hätte ich gewusst, dass du Besuch hast, wäre ich zu einem anderen Zeitpunkt gekommen."

„Was willst du?", erwiderte Sinjin unwirsch.

Seine barschen Worte ließen Polly zusammenzucken. Die Situation war auch so schon angespannt genug. Kurz überlegte sie, seine Verwandtschaft einzuladen, dem Rest der Feier beizuwohnen, entschied sich jedoch angesichts ihrer Abwesenheit bei der Hochzeit dagegen.

Um die unangenehme Stimmung aufzulockern, die seit dem plötzlichen Eintreffen der beiden herrschte, schlug Marianne ihr vor, die Neuankömmlinge herumzuführen, um ihnen zu zeigen, wie sie das Haus eingerichtet hatte. Dankbar war Polly dem Vorschlag ihrer Schwägerin gefolgt und saß nun der Herzogin gegenüber auf den Sesseln vor dem Kamin des Arbeitszimmers. Sinjin stand hinter ihr, Lord Theodore hinter seiner Mutter.

„Es besteht kein Grund, sich so rüpelhaft zu benehmen", sagte Ihre Gnaden.

Alles an der Herzogin, von den eleganten Zügen bis zu den hellblonden Haaren, strahlte eine eisige Schönheit aus. Weder in ihrem Wesen noch in ihrer Aura lag auch nur ein Funken Wärme. Polly gefiel die kühle Feindseligkeit, mit der sie Sinjin adressierte, überhaupt nicht.

Ihm offenbar ebenso wenig, denn seine Antwort war knapp und ungeduldig: „Unsere Gäste warten auf uns, also rück endlich heraus mit der Sprache. Warum seid ihr hier?"

Ihre Gnaden schniefte pikiert. „Glaube mir, ich würde nicht hier sein, wenn es sich vermeiden ließe. Aber leider geht es um eine dringliche Angelegenheit ... deinen Vater betreffend."

„Was ist mit ihm?"

„Acton ... hat gesundheitliche Beschwerden."

Zum ersten Mal vernahm Polly eine Gemütsregung unter der eisigen Fassade der Herzogin, doch bevor sie diese näher bestimmen konnte, meldete Lord Theodore sich zu Wort.

„Was *mater* damit sagen möchte, ist, dass *pater* im Sterben liegt", erklärte er tonlos.

Seine Mutter presste die Lippen zusammen. „Sei bitte nicht so unverblümt, Theo, Liebling."

„Wir haben keine Zeit, um den heißen Brei herumzureden", erwiderte dieser mit einem Anflug von Trotz.

Obwohl er der Herzogin vom Aussehen und Verhalten her äußerst ähnlich war, umgab ihn eine völlig andere Aura, durchzogen von Unsicherheit. Seine offensichtlichen Anstrengungen, gebildet und geistreich aufzutreten, erzielten das genaue Gegenteil und ließen ihn jünger wirken, als er tatsächlich war.

„Vater hatte gestern wieder einen heftigen Hustenanfall", wandte Lord Theodore sich nun an Sinjin. „Es war so schlimm, dass wir den Arzt rufen mussten. Er sagte uns, dass Papa höchstens noch sechs Monate zu leben hat. Wir dachten, du solltest es wissen."

Alarmiert musterte Polly ihren Ehemann. Er war blass geworden, seine Aura ein flackernder Sturm aus Wut, Schock ... und Schmerz.

Dennoch war sein Tonfall kühl und gefasst, als er erwiderte:

„Ist der bevorstehende Tod Seiner Gnaden der einzige Grund für euren Besuch?"

„Das ist selbst für dich äußerst herzlos, Sinjin", empörte die Herzogin sich, doch Polly nahm einen Anflug von Nervosität in ihrer Aura wahr. Offenbar hatte ihr Stiefsohn den Nagel auf den Kopf getroffen. „Ich hoffte, wir könnten zumindest in dieser schweren Zeit unsere familiären Differenzen beiseitelegen."

Ein Muskel zuckte kaum merklich in seinem Kiefer. „Wir waren keine Familie mehr, seit du mich nach Creavey Hall abgeschoben hast."

„Das war nur zu deinem Besten", sagte Lady Acton und faltete die Hände in ihrem Schoß. „Dir mangelte es an Disziplin. Die Akademie ist berühmt dafür, widerspenstige Kinder zu reformieren."

„Zu reformieren oder zu misshandeln?", platzte Polly mit zitternder Stimme heraus.

„Das geht Sie wohl kaum etwas an", erwiderte die Herzogin kühl.

„Doch, tut es. Polly ist meine Frau ... meine Familie. Ganz im Gegensatz zu euch", presste Sinjin wütend hervor.

„Als ich deinen Vater heiratete, hatte ich plötzlich zwei Söhne, ohne je selbst Mutter gewesen zu sein. Stephan machte mir diese neue Rolle leicht, aber du ... du hast dich mir bei jeder Gelegenheit widersetzt, mit deinem leichtsinnigen Verhalten, deinen unberechenbaren Launen. Dennoch gab ich nie auf. Was man von deiner Mutter nicht behaupten kann", fügte Ihre Gnaden spitz hinzu. „Nein, ich stellte mich jedem Problem und versuchte, die beste Lösung zu finden, die mir mit meinem begrenzten Wissen möglich war."

Sinjin presste die Lippen so fest zusammen, dass sie die Farbe verloren, aber seine Stiefmutter war noch nicht fertig.

„Da weder Acton noch ich dich zu bändigen vermochten, übergaben wir dich in die Obhut einer Instanz, die dazu in der

Lage war. Wir haben nach bestmöglichem Gewissen für dich gesorgt, und dafür schuldest du uns deinen Dank, finde ich."

„Ich schulde euch einen feuchten Dreck", knurrte er. „Aber keine Sorge, ich werde euch schon nicht vorenthalten, was immer Seine Gnaden euch hinterlassen wird, sobald ich Herzog bin. Deshalb seid ihr doch heute wirklich hier, nicht wahr? Um euch eure Zukunft in Wohlstand zu sichern?"

„Natürlich hat Acton Vorkehrungen für Theodore und mich getroffen", erwiderte die Herzogin mit zusammengekniffenen Augen. „Gibst du mir dein Wort darauf, dass du die Auflagen seines Testaments einhalten wirst?"

Widerwillig musste Polly ihre Dreistigkeit bewundern. Obwohl sie diejenige war, die mehr oder weniger um Almosen bettelte, vermittelte sie ihnen das Gefühl, als erweise *sie* Sinjin einen Gefallen. Als wäre er derjenige, der ihr etwas schuldete und nicht umgekehrt.

„Mutter", mischte Theodore sich mit sichtlichem Unbehagen ein. „Können wir das nicht zu einem späteren Zeitpunkt besprechen? Papa ist noch lange nicht tot. Vielleicht sollten wir lieber noch ein paar andere Ärzte konsultieren ..."

„Dein Vater wird sterben, auch wenn er sich und uns allen die letzten Monate etwas anderes weismachen wollte. Deshalb müssen wir vorausblicken und uns absichern. Also, Revelstoke?", fügte sie in gebieterischem Tonfall hinzu.

„Also was?"

„Wirst du so für Theodore und mich sorgen, wie es den Wünschen des Herzogs entspricht?"

„Das muss ich nicht tun. Wir werden ja sehen, wenn es so weit ist. Aber wenn ihr uns nun entschuldigen würdet – und selbst, wenn nicht –, unsere Gäste erwarten uns."

Polly ergriff die Hand, die er ihr hinstreckte, und erhob sich. Auch Ihre Gnaden stand auf, umhüllt von einer Aura aus Angst und Abscheu. Theodore hingegen wirkte hauptsächlich ...

bedrückt. Verloren, wie ein Kind, das sich in der Welt der Erwachsenen nicht wirklich zurechtfand.

Er warf Sinjin einen sehnsüchtigen Blick zu, als wünschte er sich eine Beziehung zu seinem großen Bruder, ohne zu wissen, wie er dieses Ziel erreichen sollte.

In diesem Moment fasste sie einen Entschluss. Sinjin konnte es sich wahrlich nicht leisten, einen Bruder abzuweisen, der zwar ein wenig anstrengend sein mochte, im Grunde aber ein anständiger Kerl war. Sie wollte versuchen, die beiden entfremdeten Halbgeschwister wieder zusammenzuführen. Während ihr Mann die Herzogin und ihren Sohn also zurück in die Eingangshalle führte und Harvey anwies, deren Kutsche vorfahren zu lassen, nutzte sie die Gelegenheit, um dem jungen Lord verstohlen zuzuflüstern: „Würden Sie uns gerne ein andermal erneut besuchen? Vielleicht unter weniger, äh, hektischen Umständen? Dann könnten Sie in Ruhe etwas Zeit mit Ihrem Bruder verbringen.“

Theodore sah sie überrascht an. „Meinen Sie das ernst?“, flüsterte er zurück.

Sie nickte ermutigend.

„Das würde mich freuen ...“, setzte er an.

„Die Kutsche ist da“, unterbrach Sinjin ihn.

Obwohl sein Tonfall ruhig und gefasst wirkte, konnte Polly die Wut wahrnehmen, die ihn umgab.

„Komm, Theo, verschwenden wir nicht einen Augenblick länger hier, wo wir offensichtlich nicht erwünscht sind“, sagte die Herzogin.

Nachdem die Tür sich hinter ihnen geschlossen hatte, wandte Polly sich ihrem Mann zu. „Sinjin, ist alles in Ordnung?“

„Lass uns später darüber reden“, erwiderte er grimmig. „Jetzt müssen wir uns erst einmal um unsere Gäste kümmern.“

Natürlich musste dieses kaltblütige Miststück auftauchen und alles ruinieren.

Während Sinjin später am Abend unruhig in seinem Schlafgemach auf und ab tigerte, kochte sein Blut vor Zorn. Er wusste nicht, was ihn wütender machte: dass diese selbstgerechte Xanthippe die Frechheit besaß, Unterstützung von ihm zu fordern, sobald er den Titel des Herzogs annahm, oder dass sie den Tod seines Vaters mit einer solch berechnenden Herzlosigkeit betrachtete.

Eines stand jedoch fest: Regina Pelham hatte es geschafft, seine Feier zu ruinieren. Seine Laune war im Eimer gewesen, und nur mühselig hatte er sich zusammenreißen können, bis auch die letzten Gäste gegangen waren. Nun wartete er zurückgezogen in seinem Zimmer und stellte sich wieder und wieder die Frage, ob er die Nacht gemeinsam mit Polly verbringen sollte.

Er wusste nicht, ob sich der schwarze Teufel regte oder ob sein Aufruhr der normalen Reaktion auf die Anwesenheit seiner Stiefmutter entsprach. Oder vielleicht lag es daran, dass Polly – *seine* Polly – hinter seinem Rücken mit diesem Schwachkopf Theodore getuschelt hatte. Verbissen zwang er sich, nicht länger darüber nachzudenken. Diese Art von Grübeleien war der beste Nährboden für seine inneren Dämonen. Er musste es irgendwie schaffen, sich zu beruhigen.

Seine Hand sehnte sich nach dem kühlen, sicheren Gewicht des Amuletts. Vielleicht sollte er Polly fragen, ob sie das verdammte Ding noch hatte? Irritiert über seine eigene Albernheit schüttelte er den Kopf. Was zermarterte er sich darüber das Hirn, wo es doch viel dringlichere Sorgen gab? Er musste sich entscheiden, ob er heute Nacht überhaupt in der Verfassung war, mit seiner Frau das Bett zu teilen.

Der Gedanke, getrennt voneinander zu schlafen, verärgerte ihn. Bislang hatte er jede Nacht in ihrem Bett verbracht ... und manchmal auch den halben Tag danach. Obwohl die Erinnerung an diese sinnlichen Stunden ihn erregte, machte sie ihm auch bewusst, dass es um mehr als nur zügellose Leidenschaft ging. Es gefiel ihm, neben ihr aufzuwachen, sie an seiner Seite zu wissen ... und das nicht nur im Schlafzimmer.

Heute Abend ist deine Laune unberechenbar. Du darfst es nicht riskieren, ermahnte seine innere Stimme ihn. *Was, wenn du ihr deine dunkelste Seite offenbarst?*

Es wäre besser, sich in die Wohnung zurückzuziehen, die er angemietet hatte.

Gerade, als er nach seinem Handkoffer suchte – wo hatte Strickley das verdammte Ding nur wieder versteckt? –, öffnete sich die Tür zwischen ihren Gemächern, und Polly trat ein. Sie trug ihren Morgenmantel aus Baumwolle, ihr langes Haar war noch feucht von ihrem Bad. Sie wirkte so lieblich und unsicher, gleichzeitig aber auch entschlossen, dass ihm das Blut in die Lendengegend rauschte.

Sie hielt ein paar Schritte von ihm entfernt inne und betrachtete ihn mit ihren großen, klaren Augen. „Können wir uns unterhalten?"

„Jetzt ist kein guter Zeitpunkt." *Ich muss hier raus. Das Verlangen, dich zu ficken, wird immer übermächtiger, aber ich traue mir selbst nicht über den Weg.*

„Offensichtlich hat der Besuch deiner Stiefmutter dich aufgewühlt, und du hast mir versprochen, darüber zu reden", erinnerte sie ihn.

„Aber nicht *jetzt*."

„Wir sollten es nicht aufschieben", erwiderte sie ernst. „Meine Mutter pflegte immer zu sagen, man solle niemals im Streit zu Bett gehen."

„Schön für sie, aber ich bin nicht *ihr* Mann", gab er schnippisch zurück. *Verdammt, reiß dich zusammen.* „Wie du dich vielleicht erinnerst, versprachen wir einander Privatsphäre. Deshalb bitte ich dich, die Sache auf sich beruhen zu lassen."

Nachdenklich biss sie sich auf die Unterlippe ... was ihm einen erneuten Schauer durch den Körper jagte.

Dann trat sie einen weiteren Schritt auf ihn zu. „Natürlich erinnere ich mich an unsere Abmachung, aber ich sehe doch, wie aufgebracht du bist", sagte sie leise. „Ich will dir doch nur helfen."

Als sie seinen Arm berührte, konnte er sich nicht länger beherrschen.

„Du willst mir helfen?", fragte er.

Sie nickte eifrig.

„Dann zieh dich aus."

Sie blinzelte verwirrt und schluckte schwer. „Ich halte es für das Beste, wenn wir erst miteinander reden ..."

„Und ich halte es für das Beste, dich zu ficken."

Sie errötete bis zu den Haarwurzeln. „Sinjin, diese Ausdrucksweise ..."

„Entweder du bleibst hier und wir schlafen miteinander, oder du lässt mich in Ruhe", unterbrach er sie barsch.

Es war ein schwacher Versuch, sie loszuwerden. Einerseits wollte er sie vor seinen unberechenbaren Launen beschützen, andererseits wünschte er sich nichts sehnlicher, als seinen Schwanz in ihrer feuchten, kleinen Pussy zu vergraben, bis sie ekstatisch seinen Namen schrie ...

Einen Moment lang verharrte er schweigend und erregt, darauf wartend, dass sie sich zurückzog.

Dann öffnete sie langsam das Band ihres Morgenmantels und streifte ihn sich von den Schultern ... Verdammt, sie trug nichts darunter! Das Wasser lief ihm buchstäblich im Mund zusammen, als er den Blick über ihre vollen Brüste, die kurvigen Hüften und das samtige Schamhaar ihres Venushügels wandern ließ. Beinahe trotzig straffte sie die Schultern und sah ihn an. Auch das entfachte seine Lust nur noch mehr.

„Also, tun wir es jetzt oder nicht?", fragte sie.

Nun gibt es kein Zurück mehr.

„Was denkst du denn?", knurrte er.

Hastig riss er sich den eigenen Morgenmantel vom Leib und erschauderte, als ihr hungriger Blick auf seine pulsierende Erektion fiel. Dann zog er sie in seine Arme und presste seine Lippen gegen die ihren, das Gefühl ihrer nackten Haut an seiner so berauschend, dass er laut aufstöhnte. Er konnte kaum noch atmen vor Verlangen, verlor sich mehr und mehr in dem unkontrollierten Lustgefühl, das ihn übermannte.

Mühelos hob er sie hoch und legte sie auf der Chaiselongue ab, die sich nur wenige Schritte von ihnen entfernt befand. Rücklings lag sie auf der dunkelgrünen Seide, wie eine Mänade, die darauf wartete, von ihm verwöhnt zu werden. Er kniete sich neben sie, drückte ihre Beine auseinander und ließ die Hände über ihre samtigen Schenkel gleiten, bevor er das Gesicht in ihrem heißen Schritt vergrub.

Ihr betörend weiblicher Duft raubte ihm die Sinne. Ihr Nektar auf seiner Zunge, ihr sinnlicher Blick, der auf ihm ruhte, steigerte seine Leidenschaft ins Unermessliche. Er wollte es ihr besorgen, bis sie vor Verlangen bebte.

„Spiel mit deinen Titten", wies er sie mit rauer Stimme an. „Hilf mir, dich zu befriedigen."

Erst folgte sie seiner Aufforderung zögerlich, dann immer zügelloser. Während er ihre Pussy leckte, knetete sie ihre Brüste und ließ die Finger spielerisch um ihre steifen Brustwarzen kreisen. Der Anblick war so erotisch, dass er sich nicht zurückhalten konnte und ebenfalls eine Hand um seinen schmerzhaft pulsierenden Schwanz schloss. Langsam und genüsslich befriedigte er sich selbst, ohne von ihr abzulassen.

„So ist es gut, Liebling", murmelte er gegen ihre feuchte Scham. „Spiel mit deinen kleinen Knospen. Fühlt sich das nicht unbeschreiblich an?"

Sie stöhnte zustimmend und rieb ihre Brustwarzen fest zwischen Daumen und Zeigefinger. Zur Belohnung ließ er die Zunge an ihrer Spalte entlangfahren und begann, an ihrer empfindlichen Perle zu saugen. Mit einem Aufschrei hob sie sich ihm entgegen und kam mit einem heftigen Schaudern, benetzte seine Lippen mit ihrem süßen Nektar.

Er gab ihr einen Moment Zeit, sich zu erholen, bevor er sich erhob und neben das Kopfende der Chaiselongue stellte. Während er ein Knie auf dem Kissen abstützte, vergrub er die Finger in ihrem Haar und zog sie zu seinem steinharten Schaft heran.

„Mach ihn schön nass", flüsterte er.

Enthusiastisch nahm sie ihn in den Mund, und er verdrehte genüsslich die Augen. Gott, unter seiner Anweisung war sie so gut darin geworden, ihn oral zu befriedigen. Er krallte sich fester in ihre wilden Locken, während sie seine Eichel mit der Zunge umkreiste und ihre Lippen dann selbstbewusst über seinen Schaft gleiten ließ, bis sie ihn so tief es ging in sich aufgenommen hatte. Nach einigen Minuten, in denen er mehrmals beinahe gekommen wäre, ließ sie von ihm ab, um sich seinen Hoden zu widmen, doch er hatte genug von ihrem Vorspiel.

Ungeduldig schob er sie von sich und packte sie an den Hüften, um sie auf Hände und Knie zu manövrieren. Sie warf ihm einen verwirrten Blick zu, bevor er hinter sie trat und mit einem harten, tiefen Stoß in sie eindrang. Ihre enge, feuchte Hitze um sich zu spüren, entlockte ihm ein animalisches Stöhnen. Sofort begann er, sie in einem unerbittlichen Rhythmus zu ficken, erfreut, sie jedes Mal enttäuscht wimmern zu hören, wenn er sich aus ihr zurückzog.

„So ist es gut, Polly, press dich gegen meine Hüften", spornte er sie an. „Nimm mich so wie ich dich nehme."

Ihre wilden, ekstatischen Laute vereinten sich mit seinen zu einer leidenschaftlichen Kakofonie, untermalt von dem obszönen Klatschen seiner Hoden gegen ihre geschwollenen Schamlippen. Er spürte, wie nahe sie ihrem Höhepunkt war, als ihre Scheidenmuskeln sich pulsierend um ihn zusammenzogen.

Als sie mit einem lauten Aufschrei kam, riss sie ihn mit sich in den Strudel ihrer nicht enden wollenden Wonne. Mit einem heftigen Schaudern ergoss er sich in ihre Pussy, blieb jedoch weiterhin hart. Er vergrub das Gesicht in ihrem Nacken, während seine Hüften weiterhin unablässig gegen ihren prallen Hintern kreisten. Sein heißer Samen vermischte sich mit ihrem Nektar und rann in dünnen Fäden an ihren Schenkeln hinab.

Er neigte den Kopf zu ihrem Ohr hinunter und flüsterte verrucht: „Mehr?"

Sie zitterte vor Lust, und der schwarze Teufel in ihm grinste siegessicher.

❧ 33 ☙

POLLY ERWACHTE, ALS DAS ERSTE LICHT DES TAGES INS ZIMMER fiel. Sinjin lag bäuchlings neben ihr im Bett und schlief ... endlich. Nach ihrem stundenlangen Liebesspiel fühlte sie sich noch immer ausgelaugt.

So unersättlich hatte sie ihn noch nie erlebt. Seine Aura war so intensiv gewesen wie nie zuvor, ein strahlendes, pulsierendes Energiefeld aus Lust und Verlangen. Natürlich war er schon immer ein leidenschaftlicher Liebhaber gewesen, aber diesmal hatte er sich selbst übertroffen. Sein animalisches Begehren hatte zudem eine Seite in ihr geweckt, die ihr, allein bei dem Gedanken daran, jetzt noch die Röte ins Gesicht trieb.

Sie war so oft gekommen, in so vielen verschiedenen Positionen, dass sie irgendwann den Überblick verloren hatte.

Trotz der ungezügelten Leidenschaft zwischen ihnen war ihre Sorge nicht verflogen. Warum wollte er nicht mit ihr reden, ihr sagen, was ihn bedrückte? Ganz offensichtlich hatte der Besuch der Herzogin ihm zugesetzt, doch anstatt über seine Gefühle zu sprechen, verschanzte er sich hinter ihrer Abmachung, einander Privatsphäre zu gewähren.

Nachdenklich nagte sie an ihrer Unterlippe. Einerseits

wusste sie, worauf sie sich eingelassen hatte, also sollte sie die Sache einfach auf sich beruhen lassen. Andererseits wollte sie ihm helfen ... was aber nur möglich war, wenn er sie an sich heranließ.

Sinjin regte sich und drehte den Kopf in ihre Richtung. Als sie den befriedigten Ausdruck in seinen tiefblauen Augen sah, durchfuhr sie ein wohliger Schauer. Dann bemerkte sie ungläubig, wie seine Aura erneut vor Erregung zu pulsieren begann.

Meine Güte, nach dieser Nacht kann er doch unmöglich mehr wollen ...?

Unter der Decke legte er einen Arm um ihre Taille und zog sie an seine warme, muskulöse Brust. Sie spürte, wie sein hartes Glied sich gegen ihren Bauch presste. Genüsslich ließ er die Hände an ihren Seiten herunterwandern und packte sie besitzergreifend am Gesäß.

„Guten Morgen", flüsterte er mit vom Schlaf noch ganz rauer Stimme.

Obwohl seine Berührungen ihre Lust schürten, versuchte sie, sich aus seiner Umarmung zu befreien. „Warte, Sinjin. Wir müssen uns unterhalten."

„Nur zu." Neckisch knabberte er an ihrem Ohrläppchen. „Ich bin ganz Ohr."

„So kann ich mich nicht konzentrieren", protestierte sie, ein wenig außer Atem.

„Mmm, ich spüre noch immer die Reste meines Samens in dir." Das leidenschaftliche Funkeln in seinen Augen brachte ihren Puls zum Rasen ... ebenso wie seine teuflisch geschickten Finger in ihr. „Du bist so weich und feucht ... perfekt vorbereitet für mich."

„Sinjin, warte! Ich ... ich bin ziemlich wund", sagte sie verzweifelt.

„Ich werde ganz zärtlich sein."

„Aber wir sollten wirklich zuerst reden ..."

Ein Klopfen an der Tür ließ sie beide erstarren.

„Warum zum Henker stört uns jemand um diese Uhrzeit?", knurrte er irritiert.

Sie wusste es auch nicht, schlüpfte aber dankbar für die Unterbrechung aus dem Bett und band sich ihren Morgenmantel um. „Herein!", rief sie anschließend.

Harvey betrat das Schlafgemach, seine sonst so stoische Aura unruhig und voller Sorge.

„Was ist denn los?", fragte sie alarmiert.

„Verzeihen Sie die Störung, Mylady", erwiderte er etwas verlegen. „Gerade traf eine eilige Nachricht von Mrs Hunt ein. Sie werden umgehend in der Akademie erwartet. Offenbar ist eines der Findelkinder verschwunden."

***

Als Sinjin und Polly in der Akademie eintrafen, wartete eine äußerst blasse Mrs Hunt bereits auf sie und führte sie ohne Umschweife in ihr Büro.

„Wir glauben, dass Maisie irgendwann in der Nacht verschwunden ist", kam sie direkt zur Sache. „Zum letzten Mal wurde sie gesehen, bevor die Lichter gelöscht wurden. Heute Morgen war ihr Bett verlassen. Mr Hunt sucht bereits mit einigen Männern nach ihr, aber ich ließ Sie herrufen, Polly, weil Sie das Mädchen am besten von uns kennen. Haben Sie eine Ahnung, wohin sie gegangen sein könnte?"

„Nein", erwiderte Polly stirnrunzelnd. „Aber es sieht Maisie gar nicht ähnlich, einfach zu verschwinden, ohne jemandem Bescheid zu sagen."

Sinjin war bereits mit einer inneren Unruhe erwacht, und seine Frau nun so aufgewühlt zu sehen, wirkte sich auch nicht vorteilhaft auf seine Nerven aus. Immerhin war es seine Aufgabe, sie vor Sorgen und Problemen zu beschützen.

„Wurden die anderen Kinder bereits befragt?", erkundigte er sich.

„Ja, aber niemand hat sie fortgehen sehen, noch weiß irgendwer, warum sie abgehauen sein könnte." Verzweifelt verflocht Mrs Hunt ihre Finger ineinander. „Maisie schien sich hier doch immer so wohlzufühlen ..."

„Moment mal ... *Tim*", hauchte Polly plötzlich.

„Tim?", hakte Sinjin nach.

„Ihr älterer Bruder. Er gehört einer Bande von Gassenjungen an", erklärte sie. „Maisie erwähnte, dass es unter den Mitgliedern immer wieder zu Machtkämpfen kam, seit der Anführer starb. Tim wollte die jüngeren Kinder vor dem Ärgsten beschützen. Seit sie mir davon erzählt hat, mache ich mir Sorgen, dass ihm ebenfalls etwas zustoßen könnte. Ob Maisie irgendetwas zu Ohren gekommen ist und sie deshalb zu ihm wollte?"

„Das klingt nach einer ziemlich gefährlichen Situation", sagte Mrs Hunt besorgt.

In diesem Moment flog die Tür auf, und ihr Gemahl marschierte herein. Sinjin kannte ihn flüchtig von der Hochzeit sowie seiner Geburtstagsfeier und nickte ihm höflich zu.

Mrs Hunt eilte sofort an seine Seite. „Hattet ihr Glück bei der Suche, Gavin?"

Er schüttelte den Kopf. „Tut mir leid, Liebling. Niemand hier in der Nachbarschaft hat sie gesehen."

„Polly vermutet, Maisies Verschwinden könne etwas mit Tim zu tun haben", eröffnete seine Frau ihm.

Nachdem Polly auch Mr Hunt über die Lage informiert hatte, erwiderte er grimmig: „Ich kenne das Bordell, in dem die Bande sich herumtreibt. Am besten sehe ich mich dort mal um."

„Sei aber bitte vorsichtig", bat seine Frau ihn besorgt.

„Keine Angst, ich bin mit dem Elendsviertel doch bestens vertraut", versicherte er ihr mit einem spitzbübischen Zwinkern, während er ihr sanft eine blonde Locke hinters Ohr strich.

„Ich werde Sie begleiten", sagte Sinjin entschlossen.

„Aber es könnte gefährlich werden ..." begann Polly zu protestieren.

„Ich kann gut auf mich selbst aufpassen, Kätzchen." Er musste etwas gegen diese innere Unruhe tun, anstatt nur untätig herumzusitzen. „Wir werden Maisie sicher und wohlbehalten zurückbringen, versprochen."

***

„Ein feiner Gentleman wie Sie kennt sich wohl kaum in Freudenhäusern dieser Art aus. Es ist kein Rosengarten, das kann ich Ihnen sagen. Wenn Sie also lieber in der Kutsche warten möchten ..."

„Ich komme mit rein", unterbrach Sinjin Hunt unwirsch. Langsam ging der Kerl ihm auf die Nerven. Während der Fahrt hatte sein Begleiter die höflichen Manieren abgelegt und verhielt sich nun wie ein eingefleischter Bewohner des Elendsviertels. Seine hellbraunen Augen funkelten angriffslustig, als sie vor ihrem Ziel anhielten.

Aber Sinjin war keineswegs ein feiner Pinkel mit blütenreiner Weste. Gut, natürlich war er nicht in diesen üblen Straßen aufgewachsen, aber er hatte durchaus Gewalt erfahren und wusste sich zu verteidigen. Seine Muskeln vibrierten vor Anspannung, die Aussicht auf einen Kampf versetzte ihn in freudige Erwartung.

„Ganz, wie Sie meinen. Dann stecken Sie aber besser die hier ein." Hunt reichte ihm eine Pistole und schob sich ebenfalls eine in den Stiefel. „Immer schön aufpassen, dass man Sie nicht aufschlitzt oder abknallt, klar?"

Mit diesem *äußerst* hilfreichen Hinweis verließ Hunt die Kutsche und wies seine beiden Lakaien an, in diskreter Entfernung zu warten und, wenn nötig, Alarm zu schlagen. Dann steuerte er zielsicher auf das Bordell zu, ein dreistöckiges Haus mit rußbedeckter Fassade und verschmutzten Fenstern, welches so schief dastand, dass vermutlich ein einziger Windstoß ausreichen würde, um es zum Einsturz zu bringen. Hunt stieß die Tür auf und marschierte hinein, als gehörte ihm der Laden, dicht gefolgt von Sinjin.

Es dauerte einen Moment, bis seine Augen sich an die dämmrigen Lichtverhältnisse gewöhnt hatten. Der Gestank von Bratfett und verfaultem Unrat stieg ihm in die Nase. Auf einem der Tische lagen drei schnarchende Männer mit ihren Oberkörpern, umgeben von mehreren Flaschen billigen Gins.

„*Verdammt*", fluchte Hunt leise.

Als Sinjin seinem Blick folgte, verkrampfte sich sein Magen.

Heilige Mutter Gottes.

Am anderen Ende des Raumes hing ein junger Bursche an einem Schandpfahl, die Hände über dem Kopf zusammengebunden. Selbst aus dieser Entfernung waren die blutigen Striemen und blauen Flecken auf seinem nackten Oberkörper deutlich zu erkennen. Neben ihm standen Maisie, das Blumenmädchen von seiner Hochzeit, sowie ein flachsblonder Junge. Beide versuchten, den verletzten Knaben dazu zu bringen, aus einem Becher zu trinken und wirbelten erschrocken herum, als Sinjin und Hunt sich ihnen näherten.

„Mr Hunt. Mylord", quietschte Maisie.

„Was geht hier vor sich, mein Kind?", wollte ihr Schulleiter wissen.

Sinjin bewunderte dessen gefassten Tonfall, denn aus nächster Nähe sahen die Wunden so schrecklich aus, dass seine eigenen Narben sich bemerkbar machten. Wütend ballte er die Hände zu Fäusten. Nur zu gerne würde er denjenigen *umbringen*, der das getan hatte.

„S-sie haben T-Tim verprügelt. Patrick u-und ich wollten ihm W-Wasser geben, a-aber er reagiert nicht", schluchzte Maisie, der unablässig Tränen über die Wangen kullerten. „I-ist er tot?"

Sinjin löste eilig die Fesseln des ohnmächtigen Jungen und legte ihn behutsam auf den Boden. Als Hunt vorsichtig Tims Körper abtastete, entwich diesem ein leises Stöhnen.

„Seine Verletzungen sehen schlimmer aus, als sie sind. Sein

Puls ist stabil. Sobald er versorgt wurde, wird er sich bestimmt schnell erholen“, sagte Hunt.

Maisie stieß einen Laut der Erleichterung aus.

Sinjin streifte seinen Gehrock ab und wickelte ihn um Tims schmächtigen Körper.

„Wer hat das getan?“, wollte er von dem anderen Jungen wissen.

„Patrick heiß‘ ich übrigens, Sir. Also, es ist so, wissen Sie, seit der Anführer unserer Bande ins Gras gebissen hat, wollte dieser andere Kerl, Crooke, seinen Platz einnehmen, aber leider ist Crooke nich der Schlauste. Dafür hat er ’nen Haufen Muskeln ... oder besser gesagt, die Kohle, um andere für die Schmutzarbeit zu bezahlen.“ Der Knabe warf einen angewiderten Blick auf die drei Männer, die noch immer ihren Rausch ausschliefen. „Wir wurden ja noch fertig mit Crooke, solange er uns nur dazu zwang, Tag und Nacht die Ufer der Themse nach wertvollem Kram abzusuchen, aber als er uns dann an Mutter Cox ausleihen wollte, reichte es uns ... oder zumindest Tim.“

Als Sinjin den Namen der berüchtigten Kupplerin hörte, geriet sein Blut in Wallung. Grimmig betrachtete er Patricks schmutziges Gesicht und sein zerzaustes blondes Haar. Der Junge konnte nicht älter als zehn sein. „Der Bastard wollte euch zwingen, eure Körper zu verkaufen?“

„Jupp ... aber ich brück mich für niemanden“, erwiderte Patrick nüchtern. „Also hat Tim sich Crooke vorgeknöpft und ihm gesagt, dass wir da nich mitmachen. Und dann hat Crooke ihn halb tot geprügelt und ihn als Warnung für uns anderen hier hängen lassen.“ Nun schlich sich ein Zittern in seine Stimme. „Dann hab ich Maisie hergeholt und wir haben gewartet, bis Crooke und seine Bande abgehauen sind, und dann sind Sie hier aufgetaucht.“

„Bringen wir Tim erst einmal in die Akademie“, beschloss Hunt mit angespannter Miene. „Um Crooke kümmere ich mich später. Patrick, du kommst besser mit uns.“

„Mich würden keine zehn Pferde hier halten", lautete dessen Antwort.

Plötzlich flog die Tür mit solchem Schwung auf, dass sie gegen die Wand krachte. Ein rothaariger Mann mit kleinen Schweinchenaugen und einem mächtigen Doppelkinn stolzierte herein. Er trug eine geschmacklose Weste aus besticktem, weinrotem Samt und hielt einen protzigen Gehstock in der Hand. Hinter ihm erschienen fünf muskelbepackte Halsabschneider, von denen einige bedrohlich ihre Knüppel hin und her schwingen ließen.

„Crooke", flüsterte Patrick mit zitternder Stimme.

„Sieh mal einer an, da hat sich wohl Ungeziefer eingeschlichen", rief Crooke mit einem verächtlichen Grinsen. „Und es will sich mit unserem Besitz davonmachen."

„Du musst es nur sagen, Master, dann machen wir sie fertig", grölte einer seiner Männer.

Patrick kauerte sich ängstlich zusammen. Schützend stellte Sinjin sich vor ihn und knurrte: „Versucht es ruhig, wenn ihr euch traut."

„Wir verschwinden", mischte Hunt sich in eisigem Tonfall ein. „Und wenn ihr uns gehen lasst, verschonen wir euch."

Crooke lachte gehässig. „Wie großspurig von euch, dabei seid ihr doch in der Unterzahl. Schnappt sie euch, Jungs!"

„Bleib bei Maisie und Tim", wies Sinjin Patrick an.

Dann brach die Hölle los.

Zwei der Halsabschneider stürzten sich auf ihn, und er sah Rot. Den Angriff des ersten wehrte er ab und nutzte seinen Schwung, um sich den zweiten über die Schulter zu werfen. Der Muskelprotz flog durch die Luft und prallte mit einem Schmerzensschrei auf dem Boden auf. Als der erste Schurke erneut auf ihn losging, verpasste er dem Mistkerl einen Haken nach dem anderen, während er geschickt dessen Fäusten auswich. Nach ein paar gezielten Treffern setzte Sinjin ihn schließlich mit einem besonders brutalen Kinnhaken außer Gefecht.

Ein kurzer Blick zu Hunt zeigte ihm, dass dieser sich tapfer gegen drei weitere Gegner behauptete. Im nächsten Augenblick stürzten seine beiden Lakaien durch die Tür und kamen ihrem Arbeitgeber zu Hilfe. Blieb also nur noch Crooke. Als Sinjin sich dem Bastard zuwandte, sah dieser sich panisch um und trat den Rückzug an. Weit kam er jedoch nicht, bevor Sinjin ihn eingeholt hatte und zu Boden warf.

Was folgte, war eine verbissene Rangelei. Crooke mochte zwar um einiges schwerer sein, aber trotzdem gelang es Sinjin, die Oberhand zu gewinnen. Immer wieder schlug er mit der Faust auf das Gesicht seines Gegners ein, angespornt durch das laute Knacken von dessen Knochen. Jeder Schlag war eine Vergeltung für die unerbittlichen Prügel mit dem Stock, den brennenden Schmerz der Peitschenhiebe, die betäubende Einsamkeit ...

Nicht diesen Jungen. Nie wieder. Blut rauschte ihm in den Ohren und ließ ihn alles andere um sich herum vergessen.

Plötzlich zerrte jemand ihn an den Armen zurück, und er schlug wie wild um sich.

„Revelstoke, das reicht jetzt. Sie bringen ihn noch um.“

Die Worte durchdrangen nur mühsam den rotglühenden Nebel der Wut, der ihn umhüllte. Schwer atmend realisierte er, dass Hunt und einer der Lakaien ihn von Crooke heruntergezerrt hatten. Das Gesicht des Mistkerls war blutverschmiert und bis zur Unkenntlichkeit angeschwollen. Seine eigenen Fingerknöchel waren ebenfalls blutig, die Haut aufgeplatzt.

„Nicht, dass es ein tragischer Verlust wäre, aber als frisch gebackener Ehemann würden Sie die Nacht doch gewiss lieber bei Ihrer Frau als hinter Gittern verbringen, nehme ich an“, fuhr Hunt fort. „Also, sind Sie wieder bei Sinnen? Können wir Sie loslassen?“

„Es geht mir gut“, gab er patzig zurück und befreite sich aus den Griffen der beiden Männer. Immer noch kochend vor Wut und Aggression, taumelte er auf die Füße. Am liebsten würde er sich sämtliche Crooks dieser Welt zur Brust nehmen, gleich hier und gleich jetzt. Das wäre ein Kinderspiel für ihn.

Doch dann stoppte etwas seinen Höhenflug, und obwohl er sich noch immer unbezwingbar fühlte, wurde er gleichzeitig von einer wilden Panik erfasst. Wovor zum Henker sollte er sich denn bitte fürchten?

Die Antwort stieg wie eine Luftblase an die Oberfläche eines dunklen Teichs: *Polly*.

Der schwarze Teufel war erwacht und hatte von ihm Besitz ergriffen. Lange würde es nicht mehr dauern, bis sein blauer Gegenspieler sich ebenfalls meldete, und dann würde er sich in Finsternis verlieren. Verdammt, er musste sich zusammenreißen, bevor er Polly gegenübertrat. Diese Angelegenheit würde er noch hinter sich bringen müssen, dann konnte er sich in seine Wohnung flüchten.

Hunt hob Tim in seine Arme, während Maisie und Patrick sich verängstigt um ihn drängten.

„Bringen wir erst mal die Kinder in Sicherheit", sagte er grimmig.

Sinjin verließ ihnen voran das Bordell. *Und danach mich*, dachte er beunruhigt.

❧ 34 ❧

DIE SONNE GING BEREITS UNTER, ALS POLLY UND SINJIN NACH Hause zurückfuhren. Die Luft in der Kutsche war von angespanntem Schweigen erfüllt. Sie warf ihrem Ehemann, der ihr gegenüber Platz genommen hatte, verstohlene Blicke zu. Sonst saßen sie immer nebeneinander ... wenn er sie nicht sogar auf seinen Schoß zog.

Sie war sich durchaus bewusst, dass dieser Tag ihm viel abverlangt hatte − sie selbst war ebenfalls völlig erschöpft −, aber diese seltsame Distanz zwischen ihnen machte ihr schwer zu schaffen. Bildete sie sich das angespannte Verhältnis nur ein? Nein, bestimmt nicht. Sinjin brütete mit finsterer Miene vor sich hin, seine Aura war ein pulsierendes Energiefeld aus Emotionen, die er nicht mit ihr zu teilen gewillt war.

Also rollten sie schweigend über das holprige Kopfsteinpflaster, jeder in seine eigenen Gedanken versunken. Immer wieder ermahnte sie sich, ihn in Ruhe zu lassen, dass es keinen Sinn hatte, nach einem solch aufwühlenden Tag ein vernünftiges Gespräch führen zu wollen. Aber irgendwann hielt sie es einfach nicht mehr aus.

„Sinjin, was ist denn nur los?", platzte sie heraus.

„Nichts."

Seine kurz angebundene, schnippische Art raubte ihr noch den letzten Nerv. „Bitte lüg mich nicht an. Wenn du nicht darüber reden willst, dann sag es einfach."

„Na schön." Er warf ihr einen irritierten Blick zu. „Ich will nicht darüber reden."

„Na schön."

Und so verfielen sie zurück in unangenehmes Schweigen. Sie bereute es, ihm die Wahl gelassen zu haben, ihr die Antwort zu verweigern. Aber nur, weil er sich hinter seinen Mauern verschanzte, musste sie noch lange nicht dasselbe tun.

„Ich war erleichtert zu hören, dass Tim laut ärztlicher Meinung wieder auf die Beine kommt", sagte sie so ruhig wie möglich. „Maisie ist außer sich vor Freude. Ihr Bruder ist wirklich ein Held. Durch seinen furchtlosen Einsatz hat er die jüngeren und schwächeren Mitglieder seiner Bande beschützt."

Sinjin hatte die Arme vor der Brust verschränkt und starrte beharrlich schweigend in eine Ecke der Kutsche. Seine dunkle Aura legte sich wie ein schwerer Mantel über sie.

Sie versuchte, die aufsteigende Frustration zu unterdrücken, und setzte erneut an: „Du und Mr Hunt, ihr wart ebenfalls heldenhaft. Mrs Hunt möchte die Gassenkinder überreden, an die Akademie zu kommen, aber ihr Mann befürchtet, sie sind zu verwildert, um irgendwo Fuß fassen zu können."

Keine Reaktion.

Nun riss ihr endgültig der Geduldsfaden. „Verflixt, Sinjin, ich *weiß* doch, dass du aufgebracht bist, also hör auf, eingeschnappt zu sein und rede endlich."

„Oho, *du* weißt also, wie *ich* mich fühle? Bist du jetzt etwa eine Hellseherin?"

Seine hämischen Worte versetzten ihr einen Stich ins Herz. *Mist, das kommt der Wahrheit gefährlich nahe ...*

„N-natürlich nicht", stammelte sie. „Ich meinte nur ... Also ich, äh, spüre da einfach eine gewisse Anspannung zwischen uns. Warum können wir nicht darüber sprechen?"

„Worüber hast du mit diesem Schwachkopf getuschelt?"

Verwirrt blinzelte sie ihn an. „Welcher Schwachkopf? Wovon redest du da?"

„Spiel hier nicht die Dumme. Das passt nicht zu dir, meine hellseherische Göttin", erwiderte er höhnisch. „Du hast dich ja blendend mit Theodore verstanden. Worüber habt ihr euch so leise unterhalten? Was sollte ich nicht mitbekommen?"

„Das ist doch wohl nicht dein Ernst?" Ungläubig starrte sie ihn an.

Wer *war* dieser Mann ihr gegenüber? Ganz gewiss nicht der sinnliche, fürsorgliche Gemahl, den sie kannte. Irgendwie sah er sogar anders aus: Seine Pupillen waren geweitet, sodass seine Augen beinahe schwarz wirkten, und ein hässliches, giftiges Braun hatte sich unter das sonst so strahlende Blau seiner Aura gemischt.

„Todernst, Schätzchen", knurrte dieser Fremde, der nun vor ihr saß. „Also, jetzt sag schon: Hast du ein nettes kleines Stelldichein mit ihm geplant?"

„Ich habe deinen *Bruder* lediglich eingeladen, mehr Zeit mit *dir* zu verbringen", rief sie empört. „Er sehnt sich nach einer engeren Beziehung zu dir, dem einzigen Bruder, den er noch hat. Er ist ganz anders als deine Stiefmutter."

„Also bist du doch eine Hellseherin", schnaubte er spöttisch.

Neben der Wut stieg nun auch Panik in ihr auf. Sollte sie weiter auf dem Thema herumreiten? Das könnte womöglich in einer Katastrophe enden. *Sei vorsichtig. Gib nicht noch mehr von dir preis.* Gleichzeitig wollte sie sein unmögliches Verhalten jedoch nicht einfach so hinnehmen.

Zitternd holte sie Luft. „Hör zu, es war ein anstrengender Tag für uns beide. Vielleicht sollten wir ein andermal darüber sprechen ..."

„Ich wollte ja überhaupt nicht damit anfangen", donnerte er

los. „Du bist diejenige, die dieses Gespräch erzwungen hat! Die unsere Regeln so konsequent missachtet!"

„Wenigstens benehme ich mich nicht wie ein eigensinniges Kind!"

„O ja, du bist natürlich die *perfekte* Polly, nicht wahr?" Ebenso gut hätte er sie auch „seltsame Polly" nennen können. Ungebeten stiegen die schmerzhaften Erinnerungen in ihr hoch. „Du weißt immer, was das Richtige ist."

„Das habe ich nie behauptet. Was ist denn nur los mit dir? Warum bist du so furchtbar uneinsichtig?"

„Vielleicht war ich schon immer so und du kennst mich eben doch nicht so gut, wie du es dir einbildest."

„Diese Seite an dir gefällt mir jedenfalls gar nicht", erwiderte sie schnippisch.

„Dann hättest du mich wohl besser nicht heiraten sollen", knurrte er.

Die Worte hingen wie Gewitterwolken zwischen ihnen. Schweigend und schwer atmend starrten sie einander an.

Plötzlich durchbrach ein lautes Klopfen die Stille wie ein Kanonenschuss.

„Was ist?", brüllte Sinjin gereizt.

„V-Verzeihung, Mylord", ertönte die Stimme des Kutschers, und erst jetzt realisierte Polly, dass sie angehalten hatten. „Wir sind zu Hause, aber wenn Sie lieber weiterfahren möchten ..."

„Jetzt öffnen Sie schon die verdammte Tür und helfen Sie Lady Revelstoke hinaus", zischte Sinjin.

Der arme Mann tat, wie ihm geheißen, und geleitete eine peinlich berührte Polly die Stufen hinunter in die kühle Nachtluft. Während sie sich verzweifelt um eine gefasste Miene bemühte, beobachtete sie, wie Sinjin hinter ihr ausstieg ... und prompt den Fahrersitz erklomm.

„W-wohin fährst du?", stammelte sie erschrocken.

In seinen Augen loderte ein dämonisches Feuer.

„Weit weg von dir", lautete die eisige Antwort.

Schockiert und zutiefst gedemütigt sah sie zu, wie die Kutsche losrollte und in der Dunkelheit verschwand.

❧ 35 ❧

Drei Tage später wanderte Polly allein durch den Garten der Shackletons. Während sie ziellos durch das weitläufige Heckenlabyrinth streifte, bereute sie ihre Entscheidung, hergekommen zu sein. Emma hatte sie dazu überredet, mit dem Argument, etwas Ablenkung würde ihr guttun ... dass es besser wäre, unter Menschen zu sein als einsam zu Hause herumzusitzen und darauf zu warten, dass ihr Mann zurückkehrte.

Tagsüber stürzte Polly sich in ihre Arbeit an der Akademie. Ein winziger Lichtblick für sie war Tims zügige Genesung, da seine Verletzungen zum Glück nur halb so schlimm waren, wie sie aussahen. Am Tag zuvor konnte er bereits wieder aufrecht im Bett sitzen und Besuch empfangen. Die jüngeren Mitglieder seiner Bande waren ihm kaum von der Seite gewichen. Offenbar hatten sie ihn zu ihrem neuen Anführer auserkoren. Wiederholt hatte Tim sich nach Sinjin erkundigt, da er sich unbedingt bei ihm für die Hilfe bedanken wollte.

Da war Polly eine zündende Idee gekommen: Die Gassenjungen waren mehr oder weniger die „Augen und Ohren" des Elendsviertels. Sie waren überall und nirgendwo, passten sich unauffällig an ihre Umgebung an. Mit Ambroses Zustimmung hatte sie Tim und seiner Bande also eine Zeichnung Grundells ausgehändigt und sie gebeten, nach dem Schurken Ausschau zu halten. Auf keinen Fall sollten sie versuchen, ihn auf eigene Faust zu schnappen, sondern lediglich der Detektei ihres Bruders Bescheid geben, falls er irgendwo auftauchte.

Sie war ziemlich stolz auf ihren genialen Einfall ... und wünschte, sie könnte ihn mit Sinjin teilen. Seufzend blickte sie hinauf in den dunklen Nachthimmel und fragte sich, wo er wohl gerade stecken mochte, was er dachte und fühlte ... Resigniert ließ sie die Schultern hängen. Sie verfiel nur deshalb nicht in völlige Verzweiflung, weil er ihr eine Nachricht hatte zukommen lassen, in der er ihr kurz angebunden mitteilte, dass er von ihrer Abmachung Gebrauch machen und in ein paar Tagen zurückkehren würde.

Wenigstens kommt er zurück. Sie kickte einen Kieselstein vor sich her.

So sehr sie ihn auch vermisste und sich wünschte, ihn nie zu dieser Auseinandersetzung gedrängt zu haben, begann sie, ihre Übereinkunft, was gegenseitige Privatsphäre anbelangte, zu bereuen. Es war töricht von ihnen gewesen zu glauben, sie könnten unbeschwerte Tage und leidenschaftliche Nächte miteinander verbringen, ohne Gefühle füreinander zu entwickeln.

So wollte sie nicht länger weitermachen. Sie *liebte* ihn und war es leid, auch noch dieses Geheimnis für sich zu behalten. Langsam wurde die emotionale Distanz zwischen ihnen unerträglicher als die Angst vor dem, was er tun könnte, wenn er von ihrer Fähigkeit erfuhr.

Wie würde er reagieren?

Ob er sie sofort zurückweisen würde ... oder ihren Fluch doch irgendwie akzeptieren könnte?

Vor drei Tagen hatte sie noch die leichte Hoffnung gehegt, dass letzteres der Fall wäre, aber zu dem Zeitpunkt war er auch noch der liebevolle, leidenschaftliche Mann gewesen, den sie bislang zu kennen geglaubt hatte ...

Jetzt weiß ich nicht mehr, was ich tun soll.

Im Herzstück des Labyrinths angekommen, fand sie einen Springbrunnen aus Marmor vor, der den Gott Bacchus, umringt von seiner ausgelassenen Schar Satyrn und Mänaden, darstellte. *Na toll.* Nun quälte sie auch noch der Gedanke, was Sinjin wohl trieb, während er nicht bei ihr war. Verfiel er geradewegs zurück in sein wüstes Benehmen?

Reiß dich zusammen. Er hat dir versprochen, treu zu sein.

Allerdings hatte *sie* ihr Versprechen gebrochen, ihn nicht zu belästigen und ihm seinen Freiraum zu gewähren. Was, wenn er im Gegenzug dasselbe tat? Resigniert sank sie auf eine der Bänke, die den Brunnen umgaben, und ließ ihren Tränen freien Lauf.

„Lady Revelstoke?“

Aufgeschreckt wirbelte sie herum. *O nein, nicht er schon wieder.*

„Lord Brockhurst.“ Schnell wischte sie sich über die Wangen, erhob sich und knickste höflich. „Ich wollte gerade wieder hineingehen ...“

„Bitte, warten Sie doch einen Augenblick.“ Im Mondlicht sah sie das flehende Funkeln in seinen Augen. „Ich würde gerne kurz mit Ihnen sprechen, wenn Sie es gestatten.“

„Worüber?“, fragte sie argwöhnisch.

„Ich möchte mich entschuldigen.“ Er wirkte aufrichtig zerknirscht. „In den letzten Monaten habe ich mich wie ein Feigling davor gedrückt, aber jetzt will ich es nicht länger aufschieben. Ich weiß, dass Sie irgendwie von meinem ... unehrenhaften Verhalten erfahren haben. Hat Revelstoke Ihnen von der Wette erzählt?“

„Das geht Sie wohl kaum etwas an“, erwiderte sie kühl.

Selbst in dieser Dunkelheit konnte sie sehen, wie ihm die Röte ins Gesicht schoss.

„Natürlich. Sie haben ganz recht.“ Er räusperte sich verlegen. „Und es gibt auch keine Entschuldigung dafür. Ich war ein einfältiger Narr. Es war mir so wichtig, die Anerkennung dieser Schnösel zu gewinnen, dass ich etwas Unverzeihliches getan habe.

Ich habe Sie verletzt und möchte mich in aller Form bei Ihnen entschuldigen, auch wenn ich Ihre Vergebung nicht verdient habe."

Seine schonungslos ehrlichen Worte überraschten sie. Nie hätte sie erwartet, dass er die Verantwortung für seine Taten übernehmen würde. Gleichzeitig wurde ihr klar, dass es ihr mittlerweile egal war. Der Vorfall, welcher ihr einst so welterschütternd vorkam, war nichts weiter als ein unbedeutender Maulwurfshügel auf dem Pfad ihres Lebens. Ein Staubkorn, verglichen mit dem steinigen Gebirge, das ihre Beziehung zu Sinjin darstellte.

Ihr Mann bedeutete ihr *alles*, realisierte sie mit einem schmerzhaften Stechen in der Brust.

„Vergessen Sie es. Ich denke längst nicht mehr daran", sagte sie daher.

„Wirklich?" Hoffnungsvoll trat Brockhurst einen Schritt auf sie zu. „Ich habe diese Schuld so lange mit mir herumgetragen, dass ..."

„Wie ich schon sagte, vergessen Sie es einfach." Nur weil sie ihm vergeben hatte, bedeutete das nicht, dass sie auf einmal beste Freunde waren. „Jetzt muss ich aber wirklich ..."

„Ich habe Ihr Geheimnis niemals jemandem verraten", flüsterte er.

Ihr Herz begann, wie wild zu schlagen. Sie meinte, ein Rascheln zwischen den Hecken vernommen zu haben, doch als sie sich panisch umsah, konnte sie niemanden entdecken. Wahrscheinlich war es nur der Wind gewesen ... oder das Blut, das ihr in den Ohren rauschte.

„Sie haben sich bestimmt gefragt, warum ich es niemandem erzählte", fuhr Brockhurst fort. „Warum ich es für mich behielt. Zugegebenermaßen war ich anfangs ziemlich schockiert, als Sie mir gestanden, Sie könnten, nun ja, die Emotionen anderer Menschen *sehen*. In Form einer leuchtenden *Aura*", sagte er und zeichnete mit der Hand einen Kreis um seinen Kopf. „Sie müssen verstehen, dass ich noch nie zuvor von etwas Derartigem gehört habe, und natürlich war ich erst einmal verwirrt. Und dann bemerkte ich auch noch zu meinem Schreck, dass ich entgegen meines Vorsatzes Gefühle für Sie entwickelte, obwohl ich Sie doch eigentlich nur wegen der Wette umwarb."

Wie vom Donner gerührt starrte sie ihn an. Was um alles in der Welt redete er da für einen Unsinn? Und wie konnte sie ihn dazu bringen, auch weiterhin Stillschweigen zu bewahren?

„Ich hatte Angst, diese Gefühle zuzulassen, weil Sie so ... anders waren. Als ich mich endlich bereit fühlte, hatte Revelstoke Sie mir vor der Nase weggeschnappt. Aber jetzt, da ich sehe, wie unglücklich Sie sind, will ich die Wahrheit nicht länger vor Ihnen verbergen. Ich liebe Sie, Polly", verkündete er. „Schon seit langer Zeit."

Bevor sie etwas darauf erwidern konnte, zog er sie in seine Arme und presste seine Lippen auf die ihren. Energisch versuchte sie, ihn von sich zu stoßen ... bis er plötzlich rücklings durch die Luft flog.

War ich das?, dachte sie, einen Moment lang völlig desorientiert.

Doch dann trat eine vertraute Gestalt in ihr Blickfeld. *Sinjin*. Ihre Freude, ihn wiederzusehen, war kurzlebig, denn seine Aura versprühte eine solch glühende Wut, dass ihr das Herz alarmiert bis zum Hals schlug.

Mit geballten Fäusten baute er sich vor Brockhurst auf.

„Wie können Sie es wagen, meine Frau zu berühren? Dafür werde ich Sie umbringen", knurrte er.

Hastig rappelte Brockhurst sich auf und hob beschwichtigend die Hände. „Revelstoke, lassen Sie uns doch in Ruhe darüber reden ..."

Weiter kam er nicht, denn im nächsten Moment landete Sinjins Faust in seiner Magengrube. Mit einem lauten Stöhnen krümmte er sich zusammen. Der gequälte Laut riss Polly aus ihrer

Schockstarre. Sie eilte zu ihrem Mann hinüber und packte ihn am Arm, bevor er erneut zuschlagen konnte.

„Hör auf!", rief sie panisch. „Es ist doch nichts passiert. Er hat ..."

„Dich berührt. Dich geküsst. *Dich. Meine Frau.*" Im Mondlicht sah sie, wie schwarz seine Augen waren. „Niemand außer *mir* darf dich anfassen."

Seine heftige Reaktion beunruhigte sie nur noch mehr. „Es hatte nichts zu bedeuten", beharrte sie.

„Wenn das wahr ist, warum hast du mich dann angelogen?", verlangte er zu wissen.

„Ich habe nicht ..."

„Du hast diesem Bastard dein *Geheimnis* anvertraut ... aber mir, deinem eigenen Ehemann, nicht?"

Obwohl ihr das Blut in den Ohren rauschte, vernahm sie plötzlich schockiertes Getuschel um sich herum. Alarmiert stellte sie fest, dass sich eine Menschentraube um sie gebildet hatte, die dem Spektakel neugierig beiwohnte.

„Lass uns das bitte nicht hier ausdiskutieren", wandte sie sich verzweifelt wieder an Sinjin. „Ich werde dir alles erklären, sobald wir unter uns sind ..."

„Was gibt es da groß zu erklären? Dass du Emotionen *sehen* kannst? Die verdammte *Aura* eines Menschen?", explodierte er.

Die Blicke der Schaulustigen durchbohrten sie. Gehässige Gesprächsfetzen drangen an ihr Ohr. *Ich habe doch schon immer gesagt, dass mit ihr etwas nicht stimmt ... Es spielt keine Rolle, wie hübsch die Verpackung ist, wenn das Oberstübchen verrücktspielt ...* Und wieder einmal stand sie öffentlich auf dem Scheiterhaufen der Scham. Heiße Tränen stiegen ihr in die Augen.

Aber Sinjin war noch längst nicht fertig mit ihr.

„Du hast mich die ganze Zeit über ausgelacht, nicht wahr?" Wut und Verzweiflung legten sich wie giftige Schlangen um ihn. „Von Anfang an wusstest du, was für ein kaputter Mensch ich bin. *Du konntest meine Launen sehen.* Den schwarzen Teufel ... und auch den blauen. Du wusstest es ganz genau, während ich wie ein Narr versuchte, dich vor ihnen zu beschützen." Er lachte laut und gepeinigt auf. „Hat es dich insgeheim amüsiert zu wissen, was für einen armseligen Jämmerling du geheiratet hast?"

Inmitten der Dunkelheit, die ihre Seele umgab, ging ihr plötzlich ein Licht auf. Die Mauern, die er um sich errichtet hatte, sein distanziertes Verhalten ... das alles war der verzweifelte Versuch gewesen, sein wahres Ich vor ihr zu verbergen? Sie zu beschützen ... aber wovor? Vor seinen *Emotionen*?

Jetzt war jedoch nicht der richtige Zeitpunkt, um aus alledem schlau zu werden. Sie hatte Angst ... nicht um sich, sondern um *ihn*. Die übrigen Gäste musterten ihn neugierig und tuschelten aufgeregt hinter ihren Fächern, kaum bemüht, ihr hämisches Vergnügen zu verbergen. Ein Wort insbesondere verbreitete sich wie ein Lauffeuer unter ihnen: *geistesgestört*.

Sie musste dem Ganzen sofort Einhalt gebieten.

„Ich liebe dich, Sinjin", sagte sie mit erstickter Stimme und schluckte schwer, bevor sie fortfahren konnte. „Es tut mir leid, dass ich nicht ehrlich zu dir war. Ich verspreche, dir alles zu erklären, sobald wir hier weg sind. Bitte, nimm meine Hand."

Mit wild klopfendem Herzen beobachtete sie, wie sein blaues Leuchten unter dem schwarzen Mantel aufflackerte, gegen die Dunkelheit anzukämpfen versuchte. Zögerlich streckte er die Hand nach ihr aus ...

Doch dann zuckte er mit einem Schmerzensschrei zusammen ... Brockhurst, der *Narr*, hatte ihn von hinten angegriffen, wie ein Feigling.

„Rühr sie nicht an, du Bastard", brüllte dieser.

Sinjin wirbelte zu ihm herum und knurrte: „Dafür wirst du bezahlen."

„Nein, nicht ...!" Polly versuchte noch, ihn am Arm festzuhalten, aber er war zu schnell für sie.

Blitzschnell stürzte er sich auf Brockhurst, der mit erhobenen Fäusten dastand, bereit für den Kampf. Sinjin wich seinem

Angriff gekonnt aus und täuschte nach rechts an, nur um seinen Gegner dann mit voller Wucht von der anderen Seite zu erwischen. Nach ein paar heftigen Schlägen in die Magengrube stolperte Brockhurst stöhnend nach hinten und fiel rücklings auf den harten Kiesweg. Ohne ihm eine Pause zu gönnen, sprang Sinjin auf ihn und begann, das Gesicht seines Widersachers mit den Fäusten zu malträtieren.

Man hörte ein lautes Knacken, und der Gepeinigte schrie vor Schmerz auf.

Doch Sinjin ließ nicht von ihm ab.

Als Polly dazwischengehen wollte, hielt jemand sie zurück. Drei Lakaien umringten Sinjin und versuchten, ihn von Brockhurst wegzuzerren. Er wehrte sich wie wild und verzog vor Schmerz das Gesicht, als sie ihm gewaltsam die Arme auf den Rücken drehten.

„Aufhören! Sie tun ihm weh!" Verzweifelt versuchte sie, an ihn heranzukommen, konnte sich jedoch nicht aus dem festen Griff des Mannes, der hinter ihr stand, befreien.

Ihr Ausruf erregte Sinjins Aufmerksamkeit. Er drehte den Kopf in ihre Richtung und fixierte den Blick auf den Bediensteten, der sie festhielt. Erneut loderten die schwarzen Flammen seiner Aura bedrohlich auf. Mit einem animalischen Aufschrei riss er sich los und stürzte auf sie zu ... nur um von hinten überwältigt zu werden.

Gequält brüllend landete er unsanft auf der Schulter. Polly sah mit Tränen in den Augen zu, wie zwei der Männer ihn zu Boden drückten und flehte sie mit heiserer Stimme an, ihn nicht zu verletzen. Doch der dritte Lakai ignorierte sie und verpasste Sinjin einen so heftigen Schlag gegen den Kopf, dass dieser bewusstlos in sich zusammensackte.

❧ 36 ❧

AM DARAUFFOLGENDEN ABEND WANDERTE POLLY unruhig in Emmas Salon auf und ab. Die ganze Familie hatte sich versammelt, um zu beratschlagen, wie sie Sinjin helfen konnten. Nach dem skandalösen Vorfall der vergangenen Nacht hatte Brockhurst darauf bestanden, ihn wegen Körperverletzung anzuzeigen, und so wurde er von mehreren Scotland-Yard-Beamten abgeführt. Als Polly ebenfalls auf der Wache eintraf, verweigerte man ihr den Zutritt ... angeblich zu ihrem eigenen Wohl. Sie sollte warten, bis Sinjin sich beruhigt hatte.

Früh am nächsten Morgen war sie in Begleitung von Ambrose erneut aufgetaucht, nur um festzustellen, dass man Sinjin während der Nacht irgendwohin verlegt hatte. Die Beamten konnten ihnen nicht viel mehr berichten, außer dass zwei Ärzte erschienen waren, die ihn für geisteskrank erklärten und in ihre Obhut nahmen. Daraufhin hatten deren Begleiter Sinjin fortgeschafft ... wohin, wusste niemand.

„Wir haben in Bethlem und den anderen bekannten Einrichtungen nachgefragt, aber Revelstoke wurde offenbar nirgendwo eingeliefert", fasste Ambrose nun zusammen. Er stand vor dem

Kamin, einen Arm auf den Sims gestützt. „Wahrscheinlich befindet er sich also in einer privaten Nervenheilanstalt."

Rosie, die auf einem der Sofas Platz genommen hatte, fragte: „Aber warum hat man ihn ausgerechnet in eine Anstalt verfrachtet?"

„Ich vermute, dass der Herzog von Acton dahintersteckt", erklärte ihr Vater. „Er hat dasselbe schon einmal versucht, als Revelstoke dem Hinterhalt von French und Grundell zum Opfer fiel. Aber da Brockhurst diesmal tatsächlich Anzeige erstattet hat, wird Acton sich weitaus mehr einfallen lassen müssen, als seinen Sohn vorläufig in einer Einrichtung für Geisteskranke zu verstecken. Wenn er Revelstoke wirklich für klinisch verrückt und deshalb unzurechnungsfähig erklären lassen will, muss er den Antrag auf eine offizielle Untersuchung stellen. Ich weiß nicht, was genau Acton vorhat, aber diese Strategie scheint mir nicht in Revelstokes bestem Interesse zu liegen. Als Polly und ich mit Seiner Gnaden sprechen wollten, hieß es jedoch, die Familie sei nicht zu Hause."

„Sinjin und sein Vater verstehen sich nicht besonders gut", warf Polly dazwischen, die innehielt, um sich an ihre Geschwister zu wenden. „Der Herzog hatte schon immer eine ziemlich brutale Auffassung von Disziplin, und auch wenn er glaubt, Sinjin dadurch zu helfen, tut er es ganz gewiss *nicht*." Ihre Stimme versagte, als sie sich vorstellte, welche Qualen ihr Ehemann in diesem Moment vielleicht durchstehen musste. „Sinjin gehört nicht in eine Irrenanstalt. Er mag zu Gefühlsausbrüchen und unberechenbaren Launen neigen, aber was gestern geschah, war *nicht* seine Schuld. Brockhurst hat mir unerwünschte Avancen gemacht. Und dann hat er Sinjin auch noch von hinten angegriffen!"

„Ich hielt Brockhurst ja schon immer für einen feigen Flegel", merkte Rosie ungehalten an.

„Hat Polly denn kein Mitspracherecht, was die Zukunft ihres Gatten anbelangt?", fragte Emma, die neben ihrem Mann auf einem Diwan saß. „Kann sie ihn nicht dort herausholen?"

Ambrose schüttelte den Kopf. „Rechtlich gesehen reicht der Befund der beiden Ärzte aus, um ihn so lange festzuhalten, bis der Lordkanzler eine Untersuchung anbeordert hat. Falls die Kommission Revelstoke für verrückt erklärt, könnte sogar die Ehe annulliert werden", sagte er mit grimmiger Miene.

Polly bemerkte die angespannten Blicke, die ihre Geschwister untereinander wechselten.

„Keine Sorge, Pols, das werden wir nicht zulassen", verkündete Violet. „Wir werden alles tun, um Revelstoke zu helfen ... nicht wahr, Carlisle?"

„Selbstverständlich", erwiderte ihr Ehemann, ein rauer, dunkelhaariger Schotte, dessen Aura unerschütterliche Hingabe ausstrahlte, und nahm ihre Hand in die seine. An Ambrose gewandt, fügte er hinzu: „Wie sieht dein Plan aus?"

„Lugo sucht weiterhin nach Revelstoke. Kein leichtes Unterfangen, wenn man bedenkt, dass es rund vierzig private Anstalten für Geisteskranke in London gibt. Dann wäre da auch noch die Sache mit Clive Grundell. McLeod sagt, der Mann sei schlüpfriger als ein Aal. Man sichtet ihn zwar immer wieder, aber er scheint uns stets einen Schritt voraus zu sein. Hoffentlich kann Tims Bande uns dabei helfen, den Mistkerl baldmöglichst zu schnappen." Ambrose hielt inne und runzelte die Stirn. „Mein Bauchgefühl sagt mir, dass Grundell der Schlüssel zu diesem Rätsel ist."

„Dann sollten wir uns darauf konzentrieren, ihn aufzuspüren", erwiderte Carlisle. „Dabei helfe ich natürlich gerne."

Tiefe Dankbarkeit durchflutete Polly, als auch ihre übrigen Schwäger sowie Harry ihre Hilfe anboten.

„Ein Gespräch mit dem Herzog von Acton erscheint mir ebenso wichtig", gab Marianne zu bedenken. „Vielleicht sollten wir Damen es morgen früh noch einmal bei ihm versuchen."

„Hervorragende Idee", pflichtete Emma ihr bei.

In diesem Moment klopfte es an der Tür, und der alte Butler

der Strathavens trat ein, dicht gefolgt von einem Jungen mit flachsblondem Haar.

Polly erkannte ihn sofort als den Knaben, der Tim und Maisie zurück zur Akademie begleitet hatte.

„Patrick!", rief sie überrascht aus. „Was tust du denn hier?"

„Neuigkeiten überbringen, Miss Kent", verkündete er und zog sich mit einer schwungvollen Verbeugung die Kappe vom Kopf. „Wir haben den Kerl gefunden, den Sie suchen."

Weit nach zehn Uhr abends kehrte Polly nach Hause zurück.

So gerne sie auch bei Grundells Verhaftung dabei gewesen wäre, wusste sie, dass Ambrose recht hatte: Es wäre zu gefährlich, und außerdem wollte sie den Männern nicht im Weg stehen. Überdies war ihr, als sie sich erhoben hatte, um sich von Em zu verabschieden, vor Erschöpfung ganz schwindelig geworden. Sie sollte sich die Nacht über gut ausruhen, damit sie dem nächsten Tag gestärkt entgegentreten konnte. Bestimmt hätte Ambrose dann auch nur Gutes zu berichten.

Früh am Morgen wollten sie und ihre Schwestern zudem bei den Actons vorbeischauen, und sie würde sich nicht abwimmeln lassen, bis sie erfuhr, wohin man Sinjin gebracht hatte. Anschließend wollte sie den Herzog davon überzeugen, einen anderen Weg einzuschlagen.

Die Sorge um ihren Mann brachte sie beinahe um den Verstand. Warum nur waren sie nicht ehrlich zueinander gewesen? Ihre Geheimnisse hatten nicht unwesentlich zu diesem Schlamassel beigetragen. Im Nachhinein wusste sie nun, dass sie alles durchstehen konnten ... solange sie zusammen waren.

Ich werde nicht aufgeben, mein Herz, dachte sie mit wilder Entschlossenheit. *Ich werde dich nach Hause holen.*

Gerade hatte sie Harvey für den Tag entlassen und war im

Begriff, sich in ihr Schlafgemach zurückzuziehen, als es plötzlich an der Tür klopfte. Um diese Zeit? Seltsam ... Vielleicht war es eine dringende Botschaft von Ambrose? Sofort war ihre Müdigkeit wie weggeblasen. Aufgeregt lief sie zur Eingangstür und riss sie auf.

Vor ihr standen zwei muskelbepackte Fremde, deren Aura nichts Gutes verhieß.

Bevor sie jedoch um Hilfe rufen konnte, packte einer der beiden Männer sie und presste ihr ein Taschentuch auf Mund und Nase. Sie atmete einen stechenden Geruch ein, dann wurde alles schwarz.

37

„AUFWACHEN, REVELSTOKE!"

Langsam kämpfte Sinjin sich aus der Dunkelheit, die ihn hartnäckig umklammert hielt, zurück an die Oberfläche. Irgendjemand schüttelte ihn unablässig, wollte ihn nicht länger in dem
modrigen Sumpf versinken lassen, in den er gehörte. Er war
unwürdiger als der Dreck auf den Londoner Straßen, und nun
wusste alle Welt Bescheid ...

Polly wusste Bescheid. Sie hatte sein wahres Ich gesehen.

Panik lag wie ein schwerer Fels auf seiner Brust und schnürte
ihm die Luft ab. Warum war er ihr heimlich auf den Ball der
Shackletons gefolgt? Die Antwort war einfach: Drei Tage ohne sie
hatten sich angefühlt wie Jahre. Sein Plan, sie vor seinen inneren
Dämonen zu schützen, war nach hinten losgegangen, weil ihm
nicht klar war, wie sehr er sie vermissen würde.

Sein schwarzer Teufel sehnte sich ebenfalls nach ihr, nach dem
Gefühl ihrer seidigen Haare, ihres Körpers gegen den seinen.
Während seines selbst auferlegten Exils hatte er sich mehrfach
einen runtergeholt, immerzu berauscht von der Erinnerung an ihr
leidenschaftliches Liebesspiel. Wenn auch das nicht half, seine

innere Unruhe zu bezwingen, prügelte er wie wild auf die Übungs-puppe ein, die er extra hatte anfertigen lassen.

Selbst der blaue Teufel, der sonst nichts von anderen Menschen wissen wollte – der kaum Sinjins eigene Anwesenheit ertrug –, verzehrte sich nach Pollys Nähe. Es hätte ihm schon genügt, sie in seine Arme zu nehmen und schweigend mit ihr dazuliegen, ein stummer Hoffnungsschimmer in der Dunkelheit, der ihn ermutigte, nicht aufzugeben.

Als er die Sehnsucht nicht länger ertrug, redete er sich ein, seine Dämonen unter Kontrolle zu haben und begab sich auf die Suche nach ihr. Dann hatte er sie jedoch zusammen mit Brockhurst gesehen und sich von seiner dunklen Seite überwäl-tigen lassen ... was nicht nur zu seiner, sondern auch ihrer öffentli-chen Erniedrigung beitrug.

Sie hatte ihm ihre Liebe gestanden, und er dankte es ihr, indem er der ganzen Welt ihr Geheimnis offenbarte. Als er sich an ihr tränenüberströmtes Gesicht erinnerte, wäre er am liebsten auf der Stelle gestorben.

Es tut mir so leid, Polly. Ich wollte nicht, dass meine Liebe dich in solche Ungnade stürzt. Verzeih mir, dass ich nicht der Mann sein konnte, den du verdient hättest ...

Stöhnend rollte er sich auf die Seite. Nun hatte er sie verloren, und ohne sie wollte er nicht weiterleben. Es war ihm egal, dass man ihn erneut in ein Irrenhaus gesteckt und wie ein Tier einge-sperrt hatte. Ob Gefängnis oder Anstalt, was spielte das für eine Rolle? Nichts war mehr von Bedeutung ...

„Jetzt steh schon auf, Herrgott noch mal."

Irgendjemand spritzte ihm eiskaltes Wasser ins Gesicht. Abrupt öffnete er die Augen und wischte sich mit den Händen über die vor Kälte brennenden Wangen. Dann bemerkte er, dass jemand über ihn gebeugt stand.

„Kent?", krächzte er. „Wie hast du mich gefunden ... Was tust du hier?"

„Wir haben sämtliche Irrenanstalten nach dir abgesucht, bis

wir dich fanden. Und jetzt hole ich dich hier raus", erwiderte sein Schwager kurz angebunden. „Dein Vater hat Polly entführt. Du musst uns helfen, sie aufzuspüren."

„Polly?" Der Name seiner geliebten Frau verlieh ihm neue Energie. Er setzte sich auf und ließ die Beine über die Kante der Pritsche hängen, auf der er gelegen hatte. Verzweifelt versuchte er, den Nebel in seinem Kopf zu verdrängen. „Warum hat mein Vater ..."

„Acton steckt hinter allem. Als wir Grundell zu fassen bekamen, gestand er uns, dass der Herzog ihn und Nicoletta dafür bezahlt hat, den Vorfall im Corbett's zu inszenieren. Dein Vater wollte dich hereinlegen. Ich erkläre es dir später genauer, aber jetzt müssen wir erst einmal Polly finden. Hast du eine Ahnung, wohin er sie gebracht haben könnte?"

Die Angst schärfte seinen Verstand, erlaubte es ihm, wieder klare Gedanken zu fassen.

Polly ist in Gefahr. Der Herzog hat sie entführt. Wo würde er sie verstecken?

„Ich weiß es nicht." Zitternd erhob er sich und stolperte durch den winzigen Raum, um seine Kleidung einzusammeln. Während er sich hastig anzog, fügte er mit grimmiger Entschlossenheit hinzu: „Aber ich werde es herausfinden."

„Das ist doch absurd, Revelstoke." Die Herzogin saß Sinjin und Kent in ihrem Salon auf einem prunkvollen Ohrensessel gegenüber, als wäre sie die Königin höchstpersönlich. „Wie kannst du es wagen, deinen Vater, einen der angesehensten Gentlemen in ganz London, einer solch niederen Tat zu bezichtigen? Das ist einfach unerhört, selbst für dich." Missbilligend musterte sie seine unordentliche Aufmachung. „Ganz offensichtlich bist du wieder einmal in einer deiner Launen."

Sinjin musste all seine Willenskraft zusammennehmen, um bei

der Sache zu bleiben, sich nicht von den abscheulichen Worten bezwingen zu lassen, die der blaue Teufel ihm zuflüsterte: *Das ist alles deine Schuld. Du bist doch nicht ganz richtig im Kopf. Deinetwegen schwebt Polly in großer Gefahr.*

Verzweifelt kämpfte er gegen den aufsteigenden Strudel aus Hoffnungslosigkeit und Selbstzweifeln an. *Reiß dich zusammen, Mann.*

Pollys Leben stand auf dem Spiel.

„Wir haben eine schriftliche Aussage von Grundell, in der er zugibt, von Ihrem Gemahl angeheuert worden zu sein", mischte Kent sich ein. „Ihm zufolge bezahlte Acton ihm und seiner Komplizin, Nicoletta French, fünfhundert Pfund, um es so aussehen zu lassen, als sei Revelstoke durchgedreht und habe French verprügelt. Aber wer mit dem Feuer spielt, läuft Gefahr, sich zu verbrennen. Grundell und French beschlossen, Acton zu erpressen, um seinen Plan geheim zu halten. Daraufhin erschoss der Herzog Nicoletta kaltblütig und hängte Grundell den Mord an. Da dieser nun ebenfalls um sein Leben fürchtete, hielt er sich die ganze Zeit über versteckt."

Seine Stiefmutter erblasste, hielt jedoch weiter an ihrem Unglauben fest. „Warum sollte ich auf das Wort eines verurteilten Kriminellen hören anstatt auf meinen eigenen Mann? Und welches Motiv hätte Acton überhaupt gehabt, Revelstoke in Verruf zu bringen?"

„Er will die Kontrolle über Sinjins Erbe", ertönte plötzlich Theodores Stimme. Sein Bruder stand im Türrahmen und wirkte äußerst aufgelöst. Sinjin hatte keine Ahnung, wie lange er dort bereits herumlungerte.

„Mach dich nicht lächerlich, Theodore", zischte Lady Acton. „Dein Vater ist ein *Herzog.* Er braucht Sinjins Vermögen doch überhaupt nicht."

Theodore trat zu ihr und sagte: „Es tut mir leid, Mutter, aber das stimmt nicht. Letzte Woche bekam ich zufällig mit, wie Vater gemeinsam mit seinem Anwalt ... gewisse Vorkehrungen traf." Er schluckte schwer, bevor er mit zitternder Stimme fortfuhr: „Da Vater in einige erfolglose Geschäftsideen investierte, schwimmt unsere Familie nun in Schulden. Natürlich hat er diese Tatsache nicht nur vor uns, sondern auch dem Rest der Gesellschaft geheim gehalten.“

„Mein Gott ... Also heißt das, wir sind ruiniert?“ Fassungslos sank die Herzogin in ihrem Sessel zusammen.

Theodore antwortete ihr nicht, sondern wandte sich an Sinjin. „Ich wusste nichts von Vaters heimtückischen Plänen, ehrlich. Sonst hätte ich etwas gesagt, versucht, dir zu helfen.“

„Ich glaube dir ja. Es ist nicht deine Schuld“, erwiderte er.

Theo nickte weinerlich.

„Aber hast du irgendeine Idee, wohin er Polly gebracht haben könnte?“

Sein Bruder starrte ihn schockiert an. „Soll das etwa heißen ... er hat sie *entführt*?“

„So ist es. Gestern Nacht“, mischte Kent sich ein. „Wohin könnte er mit ihr gegangen sein? Denken Sie nach, Mylord. Es müsste ein Unterschlupf ganz in der Nähe sein, wo er Polly vorübergehend unterbringen konnte, bis er seinen nächsten Schritt geplant hat. Ich glaube nicht, dass die Entführung ursprünglich Teil seines Plans war, aber wahrscheinlich verfiel er in Panik, als er mitbekam, dass wir seinen Komplizen gefasst haben.“

Theo wurde kreidebleich, sagte dann jedoch stockend: „Er ... er besitzt eine Hütte im St John's Wood. Ich fand zufällig den Kaufvertrag sowie die Schlüssel, als ich in seinem Schreibtisch nach Stift und Papier suchte. Offenbar sollte niemand davon wissen, weil er sich dort mit ... nun ja ... seinen Gespielinnen vergnügte“, druckste er mit einem unbehaglichen Blick auf seine Mutter.

„Schnell, wir brauchen die Adresse“, rief Sinjin.

38

LANGSAM KAM POLLY ZU SICH UND ÖFFNETE BLINZELND DIE
Augen. Ihre Schläfen pochten, ihre Sicht war verschwommen. Wo
um alles in der Welt war sie? Sie lag auf einem Sofa in einem ihr
unbekannten Zimmer ...

„Sie sind also endlich aufgewacht."

Erschrocken drehte sie sich zu der männlichen Stimme um
und sprang auf, als sie sah, in wessen Gesellschaft sie sich befand.
Bei der abrupten Bewegung wurde ihr schwindelig, sodass sie sich
an der Lehne festklammern musste, ohne jedoch den Blick von
ihrem Gegenüber abzuwenden. Der ältere Mann saß nur wenige
Meter entfernt auf einem Stuhl. Sein Gesicht war fahl und eingefallen, die Augen hingegen strahlend blau und seltsam vertraut ...

„Euer Ganden?", fragte sie unsicher.

Der Herzog von Acton nickte knapp. Obwohl er keine
Gemütsregung zeigte, wirbelte ein Sturm aus Wut und Frustration um ihn herum. Auch ein Anflug von Verzweiflung flackerte in
seiner bedrohlichen Aura auf. Eines stand fest: Dieser Mann war
zu allem fähig.

Was auch die Pistole bekräftigte, die auf seinem Knie ruhte.

„Ich bedauere die Umstände, unter denen wir uns offiziell

kennenlernen", sagte ihr Schwiegervater kühl, „aber leider blieb mir dank meines aufmüpfigen Sohnes sowie Ihres lästigen Bruders keine andere Wahl. Sobald ich erfuhr, dass Kent und seine Partner Grundell geschnappt hatten, musste ich handeln."

Plötzlich ergab alles einen Sinn. „Sie ... haben das Komplott gegen Sinjin geplant?"

„Es sollte alles ganz unkompliziert ablaufen. Ich wollte ihn davon überzeugen, dass er den Verstand verlor ... und wie ließe sich das besser anstellen, als ihn glauben zu machen, er hätte eine Frau geschlagen? Ein solch abscheuliches Verbrechen würde er niemals in vollem Besitz seiner Sinne begehen. Außerdem ist der Gedanke nicht sehr weit hergeholt. Man sehe sich doch nur sein geschmackloses Benehmen und seine unkontrollierbare Launenhaftigkeit an. Er ist eindeutig verrückt und daher meines Titels nicht würdig. Ich musste ihn als Erben aus dem Weg schaffen."

„Sinjin ist nicht verrückt", erwiderte sie empört. „*Sie* sind der Geisteskranke! Wie kann man nur zu solch abstoßenden Taten fähig sein?"

Der Herzog presste die Lippen zusammen. „Ihre Meinung interessiert mich nicht. Es war der einzige Weg, sowohl das Herzogtum als auch meinen Sohn zu retten. Alles wäre so einfach gewesen, wenn er bei meinem Plan mitgespielt hätte. Würde man ihn für gestört und unzurechnungsfähig erklären, müsste er sich nicht mit den Pflichten herumschlagen, die er sowieso nicht annehmen will. Theodore hätte die Vormundschaft über Geld und Ländereien erhalten, während Sinjin ein unbekümmertes Leben hätte führen können. Nach seinem Tod wäre der Titel dann an einen würdigeren Nachfolger gefallen. Ich handelte also im besten Interesse meiner beiden Söhne."

Sein rationaler Tonfall, gepaart mit dem fieberhaften Flackern seiner Aura, machte ihn zu einem unberechenbaren, gefährlichen Mann. Polly überlegte, wie gut ihre Chancen standen, ihm zu entfliehen. Zwar wirkte er geistig verwirrt, aber sein Griff um die

Waffe war selbstsicher ... auch in diesem Zustand wusste er sie zu benutzen.

Verwickle ihn weiter ins Gespräch, während du dir einen Ausweg überlegst.

„Sie wollten also nur das Beste für Sinjin?", hakte sie daher nach.

„So ist es", bestätigte der Herzog mit einem Nicken. Ein Anflug von Erleichterung glättete die aufgewühlten Wogen um ihn herum. „Leider war er schon immer ein widerspenstiges, unkooperatives Kind. Nachdem der Plan mit Nicoletta und Grundell fehlschlug und ich mich gezwungen sah, das Problem ... aus der Welt zu schaffen", fuhr er in einem nachdenklichen Tonfall fort, der Polly eine Gänsehaut verursachte, „musste ich die Situation überdenken. Wahrscheinlich hätte ich einige Zeit verstreichen lassen, bis Gras über die Sache gewachsen war, doch dann vermählte Sinjin sich mit Ihnen. Würde er einen Erben hervorbringen ..."

Acton schüttelte den Kopf, während Polly sich fragte, ob sie zu diesem Zeitpunkt wohl bereits Sinjins Kind unter dem Herzen trug. Der Gedanke stärkte ihre Entschlusskraft. Sie musste den Fängen dieses Geisteskranken irgendwie entkommen.

„... wäre unsere Blutlinie für immer verdorben", beendete der Herzog seinen Satz. „Das *durfte* ich nicht zulassen. Also sammelte ich so viele Informationen über Sie, wie ich konnte. Dabei erfuhr ich von der Wette, die Brockhurst einst über Sie abgeschlossen hatte."

Sie starrte ihn einen Moment lang sprachlos an. Nun ergab auch das einen Sinn. „Sie sind für Brockhursts Verhalten neulich auf dem Ball verantwortlich?"

„Er hatte schon immer eine Schwäche für Sie, meine Teure, nur war er zu feige, etwas zu unternehmen, solange man Sie noch für ein nichtssagendes Mauerblümchen hielt. Nun, da Sie zu der mondänen Gräfin von Revelstoke erblüht sind ..." Acton hielt inne und zuckte unbekümmert mit den Achseln. „Ich musste ihn nur im Herrenklub abpassen und beiläufig erwähnen, wie unglücklich mein Sohn seine frisch gebackene Ehefrau mit seinem untreuen Verhalten machte und wie sehr sie sich nach Trost sehnte. Natürlich hat Brockhurst den Köder sofort geschluckt. Eigentlich hoffte ich auf einen öffentlichen Skandal, der meinen Sohn und Sie entzweien würde ... aber Sinjin lieferte mir so viel mehr als das." Ein zufriedenes Lächeln umspielte seine Lippen. „Er gewährte mir eine zweite Chance, ihn auf Geistesgestörtheit untersuchen zu lassen."

„Warum sind Sie sich so sicher, dass er verrückt ist?", flüsterte Polly. „Er ist doch Ihr Sohn. Ihr Blut fließt in seinen Adern."

„Nicht nur meines", erwiderte der Herzog und richtete sich auf. Sein Blick huschte durch den Raum, als spürte er eine übernatürliche Präsenz. „Verstehen Sie doch, ich tat das alles nicht nur, um die Kontrolle über sein Erbe zu erlangen oder die Blutlinie von seiner Verdorbenheit zu säubern. Nein, von dem Augenblick an, als er mir mit diesem verdammten Amulett vor der Nase herumfuchtelte, wusste ich, dass er die Macht besaß, mein Herzogtum zugrunde zu richten. *Deshalb blieb mir keine andere Wahl.*"

Meinte er etwa das billige Schmuckstück, das Sinjin ihr ursprünglich zum Geburtstag geschenkt hatte?

„Was ist an dem Ding denn so besonders?", fragte sie verwirrt.

„Genug geplaudert", sagte er plötzlich und erhob sich, die Pistole noch immer in der Hand haltend. „Es wird Zeit für den nächsten Teil meines Plans."

Nervös drückte sie sich in die Sofakissen, als er auf sie zukam. „N-nächster Teil?"

„Sie werden einen Brief an Sinjin verfassen." Der Herzog packte sie unsanft am Arm und zerrte sie zu einem Schreibtisch, auf dem Papier sowie Tinte bereitlagen. „Teilen Sie ihm mit, dass er sich der Prüfung auf Geisteskrankheit unterziehen muss, andernfalls werden Sie sterben. Sobald man ihn für unzurechnungsfähig erklärt hat, lasse ich Sie laufen, sorge sogar dafür, dass

Sie nicht mit leeren Händen dastehen, nachdem die Ehe annulliert wurde. Sollte er sich meinen Wünschen widersetzen ..."

Er wurde von lauten Schreien unterbrochen, die von draußen hereindrangen. Dann fiel ein Schuss.

Nach einem Augenblick der Schockstarre erlangte Polly ihre Fassung wieder und rannte zielstrebig in Richtung Tür, doch der Herzog holte sie ein und verdrehte ihr den Arm auf den Rücken. So hielt er sie fest, die Pistole gegen ihre Schläfe gedrückt, als die Tür aufflog und Sinjin, Ambrose sowie dessen Männer hereinstürmten.

Der Blick zwischen ihr und ihrem Gemahl sagte mehr als tausend Worte es zu tun vermochten. Ihr Herz begann, wie wild zu schlagen ... und nicht nur, weil sie mit vorgehaltener Waffe bedroht wurde.

Dann bemerkte Sinjin seinen Vater, und seine Aura entflammte vor Wut. „Lass sie los."

Der Herzog packte sie nur noch fester.

„Das Spiel ist aus, Acton", rief Ambrose. „Wir haben ein unterzeichnetes Geständnis von Grundell. Wir wissen, dass Sie hinter dem Komplott gegen Ihren Sohn stecken. Dass Sie Nicoletta French ermordet haben. Der Rest meiner Männer steht draußen und hat Ihre Handlanger, die meine Schwester entführt haben, in Gewahrsam."

„Es ist vorbei, Vater", sagte Sinjin leise. „Aber wenn du weiterhin an deinem Hass auf mich festhalten willst, dann nimm mich an Pollys statt. Sie hat nichts mit alldem zu tun."

„Runter mit den Waffen", befahl der Herzog ihnen und presste den Lauf seiner Pistole fester gegen Pollys Schläfe. „Los!"

Langsam bückte Sinjin sich und legte seinen Revolver auf den Boden. „Nein", keuchte sie verzweifelt, doch er ignorierte sie und schob die Waffe mit dem Fuß von sich, stand nun völlig wehrlos vor ihnen.

Ambrose und seine Männer folgten seinem Beispiel.

„Ich hasse dich nicht, Junge", fuhr Acton mit ruhiger Stimme fort. „Ich hätte dich umbringen lassen können, aber ich tat es nicht. Du bist immerhin mein Sohn. Meine Familie. Leider war genau das immer meine Schwachstelle." Zu Pollys Entsetzen richtete er seine Pistole nun auf Sinjin.

„Es tut mir leid, mein Sohn. Mir bleibt keine andere Wahl mehr."

Sie musste etwas unternehmen. Instinktiv rammte sie ihren Ellbogen nach hinten in seine Rippen. Er grunzte gequält auf und ließ sie los, behielt die Waffe jedoch weiterhin in der Hand. Verzweifelt versuchte sie, danach zu greifen, obwohl irgendjemand alarmiert ihren Namen rief. Sie durfte nicht aufgeben, durfte nicht zulassen, dass Sinjin zu Schaden kam. Nach einigen verbissenen Augenblicken stieß der Herzog sie mit solcher Wucht von sich, dass sie buchstäblich durch die Luft flog, während ein Schuss losging. Sie prallte mit dem Kopf gegen die Tischkante und wieder wurde alles um sie herum schwarz.

***

„Mach die Augen auf, Liebling."

Nach mehreren angestrengten Versuchen blinzelte Polly und öffnete langsam die Augen.

Als Erstes erblickte sie Sinjin. Träumte sie etwa? Nein, er war da und sah sie liebevoll, aber auch zutiefst besorgt an. Es dauerte noch einen Moment lang, bis sie begriff, dass er sie auf seinem Schoß hielt, und als sie sich seiner Nähe bewusst wurde, schluchzte sie erleichtert auf und schlang die Arme um seinen Hals.

„D-du bist wirklich hier", flüsterte sie mit zitternder Stimme.

„Ja, bin ich. Alles ist gut, Polly." Beruhigend streichelte er ihr über den Rücken. „Du bist in Sicherheit."

Plötzlich übermannte sie die Erinnerung an alles, was geschehen war. Panisch sah sie sich um. Sie befanden sich noch immer an dem Ort, zu dem Acton sie entführt hatte. Sie versuchte, sich aus Sinjins Umarmung zu lösen, aber er drückte sie noch fester an sich.

„Sei vorsichtig, Liebling. Du hast dir den Kopf ziemlich heftig an der Tischkante gestoßen."

„Was ist passiert? Dein Vater ... *Ambrose!*"

„Deinem Bruder geht es gut. Acton hat auf ihn geschossen, aber der Schuss ging daneben." Sinjins Miene verfinsterte sich. „Daraufhin hat er den Herzog festgenommen. Die Beamten sollten jede Minute eintreffen, um ihn abzuführen."

Als sie den Schmerz in seinem Blick bemerkte, flüsterte sie: „Oh, Sinjin, es tut mir so leid."

„Nein, *mir* tut es leid." Er ergriff ihre Hände und fügte mit rauer Stimme hinzu: „Kannst du mir mein furchtbares Verhalten vergeben? Dafür, wie schlecht ich dich behandelt habe?"

„Es war meine Schuld. Ich hätte dich nicht dazu zwingen sollen, über deine Gefühle zu reden, obwohl du nicht bereit dazu warst. Und ich hätte dir die Wahrheit über meine seltsame Fähigkeit sagen müssen ..." Sie brach ab, als ihr etwas bewusst wurde. „*O mein Gott!*", rief sie aus.

„Was ist los? Ist es dein Kopf? Hast du Schmerzen ...?"

„Nein, nein das ist es nicht. Sinjin", flüsterte sie wie vom Donner gerührt, „*du leuchtest nicht mehr.*"

Als Ambrose wieder hereinkam und sie erblickte, blieb er wie angewurzelt stehen. Seine Miene strahlte Besorgnis aus ... aber eben *nur* seine Miene.

„Geht es dir gut, Polly?", fragte ihr Bruder alarmiert. „Du siehst aus, als hättest du einen Geist gesehen."

„Das ist es ja gerade", erwiderte sie fasziniert. „Ich sehe rein gar nichts Ungewöhnliches. Deine Aura, Sinjins Aura ... sie sind alle verschwunden!"

❦ 39 ❦

Um kurz vor Mitternacht trafen Sinjin und Polly endlich zu Hause ein. Trotz des schläfrigen Protests seiner Frau trug er sie über die Schwelle. Nachdem er Harvey versichert hatte, dass es ihnen beiden gut ging, brachte er sie hinauf in ihr Schlafgemach, wo er ihr ein Bad vorbereiten ließ, dann jedoch die Dienstmädchen fortschickte, da er sich selbst um Polly kümmern wollte.

Seine Brust schnürte sich zusammen, als er sie in das dampfende Wasser sinken sah. In den letzten Tagen, die so voller Dunkelheit gewesen waren, hatte er nicht geglaubt, diesen Anblick noch einmal erleben zu dürfen. Er fürchtete, sämtliche Privilegien als Ehemann seiner Göttin auf Erden verloren zu haben. Und dennoch, entgegen aller Erwartungen, war sie nun wieder an seiner Seite. Nicht einmal der blaue Teufel, der noch immer am Rande seines Bewusstseins lauerte, würde ihn dazu bringen, sie je wieder zu verlassen.

Sie döste vor sich hin, während er sie wusch und abtrocknete, bevor er sie behutsam ins Bett legte und zudeckte. Dann nahm er ebenfalls ein schnelles Bad, und als er zu ihr unter die Decke schlüpfte, stellte er überrascht fest, dass sie wach war.

„Ich dachte, du schläfst schon tief und fest."

„Eigentlich war ich unglaublich müde, aber jetzt bin ich es nicht mehr", erwiderte sie mit zitternder Stimme. Ein Schatten legte sich über ihren Blick. „Ich muss ständig daran denken ... dass ich dich heute beinahe verloren hätte."

„Nicht doch. Ich bin hier." Er zog sie in seine Arme. „Es ist vorbei. Nichts wird uns je wieder trennen."

„Sinjin ... Wir müssen reden."

Als er hörte, wie verunsichert sie klang, hasste er sich für das, was er ihr angetan hatte. Sie hatte ja recht: Es war dringend nötig, dass sie offen miteinander redeten. Widerwillig löste er sich von ihr, damit sie einander ansehen konnten.

„Wir können besprechen, was immer du willst", sagte er.

Ihr forschender Blick wanderte über sein Gesicht. „Was ist mit unserer Abmachung, keine Intimität zuzulassen?"

„Die existiert nicht mehr, Kätzchen. Zumindest nicht für mich." Sanft strich er ihr eine feuchte Locke hinters Ohr. „Ich habe nur darauf bestanden, weil ich Angst davor hatte, dass du mich verlassen würdest, wenn du eine meiner Launen mitbekämest. Ich wollte dich beschützen, indem ich mich von dir distanzierte. Auf diese Weise hoffte ich, dir ein einigermaßen anständiger Ehemann sein zu können."

„Oh, Sinjin, du bist so viel mehr als das", erwiderte sie mit erstickter Stimme.

„Wie kannst du das sagen, nach allem, was ich dir angetan habe?" Wieder stieg sein Selbsthass in ihm auf. „Ich habe dich gedemütigt, mich wie ein wildes Tier aufgeführt ... denn genau das bin ich, wenn der schwarze Teufel von mir Besitz ergreift. Und wenn der blaue Dämon zuschlägt ..." Er brach ab und atmete tief durch. „Polly, du hast meine Aura doch gesehen. Ich bin ein wandelndes Desaster."

„Das bist du *nicht*", widersprach sie und legte ihm zärtlich eine Hand an die Wange. „Du bist einfach du. Und ich liebe dich."

Seine Brust verkrampfte sich schmerzhaft. „Wie ist das möglich?"

„Wie ist es möglich, dass du mich liebst? Das tust du doch?", fragte sie und nagte nervös an ihrer Unterlippe. „Oder?"

Am liebsten hätte er laut über ihre Unsicherheit gelacht. „Gott, natürlich liebe ich dich. Mehr als das Leben selbst. Für immer und ewig."

„Das freut mich zu hören", flüsterte sie. „Und ändert die Tatsache, dass ich die Auren anderer Menschen sehen konnte und deshalb für eine Laune der Natur gehalten wurde irgendetwas an deinen Gefühlen?"

„Nein. Und das warst du nicht."

„Damals in meinem Heimatdorf nannte man mich die seltsame Polly. Ich war dort ebenso eine Außenseiterin wie hier in London", sagte sie ernst. „Manch einer hielt mich für so wertlos, dass er geschmacklose Wetten über mich abschloss."

„Diese Leute sind der letzte Dreck. Ihre Meinung spielt keine Rolle", erwiderte er voller Überzeugung. „Ich liebe *dich*, Polly. Daran könnte nichts etwas ändern."

„Und ich liebe dich ebenso. Für *alles*, was du bist. Für deine Stärke und deinen unbeugsamen Willen. Dafür, wie frei du dein Leben genießt, ohne dich dafür zu entschuldigen. Für die Leidenschaft, die du mich gelehrt hast und dafür, dass ich mich dank deiner Liebe endlich wie ich selbst fühle."

Ihre Worte erfüllten ihn mit bittersüßem Schmerz.

Sanft nahm er ihr Gesicht in seine Hände. „Ich habe mich immer fehl am Platz gefühlt. Bei dir zu sein, fühlt sich richtig an ... so richtig es eben geht." Er schluckte schwer, und fügte dann zögerlich hinzu: „Du magst deine Fähigkeit verloren haben, aber meine Launen werden nicht verschwinden. Bist du dir sicher, dass du damit fertig wirst ... mit mir fertig wirst?"

„Deine Launen machen mir keine Angst, Sinjin. Das Einzige, was ich fürchte, ist die Distanz zwischen uns. Zu verbergen, wer wir wirklich sind, bringt nichts als Probleme mit sich." Ihre

Augen strahlten eine solche Liebe und Zärtlichkeit aus, dass ihm die Tränen kamen. „Solange wir uns den Hürden des Lebens gemeinsam stellen, können wir alles meistern."

Darauf wusste er nichts zu erwidern, also küsste er sie einfach. Die süße Wärme ihrer Lippen verdrängte auch die letzten Schatten des blauen Teufels. Das Wissen, nicht länger allein zu sein, erfüllte ihn mit einem solchen Glücksgefühl, dass er sich nichts sehnlicher wünschte, als ihr so nahe wie irgend möglich zu sein.

Sanft drückte er sie zurück auf das Kissen und liebkoste jeden Zentimeter ihres Körpers, bis seine Gräfin mit einem lauten Aufschrei und bebenden Brüsten kam, seine Lippen mit ihrem berauschenden Nektar benetzte. Dann drehte er sie auf die Seite, positionierte sich hinter ihr und sank langsam und genüsslich in sie hinein.

Als sie spürte, wie sein mächtiges Glied sie ausfüllte, stöhnte Polly erregt auf. In dieser Position, mit ihrem Bein über seinem Schenkel, drang er so tief in sie ein wie noch nie zuvor. Sie presste ihren Rücken gegen seine harte Brust, spürte, wie seine Muskeln sich mit jedem seiner kräftigen Stöße anspannten. Immer wieder sank sein langer, dicker Schwanz in sie hinein, bis sie nichts mehr wahrnahm außer ihm.

Seine Lippen wanderten an ihrem Hals entlang zu ihrem Ohrläppchen, an welchem er sanft knabberte. Vor Wonne zogen ihre Scheidenmuskeln sich zusammen.

„Gott, du fühlst dich so gut an", stöhnte er ihr ins Ohr. „Ich liebe es, wie du mich umklammerst. Als wolltest du mich nie wieder loslassen. Als bekämest du einfach nicht genug von mir."

„Ich werde nie genug von dir haben."

„Du würdest alles annehmen, was ich dir gebe, nicht wahr?",

fragte er, während er immer schneller und härter in sie stieß. „Alles, was ich bin."

„Ja, o ja", keuchte sie.

„Und du würdest mir auch alles von dir geben?"

„Alles", hauchte sie, halb von Sinnen vor Lust. „Immer."

Er nahm sie mit solcher Inbrunst, dass seine Hoden gegen ihre geschwollenen Schamlippen klatschten. Seine Finger wanderten hinunter zu ihrer Pussy, spielten mit ihrer Perle, entlockten ihr die süßesten Töne. Bald schon wurde der Druck, der sich in ihr aufbaute, unerträglich, und es dauerte nicht lange, bis sie sich ihrem überwältigenden Höhepunkt hingab. Stöhnend vergrub er das Gesicht in ihrem Nacken, stieß noch ein paar Mal so tief er konnte in sie hinein, bevor er seinen heißen Samen in sie ergoss.

Ohne sich aus ihr zurückzuziehen, schmiegte er sich an sie und brachte seinen Atem mit ihrem in Einklang. Außer dem Prasseln des Kaminfeuers herrschte zufriedene Stille. So erschöpft sie auch war, fand sie einfach keinen Schlaf ... und er offenbar auch nicht.

„Wärst du heute nicht an meiner Seite gewesen, hätte ich womöglich den Verstand verloren", flüsterte er ihr zu. „Zu erfahren, dass mein Vater hinter allem steckte ... Ich ... ich weiß nicht, warum er mich so sehr hasst."

Seine Worte riefen ihr etwas ins Gedächtnis, das der Herzog zu ihr gesagt hatte ... über den wahren Grund hinter seinem niederträchtigen Plan ...

„Das Amulett!", rief sie aus und setzte sich ruckartig auf. „Wir müssen es uns näher ansehen!"

Stirnrunzelnd sah er sie an. „Warum?"

„Bevor Ambrose und du auftauchten, erwähnte dein Vater, dass es angeblich die Macht besäße, das Herzogtum zu ruinieren", erklärte sie.

Eilig erhob sie sich, band sich ihren Morgenmantel um und ging hinüber zu ihrem Kleiderschrank. Nach wenigen Minuten kehrte sie mit dem Medaillon zurück und ließ sich auf dem Bett nieder. Sinjin setzte sich neben sie und gemeinsam studierten sie das ovale, silberne Schmuckstück. Es war hübsch und filigran gearbeitet, wies aber sonst keine Besonderheiten auf.

„Was für eine tiefere Bedeutung könnte dahinterstecken?", wunderte Sinjin sich und nahm es ihr aus der Hand. Als er auf den Schnappverschluss drückte, sprang es auf, doch im Inneren war es völlig leer. „Warum sollte Acton sich dafür interessieren?"

Eingehend betrachtete Polly den hohlen Innenraum. „Irgendwie scheinen die Ränder nicht ganz aufeinanderzupassen. Glaubst du, dahinter könnte sich ein Geheimfach verbergen?"

„Hmmm, hier am Rand ist tatsächlich eine winzige Delle ...", murmelte er.

„Vielleicht hat jemand es dort aufgebogen", mutmaßte sie mit wachsender Aufregung. „Lass es uns mit einem Taschenmesser versuchen."

Sie brachten das Amulett zu ihrem Schreibtisch, wo sie die Lampe entzündete, um besser sehen zu können. Behutsam fuhr Sinjin mit der Spitze des Messers unter den Rand des geöffneten Medaillons. Die innere Hülle löste sich ... und Polly schlug das Herz bis zum Hals, als sie das winzige Porträt einer umwerfend schönen Frau mit dunklen Haaren dahinter entdeckte.

Außerdem lag eine Locke mahagonibraunen Haars darin.

„Das ist meine Mutter" flüsterte Sinjin mit rauer Stimme. „Und das Haar ..."

„Könnte deines sein", erwiderte Polly leise. „Öffne die andere Seite."

Hinter dem zweiten Hohlraum verbarg sich ein kleiner, zusammengefalteter Zettel, auf dem nichts weiter als eine Adresse stand.

$$\maltese \quad 40 \quad \maltese$$

ZWEI MONATE SPÄTER

Hand in Hand spazierte Polly mit Sinjin über die Grashügel eines alten Friedhofs. Es war ein sonniger, aber kühler Herbstnachmittag nahe der Küste von Dorset, in einem kleinen Dorf unweit von Weymouth. Gemächlich folgten sie der freundlichen, stämmigen Dame, die sich ihnen als Mrs Wakefield vorgestellt hatte.

„... da können Sie sich vorstellen, wie überrascht ich war, als ich Ihren Brief erhielt", sagte diese gerade. „Ich wusste gar nicht, dass meine arme Catherine überhaupt Verwandtschaft hatte ... mit Ausnahme ihres Bruders, natürlich. Immerhin hat er für ihre Kost und Logis gezahlt."

Polly spürte, wie ihr Mann sich verspannte, und drückte ihm beruhigend die Hand.

Nachdem sie das Geheimnis des Amuletts gelüftet hatten, stellten sie seinen Vater zur Rede. Der Herzog war wegen Mordes und Entführung angeklagt worden und stand bis zu seiner Verhandlung unter Hausarrest. Sämtliche Vorwürfe der Geistesgestörtheit gegen Sinjin wurden fallen gelassen. Vielleicht hatten die unumstößlichen Beweise Acton zum Reden gebracht, vielleicht war es auch sein nahender Tod. Jedenfalls hatte er ihnen alles gestanden.

Sinjins Mutter war tatsächlich mit ihrem Liebhaber durchgebrannt, aber entgegen seiner ursprünglichen Behauptung hatte sie den Sturm überlebt, der ihr Schiff zum Kentern brachte. Als Acton in Weymouth eintraf, lag sie dort im Krankenhaus ... lebendig, aber schwer geschädigt durch die traumatische Nahtoderfahrung. Sie erkannte weder ihren Mann noch sich selbst. Verbittert über ihren Verrat und ihre unberechenbaren Launen beschloss er, die Gelegenheit zu nutzen, um sie loszuwerden.

Er fand Mrs Wakefields private Einrichtung für Geisteskranke außerhalb der kleinen Hafenstadt und gab sich als ihr Bruder aus. Seine Frau stellte er als „Catherine Smith" vor und überließ sie der Obhut der Pflegerin. Über all die Jahre war er für die Kosten ihres Aufenthalts aufgekommen, ohne sie jedoch ein einziges Mal zu besuchen. Stattdessen setzte er sein Leben fort, als wäre sie wirklich gestorben, und führte fortan eine Doppelehe.

Einundzwanzig Jahre lang verbrachte die wahre Herzogin von Acton fernab ihrer Familie, ohne zu wissen, wer sie wirklich war. Kurz vor ihrem Tod war ihr dann alles wieder eingefallen, und so schickte sie das einzige Andenken an ihr früheres Leben – das Amulett, von dem der Herzog nicht wusste, dass sie es behalten hatte – an Sinjin.

Eine Woche später starb sie.

„Ich wurde von meiner Mutter getrennt, als ich noch ein kleiner Junge war", erklärte er Mrs Wakefield. „Die ganze Zeit über glaubte ich, sie wäre schon lange tot. Erst kürzlich erfuhr ich die ganze Wahrheit."

„Leider ist das nichts Ungewöhnliches", erwiderte die ältere Dame seufzend. „Viele Familien behandeln ihre geistig erkrankte Verwandtschaft auf ähnliche Weise. Um ehrlich zu sein, habe ich immer vermutet, dass Catherine Kinder haben musste."

„Warum das?", fragte Sinjin neugierig.

„Weil sie oft ein bestimmtes Wiegenlied gesungen hat." Mrs Wakefield summte die Melodie von *Schlaf, mein Kindchen, sieben Stund'*. „Dabei lag die Zärtlichkeit einer Mutter in ihrem Blick. Auch wenn sie die Erinnerung verloren hatte, blieben die Gefühle bei ihr."

Polly spürte, wie Sinjin zu zittern begann, und drückte seine Hand noch fester.

„Da wären wir", sagte Mrs Wakefield und hielt vor einem bescheidenen, aber gepflegten Grabstein unter einer Hängebirke an. Die Inschrift lautete schlicht und einfach: *Catherine Smith, zurückgekehrt in den Schoß der Engel*. „Ich lasse Sie dann mal mit ihr allein."

Polly bedankte sich wärmstens bei der freundlichen Dame und sah ihr hinterher, bis sie verschwunden war. Als sie sich wieder Sinjin zuwandte, kniete dieser vor dem Grabstein und fegte mit den Händen das Laub beiseite, bevor er den mitgebrachten Blumenstrauß davor ablegte.

Sobald er sich erhob, trat sie an seine Seite, und er zog sie fest in seine Arme.

„Meine Mutter hat sich an mich erinnert", flüsterte er mit vor Emotionen erstickter Stimme.

„Das hat sie. Ihr Verstand mag alles vergessen haben, ihr Herz jedoch nicht", erwiderte Polly sanft. „Jedes Mal, wenn sie das Lied sang, kehrte sie zu dir zurück."

„So viele Jahre ... und ich hatte keine Ahnung. Wie konnte mein Vater uns so etwas antun?" Verzweifelt schüttelte er den Kopf. „Blind vor Angst und Hass hat er so viele Menschen verletzt."

„Du hast dich äußerst ehrenhaft verhalten, indem du Theodore und deiner Stiefmutter nichts von seinem Doppelleben erzählt hast. Dadurch hast du ihnen großen Kummer erspart."

Da der Herzog bereits verheiratet gewesen war, galt sein jüngster Sohn rechtlich gesehen als Bastard und seine zweite Frau als unwissende Ehebrecherin. Mit diesem Wissen hätte Sinjin einen gesellschaftlichen Skandal heraufbeschwören können ... doch er tat es nicht. Obwohl die Herzogin sich ihm gegenüber weiterhin äußerst frostig verhielt, hatte er beschlossen, sie und seinen Halbbruder zu beschützen.

„Sie verdienen es nicht, wegen dem, was Acton getan hat, leiden zu müssen", sagte er schroff.

Versonnen betrachtete sie ihren wunderbaren, komplizierten Mann. Den Wüstling, der hinter ihre Mauerblümchen-Fassade geblickt und sie von ihrer Angst, ihren Selbstzweifeln befreit hatte. Der zuließ, dass sie ihm half, seine eigenen Monster zu bezwingen. Er war die Liebe ihres Lebens. Ihr Seelenverwandter.

„Ich bin so stolz auf dich", flüsterte sie.

Er schloss sie fest in seine Arme, und sie schmiegte sich so nah wie möglich an ihn. Eng umschlungen standen sie unter dem Laubdach der Birke, bis die Sonne den Abendhimmel in goldenes Licht tauchte.

Den Blick unerschütterlich auf den Horizont gerichtet, sagte er: „Lass uns nach Hause gehen."

Dann nahm er ihre Hand und führte sie ihrer gemeinsamen Zukunft entgegen.

EPILOG

„Höchste Zeit, umzukehren, was?", sagte Sinjin und zog
die Zügel seines Hengstes an.

„Noch nicht." Harry, der neben ihm herritt, warf einen unauf-
fälligen Blick auf seine Taschenuhr. „Ich, äh, würde gerne noch
die Fruchtfolge auf den Feldern sehen."

Sinjin war gerade dabei, seinem Schwager die Verbesserungen
zu zeigen, die er als neuer Herzog auf den Ländereien der Actons
umgesetzt hatte. Dank Harrys regem Interesse zog sich ihr
Ausritt nun schon gut zwei Stunden hin, und langsam, aber sicher,
würde er doch gerne zurück nach Hause reiten. Außerdem wusste
er genau, warum sein Schwager immer wieder versuchte, ihre
Rückkehr hinauszuzögern.

„Bevor wir uns stundenlang mit dem wissenschaftlichen
Wunder meines Düngers auseinandersetzen, sollte ich dir vielleicht verraten, dass ich weiß, was Polly vorhat", sagte er trocken.

„Ach, wirklich?"

„Heute ist mein Geburtstag. Bestimmt warten die Gäste
schon gebannt auf meinen großen Auftritt."

Der Gedanke an das Versprechen seiner Herzogin, jeden
seiner Geburtstage zu einem besonderen Erlebnis zu machen,

wärmte ihm das Herz. Trotz ihrer fortgeschrittenen Schwangerschaft hatte sie die letzten Wochen unermüdlich an dieser Überraschung für ihn gearbeitet. Um ihr die Freude nicht zu verderben, hatte er so getan, als wüsste er von nichts.

Früh am Morgen hatte sie ihn bereits aufgeweckt, um ihm sein Geschenk zu geben. Obwohl er in diesem Zustand nicht mit ihr schlief – auf keinen Fall wollte er sie oder das Kind gefährden –, war seine Polly während des letzten Jahres äußerst kreativ und selbstbewusst im Bett geworden. Allein die Erinnerung an ihr freudestrahlendes Gesicht und ihre sinnlichen Lippen brachte sein Blut in Wallung.

Zwei Stunden ohne sie waren wirklich lange genug.

„Ich habe ihr gleich gesagt, dass du nicht darauf hereinfallen würdest", seufzte Harry resigniert. „Könntest du wenigstens so tun, als wärst du überrascht?"

Bevor Sinjin etwas darauf erwidern konnte, wurde er von der Staubwolke eines herannahenden Reiters abgelenkt. Es war Theodore, ein häufig gesehener Gast auf seinem Anwesen. Atemlos kam sein jüngerer Bruder vor ihnen zum Stehen, doch die Begrüßung blieb ihm im Hals stecken, als er dessen besorgten Blick bemerkte.

„Was ist los?", fragte er alarmiert.

„Komm schnell", platzte Theo heraus. „Es ist Polly. Das Kind ist zu früh gekommen ..."

Noch bevor er ausreden konnte, jagte Sinjin in rasendem Galopp davon. Die grünen Wiesen und Wälder seiner Ländereien flogen an ihm vorbei, während er sein Pferd immer schneller antrieb. Seine beiden Teufel waren erwacht, zum ersten Mal in seinem Leben vereint in ihrer Sorge um Polly.

Seine Frau, die Liebe seines Lebens.

Das letzte Jahr war bei Weitem nicht perfekt gewesen. Er hatte immer noch mit seinen Launen zu kämpfen gehabt, sie mit ihren Selbstzweifeln. Aber sie hielten sich an ihr Versprechen, alle Hürden gemeinsam zu meistern, und das machte den Unterschied aus. Ihre unerschütterliche Akzeptanz besänftigte seine inneren Dämonen, während er ihr durch seine leidenschaftliche Bewunderung stetig wachsendes Selbstvertrauen verlieh. Ihre Liebe zueinander machte sie stärker als je zuvor. Er hatte sich nie glücklicher oder zufriedener gefühlt. Wenn er sie nun verlieren sollte ...

Kaum hatte er das Herrenhaus erreicht, sprang er vom Pferd und warf die Zügel achtlos einem wartenden Stallburschen in die Hände. Dann stolperte er die Treppe zur Eingangstür hinauf und rauschte ohne ein Wort an seinem Butler vorbei. Auch den Gästen, die sich im Foyer versammelt hatten, schenkte er keine Beachtung, sondern stürmte schnurstracks die Treppe zu den Gemächern seiner Herzogin hinauf. Auf das Schlimmste gefasst, betrat er ihr Zimmer. Das Herz schlug ihm bis zum Hals ...

Polly saß gegen ihre Kissen gestützt aufrecht im Bett. Sie wirkte erschöpft, strahlte jedoch über das ganze Gesicht. In den Armen hielt sie ein kleines Bündel.

Mit einem zerknirschten Lächeln erwiderte sie seinen Blick.

„Überraschung ...“

Wie betäubt stolperte er auf sie zu und legte ihr die zitternden Hände an die Wangen. „Bist du ... Ist alles ...?“

„Polly hat ihre Sache ganz großartig gemacht“, meldete die Herzogin von Strathaven sich zu Wort, die auf der anderen Seite des Bettes stand und liebevoll auf ihre Schwester hinablächelte. „Dein Sohn ist ein entspanntes Kerlchen. Die Geburt dauerte gerade mal eine Viertelstunde. Der Arzt ist längst unten und stößt mit den übrigen Gästen auf deinen Erben an.“

Erleichterung durchflutete ihn mit solcher Wucht, dass ihm die Stimme versagte.

In stiller Übereinkunft verließen Pollys Schwestern den Raum, um der jungen Familie ein wenig Privatsphäre zu gewähren.

„Möchtest du deinen Sohn halten?“, fragte seine Frau, als sie alleine waren.

Behutsam nahm er das winzige Bündel, das kaum mehr als eine Feder wog, auf den Arm. Kaum blickte er in das Gesicht seines schlafenden Kindes, verliebte er sich zum zweiten Mal in seinem Leben, was seltsam war, da der Kleine etwas merkwürdig aussah mit seinem spitz zulaufenden Köpfchen und der faltigen, roten Haut. Eine einzelne, rotbraune Locke zierte seinen Schopf.

„Er sieht genauso aus wie du", seufzte Polly verträumt.

Plötzlich schlug der Junge die Augen auf, und Sinjin stockte der Atem. Zwei klare, aquamarinblaue Juwelen blickten ihm entgegen. In diesem Moment schwor er sich, dass er dieses Kind, dieses Wunder, das Polly und er erschaffen hatten, auf ewig lieben, beschützen und umsorgen würde.

„Er ist so umwerfend schön wie seine Mutter" flüsterte er mit belegter Stimme. „Wie soll er heißen?"

„Ich hatte an Stephan gedacht. Was hältst du davon?"

Seine Brust zog sich zusammen. „Ja, das gefällt mir." Sanft küsste er seinen Sohn auf die Stirn, bevor er ihn in die Wiege neben dem Bett legte.

Dann streifte er seine Kleidung ab, schlüpfte zu Polly unter die Decke und zog sie in seine Arme.

„Vielen Dank, dass du mir unseren Sohn geschenkt hast", sagte er leise.

„Gern geschehen." Sie schmiegte sich an ihn und betrachtete ihn mit ihren funkelnden Augen. „Immerhin musste ich doch mein Versprechen einhalten, dir einen unvergesslichen Geburtstag zu bescheren."

Sie lachte vergnügt, und er stimmte aus vollem Herzen mit ein.

Dann neigte er den Kopf und vereinte ihre Lippen zu einem süßen Kuss, auf den noch viele weitere folgen sollten.

AUSZUG AUS DER KAVALIER, DER MICH LIEBTE

Flüchtig sah Miss Primrose Kent (Rosie für ihre Freunde) sich um, bevor sie die geschwungene Treppe in dem luxuriösen Stadthaus der Hartefords hinaufstieg. Der winterliche Maskenball – eine jährliche Veranstaltung ihrer Tante Helena – war wie immer ein voller Erfolg und die Menschen drängten sich in dem Saal, was Rosie nur gelegen kam, denn so konnte sie sich kurz unbemerkt davonschleichen.

Nicht, dass irgendjemand ihr ohnehin viel Beachtung schenkte. Während sie sich ihren Weg durch die Menge bahnte, grübelte sie einmal mehr über sich selbst nach.

Ihre größten Vorzüge waren definitiv ihre Schönheit und ihr Charme, welche ihr seit ihrem gesellschaftlichen Debüt vor vier Jahren hinreichend Bewunderung verschafft hatten. Seither war sie auf jeder Soiree von eifrigen Gentlemen umringt gewesen, und ihre Tanzkarte war immer bis auf die letzte Spalte gefüllt. Sollte das Britische Museum je eine Ausstellung über bedeutungslose Geschenke liebestoller Verehrer in Erwägung ziehen, könnte sie die Sammlung im Alleingang vervollständigen.

Über die Jahre hatte sie unzählige Gedichte, Komplimente und Schmuckstücke erhalten.

Was sie sich jedoch am meisten wünschte, war nie dabei gewesen: ein ernst gemeinter Heiratsantrag.

Womit sie bei ihren negativen Eigenschaften angelangt wäre. Vor allen Dingen war sie leichtsinnig, intrigant und kokett ... und das war nur die Spitze des Eisbergs. Die Liste ihrer Unzulänglichkeiten war viel zu lang, als dass man sie alle an einem Abend hätte aufzählen können.

Als sie den oberen Treppenabsatz erreichte, spähte sie vorsichtig um die Ecke. Zu ihrer Erleichterung war der Korridor im ersten Stock menschenleer. Obwohl sie ein Schwanenkostüm mit passender Maske trug, welche die obere Hälfte ihres Gesichts verdeckte, hätten die Angestellten sie bestimmt erkannt. Immerhin war sie Lady Helenas einzige Nichte und schon ihr ganzes Leben lang im Haus der Marquise von Hartford ein und ausgegangen. Oder besser gesagt, seit sie im Alter von acht Jahren mit ihrer Familie wiedervereint worden war.

An ihre frühe Kindheit konnte sie sich nur schemenhaft erinnern ... und das war ihr auch ganz recht. Wann immer ihr Unterbewusstsein versuchte, durch den Nebel der Vergangenheit zu dringen, wurden ihre Hände ganz klamm und ihr Puls begann zu rasen. Zudem hatte ihre Zofe, Odette (Französin und ein echtes Goldstück), sie gewarnt, dass man vom vielen Grübeln nur Falten im Gesicht bekäme, und das war nun wirklich das *Letzte*, was Rosie gebrauchen konnte.

Also redete sie sich ein, dass ihre Vergangenheit vor ihrem fünften Lebensjahr sowieso unwichtig sei. Ihre Mutter hatte ihr alles erzählt, was sie wissen musste: Sie war das Resultat einer Jugendsünde zwischen Marianne und Tante Helenas Bruder, Thomas, der einmal Graf von Northgate hätte werden sollen, jedoch leider bei einem Reitunfall ums Leben kam. In ihrem heiklen Zustand blieb Marianne nichts anderes übrig, als den grausamen Baron Draven zu heiraten. Nach der Geburt hatte er ihr Rosie weggenommen ... und alles, was danach geschah, war reine Vermutung.

Die ersten vier Jahre ihres Lebens waren nichts weiter als undeutliche Schatten. Wann immer sie ihre Mutter danach fragte, wechselte diese das Thema oder verfiel in verbissenes Schweigen, als sei die Erwähnung jener Zeit zu schmerzhaft für sie. Alles, was sie je aus Marianne herausbekommen hatte, war, dass man Rosie nach langem Suchen endlich in der Obhut Sir Gerald Coyners fand, einem kinderlosen Gentleman, der sich immer eine Tochter gewünscht hatte.

An Sir Coyner erinnerte sie sich natürlich, immerhin war er ihr Vormund gewesen, bis sie wieder mit ihrer Mutter zusammenkam. Sie dachte jedoch nicht gerne an Gerry – so wollte er von ihr genannt werden –, da die Erinnerungen an ihn ... verwirrend waren. Er war oft und lange auf Reisen gewesen. Die übrige Zeit jedoch hatte er gut für sie gesorgt, sie mit Geschenken überhäuft und ihr jeden noch so kleinen oder großen Wunsch erfüllt.

Auf der anderen Seite konnte sie jene schreckliche Nacht einfach nicht vergessen, als er beinahe ihre Mutter umgebracht hätte, um Rosie für sich zu behalten. Wäre ihr heldenhafter Stiefvater, Ambrose Kent nicht gewesen – damals war er noch als Beamter bei der Londoner Flusspolizei tätig –, hätte die ganze Sache womöglich ein schlimmes Ende genommen. Doch ihr Papa hatte Marianne gerettet und Gerry besiegt, der schließlich durch sein eigenes Messer gestorben war.

Rosie unterdrückte ein Schaudern. Sie holte tief Luft und versuchte, sich mithilfe eines altbewährten Tricks zu beruhigen: Mit geschlossenen Augen stellte sie sich eine der Puppen in ihrer Sammlung vor. Es spielte keine Rolle, welche es war, denn sie alle hatten liebliche Porzellangesichter und trugen hübsche Rüschenkleidchen. Während das Bild in ihrem Kopf Gestalt annahm, hörte sie eine mädchenhafte Stimme flüstern: *Sei immer bezaubernd schön und charmant, dann kann nichts und niemand dir wehtun.*

Ihr Atem wurde ebenmäßiger. Sie wusste, wie albern diese Herangehensweise war, aber dank ihr hatte sie die letzten paar Monate hoch erhobenen Hauptes und stolz lächelnd durchgestanden. Dennoch war ihr nach vier erfolglosen Saisons eines unmissverständlich klargeworden: Aufgrund ihrer zweifelhaften Herkunft gab es keine Hoffnung für sie, je eine respektable Partie zu finden. Nicht einmal die Unterstützung ihrer einflussreichen Tante und die Beziehungen ihrer Adoptivfamilie konnten die schändliche Tatsache ausgleichen, dass Rosie ein uneheliches Kind war.

Früher war sie so naiv gewesen zu glauben, dass Beliebtheit gleichzusetzen sei mit Akzeptanz, hatte jedoch auf die harte Tour lernen müssen, wie falsch sie damit lag. Von Anfang an hatte die Londoner Gesellschaft ein hinterhältiges Katz-und-Maus-Spiel mit ihr getrieben. Die sogenannten Gentlemen der *ton* waren immer nur an einem interessiert gewesen ... und zwar nicht an einer Vermählung.

Beschämt dachte sie an die Koketterie – und ja, auch an ein paar heimliche Küsse hier und da – zurück, mit der sie glaubte, sich einen geeigneten Gemahl und somit ihren rechtmäßigen Platz in der Gesellschaft sichern zu können. Stattdessen hatten ihre Tändeleien ihr nichts weiter als gehässige Gerüchte und Skandale eingebracht. Nun war sie als Flittchen *und* Bastard verschrien. Als wäre das nicht schon schlimm genug, hatte sich auch noch ein Klatschblatt über sie lustig gemacht.

Im vergangenen Monat hatte der *Prattler* ein liederliches Gedicht mit dem Titel *Die gerupfte Rose* veröffentlicht:

> *Güldene Locken so engelsgleich*
> *Und Augen so blau wie das Meer*
> *Wer hätt's gedacht, eine Dame wie sie*
> *Tollt wild in den Gärten umher!*

> *In Gesellschaft der Lords H., M., N. und S.*
> *Gar auch mit den Herren R. und P.?*
> *Nimmt diese Liste wohl je ein End'*
> *Oder arbeitet sie sich durch's ganze ABC?*

Das Gedicht fand so großen Anklang, als hätte Wordsworth persönlich es verfasst. Obwohl keine Namen genannt wurden, wusste jeder, wer gemeint war. Ihr Vater war tobend vor Wut zum Büro des *Prattlers* marschiert, um zu verlangen, dass man die Veröffentlichung zurückzog, nur um festzustellen, dass der Verlag ganz plötzlich geschlossen worden war (wie jammerschade). Aber der Schaden war bereits angerichtet, und ihr Ruf hing am seidenen Faden.

Was geschehen ist, ist geschehen. Du kannst es immer noch geradebiegen.

Verzweiflung trieb sie entschlossen vorwärts. George Henry Theale, der sechste und jüngst ernannte Graf von Daltry, war die Lösung all ihrer Probleme. Heute Abend *musste* sie ihn einfach dazu bringen, um ihre Hand anzuhalten.

An ihrem vereinbarten Treffpunkt angekommen, sah sie sich noch einmal flüchtig um, bevor sie in das Zimmer schlüpfte und leise die Tür hinter sich schloss. Es war ein gemütlicher kleiner Raum, nur von einem einzelnen Kerzenständer erleuchtet, der auf dem Broadwood-Klavier in der Mitte des Zimmers stand. Im Erdgeschoss gab es noch einen wesentlich größeren Musiksalon, aber Tante Helenas Gemahl hatte dieses private Atelier als Rückzugsort für seine Herzensdame einrichten lassen. Rosie hatte viele glückliche Stunden hier verbracht und die Melodien ihrer Tante mit ihrem Gesang begleitet.

Beinahe schämte sie sich ein wenig, dieses Zimmer mit einem Rendezvous zu entweihen, aber es ging nun einmal nicht anders. Nur mit Mühe war es ihr gelungen, ihren Anstandsdamen zu entwischen, und dies war der einzige Ort, an dem sie ungestört Zeit mit Lord Daltry verbringen konnte. Apropos ... wo steckte der Kerl überhaupt?

Ein Lakai sollte dem Grafen vor knapp fünfzehn Minuten die Nachricht überbringen, sich hier mit ihr zu treffen. Sie war sich so sicher gewesen, dass er ihrer Einladung folgen würde. Nicht nur hatte er ihr in den letzten Wochen mehr und mehr Beachtung geschenkt, er war außerdem auf der Suche nach einer Gemahlin. Mit knapp fünfzig hatte er vor Kurzem unerwartet einen Grafentitel geerbt, was den wohlhabenden, aber bislang unverheirateten Gentleman vor die dringliche Aufgabe stellte, einen Erben hervorzubringen.

Und genau aus diesem Grund war er der perfekte Kandidat für Rosie: Er brauchte eine junge, gebärfreudige Frau, sie einen Titel, der ihren desolaten Ruf wiederherstellen würde. Da es Januar und mitten im Winter war, sah es auf dem Londoner Heiratsmarkt gerade ziemlich mau aus, und so musste sie die Gelegenheit beim Schopf packen und sich den Grafen angeln, bevor die nächste Ballsaison startete und es vor heiratswilligen Debütantinnen nur so wimmeln würde.

Endlich öffnete sich die Tür, und der Lärm der ausgelassenen Menge drang in den Raum. Trotz ihrer Entschlossenheit schlug ihr das Herz bis zum Hals, als sie die dunklen Umrisse eines Mannes erblickte, der eintrat und die Tür hinter sich schloss. Da er im Schatten stehenblieb, konnte sie sein Gesicht nicht erkennen.

Sie räusperte sich. „Sind Sie das, Lord Daltry?" Obwohl sie sich alle Mühe gab, souverän zu klingen, quietschte ihre Stimme ein wenig.

„Ich bin nicht Daltry."

Der tiefe, maskuline Tonfall jagte ihr einen Schauer über den Rücken. Gleichzeitig erinnerte er sie auch an etwas. Kannte sie diesen Mann? Als er endlich ins Licht trat, kam er ihr jedoch nicht vertraut vor. Wäre es nicht so düster gewesen, hätte sie ihn keinesfalls mit dem Grafen verwechselt.

Der Fremde war um einiges größer und wesentlich breiter gebaut. Sie vermutete, dass er um die dreißig sein musste. Sein dichtes, rotbraunes Haar war ein wenig länger als es die Mode erlaubte und reichte ihm im Nacken bis zum Kragen. Alles in allem strahlte er eine raubtierhafte Eleganz aus. Er trug kein Kostüm, sondern schlichte Abendgarderobe, die seinen gut gebauten Körper vortrefflich zur Geltung brachte. Lediglich seine obere Gesichtshälfte war von einer schwarzen Halbmaske verdeckt.

In dem dämmrigen Licht vermochte sie die Farbe seiner Augen nicht zu bestimmen. Allerdings lag eine sinnliche, beinahe verführerische Trägheit in seinem Blick. Er besaß ein starkes, markantes Kinn sowie weiche, volle Lippen ...

Moment mal, warum konzentrierst du dich so auf seine Lippen? Oder auf seinen Schlafzimmerblick?

Energisch schüttelte sie die ungebetenen Gedanken ab. Dieser Fremde mochte unglaublich attraktiv sein ... aber er war mit Sicherheit kein Lord. Wenn er einer wäre, hätte *sie* ihn erkannt, denn niemand war so vertraut mit dem Londoner Adel wie Rosie Kent.

Verflixt. Allein in Gesellschaft eines umwerfend gut aussehenden, bürgerlichen Wüstlings erwischt zu werden, war das Letzte, was sie gebrauchen konnte. Sie musste ihn schleunigst loswerden.

„Wer sind Sie, Sir?", verlangte sie zu wissen.

„Ein Freund."

„Ausgeschlossen. Wir kennen einander nicht."

Etwas Undeutbares blitzte in seinen Augen auf, wich jedoch sogleich einem spöttischen Funkeln. „Nichtsdestotrotz will ich Ihnen helfen, Miss Kent."

Sie runzelte die Stirn. „Woher wissen Sie, wer ich bin?"

„Ihre strahlende Schönheit ist unverkennbar."

Oh, bitte. Diese Art von Plattitüden konnte er sich wirklich sparen. Sie widerstand dem Bedürfnis, die Augen zu verdrehen, und konzentrierte sich stattdessen darauf, ihn loszuwerden, bevor der Graf erschien.

„Wie dem auch sei, Sie dürfen sich hier nicht aufhalten", wies sie ihn spitz zurecht. „Ich bin nicht in Begleitung einer Anstandsdame."

„Das hat Sie aber nicht davon abgehalten, ein Treffen mit Daltry zu arrangieren."

Teufel noch eins, woher wusste er das?

Im Zweifelsfall einfach schamlos flunkern, flüsterte ihre innere Stimme.

„Ich weiß nicht, was Sie meinen", erwiderte sie kühl.

„Doch, ich glaube, das tun Sie." Nun klang er regelrecht amüsiert. „So ungern ich Sie auch enttäusche, Miss Kent, muss ich Ihnen mitteilen, dass der Graf nicht kommen wird. Ich habe nämlich Ihre Nachricht abgefangen."

Vor Empörung vergaß sie, ihre gespielte Unschuldsmiene aufrechtzuerhalten. „Wie können Sie es wagen, sich in meine Angelegenheiten einzumischen?"

„Normalerweise würde ich das nicht tun, aber Sie ließen mir keine andere Wahl. Es ist eine Sache, mit dem Unglück zu liebäugeln, Miss Kent, aber eine ganz andere, mit ihm ins Bett zu steigen."

Sie wusste nicht, was sie anstößiger finden sollte: seine arrogante Einmischung oder seine schonungslose Direktheit. Nach kurzem Zögern entschied sie sich für Letzteres und straffte die Schultern. „Sie sollten in der Gegenwart einer Dame nicht von Betten sprechen!"

„Wenn Sie sich wie eine solche verhalten würden, müsste ich das auch nicht."

Plötzlich trat er auf sie zu, und sie wich instinktiv ein paar Schritte zurück. Doch er ging an ihr vorbei zu dem Klavier in der Mitte des Zimmers und ließ einen langen Finger über die Elfenbeintasten gleiten, allerdings so leicht, dass sie keinen Ton von sich gaben.

Ihr wurde bewusst, wie gefährlich und nachteilig es war, dass er so viel über sie zu wissen schien, während er ihr völlig fremd war. Sollte er Gerüchte über ihr geplantes Rendezvous mit Daltry verbreiten, wäre ihr Ruf vollends ruiniert. Nur der Hauch eines Skandals würde ausreichen, um den winzigen Hoffnungsschimmer, der ihr noch geblieben war, zu zerstören.

Panik schnürte ihr die Kehle zu. Sie musste schnellstens wieder die Oberhand gewinnen.

Sei immer bezaubernd schön und charmant, dann kann nichts und niemand dir wehtun.

Also setzte sie ein versöhnliches Lächeln auf und trat zu ihm an das Klavier. „Ich weiß Ihre Sorge wirklich zu schätzen, Sir", säuselte sie. „Und es tut mir leid, dass ich so unhöflich war. Sie haben mich einfach, äh, überrascht."

„Weil Sie jemand anderen erwartet haben."

„Weil Sie behaupten, ein Freund zu sein, ohne mir jedoch zu verraten, wer Sie sind", konterte sie.

„Wer ich bin, spielt keine Rolle. Ich bin hier, um mit Ihnen zu reden. Über Ihr Verhalten, um genau zu sein."

Obwohl sie spürte, wie erneut die Wut in ihr hochstieg, bemühte sie sich um einen heiteren Tonfall und brachte sogar ein Lächeln zustande. „Was soll mit meinem Verhalten sein, Sir?"

Als ihre Blicke sich trafen, durchfuhr sie ein elektrisierender Schock. Wie hatte sie sich nur einbilden können, Trägheit in seinen dunklen Augen zu sehen? Er war ein Raubtier, das auf der Lauer lag.

„Zunächst einmal zieren Sie sich nicht, mit jedem Gentleman zu liebäugeln, der Ihnen über den Weg läuft. Lord Thompson, Halper, Sandon, Millcock, Templeby ... Die Liste ist endlos." Seine nüchterne Aufzählung stachelte ihren Zorn nur noch weiter an. „Ich verstehe ja, dass sie nach einer geeigneten Partie suchen", fuhr er fort, „aber die werden Sie wohl kaum finden, wenn Sie sich wie ein Flittchen verhalten. Was ich damit sagen will, Miss Kent, ist, dass Ihr Benehmen einer Dame nicht würdig ist ... ganz besonders nicht *Ihnen*."

Noch nie hatte irgendjemand es gewagt, *so* mit ihr zu sprechen ... schon gar nicht von Angesicht zu Angesicht. Was bildete dieser Schuft sich ein? Verbissen hielt sie die Tränen zurück, die ihr in die Augen schossen.

„Sie haben kein Recht, so mit mir zu reden", flüsterte sie mit zitternder Stimme.

„Ich tue es wirklich nicht gerne, glauben Sie mir." Seine Gelassenheit erzürnte sie nur noch mehr. „Aber noch weniger möchte ich tatenlos zusehen, wie Sie geradewegs in Ihr Verderben rennen. Männer wie Daltry könnten Sie niemals glücklich machen. Sie verkaufen sich unter Ihrem Wert, Miss Kent, und wir wissen doch beide, dass die *ton* nichts für Billigware übrighat."

Billigware! Das Blut rauschte ihr in den Ohren. Eine explosive Mischung aus Scham und Wut übermannte sie und entriss ihr den letzten Funken Selbstbeherrschung.

„Ach, und wo finde ich dann mein Glück? Etwa bei einem Mann wie *Ihnen?*", fauchte sie. „Einem *Gentleman*, der sich einer unbeaufsichtigten Dame aufdrängt, ohne sich ihr vorzustellen, und ihr Vorträge über Benehmen und Anstand hält?"

Einen Augenblick lang musterte er sie mit undurchdringlicher Miene, bevor seine Mundwinkel sich zu einem zynischen Lächeln verzogen. „Ich bin kein Gentleman, Miss Kent. Das habe ich auch nie behauptet. Und genau das ist der springende Punkt."

„Mir war nicht bewusst, dass es einen gab ... abgesehen davon, dass sie mich offensichtlich beleidigen wollten."

„Es tut mir leid, dass die Wahrheit Sie kränkt. Ich möchte Ihnen nur begreiflich machen, dass man wissen sollte, wer und was man ist ... und sich entsprechend verhält." Er kam um das Klavier herum auf sie zu, doch sie weigerte sich, vor ihm zurückzuweichen. Einen Schritt von ihr entfernt blieb er stehen. „Ich mag kein Gentleman sein, aber *Sie* sind eine Lady."

„Sie kennen mich doch überhaupt nicht", erwiderte sie leise.

Ich bin ein uneheliches Kind, ein hinterhältiges Biest, das vor nichts zurückschreckt, um zu kriegen, was es will ...

„Ich weiß, dass Sie aus gutem Hause stammen. Wollen Sie Ihrer Familie Schande bereiten? Ihr das Herz brechen?"

Seine Worte erfüllten sie mit Schuldgefühlen. Sie wusste, wie sehr ihr Verhalten ihre Eltern beunruhigte, und das gerade jetzt, nach der schwierigen Geburt ihrer Mutter. Angst stieg in ihr auf. Wie kam es, dass dieser Fremde ihre dunkelsten, schändlichsten Gefühle und Geheimnisse zu kennen schien?

Er hob die Brauen. „Wollen Sie sich wirklich weiterhin wie ein verwöhntes Gör aufführen?"

Bevor sie wusste, wie ihr geschah, hob sie die Hand, um ihm eine schallende Ohrfeige zu verpassen, doch er fing sie lässig ab und packte auch noch ihr anderes Handgelenk, als sie einen zweiten Angriff wagte. Im nächsten Moment presste er sie gegen das Klavier. Sie war gefangen, umgeben von seinen starken Armen, unfähig, sich zu bewegen.

„Lassen Sie mich sofort los, sonst schreie ich", drohte sie.

„Das glaube ich kaum. Sie wollen doch nicht mit einem Mann wie mir erwischt werden."

Verflixt und zugenäht. „Sie sind ein elender Bastard!", zischte sie wütend.

„So ist es", gab er freimütig zu. „Also, sind wir uns einig, Miss Kent? Versprechen Sie mir, dass Sie die Finger von Daltry lassen werden? Er ist lediglich ein in die Jahre gekommener Frauenheld. Sie haben etwas Besseres verdient als ihn."

„Was geht Sie das überhaupt an?", rief sie ungehalten.

Energisch versuchte sie, ihn von sich zu stoßen, während er im selben Moment einen Schritt vortrat, sodass ihre Brüste gegen seinen harten Oberkörper gepresst wurden. Sie erstarrte vor Schock. Noch nie war sie einem Mann so nahe gewesen ... schon gar nicht einem solchen Prachtexemplar wie ihm. Mit jedem zitternden Atemzug wurde ihr bewusst, wo sie sich überall berührten. Einer seiner muskulösen Schenkel presste sich leicht zwischen die ihren, und eine seltsame Hitze breitete sich in ihr aus. Ihr war, als legte sich ein Schleier über ihre Sicht ... bis er eine der Federn an ihrer Maske zur Seite strich, die ihr in die Stirn gefallen war.

„Ich kann einfach nicht anders, Küken", flüsterte er heiser.

Der Spitzname rüttelte an einer tief schlummernden Erinnerung ...

„W-wie haben Sie mich gerade genannt?", stammelte sie.

Seine Miene versteinerte sich und er trat einen Schritt zurück.

„Das ist unbedeutend", erwiderte er kurz angebunden. „Geben Sie mir Ihr Wort, dass Sie sich zukünftig von Daltry und Männern seiner Sorte fernhalten und sich wie eine echte Dame benehmen werden?"

Seine Überheblichkeit brachte sie unsanft auf den Boden der Tatsachen zurück. Ungehalten stürmte sie an ihm vorbei in Richtung Tür, welche sie theatralisch aufriss.

Bevor sie das Zimmer verließ, drehte sie sich noch einmal zu ihm um. Er war ihr nicht gefolgt, sondern stand noch immer vor dem Klavier, nach wie vor der geheimnisvolle, maskierte Fremde, dessen Blick bis in die verborgensten Winkel ihrer Seele vorzudringen schien.

„Ich werde tun und lassen, wonach mir der Sinn steht", verkündete sie und hob trotzig das Kinn. „Weder Sie noch irgendwer sonst kann mich davon abhalten."

Mit diesen Worten ließ sie ihn stehen und eilte auf zitternden Beinen davon.

DANKSAGUNGEN

Allen voran, an meine LeserInnen: Danke, dass Sie sich fortwährend für meine Werke interessieren. Ihre Unterstützung bedeutet mir die Welt und ich freue mich sehr, die Geschichten meiner Fantasie mit Ihnen teilen zu dürfen.

An meine AutorInnen-Crew und diejenigen, die mir halfen, dieses Buch zu Papier zu bringen: Tina, Diane, die Montauk 8, Brian und Carrie. Was würde ich nur ohne euch tun? Ich danke euch aus tiefstem Herzen.

An meine Familie: Ihr seid mein Ein und Alles. Ich liebe euch mehr als alles andere auf der Welt.

ÜBER DIE AUTORIN

Die internationale *USA-Today*-Bestsellerautorin Grace Callaway schreibt heiße, herzerwärmende, historische Liebesromane voller Spannung und Abenteuer. Ihr Debütroman schaffte es unter die Finalisten der Romance Writers of America®, Golden Heart® sowie auf Platz eins der National Regency Bestseller, und ihre weiterführenden Romane führen regelmäßig die nationalen und internationalen Bestsellerlisten an. Aktuell ist sie Gewinnerin des Daphne du Maurier Award for Excellence in Mystery and Suspense, des Maggie Award for Excellence in Historical Romance, des Golden Leaf sowie des Passionate Plume Award. Sie hat einen Doktorabschluss in klinischer Psychologie von der University of Michigan und lebt mit ihrer Familie und ihrem Adoptivhund in einem Tal nahe dem Meer. In ihrer Freizeit liebt sie es zu tanzen, in gemütlichen Restaurants zu essen und mit ihrem Sohn Abenteuer zu erleben, die auf dessen sonderpädagogische Bedürfnisse angepasst sind.

Erfahren Sie mehr über Grace:
Deutscher Newsletter:
https://gracecallaway.com/deutschernewsletter
Website: www.gracecallaway.com

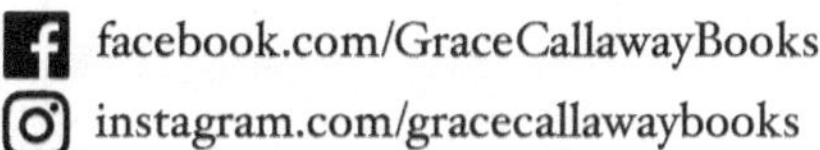

9 781939 537874